全国勘察设计注册工程师公共基础考试辅导丛书

力学基础
（第二册）

住房和城乡建设部执业资格注册中心　组编

机械工业出版社

本书是由住房和城乡建设部执业资格注册中心组编，由勘察设计注册工程师考试委员会主编，根据最新修订的2009版的《勘察设计注册工程师公共基础考试大纲》同步编写的一套辅导丛书中的一本——《力学基础》。本书分理论力学、材料力学和流体力学共三章，完全按照考试大纲要求的知识点、深度和广度对这三门基础课进行了系统且简明扼要的阐述，并穿插了历年有代表性的考题配合讲解，以便考生能在最短的时间内熟悉并掌握考试要点和解题诀窍，从而在繁忙的工作之余有效地抓住要点，梳理出脉络，进行备考复习，顺利通过考试。

本书适合于所有参加全国勘察设计注册工程师各专业考试的备考人员。

图书在版编目（CIP）数据

力学基础/住房和城乡建设部执业资格注册中心组编.
—北京：机械工业出版社，2009.6
（全国勘察设计注册工程师公共基础考试辅导丛书；2）
ISBN 978-7-111-27233-5

Ⅰ.力… Ⅱ.住… Ⅲ.力学-工程技术人员-资格考核-自学参考资料 Ⅳ.03

中国版本图书馆CIP数据核字（2009）第077773号

机械工业出版社（北京市百万庄大街22号　邮政编码100037）
责任编辑：薛俊高　版式设计：霍永明　责任校对：魏俊云
封面设计：赵颖喆　责任印制：乔　宇
北京京丰印刷厂印刷
2009年6月第1版·第1次印刷
184mm×260mm·11.25印张·276千字
标准书号：ISBN 978-7-111-27233-5
定价：36.00元

凡购本书，如有缺页、倒页、脱页，由本社发行部调换
销售服务热线电话：（010）68326294
购书热线电话：（010）88379639 88379641 88379643
编辑热线电话：（010）88379776

编委会组成人员

主任委员 赵春山

副主任委员 陶建明 林孔元

委 员 张 旭 吴宗泽 李万琼 胡展飞 王 萍

前　言

本丛书是在全国勘察设计注册工程师管理委员会的指导下，由住房和城乡建设部执业资格注册中心组织编写的，其目的在于进一步帮助勘察设计行业广大专业技术人员更准确、更清晰地了解勘察设计注册工程师执业资格考试对他们的科学与技术基础知识的具体要求。

新考试大纲将勘察设计注册工程师公共基础知识要求定位在“工程科学基础”、“现代工程技术基础”和“现代工程管理基础”三个方面，其中包含理论性、方法性、技术性和知识性四个层次的基本要求。

上述的三个方面和它们所包含的四个层次知识要求是从勘察设计注册工程师执业资格考试的角度提出的，是对工程师执业所必须具备的基本素养的检验。它有别于高校基础课程教学的要求，但又和他们所受教育的背景有关；它不是对应考者学历资格的重复检验，但又必须和我国工程高等教育的状况保持必要的衔接。

从工程师公共基础知识检验的角度，编者在丛书中力图体现新考试大纲的下述基本精神：

1. 对理论性问题，重基本概念

描述物质世界基本规律的定理、定律，以及和从事工程设计工作的工程师们密切相关的社会和经济运行的基本规律是人们终身收益的知识精髓，是保证工程师能够跟上科学技术的发展，作到“与时俱进”的重要条件，工程师们必须对此具有清晰的概念和深刻的认识，要求“招之即来，来之能用”。对于更进一步的要求，如奇异现象解释、疑难问题处理、综合问题求解等则不做要求。

2. 对方法性问题，重要领

方法指的是处理问题基本的科学方法，包括数学的、物理的、力学的、化学的，以及社会和经济等各个基础学科的基本描述与分析方法，如问题的描述与建模、模型求解、统计方法、数值计算，映射变换，物理实验，化学分析等等。这些普遍的科学方法也都是人们终身受益的科学精髓，工程师们对这些基本方法的核心思想必须深刻领悟，对这些方法的基本要领必须掌握。但不强调解题技巧、难题求解以及复杂问题的综合分析等。

3. 对技术性问题，重要点

技术性问题，如技术名词、术语的含义、技术设备的基本原理、应用系统的基本组成和主要功能等，要求具有明晰的概念和清楚的认识，而一些具体的细节问题，如技术设备和系统的设计方法与实现手段，以及和运行操作、维护管理有关的问题等，本丛书并不做特别的强调。

鉴于现代电气与信息技术已经成为各个专业领域核心技术中重要的、共有的组成部分，新大纲强调了对该技术领域知识的检验，在本丛书中也给予了特别的重视。

4. 对知识性问题，重知识面

知识性问题是指那些对工程师而言是重要的、必要的常识性问题。知识性问题注重检验工程师们的知识面和应对科技进步挑战的潜力，并不要求对多学科、多领域知识的系统掌握和深入理解。知识性问题遍布大纲的各个部分，在信息与计算机、经济与法律法规部分则有更多体现。丛书对知识性内容以简要、通俗的方式予以叙述或介绍。

应当指出，上述所不特别强调的问题或内容只是从对工程师公共基础知识背景检验或认定的角度考虑的，并不是说这些问题或内容对工程师不重要。相反，这些问题和内容是重要的，但它们应当在专业基础以及专业知识和能力的检验中去体现。

根据上述的基本精神和处理原则，读者不难理解本丛书的下述性质和作用：

1. 丛书是对大纲条目内涵和外延的具体界定和详尽说明，它是一套准确反映考试要求的详解手册而不是教科书。对于已有的知识，读者可以从中得到温故知新；对于或缺的知识，读者可以从中得到进一步学习的指导，从而有效地加以补充。

2. 执业资格考试的性质决定了它有别于学校培养人才的合格性认定，它不是对学历背景的重新检验，所以考试大纲不是高校基础课程教学大纲的简单集合，它既包含高校课程的核心内容，也包括对勘察设计工程师基本素质的特定要求。读者必须按照考试大纲的要求，逐条落实自己的应考准备，不可因盲目通读大学课本而事倍功半。本丛书将对此提供有益的帮助。

3. 执业资格考试实质上是一种国家设立的某一专业领域资格的认定标准，内容结构既有公共性，也有专业性，公共部分内容要求原则上不考虑个体差异的消弭或不同学历背景间的平衡。本丛书也不是教科书，并不提供考试大纲条目内容所涉及知识体系的全貌，它只是一份详细的提纲，为应考者提供脉络清晰的备考指导。读者还必须根据自身的情况做出自己的安排，作好切实的准备，该复习的复习、该补充的补充，没有捷径可走。

为便于读者使用，丛书分四册编写：

1. 第1册《数理化基础》：本册构成本丛书工程科学基础的前3章，即数学基础、物理基础和化学基础3章，是工程科学基础要求的核心部分，包含描述物质结构和运动规律的基本理论和基本方法的提要和必要的讲解。对于学历基础厚实的读者，只要浏览本册，了解具体要求即可；对于基础欠缺的读者则需要认真补充并深入理解有关的基础概念、理论和方法。

2. 第2册《力学基础》：本册构成本丛书工程科学基础的后3章，即第4～6章。它根据勘察设计注册工程师对工程力学基础的特殊要求编写，包含理论力学、材料力学和流体力学三个学科的基本理论、方法和应用的提要与讲解。建议所有读者都应精读本册并认真准备，借应考之机全面充实自身的力学知识，提高力学修养，加强运用力学知识分析工程问题的能力。

3. 第3册《电气与信息技术基础》：现代工程技术基础包括诸多方面，但作为勘察设计行业各个专业共同的基础，则非电气与信息技术莫属。电气与信息包括电工技术、电子技术和计算机技术三个领域，它们的核心任务都是处理信息，所以本丛书以信息为主线，将它们作为一个整体集中于一册中加以说明。本册共分三章编写，即丛书的第7～9章，分别阐述对电工电子、信号与信息，以及计算机三个方面的知识性要求，其中信号与信息是信息处理的核心概念，电工电子是信息处理的核心技术，而计算机则是信息处理的主要工具。读者对本册的内容会感到似曾相识却又相距甚远，觉得自己的知识不甚完整、概念不甚明晰。所以，尽管本册的内容是知识性的，还是应当予以足够重视，通过必要的学习建立现代信息技术更清晰的概念，获取现代信息技术更全面的知识，增强自己运用信息技术的能力。

4. 第4册《工程经济与法律法规》：本册构成丛书的最后两章，即第10章、第11章。工程经济与法律法规是工程设计的社会要素，它和前面那些科学与技术要素具有同等的重要性，所以，新大纲强化了这方面知识的考核要求也就不言而喻了。尽管在我国的高等工程教育中设立了经济与法规的相关课程，但在学生的学习进程中却往往得不到足够的重视，所以，读者要特别关注本册的内容，通过强化学习来增强自身的社会意识，做一个基础知识全面、综合素质优秀的合格的设计工程师。

本丛书的编写是全国勘察设计注册工程师公共基础考试大纲修订工作的一个重要组成部分，编写的思路是明晰的，谅必会有益于读者。但是，由于编写时间紧促，必定存在诸多不完善之处，还望读者及各方面人士不吝指教。

赵春山

2009年5月

目　录

第 4 章 理论力学

理论力学是研究物体机械运动一般规律的科学。机械运动是指物体的空间位置随时间的变化。具体地说，理论力学的内容主要包括：

（1）**静力学** 研究力系的简化及平衡条件。

（2）**运动学** 从几何的角度研究物体运动的变化规律。

（3）**动力学** 研究受力物体的运动与作用力之间的关系。

4.1 静力学

静力学研究物体受力及平衡的一般规律。所谓物体的**平衡**，是指物体相对某一惯性参考系保持静止或匀速直线平移的运动。

静力学研究的基本对象是刚体。所谓**刚体**，是指在力的作用下，其内部任意两点之间的距离保持不变的物体。

4.1.1 基本概念

1. 静力学研究的基本问题

（1）**力系的简化** 作用于物体上的一群力称为**力系**。如果两个力系对物体的作用效果相同，称此二力系为**等效力系**。用一力系去等效代替另一力系，称为力系的**等效替换**。

力系的简化是以最简单的力系等效替换原来较复杂的力系，并由此分析原力系的作用效果。

如果一个力系可以简化为一个力，则称此力为原力系的**合力**，原力系中各力为合力的**分力**。将力系简化为一个力的过程称为**力系的合成**，反之称为**力的分解**。

（2）**力系的平衡条件及其应用** 根据力系简化的结果可以导出力系的平衡条件。当物体处于平衡时，其所受的力系称为**平衡力系**。此时，力系中的力应满足一定的关系，这种关系称为**力系的平衡条件**。表示这种平衡条件的数学方程式称为**力系的平衡方程**。平衡方程揭示了物体平衡时作用于物体上的力的关系。应用这些方程，可以得到待求的各种未知量，如力、几何性质或其他力学量。这是静力学理论应用的一个重要方面。

2. 力的概念

力是物体之间的相互机械作用，这种作用使物体的运动状态发生变化或使物体变形。所以，可以用一个定位的有向线段来表示力，线段所在的直线称为**力的作用线**；线段的长度代表**力的大小**（一般地定性表示即可）；线段的方位和指向代表力的方向；线段的起点（或终点）表示**力的作用点**。力的大小、方向、作用点，称为**力的三要素**。改变力的任一要素，也就改变了力对物体作用的效应。所以，要确定一个力，必须说明它的大小、方向和作用点。因此，**力是矢量**，且是**定位矢量**。通常用大写字母上加箭头作为力的矢量符号，如 $\vec{F}$。在本书中，用黑体大写字母 $\boldsymbol{F}$ 表示力矢量，用普通字母 F 表示力的大小。

力的作用效果是使物体的运动状态和形态发生改变。前者称为力的**外效应或运动效应**，后者称为力的**内效应或变形效应**。一般来讲，这两种效应是同时存在的。但是，为了使问题的研究简化，通常将运动效应和变形效应分开来研究。本书主要研究力的外效应。

按照力的相互作用的范围来区分，力可以分为集中力与分布力两类。

3. 力在直角坐标轴上的投影

设力 $\boldsymbol{F}$ 作用于 A 点，如图 4.1-1 所示，在力 $\boldsymbol{F}$ 作用线所在的平面内任取直角坐标系 Oxy，自力矢 $\boldsymbol{F}$ 的两端 A 和 B 分别向同平面内直角坐标系的两轴引垂线（图 4.1-1），得垂足 a_1、b_1 和 a_2、b_2，线段 a_1b_1 和 a_2b_2 分别为该力在 x 和 y 轴上的投影，并以 F_x 和 F_y 表示。力的投影是代数量。投影的符号规定如下：从 a_1 到 b_1（或从 a_2 到 b_2）的指向与坐标轴的正向一致时为正；反之为负。图 4.1-1 中力 $\boldsymbol{F}$ 在 x 和 y 轴上的投影分别为

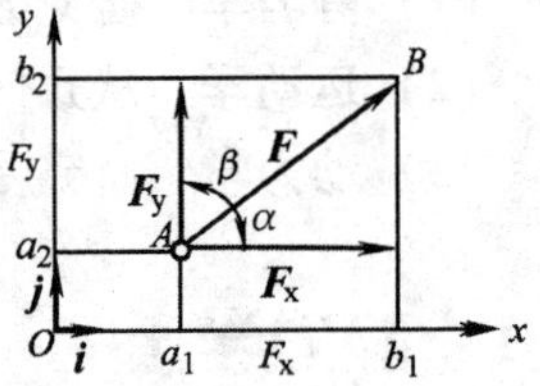

图 4.1-1

$$\left.\begin{aligned} F_x &= F\cos\alpha \\ F_y &= F\cos\beta \end{aligned}\right\}$$

即**力在某轴上的投影等于力的大小乘以力与该轴的正向间夹角的余弦**。

当已知力 $\boldsymbol{F}$ 在坐标轴上的投影为 F_x 和 F_y 时，则该力的大小及方向余弦为

$$\left.\begin{aligned} F &= \sqrt{F_x^2 + F_y^2} \\ \cos\alpha &= \frac{F_x}{F},\ \cos\beta = \frac{F_y}{F} \end{aligned}\right\}$$

力在轴上的投影是一个重要的概念，应用投影的概念，将力的合成由几何运算转换为代数运算，因而有极大的实用价值。

现将力 $\boldsymbol{F}$ 沿直角坐标轴方向分解

$$\boldsymbol{F} = \boldsymbol{F}_x + \boldsymbol{F}_y$$

由图 4.1-1 可以看出，力 $\boldsymbol{F}$ 沿直角坐标轴的分量与在相应轴上投影有以下关系：

$$\boldsymbol{F}_x = F_x\boldsymbol{i} \qquad \boldsymbol{F}_y = F_y\boldsymbol{j}$$

即力的投影与力的分量二者的大小相等。这一关系在非直角坐标系中并不成立，如图 4.1-2 所示。只有在直角坐标系中，力在轴上投影的数值才和力沿该轴的分量的大小相等，而投影的正负号可表明该分量的指向。

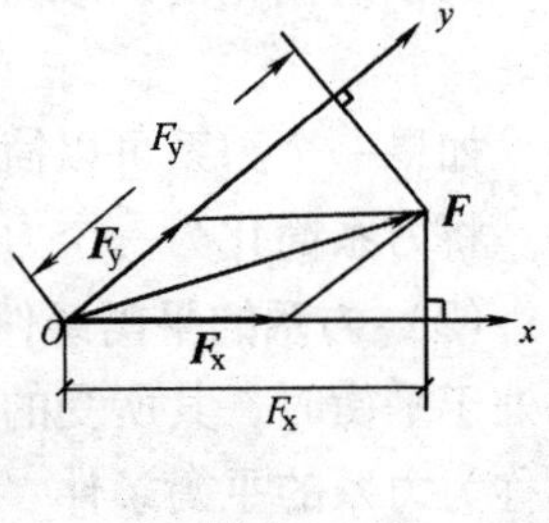

图 4.1-2

必须注意：力的投影与力的分量是两个不同的概念，力的投影是代数量，由力 $\boldsymbol{F}$ 可确定投影 F_x 及 F_y，但是由投影只可确定力矢 $\boldsymbol{F}$，不能确定力作用点的位置；而力的分量是力沿该方向的分作用，是矢量，由分量能完全确定力的三要素。

4.1.2 约束与约束力

物体在空间的位置（或运动）受到周围物体对它预先给定的不同程度的限制，而不能随意运动，这种预先给定的限制运动的条件称为**约束**。

约束通常是通过物体间的直接接触形成的。约束限制物体的运动，当物体沿着约束所限制的方向运动或有运动趋势时，约束对该物体必然有力的作用，以阻碍物体的运动，这种力称为**约束力**。约束力的方向总是与约束所能阻止的物体的运动或运动趋势的方向相反，它的作用点就在约束与被约束物体的接触点。在静力学中，约束对物体的作用，完全决定于约束力。

与约束力相对应，凡能主动引起物体运动或使物体有运动趋势的力，称为主动力。例如，重力、风力、水压力等。主动力在工程中也称为载荷。通常主动力是已知的，约束力是未知的。

将工程中常见的约束抽象出来，根据其特征，亦即约束力的性质，分成以下各种类型的约束。约束简图和约束力的符号根据约束类型已形成一种约定的画法和标注方法。下面在进行物体的受力分析时，一律采用这些约定。

1. 柔性体约束

柔软、不可伸长的约束物体称为柔性体约束，如绳索、链条、皮带等。如不特别指明，这类约束的截面尺寸及重量一律不计。这类约束的特点是：只能限制物体沿柔性体约束拉伸方向的运动，即只能承受拉力，不能承受压力。**柔性体的约束力是沿其中心线的拉力**，通常用字母 $\boldsymbol{F}_T$ 表示，如图 4.1-3 所示。

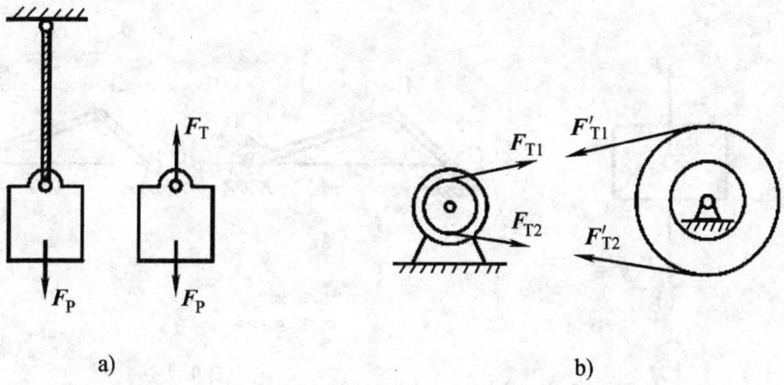

图 4.1-3

2. 光滑面约束

若物体相接触的约束是一光滑表面，则称此约束为光滑面约束。绝对光滑是一种理想化的情形。事实上，两物体接触时，总有摩擦存在，不过，当略去这种摩擦不会影响问题的基本性质时，就可以将接触表面视为光滑面约束。这种约束只能限制物体沿接触处的公法线、且指向光滑面一方的运动。点接触时，约束力为集中力，如图 4.1-4a 所示。

齿轮传动时，相啮合的一对轮齿以它们的齿廓曲面相接触。如不计摩擦就可以认为这是光滑接触，如图 4. 1-4b、c 所示。

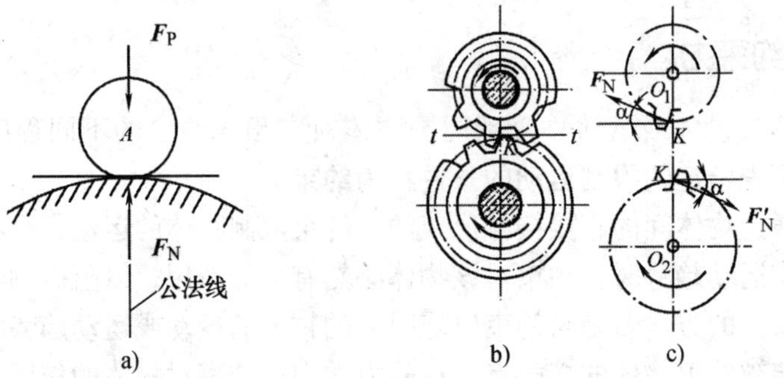

图 4. 1-4

若是线或面接触，如图 4. 1-5a、b 所示，约束力虽是分布力，一般总是用分布力的合力来表示，其作用点与物体所受的主动力有关，要由力学条件来确定。由此可知，**光滑面约束力为集中力，方向沿接触处的公法线指向物体**。一般用字母 $\boldsymbol{F}_{NA}$ 或 $\boldsymbol{F}_{RA}$ 表示，下标 A 通常用来说明接触部位。

上面所讲光滑面约束与柔性体约束，只能限制物体沿一个方向的运动，而不能限制相反方向的运动，这种约束称为**单面约束**。单面约束力一般均能事先确定。另一种约束称为**双面约束**，如图 4. 1-6 中导轨限制滑块向上或向下运动。因此对于双面约束力而言，其作用线的方位已知，但其指向事先难以确定，画约束力时，可以假设它的指向，如图 4. 1-6b 所示。最后，由其计算值的正负号，确定其真实的指向，即：计算值为正时，表明假设方向就是真实的方向；计算值为负时，表明假设方向与真实方向相反。

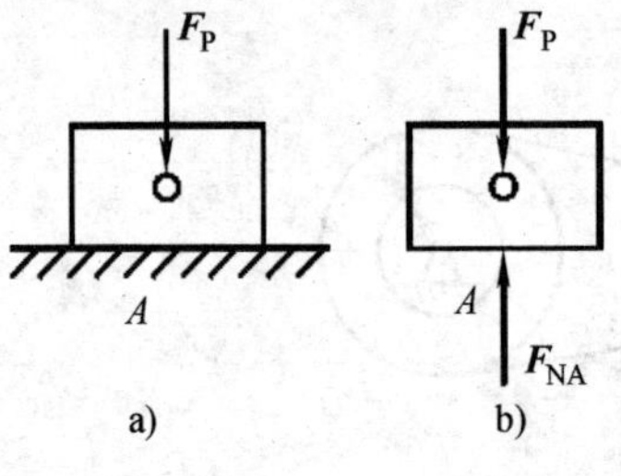

图 4. 1-5

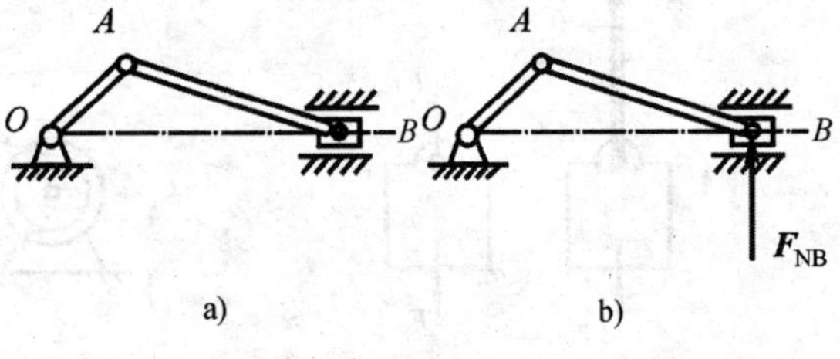

图 4. 1-6

3. 光滑圆柱形铰链约束

光滑圆柱形铰链约束的本质是光滑面约束。它大量地用于工程实际中，其结构形式比较典型，因此，单独列为一类约束。

（1）**中间柱铰链** 圆柱形铰链简称**圆柱铰**，是连接两个构件的圆柱形零件，一般称为**销钉**。例如，门窗上的合页，机器上的轴承、图 4. 1-6 中曲柄与连杆之间和连杆与滑块之间的连接等。

这类约束可视为由圆柱销插入两构件的圆柱孔而构成，并忽略摩擦和圆柱与构件上圆柱的间隙。如图4.1-7a中，两个构件各有一圆孔，中间用一圆柱形销钉连接起来，便构成一光滑中间柱铰链。它只允许两构件绕销钉轴线有相对转动，销钉对构件的约束力的作用点在接触点处，它总是沿销钉的径向，通过其中心，如图4.1-7b所示。在一般情况下，柱铰链的约束力的作用点及其大小，仅由约束本身的特征是不能确定的。但其作用线通过销钉中心，因此，通常将**光滑柱铰链的约束力用两个大小未知的正交分力表示，其作用线通过圆柱的中心**。柱铰链约束的简图与约束力的画法如图4.1-7c、d所示，一般用符号$\boldsymbol{F}_{A}$、$\boldsymbol{F}_{A}'$或$\boldsymbol{F}_{Ax}$或$\boldsymbol{F}_{Ay}$表示。这种铰链称为**中间柱铰链**。

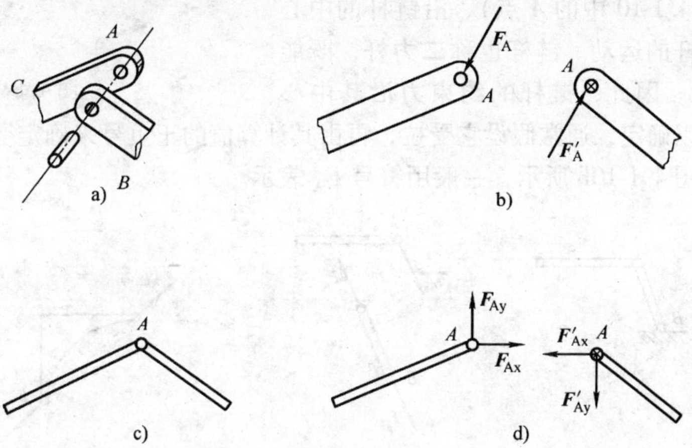

图4.1-7

（2）**固定柱铰链支座** 如果将上述用中间铰链相连的两构件之一固定在支承物上，此种约束则称为**固定柱铰链支座**，简称为**铰链支座**，如图4.1-8a、b所示，铰链支座简图见图4.1-8c，这种支座约束的特点是物体只能绕铰链轴线转动而不能发生垂直于铰轴的任何移动，所以**铰支座约束的约束力在垂直于圆柱销轴线的平面内，通过圆柱销中心，方向不定**，通常表示为相互垂直的两个分力，如图4.1-8d所示。

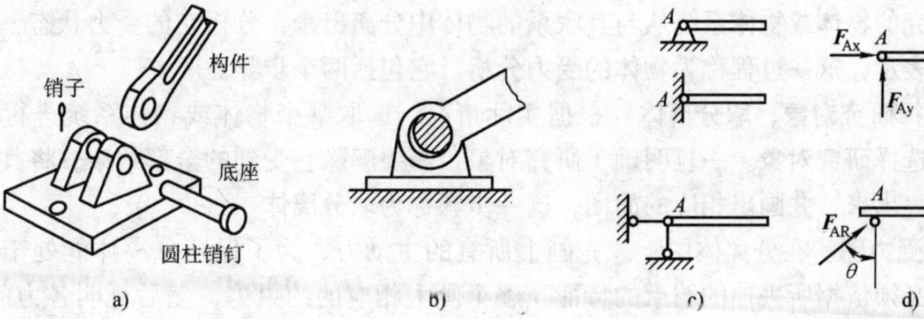

图4.1-8

（3）**滚动柱铰链支座** 工程中为了保证构件变形时不仅可绕某轴发生微小转动，还可以沿垂直于轴的方向有微小的平移，由此设计出**滚动柱铰链支座**，简称**滚动支座**，如图4.1-

9a 所示。它是在铰链支座的下面安装了几个辊轴，又称**辊轴支座**，可以是单面的，也可以是双面的。这种约束只限制物体沿支承面法线方向的运动，类似于光滑面约束。**滚动支座的约束力沿支承面法线，通过铰链中心**。一般用符号 $\boldsymbol{F}_{NA}$ 或 $\boldsymbol{F}_{RA}$ 表示。滚动支座简图及约束力画法如图 4.1-9b、c 所示。

4. 链杆约束

两端用光滑铰链与物体连接，中间不受力（包括自重在内）的刚性直杆称为**链杆**，如图 4.1-10a 中的 *AB* 杆。链杆约束只能限制物体上与链杆连接的那一点（如图 4.1-10 中的 *A* 点）、沿链杆的中心线趋向或背离链杆的运动。链杆也称**二力杆**，既能受拉，又能受压。因此，**链杆的约束力沿其中心线**，指向事先难以确定，通常假设它受拉，再由其计算值的正负号来确定受拉或受压。链杆约束力的画法如图 4.1-10b 所示，一般用符号 $\boldsymbol{F}_A$ 表示。

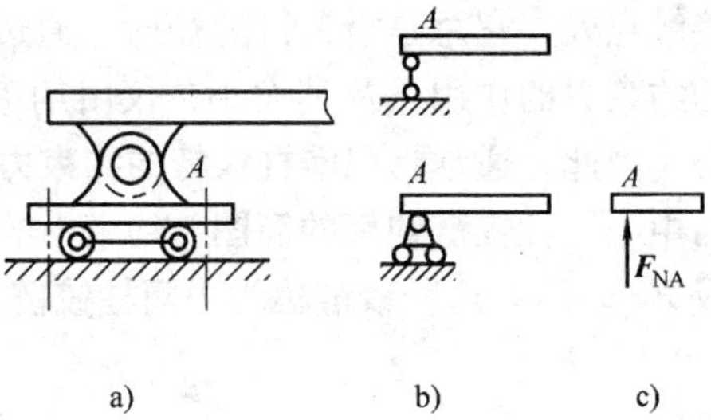

图 4.1-9

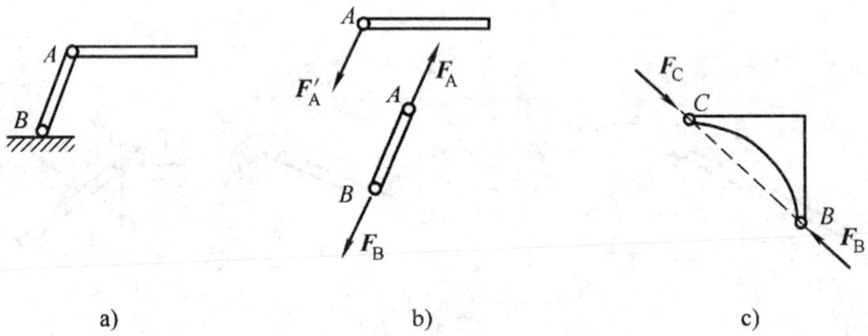

图 4.1-10

因此，铰链支座也可用两根不相平行的链杆来代替，如图 4.1-8c 所示，而辊轴支座可用垂直于支承面的一根链杆来代替，如图 4.1-9b 所示。

作为推广二力杆也可制成折杆的形状，如图 4.1-10c 所示，也称为二力构件。

5. 受力图

将所研究的物体或物体系统从与其联系的物体中分离出来，分析它的受力状态，并以受力图的形式表示，这一过程称为**物体的受力分析**。它包括两个步骤。

（1）**选择研究对象，取分离体**　根据实际情况，选取某个物体或物体系统进行分析研究，这就是选择**研究对象**。一旦明确了研究对象，需要解除它受到的全部约束，将其从周围的约束中分离出来，并画出相应的简图，这一步骤称为取**分离体**。

（2）**画受力图**　在分离体图上，先画上所有的主动力，为了保证分离体能处于分离前的状态，还必须依据所去掉的约束的特征，逐个画上相应的约束力，然后标明各力的符号，这个简图称为**受力图**。

受力分析是力学的基础，为了能够正确地画出研究对象的受力图，画受力图时，应注意以下几点：

1）明确研究对象，画出它所受的主动力；

2）按照上节所讲的约束类型画出各约束力的作用线和指向；

3）在物系问题中，宜先画整体的受力图，再画各分离体的受力图，当分析两分离体之间相互作用力时，应符合作用与反作用关系；作用力方向一经假定，则反作用力方向与之相反。画整体的受力图时，由于内力成对出现，因此不必画出，只需画出全部外力。

4）如果分离体与二力构件相连，要按二力构件的特点去画它对分离体的作用力。一般情况下，二力构件的两端为铰链，在去掉铰链约束之处，此作用力宜画成沿此二力杆两铰链连线的方向。

5）滑轮一般不单独分离出单画力图，而与某个构件连在一起。

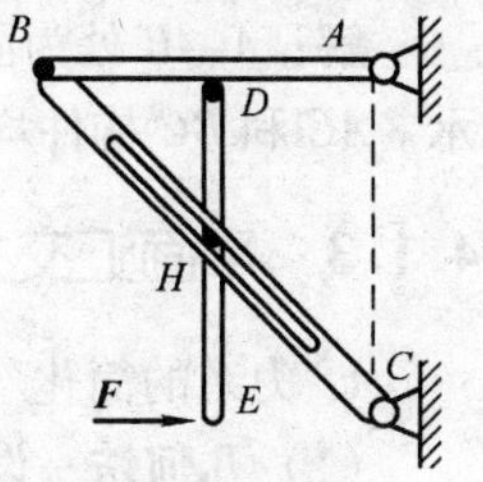

【例4.1-1】图

【例4.1-1】 【例4.1-1】图的构架中，*BC*杆上有一导槽，焊接在*DE*杆上的圆钉可在其中滑动。设所有接触面均光滑，各杆的自重不计，在*DE*杆受力图导槽对圆钉*H*的作用力是下列四个图中的哪一个？（　　）

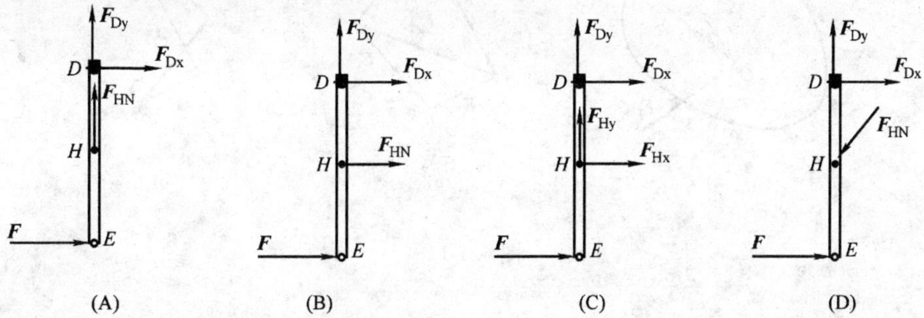

答案：（D）。

解：*BC*杆上的导槽对销钉*H*的约束是一个双面的光滑面约束，$\boldsymbol{F}_{HN}$应是槽的法线方向，由于光滑面是双面的，$\boldsymbol{F}_{HN}$的指向可以假设。

【例4.1-2】 某厂房用三铰刚架，由于地形限制，铰*A*及*B*位于不同高度，刚架上的载荷已简化为两个集中力$\boldsymbol{F}_1$及$\boldsymbol{F}_2$。受力图如【例4.1-2】图a所示。试判断其是否正确？（　　）

（A）正确。无水平载荷，*A*、*B*处约束力应无水平分量

（B）错误。受力图中未画出铰链*C*的约束力

（C）错误。*AC*和*BC*构件均为二力构件，*A*、*B*处约束力应有水平分量

（D）错误。*A*、*B*处约束力应有水平分量

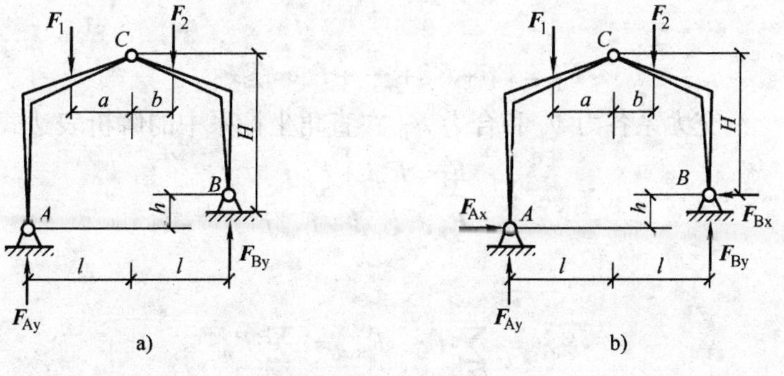

【例4.1-2】图

答案：(D)。

解： A、B 处为固定铰支座约束力应有水平分量。正确的受力图如【例 4.1-2】图 b 所示。AC 和 BC 构件均不是二力构件。

4.1.3　平面汇交力系

1. 力系的简化

(1) **几何法**　设刚体上作用有汇交于同一点 O 的三个力 $\boldsymbol{F}_1$、$\boldsymbol{F}_2$ 和 $\boldsymbol{F}_3$，如图 4.1-11a 所示。显然，只需连续应用力的平行四边形法则，或力的三角形法则，就可以求出 $\boldsymbol{F}_1$、$\boldsymbol{F}_2$ 和 $\boldsymbol{F}_3$ 的合力 $\boldsymbol{F}_R$，其大小和方向可由图 4.1-11b 上量出。而合力作用点仍在汇交点 O。

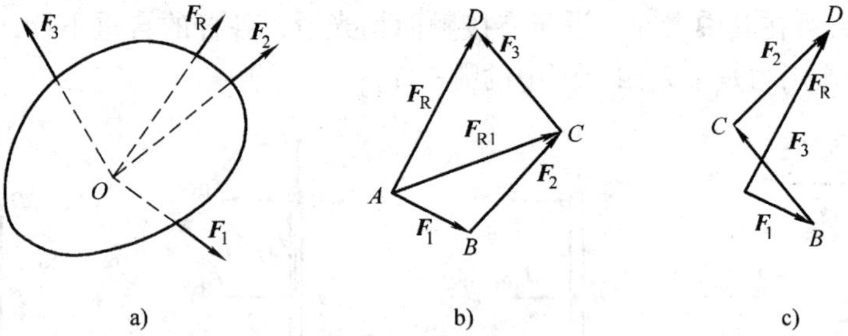

图 4.1-11

实际作图时中间矢量 $\boldsymbol{F}_{R1}$ 不必画出，只要把各力矢量首尾相接，画出一个开口多边形 $ABCD$，最后将第一个力 $\boldsymbol{F}_1$ 的始端 A 与最末一个力 $\boldsymbol{F}_3$ 的末端 D 相连，所得的矢量就代表该力系合力 $\boldsymbol{F}_R$ 的大小和方向，如图 4.1-11b 所示。这个多边形 $ABCD$ 叫**力多边形**，这种以力多边形求合力的作图规则，称为**力多边形法则**。这种方法称为**几何法**。

应该指出，由于力系中各力的大小和方向已经给定，画力多边形时，任意变换画力矢的次序，只影响力多边形的形状，而不影响最后所得合力的大小和方向，如图 4.1-11c 所示。但应注意，各分力矢必须首尾相接，而合力的指向应从力多边形的第一个力矢的始端指向最后一个力矢的末端。

上述方法也适用于任意个汇交力的情形。即**平面汇交力系合成的结果是一个合力，它等于原力系中各力的矢量和，合力的作用线通过各力的汇交点**。这一关系可用矢量式表示为

$$\boldsymbol{F}_R=\boldsymbol{F}_1+\boldsymbol{F}_2+\cdots+\boldsymbol{F}_n=\sum\boldsymbol{F}_i$$

(2) **解析法**　汇交力系各力 $\boldsymbol{F}_i$ 和合力 $\boldsymbol{F}_R$ 在直角坐标系中的解析表达式为

$$\boldsymbol{F}_i=F_{xi}\boldsymbol{i}+F_{yi}\boldsymbol{j}$$

$$\boldsymbol{F}_R=F_{Rx}\boldsymbol{i}+F_{Ry}\boldsymbol{j}$$

即

$$F_{Rx}=\sum_{i=1}^{n}F_{xi},\ F_{Ry}=\sum_{i=1}^{n}F_{yi}$$

这表明：**汇交力系的合力在某轴上的投影等于各力在同一轴上投影的代数和，称为合力投影定理**。应用这一定理，得到汇交力系合力的大小和方向余弦：

$$\left.\begin{aligned}F_R &= \sqrt{F_{Rx}^2 + F_{Ry}^2} \\ \cos(\boldsymbol{F}_R, \boldsymbol{i}) &= \frac{F_{Rx}}{F_R},\ \cos(\boldsymbol{F}_R, \boldsymbol{j}) = \frac{F_{Ry}}{F_R}\end{aligned}\right\}$$

合力作用线通过汇交点。这是求解汇交力系合力的另一种方法，称为**解析法**。

合力投影定理虽然是从汇交力系推出来的，但是，它适用于任何有合力的力系。

2. 力系的平衡

（1）**几何法** 若作用于刚体上的平面汇交力系用力的多边形法则合成时，第一个力矢的起点与最末一个力矢的终点恰好重合而构成一个自行封闭的力多边形，它表示力系的合力 $\boldsymbol{F}_R$ 等于零，于是该力系为一平衡力系。反之，平面汇交力系是一平衡力系，则力系的合力为零，即力多边形自行封闭。由此可知，用几何法表示平面汇交力系平衡的必要与充分条件是：**力系中各力矢构成的力多边形自行封闭，或各力矢的矢量和等于零**。以矢量式表示为

$$\boldsymbol{F}_R = 0 \quad 或 \quad \sum \boldsymbol{F} = 0$$

用几何法求力系合成与平衡问题时，可图解或应用几何关系求解。图解的精确度决定于作图的精确度，因此要注意选取适当的比例尺，并认真作图。应用平面汇交力系平衡的几何条件，根据矢序规则和自行封闭的特点可以求解两个未知量，并决定未知力的指向。

（2）**解析法** 由力系合力 $\boldsymbol{F}_R = 0$ 的平衡条件，得平面汇交力系平衡方程

$$\sum F_x = 0$$
$$\sum F_y = 0$$

即平面汇交力系平衡的必要和充分的解析条件是：**力系中所有各力在两个坐标轴中每一轴上的投影的代数和等于零**。平面汇交力系有两个独立的平衡方程可求解两个未知量，它们可以是力的大小，也可以是力的方向。

【例4.1-3】 平面汇交力系（$\boldsymbol{F}_1$、$\boldsymbol{F}_2$、$\boldsymbol{F}_3$、$\boldsymbol{F}_4$、$\boldsymbol{F}_5$）的力多边形如【例4.1-3】图所示，该力系的合力等于（ ）。

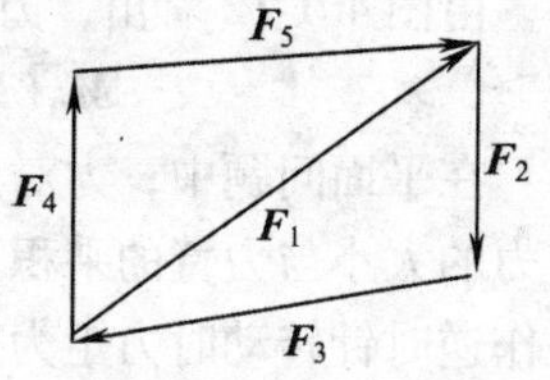

【例4.1-3】图

（A）零

（B）$\boldsymbol{F}_1$

（C）$\boldsymbol{F}_5$

（D）$\boldsymbol{F}_4$

答案：（B）。

解：平面汇交力系各力矢首尾相连形成力多边形，合力为力多边形的封闭边。图中 $\boldsymbol{F}_2$、$\boldsymbol{F}_3$、$\boldsymbol{F}_4$、$\boldsymbol{F}_5$ 四个力形成了封闭的力多边形，即为平衡力系。因此 $\boldsymbol{F}_1$ 为原力系的合力。此题的分析还有其他多种思路，请读者自行研究。

【例4.1-4】 用一组绳悬挂一重为 P 的重物，其中，绳1及绳3位于水平位置，绳2及绳4倾斜如【例4.1-4】图所示。绳4受的拉力为（ ）。

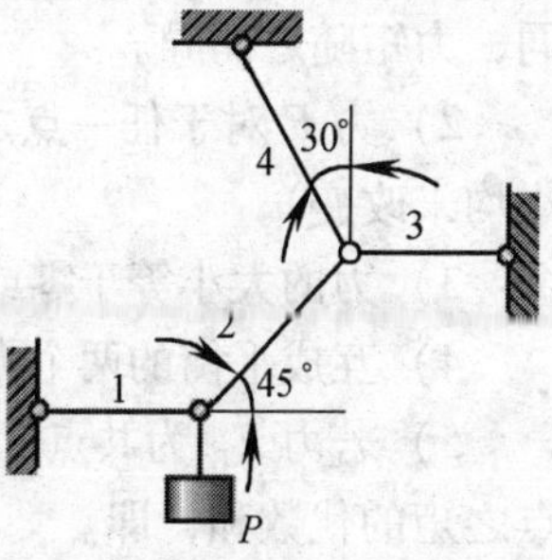

【例4.1-4】图

（A）$T_4 = \frac{2}{3}\sqrt{2}P$

（B）$T_4 = \frac{1}{3}\sqrt{2}P$

（C）$T_4=\frac{1}{3}\sqrt{3}P$

（D）$T_4=\frac{2}{3}\sqrt{3}P$

答案：（D）。

解： 以整体为研究对象，分别画出绳 1、绳 3 和绳 4 约束力，由铅直方向平衡条件，得到 $T_4=2\sqrt{3}P/3$。

以上讨论推广到空间汇交力系，则平衡条件为

$$\begin{cases}\sum F_x=0\\ \sum F_y=0\\ \sum F_z=0\end{cases}$$

4.1.4 平面力偶理论

1. 力对点之矩

一个在点 O 具有铰链约束的静止物体，受到不通过点 O 的力 $\boldsymbol{F}$ 作用时，物体即绕点 O 转动（图 4.1-12）。从实践得知，力 $\boldsymbol{F}$ 使物体转动的效应，不仅和该力的大小有关，也和该力作用线至点 O 的距离 h 有关。这个效应在力学中以乘积 $\pm Fh$ 来度量，并称为力 $\boldsymbol{F}$ 对点 O 的矩，简称**力矩**。点 O 称为**力矩中心**，简称**矩心**，距离 h 称为**力臂**。力 $\boldsymbol{F}$ 对于点 O 的矩以记号 $M_O(\boldsymbol{F})$ 表示，计算公式为

$$M_O(\boldsymbol{F})=\pm Fh$$

由图 4.1-12 看出，力 $\boldsymbol{F}$ 对点 O 的矩的大小也可用三角形 AOB 面积的两倍表示，即

$$M_O(\boldsymbol{F})=\pm 2\Delta AOB$$

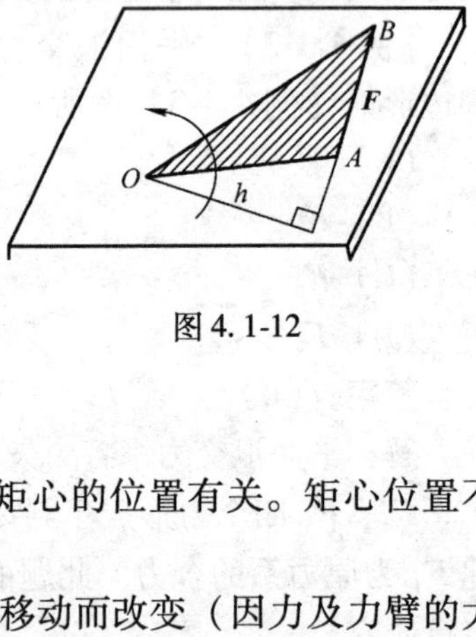

图 4.1-12

在平面问题中，力对点之矩**是一个代数量**，其绝对值等于力的大小与力臂的乘积，其正负号规定为：力使物体绕矩心作逆时针转动时力矩为正，反之为负。所以，正负号表示了力使物体转动的两种转向。

在国际单位制中，力矩的单位，以牛顿·米（N·m），牛顿·毫米（N·mm）或千牛顿·米（kN·m）表示。

根据以上所述，不难得出下述的力矩性质：

1）力 $\boldsymbol{F}$ 对于 O 点之矩不仅取决于 $\boldsymbol{F}$ 的大小，同时还与矩心的位置有关。矩心位置不同，力矩随之而异。

2）力 $\boldsymbol{F}$ 对于任一点之矩，不因该力的作用点沿其作用线移动而改变（因力及力臂的大小均未改变）。

3）力的大小等于零或力的作用线通过矩心时，力矩等于零。

4）互成平衡的两个力对于同一点之矩的代数和等于零。

5）若力 $\boldsymbol{F}_R$ 为共点二力 $\boldsymbol{F}_1$ 及 $\boldsymbol{F}_2$ 的合力，则合力对于任一点 O 之矩等于分力对于同一点之矩的代数和，即

$$M_O(\boldsymbol{F}_R)=M_O(\boldsymbol{F}_1)+M_O(\boldsymbol{F}_2)$$

上式称为**合力矩定理**。

在计算力矩时，若力臂不易求出，常将力分解为两个易定力臂的分力（通常是正交分解），然后应用合力矩定理计算力矩。

2. 力偶

在力学上把**大小相等、方向相反、作用线互相平行的两个力叫做力偶**，并记为（$\boldsymbol{F}$，$\boldsymbol{F}'$）。力偶中两力所在平面叫**力偶作用面**，如作用面不同，力偶的作用效应也不一样。两力作用线间的垂直距离叫**力偶臂**，以 d 表示，如图 4.1-13 所示。

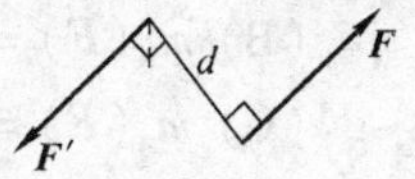

图 4.1-13

力偶不能用一个力来代替，也就不能和一个力相平衡。力偶的两个力大小相等，方向相反但不共线，因此力偶本身不平衡。力偶是一个基本的力学量。

3. 力偶矩

力偶对于物体只有转动效应，而力的转动效应是用力矩度量的，因此力偶使物体绕某点的转动效应自然可以用力偶的两个力对于该点之矩的代数和来度量。如图 4.1-14 所示，在力偶（$\boldsymbol{F}$，$\boldsymbol{F}'$）的作用面内任取 O 点为矩心，设 O 点与力 $\boldsymbol{F}'$的距离为 x，则力偶（$\boldsymbol{F}$，$\boldsymbol{F}'$）对于 O 点之矩为

$$M_O(\boldsymbol{F},\boldsymbol{F}') = M_O(\boldsymbol{F}) + M_O(\boldsymbol{F}') = F(x+d) - F'x = Fd$$

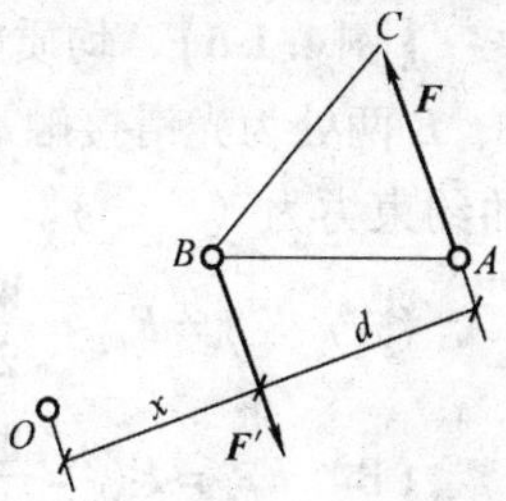

图 4.1-14

由此可见，力偶对矩心 O 点的力矩只与力 $\boldsymbol{F}$ 和力偶臂 d 的大小有关，而与矩心位置无关。即力偶对物体的转动效应只取决于力偶中力的大小和二力之间的垂直距离（即力偶臂）。因此，在力学上以乘积 Fd 为量度力偶对物体的转动效应的物理量，这个量称为**力偶矩**，以符号 $m(\boldsymbol{F},\boldsymbol{F}')$或 m 表示，即

$$m(\boldsymbol{F},\boldsymbol{F}') = \pm Fd$$

或

$$m = \pm Fd$$

式中的正负号表示力偶的转动方向，以逆时针转向为正；顺时针转向为负。由此可见，在平面内，力偶矩是**代数量**。

4. 力偶的等效

在同一平面内的两个力偶，只要它们的力偶矩大小相等、转动方向相同，则两力偶必等效，且与矩心的位置无关。**这就是平面力偶的等效定理**。

由上述定理可知，在同一平面内研究有关力偶的问题时，只须考虑力偶矩，而不必研究其中力的大小和力偶臂的长短。

由此可见，力偶臂和力的大小都不是力偶的特征量，只有力偶矩才是力偶作用的唯一量度。用图 4.1-15 所示的符号表示力偶，m 为力偶矩。

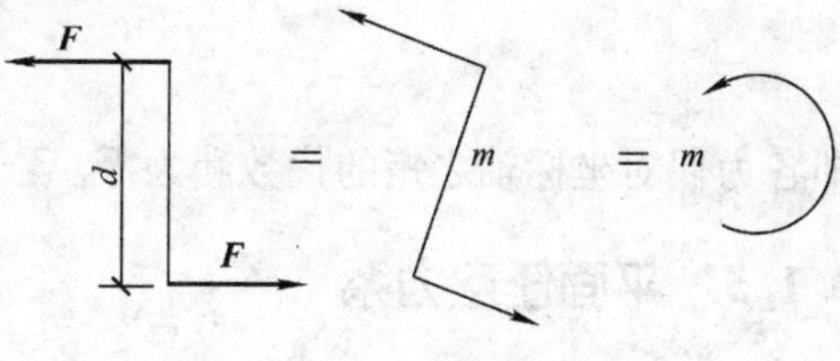

图 4.1-15

5. 平面力偶系的合成

由力偶的等效条件可知，**平面力偶系的合成结果还是一个力偶，合力偶矩等于力偶系中各力偶矩的代数和**，即

$$M = m_1 + m_2 + \cdots + m_n = \sum m$$

6. 平面力偶系的平衡

平面力偶系平衡的必要与充分条件是：力偶系中各力偶矩的代数和等于零，即

$$\sum M=0$$

上式称为**平面力偶系的平衡方程**，应用平面力偶系的平衡方程可以求解一个未知量。

【例4.1-5】 手柄AB长0.25m，在柄端B处作用一大小为40N的力$\boldsymbol{F}$，则此力对A点的最大力矩以及相应的α角的值为（　　）。

（A）$m_A(\boldsymbol{F})=100.0\text{N}\cdot\text{m}$，$\alpha=60°$；

（B）$m_A(\boldsymbol{F})=-10.0\text{N}\cdot\text{m}$，$\alpha=30°$

（C）$m_A(\boldsymbol{F})=10.0\text{N}\cdot\text{m}$，$\alpha=60°$

（D）$m_A(\boldsymbol{F})=8.7\text{N}\cdot\text{m}$，$\alpha=90°$

答案：（C）。

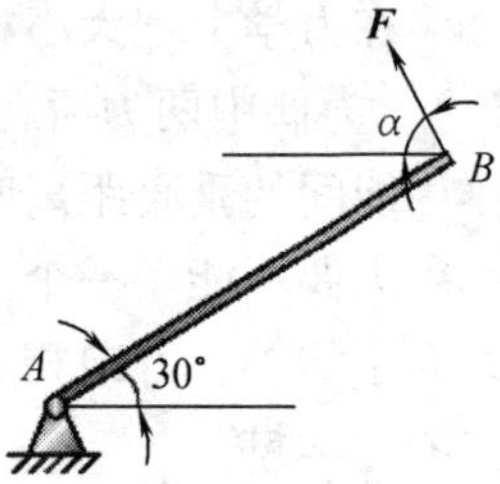

【例4.1-5】图

解：由合力矩定理可知，$\alpha=60°$时，力$\boldsymbol{F}$对A点的力矩为$m_A(\boldsymbol{F})=0.25\times40\text{N}\cdot\text{m}=10.0\text{N}\cdot\text{m}$，即为最大力矩。

【例4.1-6】 均质杆AB长为l，重W，受到如图所示的约束，且绳索ED处于铅垂位置，A、B两处为光滑接触，而杆的倾角为α，又$CD=l/4$。故A、B两处的约束力为（　　）。

（A）$F_{NA}=F_{NB}=\dfrac{W}{2}$

（B）$F_{NA}=F_{NB}=\dfrac{W}{4}\cot\alpha$

（C）$F_{NA}=F_{NB}=\dfrac{W}{4}\tan\alpha$

（D）$F_{NA}=F_{NB}=W$

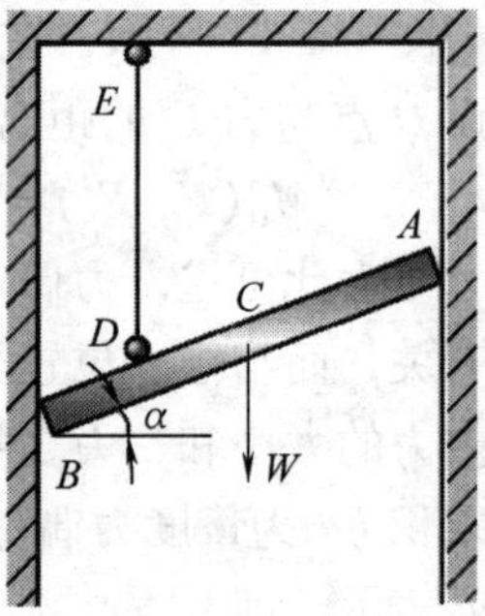

【例4.1-6】图

答案：（B）。

解：画出均质杆AB的受力图，A、B两处为光滑面约束，形成一对力偶；绳索ED为柔软体约束与重W构成又一对力偶。由平面力偶系的平衡条件$\sum m=0$，得到$F_{\text{NA}}=F_{\text{NB}}=\dfrac{W}{4}\cot\alpha$。

以上讨论推广到空间力偶系，则平衡条件为

$$\begin{cases}\sum m_x=0\\ \sum m_y=0\\ \sum m_z=0\end{cases}$$

即各力偶对坐标轴之矩的代数和为零。

4.1.5 平面任意力系

1. 力线平移定理

设力$\boldsymbol{F}$作用于刚体的点A，如图4.1-16a所示。在刚体上任取一点O，并在点O加上两个等值反向的力$\boldsymbol{F}'$和$\boldsymbol{F}''$，使它们与力$\boldsymbol{F}$平行，且$\boldsymbol{F}=\boldsymbol{F}'=-\boldsymbol{F}''$，如图4.1-16b所示。显然，三个力$\boldsymbol{F}$、$\boldsymbol{F}'$、$\boldsymbol{F}''$组成的新力系与原来的一个力$\boldsymbol{F}$等效。但是这三个力可看作是一个作用在点$O$的力$\boldsymbol{F}'$和一个力偶（$\boldsymbol{F}$，$\boldsymbol{F}''$），这个力偶称为**附加力偶**，如图4.1-16c所示。显然，附加力偶的矩为

$$m=Fd$$

其中 d 为附加力偶的臂。由图易见，d 就是点 O 到力 $\boldsymbol{F}$ 的作用线的垂距，因此 Fd 也等于力 $\boldsymbol{F}$ 对点 $\boldsymbol{O}$ 的矩，即

$$M_O(\boldsymbol{F}) = Fd$$

由此可得力线平移定理：**作用于刚体的力 $\boldsymbol{F}$，可以平移至同一刚体的任一点 O，但必须附加一个力偶，其力偶矩等于原力 $\boldsymbol{F}$ 对于新作用点 O 之矩。**

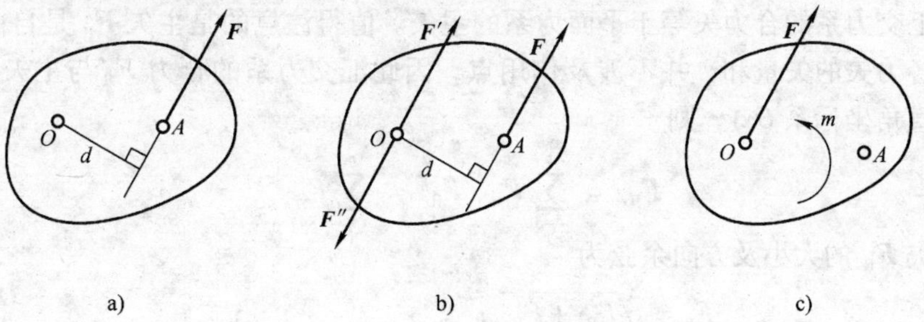

图 4.1-16

2. 力系的主矢与主矩

（1）**主矢**　由任意多个力组成的力系中所有力的矢量和，称为力系的**主矢量**，简称**主矢**。用 $\boldsymbol{F}_R$ 表示，即

$$\boldsymbol{F}_R = \boldsymbol{F}_1 + \boldsymbol{F}_2 + \cdots + \boldsymbol{F}_n = \sum \boldsymbol{F}_i$$

（2）**主矩**　在平面力系中，所有的力对任意同一点之矩的代数和，称为力系对这一点的**主矩**。用 M_O 表示，即

$$M_O = M_1 + M_2 + \cdots + M_n = \sum M_O\ (\boldsymbol{F}_i)$$

需要指出的是，主矢只有大小和方向，并未涉及作用点；主矩是对于确定点的。因此，对于一个确定的力系，主矢是唯一的；主矩并不是唯一的。

3. 平面一般力系向作用面内任一点简化

根据力的平移定理，将平面一般力系的各力平移到作用面内任一点 O，从而将原力系化为一个平面汇交力系和一个平面力偶系。这种做法，称为平面一般力系向作用面内任一点 O 的简化，点 O 称为**简化中心**。

设在某刚体上作用平面任意力系 $\boldsymbol{F}_1$、$\boldsymbol{F}_2$、…、$\boldsymbol{F}_n$，如图 4.1-17a 所示。根据力线平移定理，将各力全部平移到 O 点后如图 4.1-17b 所示，则原力系成为平面汇交力系 $\boldsymbol{F}_1'$、$\boldsymbol{F}_2'$、…、$\boldsymbol{F}_n'$和力偶矩为 m_1、m_2、…、m_n 的附加平面力偶系。

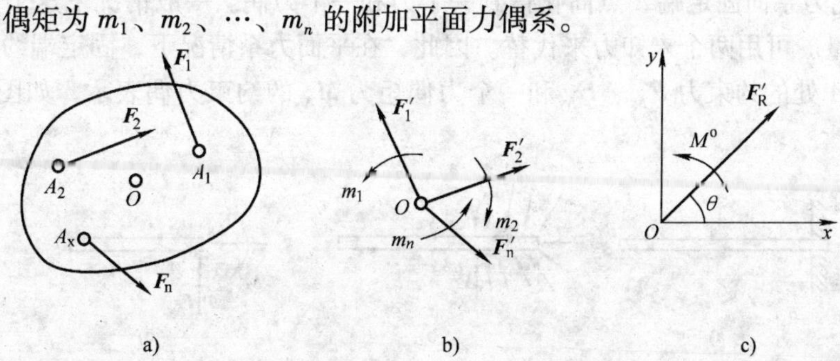

图 4.1-17

平面汇交力系可合成为一力以 $\boldsymbol{F}_{\mathrm{R}}'$表示，如图 4. 1-17c 所示，作用于简化中心，等于所有汇交力的矢量和，即

$$\boldsymbol{F}_{\mathrm{R}}' = \boldsymbol{F}_1' + \boldsymbol{F}_2' + \cdots + \boldsymbol{F}_n' = \sum \boldsymbol{F}'$$

其中 $$\boldsymbol{F}_1' = \boldsymbol{F}_1,\ \boldsymbol{F}_2' = \boldsymbol{F}_2,\ \cdots,\ \boldsymbol{F}_n' = \boldsymbol{F}_n$$

故 $$\boldsymbol{F}_{\mathrm{R}} = \boldsymbol{F}_1 + \boldsymbol{F}_2 + \cdots + \boldsymbol{F}_n = \sum \boldsymbol{F} = \boldsymbol{F}_{\mathrm{R}}'$$

上式表明，汇交力系的合力矢等于平面力系的主矢。值得注意的是主矢 $\boldsymbol{F}_{\mathrm{R}}$ 是自由矢，它只代表力系中各力矢的矢量和，并不涉及作用点，因此汇交力系的合力 $\boldsymbol{F}_{\mathrm{R}}'$与主矢 $\boldsymbol{F}_{\mathrm{R}}$ 并不完全相同。选直角坐标系 Oxy，则

$$F_{\mathrm{Rx}} = \sum_{i=1}^{n} F_{xi},\ F_{\mathrm{Ry}} = \sum_{i=1}^{n} F_{yi}$$

因此主矢 $\boldsymbol{F}_{\mathrm{R}}$ 的大小及方向余弦为

$$\left.\begin{aligned} &F_{\mathrm{R}} = \sqrt{F_{\mathrm{Rx}}^2 + F_{\mathrm{Ry}}^2} \\ &\cos(\boldsymbol{F}_{\mathrm{R}}, \boldsymbol{i}) = \frac{F_{\mathrm{Rx}}}{F_{\mathrm{R}}},\ \cos(\boldsymbol{F}_{\mathrm{R}}, \boldsymbol{j}) = \frac{F_{\mathrm{Ry}}}{F_{\mathrm{R}}} \end{aligned}\right\}$$

平面附加力偶系可合成为一力偶，其力偶矩以 M^{o} 表示，如图 4. 1-17c，应等于所有附加力偶矩的代数和，即

$$M^{\mathrm{o}} = m_1 + m_2 + \cdots + m_n$$

其中 $$m_1 = M_O(\boldsymbol{F}_1),\ m_2 = M_O(\boldsymbol{F}_2),\ \cdots,\ m_O = M_O(\boldsymbol{F}_n)$$

故 $$M^{\mathrm{o}} = M_O(\boldsymbol{F}_1) + M_O(\boldsymbol{F}_2) + \cdots + M_O(\boldsymbol{F}_n) = \sum M_O(\boldsymbol{F}) = M_O$$

上式表明，附加力偶系的合力偶矩等于平面力系对于简化中心 O 的主矩。

综上所述可得如下结论：**平面任意力系向作用面内任一点简化，一般可以得到一力和一力偶；该力作用于简化中心，其大小及方向等于平面力系的主矢，该力偶之矩等于平面力系对于简化中心的主矩。**力系的主矢 $\boldsymbol{F}_{\mathrm{R}}$ 完全决定于力系中各力的大小及方向，与简化中心的位置无关；而力系对于简化中心的主矩 M_O 与简化中心的位置有关；因此选择不同位置的简化中心，则各力矩的力臂以及转向均将改变，因而主矩也将改变。

下面应用力系向任一点简化的方法来分析平面固定端支座的约束力。

既能限制物体移动，又能限制物体转动的约束，称为**固定端支座**。如图 4. 1-18a 所示的梁为其简图，其一端嵌入墙内，使梁固定，墙即为梁的固定端支座。固定端支座对物体的作用，是在接触面上作用了一群约束力。在平面问题中，这些力为一平面任意力系，如图4. 1-18b 所示。将此力系向固定端 A 点简化得到一个力和一个力偶。一般情况下这个力的大小和方向均为未知量。可用两个未知力来代替。因此，在平面力系情况下，固定端约束的约束力以作用于端点 A 处的约束力 $\boldsymbol{F}_{\mathrm{Ax}}$、$\boldsymbol{F}_{\mathrm{Ay}}$和一个力偶矩为 M_{A} 的约束力偶表示，如图 4. 1-18c 所示。

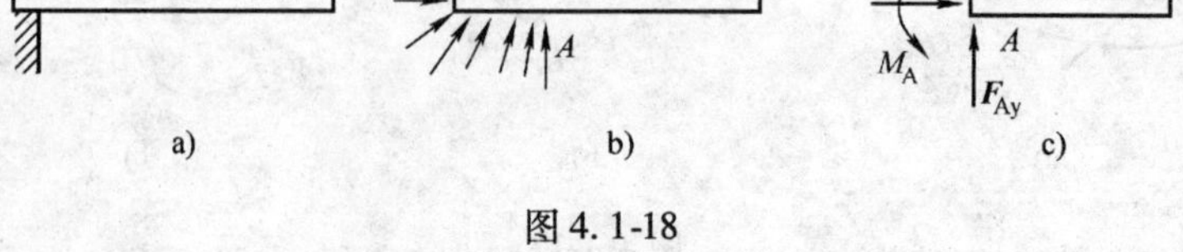

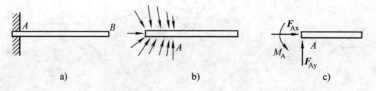

图 4. 1-18

4. 平面一般力系的平衡方程

平面一般力系平衡的**必要与充分条件**为：力系的主矢 $\boldsymbol{F}_R$ 和对任意点的主矩 M_O 均等于零。即

$$\boldsymbol{F}_R=0, M_O=0$$

或

$$\sum F_x=0, \sum F_y=0, \sum M_O(F)=0$$

上式为平面力系平衡方程的基本形式，它表明：**平面一般力系各力在任意两正交轴上投影的代数和等于零，对任一点之矩的代数和等于零。**

方程组的三个方程是相互独立的。运用它只能解三个未知量。

5. 平面一般力系平程方程的其他形式

应该指出，投影轴和矩心是可以任意选取的。在解决实际问题时适当选择矩心与投影轴可以简化计算，尤其是在研究物体系统的平衡问题时，往往要解多个联立方程。为了简化运算，力系平衡方程组中的投影式可以部分或全部地用力矩式替代。这样在解题中投影轴的取向，矩心或取矩轴位置可以灵活选择，以便做到列一个平衡方程就能求出一个未知量，避免出现列出全部平衡方程再联立求解全部未知数时的困难。灵活选择的原则是：轴的取向应与某些未知力垂直；矩心要选在未知力的交点上等。这样就可构成其他形式的平衡方程。但是，只有当所选投影轴与矩心满足一定条件时，所得的平衡方程组才是相互独立（线性无关）的。

（1）二力矩形式的平衡方程

$$\sum M_A(\boldsymbol{F})=0,\ \sum M_B(\boldsymbol{F})=0,\ \sum F_x=0$$

即两个力矩式和一个投影式，其中 A 和 B 是平面内任意两点，但连线 AB 不垂直投影轴 x。

（2）三力矩形式的平衡方程

$$\sum M_A(\boldsymbol{F})=0,\ \sum M_B(\boldsymbol{F})=0,\ \sum M_C(\boldsymbol{F})=0$$

即三个力矩式，其中 A、B、C 是平面内不共线的任意三点。

【例 4.1-7】 力 $\boldsymbol{F}_1$、$\boldsymbol{F}_2$、$\boldsymbol{F}_3$、$\boldsymbol{F}_4$ 分别作用在刚体上同一平面内的 A、B、C、D 四点，各力矢首尾相连形成一矩形如图示。该力系的简化结果为（　　）。

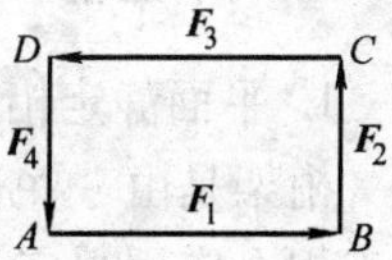

【例 4.1-7】图

（A）平衡

（B）一合力

（C）一合力偶

（D）一力和一力偶

答案：（C）。

解： 平面任意力系向一点简化，得到一主矢和一主矩。图示表明：其主矢为零。而由于 $\boldsymbol{F}_2$ 与 $\boldsymbol{F}_4$、$\boldsymbol{F}_1$ 与 $\boldsymbol{F}_3$ 等值、反向、平行且不共线，即构成两个相同转向的力偶，因此，该力系的简化结果为一合力偶。

【例 4.1-8】 均质圆柱体的质量为 m，半径为 r，置于两光滑的斜面上。作用力 F 通过圆柱最高点、且沿圆柱面的切线方向，当圆柱不移动时，接触面 2 处的约束力大小为（　　）。

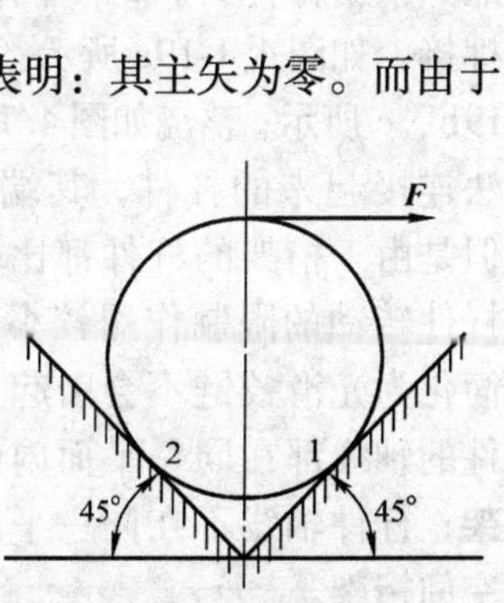

【例 4.1-8】图

（A）$F_{N2}=\dfrac{\sqrt{2}}{2}(mg-F)$

（B）$F_{N2}=\dfrac{\sqrt{2}}{2}F$

（C）$F_{N2}=\frac{\sqrt{2}}{2}mg$

（D）$F_{N2}=\frac{\sqrt{2}}{2}(mg+F)$

答案：（A）。

解： 画出圆柱体的受力图，由平面任意力系的平衡条件$\sum F_{X1}=0$，X_1轴是与约束力F_{N2}平行的投影轴。得到$F_{N2}=\frac{\sqrt{2}}{2}(mg-F)$。

【例 4.1-9】 图示为一连续梁，由AB、BC梁通过销钉B联结而成。约束及载荷如图所示。均布载荷的载荷强度为q(kN/m)，$AB=BC=l$(m)。固定端约束A及可动铰支座C的约束力为（　　）。

（A）$F_{Ax}=0$，$F_{Ay}=0$，$M_A=0$；$F_{Cy}=q$

（B）$F_{Ax}=0$，$F_{Ay}=\frac{ql}{2}$，$M_A=0$；$F_{Cy}=\frac{ql}{2}$

（C）$F_{Ax}=0$，$F_{Ay}=\frac{ql}{2}$，$M_A=ql^2$（逆时针）；$F_{Cy}=\frac{ql}{2}$

（D）$F_{Ax}=0$，$F_{Ay}=\frac{ql}{2}$，$M_A=\frac{ql^2}{2}$（逆时针）；$F_{Cy}=\frac{ql}{2}$

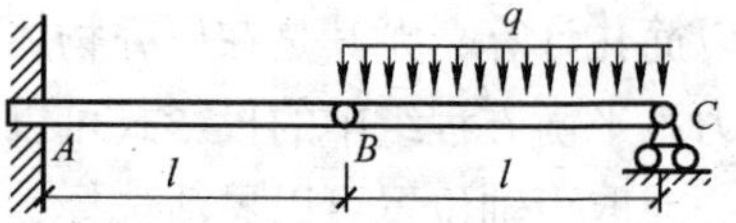

【例 4.1-9】图

答案：（D）。

解： 本题为物体系统的平衡问题。先以整体为研究对象，画其受力图，由平衡条件得$F_{Ax}=0$。均布载荷可以用作用在BC梁中点的合力表示，合力的大小等于载荷强度与分布长度的乘积ql。再依次分别以BC梁、AB梁（或整体）为研究对象，画受力图，由平衡条件得解。

4.1.6　平面静定桁架结构的平衡问题

1. 平面静定桁架的构成

桁架是由一些直杆彼此在两端用铰链连接而成的几何形状不变的结构。这种形式的结构在工程上应用很广。房屋建筑、起重机、电视塔、油田井架和桥梁上一般多采用桁架结构。

桁架中杆件与杆件相连接的铰链，称为**节点**。根据杆件材料的不同，常见的节点构造有榫接，如图 4.1-19a 所示；焊接或铆接如图 4.1-19b、c 所示；整浇如图 4.1-19d 所示。用这些方法连接起来的杆件，其端部实际上是固定端，但是由于桁架的杆件都比较细长，端部对整个杆件转动的限制作用较小，因此，把节点抽象简化为光滑铰链不会引起太大的误差。所有杆件的轴线都在同一平面内的桁架，称为**平面桁架**；杆件轴线不在同一平面内的桁架，则称为**空间桁架**。

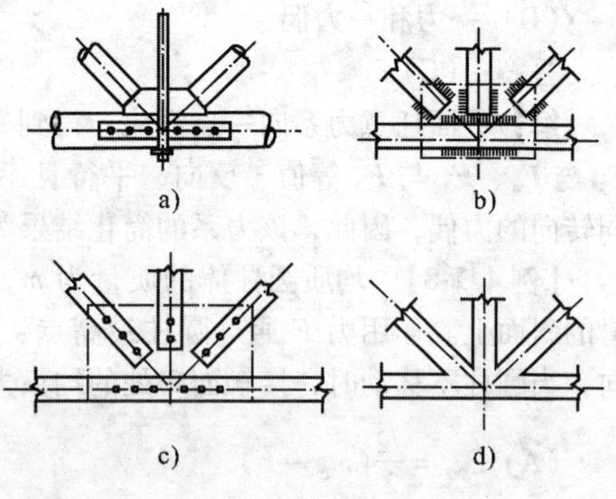

图 4.1-19

设计桁架时，必须首先根据作用于桁架的

载荷，确定各杆件所受的力，在计算这些力时，通常做如下假设：

1）各直杆两端均以光滑铰链连接。

2）所有载荷在桁架平面内，作用于节点上。

3）杆自重不计。如果杆自重需考虑时，也将其等效加于两端节点上。

满足以上假设条件的桁架称为**理想桁架**。理想桁架中的各杆件都是二力杆，仅在其两端铰链处受力，因此桁架各杆内力都是轴向力（拉力或压力）。承受拉力或压力的杆件可以充分发挥工程材料的特性。节约材料，减轻结构的重量特别是在大跨度的结构中，它的优越性更大。这是桁架广泛用于工程的重要原因。此外，设计受压、受拉杆件的方法是不一样的。因此，在计算各杆的内力时，虽然确定内力的大小很重要，但确定内力的性质，即受拉还是受压尤为重要。

为了使桁架在载荷作用下形状维持不变，杆件应按一定方式连接起来。一般地说，为保证几何形状不变，桁架是由三根杆与三个节点组成一个基本三角形，然后用两根不平行的杆件连接出一个新的节点，依次类推而构成，这种桁架称为**简单桁架**，如图 4. 1-20a 所示。它的杆件数 m 及节点数 n 满足关系式 $2n=m+3$。由几个简单桁架，按照几何形状不变的条件组成的桁架称为**组合桁架**，如图 4. 1-20b 所示。在桁架的外部约束为静定情况下，桁架内力能由静力学平衡方程全部确定的称为**静定桁架**。桁架静定性的必要条件是：

$$2n=m+3$$

充分条件是没有冗余约束。简单桁架与组合桁架都是静定桁架。

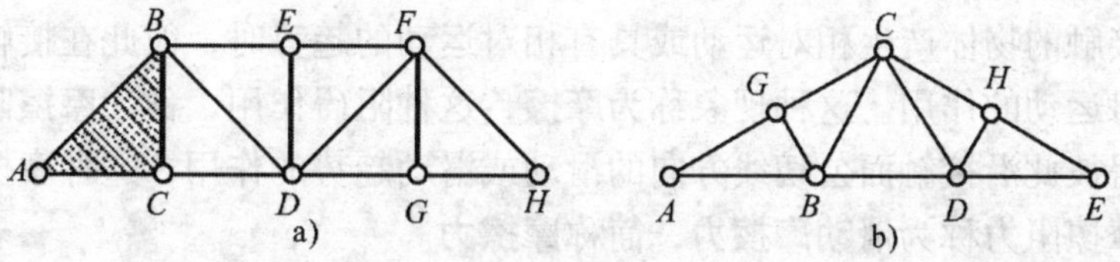

图 4. 1-20

2. 桁架杆件内力计算的常用方法

(1) **节点法 节点法是以各个节点为研究对象的求解方法**。这种求各杆内力的要点是：逐个考虑各节点的平衡、画出它们的受力图、应用平面汇交力系的平衡方程，根据已知力求出各杆的未知内力。由于平面汇交力系只有两个平衡方程，因此，应该正确选择所考虑节点的顺序，以使每个节点的平衡方程中只有两个未知数，这样可以避免求解联立方程，从而简化计算。在受力图中，一般均假设杆的内力为拉力，如果所得结果为负值，即表示该杆受压。节点法适用于求解全部杆件内力的情况。

(2) **截面法 截面法是假想用一截面截取出桁架的某一部分作为研究对象**。被截开杆件的内力成为该研究对象的外力，可应用平面一般力系的平衡条件求出这些被截开杆件的内力。它适用于求桁架中某些指定杆件的内力，也可用于校核。由于平面一般力系只有 3 个独立平衡方程，所以一般来说，被截杆件应不超出 3 个。

在某些特定外力作用下，桁架中常常有某些杆件不受力，称它们为**零杆**。最常见的零杆发生在图 4. 1-21 所示的节点处。虽然，零杆是桁架在某种载荷情况下内力为零的杆件，但它对保证桁架几何形状来说是不可缺的。在计算中，先判断零杆，对计算其他杆件内力时，可不再考虑零杆，能使计算工作简单得多。

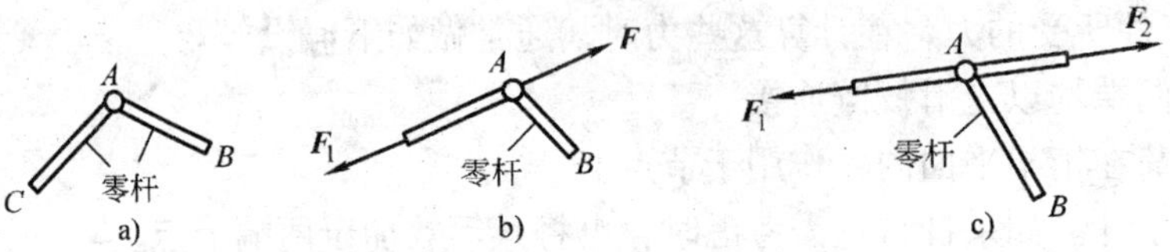

图 4.1-21

【例 4.1-10】 判断图示桁架结构中，内力为零的杆数是（　　）。

（A）3 根杆

（B）4 根杆

（C）5 根杆

（D）6 根杆

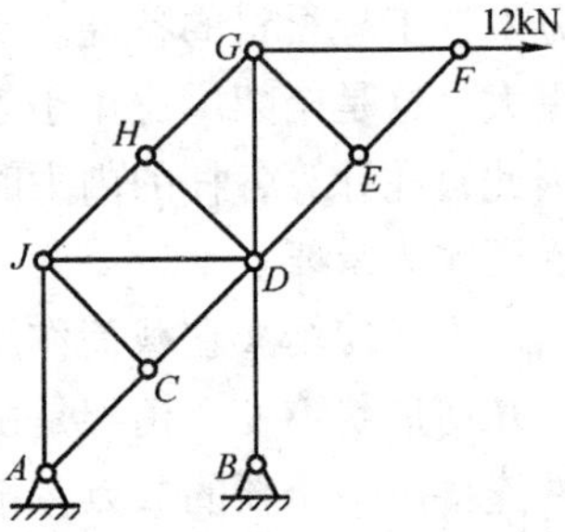

【例 4.1-10】图

答案：（C）。

解： 按照求解桁架结构内力的节点法，并结合判断零杆的条件，以特殊的节点为研究对象，确定零杆数。由节点 F 可判断出 EF 杆为零杆；由节点 E 可判断出 GE、DE 杆均为零杆；再由节点 H、C 可判断出 HD、JC 杆均为零杆。

4.1.7　摩擦

1. 摩擦力

两个相互接触的物体产生相对运动或具有相对运动的趋势时，彼此在接触部位会产生一种阻碍对方相对运动的作用。这种现象称为**摩擦**，这种阻碍作用，称为**摩擦阻力**。物体之间的这种相互阻碍彼此沿接触面公切线方向的滑动或滑动趋势的作用，这种摩擦现象称为**滑动摩擦**，相应的摩擦阻力称为**滑动摩擦力**，简称**摩擦力**。

2. 滑动摩擦定律

重为 $\boldsymbol{F}_P$ 的物体放在水平面上处于平衡状态。今在物体上施加一水平力 $\boldsymbol{F}_1$，如图 4.1-22a 所示。由于物体与水平面之间并非绝对光滑，当 $\boldsymbol{F}_1$ 力较小时，物体并不向右运动，而是继续保持静止。因此，水平面给物体的作用力除了法向力以外，还有一个阻碍物体向右运动的力 $\boldsymbol{F}$。这个力就是水平面施加给物体的**静滑动摩擦力**，简称**静摩擦力**。静滑动摩擦力的大小与主动力有关，此时 $\boldsymbol{F}=\boldsymbol{F}_1$；方向与物体相对运动趋势相反；作用线沿接触面公切线。因此，静滑动摩擦力具有约束力的性质，也是一种被动力。不同的是，继续增大主动力 $\boldsymbol{F}_1$，静摩擦力 $\boldsymbol{F}$ 不能一直随之而增大下去。当 $\boldsymbol{F}_1$ 力增大到一定值 $\boldsymbol{F}_{1max}$ 时，则物体处于将向右滑动而尚未滑动的临界平衡状态。任何微小的扰动都会使这种平衡受到破坏，促使物体进入相对滑动状态。在临界平衡状态时，静摩擦力达到最大值 $\boldsymbol{F}_{max}$，称为**最大静摩擦力**，如图 4.1-22b 所示。由此可知，静滑动摩擦力 $\boldsymbol{F}$ 的大小满足下列条件：

$$0 \leqslant \boldsymbol{F} \leqslant \boldsymbol{F}_{max}$$

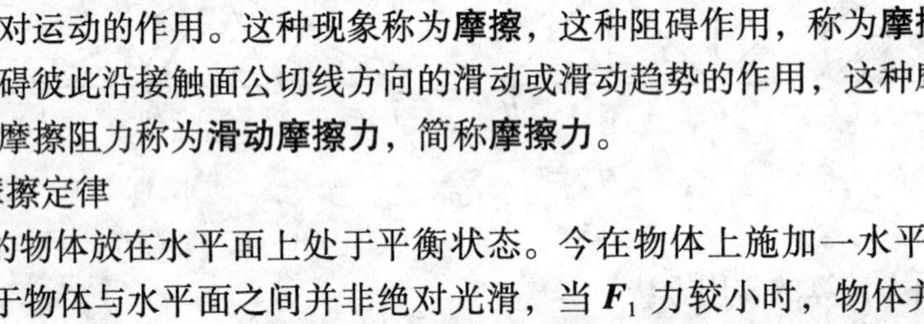

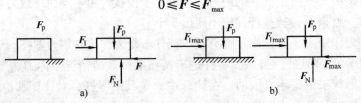

图 4.1-22

对给定的平衡问题，静滑动摩擦力与一般约束力一样是一个未知量，由平衡方程求出。然而，对于最大静摩擦力来说，它有一定的规律性。库仑根据大量的实验确立了**库仑静摩擦定律：最大静摩擦力的大小与接触物体之间的正压力成正比**，即

$$F_{max}=\mu F_N$$

比例系数μ是无量纲的量，称为**静滑动摩擦因数，简称静摩擦因数**。它主要取决于两物体接触表面的材料性质和物理状态（光滑程度、温度、湿度，等等），与接触面积无关，可在工程手册中查到。

3. 摩擦角

在不超出最大静摩擦力的范围内，静摩擦力具有约束力的性质。可将图4.1-22a中法向约束力$\boldsymbol{F}_N$与静摩擦力$\boldsymbol{F}$合成为一**全约束力**$\boldsymbol{F}_R$，简称**全反力**。相应地，主动力$\boldsymbol{F}_P$与$\boldsymbol{F}_1$也合成为一合力$\boldsymbol{F}_Q$，如图4.1-23a所示。这样，物体便看作在主动力$\boldsymbol{F}_Q$与全反力$\boldsymbol{F}_R$两力作用下处于平衡，$\boldsymbol{F}_R=-\boldsymbol{F}_Q$。改变主动力$\boldsymbol{F}_Q$，全反力$\boldsymbol{F}_R$也随之改变。当达到最大静摩擦力时，全反力$\boldsymbol{F}_R$与接触面法线的夹角$\varphi$达到最大值$\varphi_m$，称之为两接触物体的**摩擦角**，在图4.1-23a中可以看出：

$$\tan\varphi_m=\frac{F_{max}}{F_N}=\mu$$

即摩擦角的正切等于静摩擦因数。摩擦角是静摩擦因数的几何表示，二者都反映了材料之间的摩擦性质。

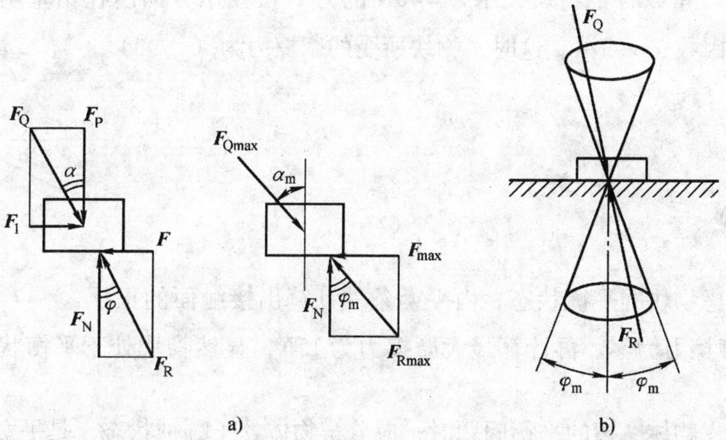

图4.1-23

4. 自锁条件

物体平衡时，静摩擦力总是小于或等于最大摩擦力，因而全反力$\boldsymbol{F}_R$与接触面法线间的夹角φ也总是小于或等于摩擦角φ_m，即

$$\varphi\leqslant\varphi_m$$

上式说明摩擦角φ_m还表示物体平衡时全反力的作用线位置应有的范围，即只要全反力$\boldsymbol{F}_R$的作用线在摩擦角内，物体总是平衡的。

如通过全反力作用点在不同的方向作出在极限摩擦情况下的全反力的作用线，则这些直线将形成一个锥面，称摩擦锥。由于接触面的各个方向的摩擦因数都相同，则摩擦锥是一个

顶角为 $2\varphi_m$ 的圆锥，如图 4.1-23b 所示。因为全反力 $\boldsymbol{F}_R$ 与接触面法线所成的夹角不会大于 φ_m，即 $\boldsymbol{F}_R$ 的作用线不可能超出摩擦锥，所以物体所受的主动力 $\boldsymbol{F}_Q$ 的作用线必须在摩擦锥内，物体才不致滑动。

当物体所受主动力的合力 $\boldsymbol{F}_Q$ 的作用线位于摩擦锥以内时，即

$$0 \leqslant \alpha \leqslant \varphi_m$$

无论主动力 $\boldsymbol{F}_Q$ 的值增至多大，总有相应大小的全反力 $\boldsymbol{F}_R$ 与之平衡，使此物体恒处于平衡状态，这种现象称为**自锁**。这时，$0 \leqslant F \leqslant F_{max}$，静摩擦力与一般约束力的性质完全相同。

$\varphi \leqslant \varphi_m$ 称为**自锁条件**。如果主动力合力 $\boldsymbol{F}_Q$ 的作用线位于摩擦锥以外，则无论 $\boldsymbol{F}_Q$ 力多小，物体都不能保持平衡。

5. 考虑滑动摩擦的平衡问题

考虑有滑动摩擦的平衡问题，除了需要列平衡方程外，还应补充关于摩擦力的物理方程（即 $F \leqslant \mu F_N$）。由于静摩擦力的大小可在零与极限值 $\boldsymbol{F}_{max}$ 之间变化，因而相应地物体平衡位置或所受的力也有一个范围，这是不同于忽略摩擦的问题之处。而为了确定平衡范围，要解不等式，或将物体处于平衡的临界状态（即 $\boldsymbol{F}_{max} = \boldsymbol{F}_N \mu$）进行分析计算，解毕再对结果进行判断。

还须注意，极限摩擦力的方向总是与相对滑动或滑动趋势的方向相反，不可任意假定。但是，未达极限值的静摩擦力时，因为是由平衡条件决定，也可像一般约束力那样假设其方向，而由最终结果的正负号来判定假设的方向是否正确。

【例 4.1-11】 重 20N 的物块，用 $P = 40\text{N}$ 的力 $\boldsymbol{P}$ 按图示方向压在铅垂墙面上。物块与墙面间的静摩擦因数 $\mu = \sqrt{3}/4$。这时，物块所受的摩擦力为（　　）。

（A）0

（B）20N

（C）15N

（D）17.32N

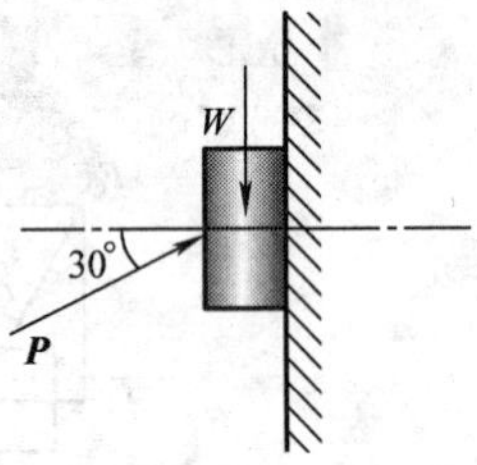

【例 4.1-11】图

答案：（A）。

解： 首先考虑物块的平衡状态，由平衡条件计算出接触面的正压力为 $20\sqrt{3}\text{N}$ 和摩擦力为零。再计算最大摩擦力为 15N，显然物块处于平衡状态，其摩擦力为零。

要点： 对考虑物体摩擦的平衡问题时，应分辨物体处于哪种状态，是平衡状态还是临界平衡状态？

【例 4.1-12】 物块重为 W，置于倾角为 α 的斜面上如图示。已知摩擦角 $\varphi_m > \alpha$，则物块受到摩擦力的大小是（　　）

（A）$W\tan\varphi_m\cos\alpha$

（B）$W\sin\alpha$

（C）$W\cos\alpha$

（D）$W\tan\varphi_m\sin\alpha$

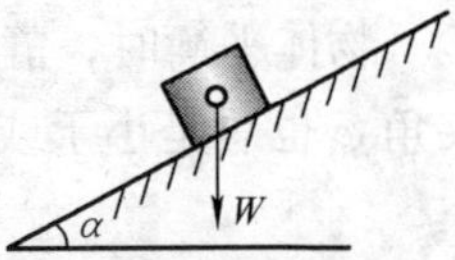

【例 4.1-12】图

答案：（B）。

解： 由于摩擦角 $\varphi_m > \alpha$，所以物体为平衡状态。由平衡条件求出摩擦力的大小是 $W\sin\alpha$。

要点：掌握摩擦角与自锁的概念。

【例4.1-13】 重量分别为G_A、G_B的两物块相叠放在水平面上，并受图中所示之力$\boldsymbol{P}$的作用而处于平衡状态。各接触面上的摩擦因数均为μ。B块作用于A块的摩擦力$\boldsymbol{F}_A$为（　　）。

（A）$F_A=0$

（B）$F_A=\mu G_A$（←）

（C）$F_A=\mu G_A$（→）

（D）$F_A=P$（→）

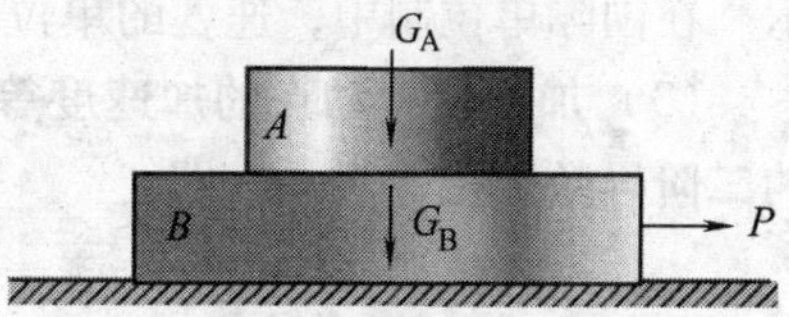

【例4.1-13】图

答案：（A）。

解：由已知条件，知系统处于平衡状态。研究物块A，画其受力图，由平衡条件$\sum F_x=0$，得到$F_A=0$。

要点：对平衡物体，要用平衡条件列写平衡方程求解未知力的大小。

4.2 运动学

运动学是从几何的观点研究物体的机械运动。也就是说，在运动学里只研究物体运动的几何性质，物体是如何运动的；至于物体的运动与引起这种运动的原因（力和质量等）之间的关系，则留待动力学中去研究。

由于不涉及力和质量的概念，在运动学中，通常将实际物体抽象化为两种力学模型：几何学意义上的**点**（或**动点**）和**刚体**。这里说的点是指无质量、无大小、在空间占有其位置的几何点；刚体则是点的集合，而且其任意两点的距离是保持不变的。

4.2.1 点的运动学

点的运动学最基本的问题，是描述点在某参考系中的位置随时间变化的规律。这种规律的数学表达式称为点的运动方程。当确定了动点在参考系中的运动方程后，就能求出点在空间运动的几何特征：点在空间行经的路线——**轨迹**；点在空间位置的变化量——**位移**；位移变化的快慢——**速度**；速度变化的快慢——**加速度**等。

1. 点的运动的矢径表示法

（1）**运动方程** 设动点M在空间运动。在参考系中，选取一固定点O作为参考点，由O向动点M作矢量$\boldsymbol{r}$，如图4.2-1所示。$\boldsymbol{r}$称为动点的矢径。动点运动时的位置可由矢径$\boldsymbol{r}$唯一地确定下来。在一般情况下，此矢径$\boldsymbol{r}$的大小和方向随时间而变化，它是时间t的单位连续的矢量函数，即

$$\boldsymbol{r}=\boldsymbol{r}(t)$$

这就是**用矢量形式表示的点的运动方程**。它表明了动点在空间的位置随时间变化的规律，又称运动规律。

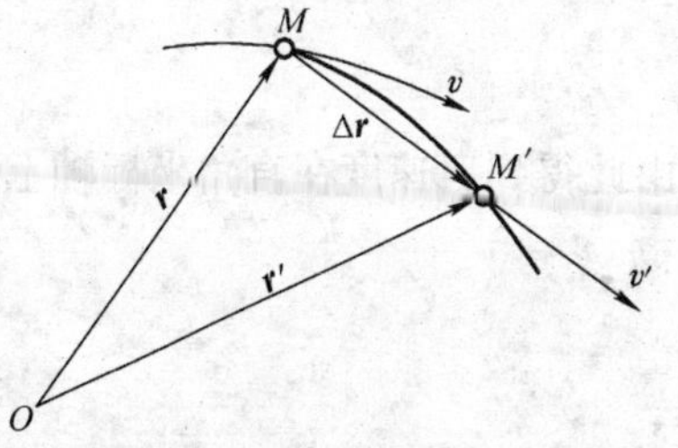

图4.2-1

动点M在空间运动时，矢径$\boldsymbol{r}$的末端将描绘出一条连续曲线，称为**矢径端图**，它就是动点运动的**轨迹**。

（2）**速度** **动点的速度等于它的矢径对时间的一阶导数**。用$\boldsymbol{v}$表示，即

$$\boldsymbol{v}=\lim_{\Delta t\to 0}\frac{\Delta \boldsymbol{r}}{\Delta t}=\frac{\mathrm{d}\boldsymbol{r}}{\mathrm{d}t}$$

这表明，速度是矢量，它的方向沿着轨迹在 M 点的切线指向点的运动方向，如图 4.2-1 所示。在国际单位制中，速度的单位是米/秒（m/s）。

（3）**加速度　动点的加速度等于它的速度对时间的一阶导数；亦等于它的矢径对时间的二阶导数**。用 $\boldsymbol{a}$ 表示，即：

$$\boldsymbol{a}=\lim_{\Delta t\to 0}\frac{\Delta \boldsymbol{v}}{\Delta t}=\frac{\mathrm{d}\boldsymbol{v}}{\mathrm{d}t}=\frac{\mathrm{d}^2\boldsymbol{r}}{\mathrm{d}t^2}$$

点的加速度是矢量，如图 4.2-2 所示。在国际单位制中，加速度的单位是米/秒^2（m/s^2）

2. 点的运动的直角坐标表示法

由上可知，用矢径法描述点的运动，只需选择一个参考点，不需要建立参考坐标系就可以导出点的速度、加速度的计算公式。这种公式形式简洁，便于理论推导，是研究点的运动学的基本公式，也是整个运动学基本公式的重要部分。为了便于应用和计算，可根据实际情况，选择其他描述运动的方法。直角坐标法，是采用人们熟悉的笛卡尔坐标系。这种方法是矢径法的代数运算。

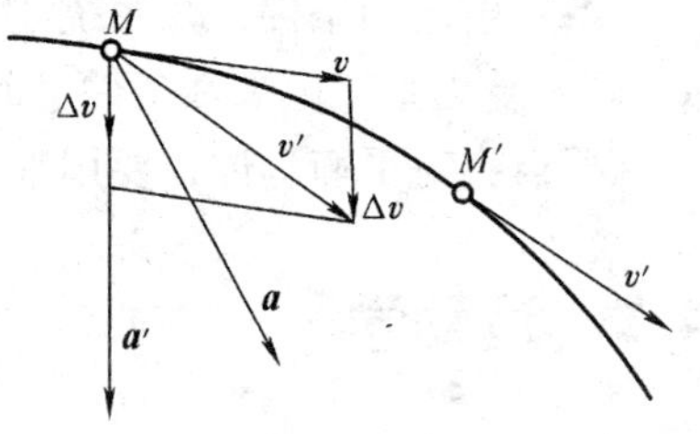

图 4.2-2

（1）**运动方程**　在参考体的固定点 O 上，建立直角坐标系 $Oxyz$ 作为参考坐标系。设动点在瞬时 t，它的位置 M 可用三个坐标 x、y、z 表示，如图 4.2-3 所示。它与矢径 $\boldsymbol{r}$ 的关系为

$$\boldsymbol{r}=x\boldsymbol{i}+y\boldsymbol{j}+z\boldsymbol{k}$$

其中 $\boldsymbol{i}$、$\boldsymbol{j}$、$\boldsymbol{k}$ 是 $Oxyz$ 坐标系中沿 x、y、z 三个坐标轴正向的单位矢量。

在运动过程中，动点在直角坐标系 $Oxyz$ 中的位置可用坐标 x、y、z 唯一地确定。坐标 x、y、z 都是时间 t 的单值连续函数，即

$$\left.\begin{aligned}x&=f_1(t)\\y&=f_2(t)\\z&=f_3(t)\end{aligned}\right\}$$

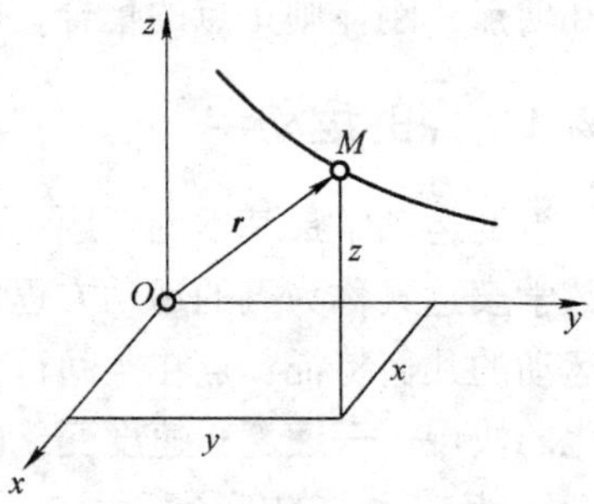

图 4.2-3

这就是**用直角坐标表示的动点的运动方程**。实际上，它是以时间 t 为参变量的空间曲线方程。从运动方程中消去参变量 t，可得到点的轨迹方程。

（2）**速度**　点的速度在直角坐标系中的表达式

$$\boldsymbol{v}=\frac{\mathrm{d}x}{\mathrm{d}t}\boldsymbol{i}+\frac{\mathrm{d}y}{\mathrm{d}t}\boldsymbol{j}+\frac{\mathrm{d}z}{\mathrm{d}t}\boldsymbol{k}$$

由此得到，速度在直角坐标轴上的投影为

$$\left.\begin{aligned}v_x&=\frac{\mathrm{d}x}{\mathrm{d}t}\\v_y&=\frac{\mathrm{d}y}{\mathrm{d}t}\\v_z&=\frac{\mathrm{d}z}{\mathrm{d}t}\end{aligned}\right\}$$

即，**动点的速度在直角坐标轴上的投影等于其对应坐标对时间的一阶导数。**

由速度的投影可求出速度的大小

$$v=\sqrt{v_x^2+v_y^2+v_z^2}$$

速度的方向由其方向余弦确定

$$\left.\begin{aligned}\cos(\boldsymbol{v},\boldsymbol{i})&=v_x/v\\ \cos(\boldsymbol{v},\boldsymbol{j})&=v_y/v\\ \cos(\boldsymbol{v},\boldsymbol{k})&=v_z/v\end{aligned}\right\}$$

图4.2-4表示了点的速度和其在直角坐标轴上的分量的关系。

(3) **加速度** 点的加速度在直角坐标中的表达式

$$\boldsymbol{a}=\frac{\mathrm{d}v_x}{\mathrm{d}t}\boldsymbol{i}+\frac{\mathrm{d}v_y}{\mathrm{d}t}\boldsymbol{j}+\frac{\mathrm{d}v_z}{\mathrm{d}t}\boldsymbol{k}=\frac{\mathrm{d}^2x}{\mathrm{d}t^2}\boldsymbol{i}+\frac{\mathrm{d}^2y}{\mathrm{d}t^2}\boldsymbol{j}+\frac{\mathrm{d}^2z}{\mathrm{d}t^2}\boldsymbol{k}$$

于是，加速度在直角坐标轴上的投影为

$$\left.\begin{aligned}a_x&=\frac{\mathrm{d}v_x}{\mathrm{d}t}=\frac{\mathrm{d}^2x}{\mathrm{d}t^2}\\ a_y&=\frac{\mathrm{d}v_y}{\mathrm{d}t}=\frac{\mathrm{d}^2y}{\mathrm{d}t^2}\\ a_z&=\frac{\mathrm{d}v_z}{\mathrm{d}t}=\frac{\mathrm{d}^2z}{\mathrm{d}t^2}\end{aligned}\right\}$$

即，**动点的加速度在直角坐标轴上的投影等于其对应的速度投影对时间的一阶导数；亦等于对应的坐标对时间的二阶导数。**

点的加速度的大小和方向余弦为

$$\left.\begin{aligned}&a=\sqrt{a_x^2+a_y^2+a_z^2}\\ &\cos(\boldsymbol{a},\boldsymbol{i})=a_x/a,\ \cos(\boldsymbol{a},\boldsymbol{j})=a_y/a,\ \cos(\boldsymbol{a},\boldsymbol{k})=a_z/a\end{aligned}\right\}$$

图4.2-5表示了点的加速度与其在坐标轴上分量的关系。

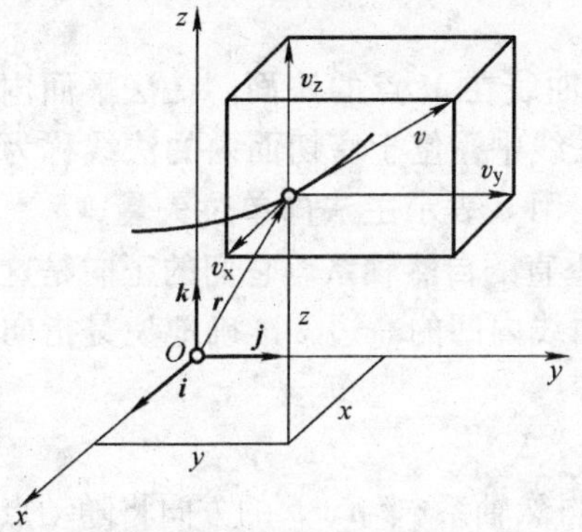

图4.2-4

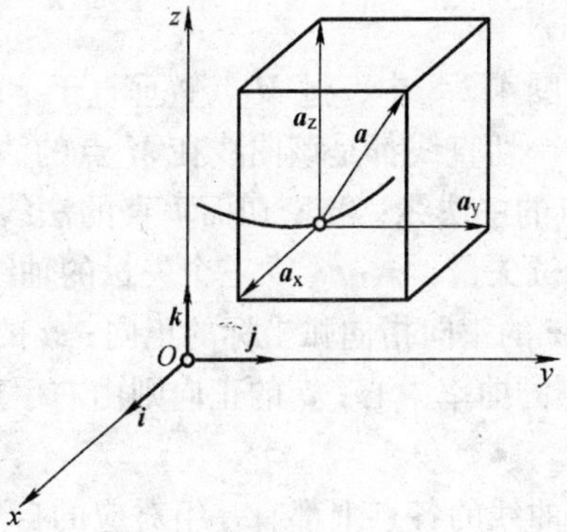

图4.2-5

3. 点的运动的弧坐标表示法

(1) **运动方程** 沿轨迹曲线建立一条弧形曲线坐标轴，简称**弧坐标轴**，用弧坐标来确定动点在任意瞬时的位置的方法称为**弧坐标法**。

设动点沿已知的轨迹曲线运动，如图 4.2-6 所示。在轨迹上任选一定点 O 为弧坐标轴的原点，并规定从 O 点沿弧坐标轴的某一边量取的弧长为正值；另一边的则为负值。从 O 点到动点 M 之间的弧长 s 称为动点的**弧坐标**。由此可知，弧坐标是一代数量。

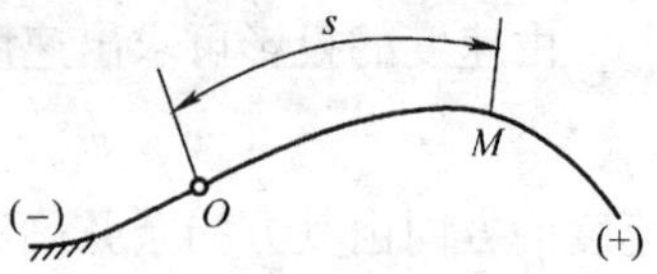

图 4.2-6

点的运动轨迹为已知时，在运动过程中，点在任意瞬时的位置可由弧坐标唯一地确定。它是时间 t 的单值连续函数，即

$$s=f(t)$$

此式表达了动点沿已知轨迹的运动规律，称为**用弧坐标表示的点的运动方程**。

（2）**自然轴系**　在图 4.2-7 所示的空间曲线 AB 中，$\boldsymbol{\tau}$ 表示曲线在 M 点的**切向单位矢量**。$\boldsymbol{\tau}'$表示与 M 点邻近的 M'点的切向单位矢量。过 M 点做平行于 $\boldsymbol{\tau}'$的矢量 $\boldsymbol{\tau}''$，并作一包含矢量 $\boldsymbol{\tau}$ 和 $\boldsymbol{\tau}''$的平面 P。在 M'点趋近于 M 点的过程中，单位矢量 $\boldsymbol{\tau}$ 固定不动，$\boldsymbol{\tau}'$则不断地改变着它的方向，所以，平面 P 的位置也在变化，绕着 $\boldsymbol{\tau}$ 不断地转动。当 M'趋近于 M 点时，平面 P 将趋向某一极限位置。这个极限位置所在的平面称为此空间曲线在 M 点的**密切面**。M 点附近的无限小弧段可以近似地看成是一条在密切面内的平面曲线，整个空间曲线则可近似地看成是由无限多条无限小的，在一系列密切面内的平面曲线段的组合。很明显，对于平面曲线而言，密切面就是该曲线所在的平面。

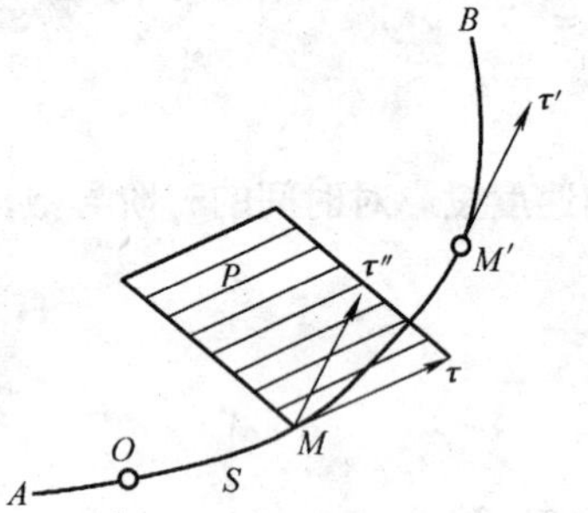

图 4.2-7

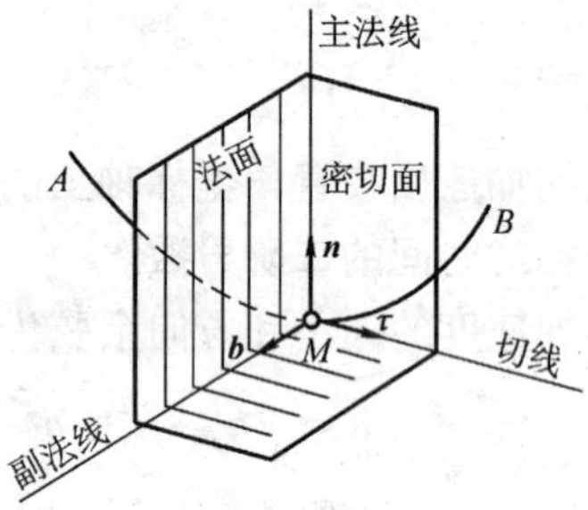

图 4.2-8

在图 4.2-8 中，过 M 点做垂直于 $\boldsymbol{\tau}$ 的平面，称为曲线在 M 点的**法面**。在法平面内，过 M 点的一切直线都是该曲线在 M 点的法线。在这些法线中，位于密切面内的法线称为曲线在 M 点的**主法线**；与密切面垂直的法线称为**副法线**。用 $\boldsymbol{n}$ 表示**主法向单位矢量**，$\boldsymbol{b}$ 表示**副法向单位矢量**，$\boldsymbol{\tau}$、$\boldsymbol{n}$、$\boldsymbol{b}$ 三个矢量的轴线将构成互相垂直的**自然轴系**。它们的正向是这样确定的：$\boldsymbol{\tau}$ 的正向指向弧坐标的正向；$\boldsymbol{n}$ 的正向是指向曲线内凹的一边，准确地说是指向曲线在 M 点的曲率中心；$\boldsymbol{b}$ 的正向则由右手规则决定，即

$$\boldsymbol{b}=\boldsymbol{\tau}\times\boldsymbol{n}$$

在空间曲线的各点上都有一组对应的自然轴系，所以自然轴系 $\boldsymbol{\tau}$、$\boldsymbol{n}$、$\boldsymbol{b}$ 的方向将随动点在曲线上的位置变化而变化。由此可知，自然轴系的单位矢量 $\boldsymbol{\tau}$、$\boldsymbol{n}$、$\boldsymbol{b}$，不同于固定的直角坐标系的单位矢量 $\boldsymbol{i}$、$\boldsymbol{j}$、$\boldsymbol{k}$。前者是方向在不断变化的单位矢量，后者则是常矢量。

（3）**速度**　为了得到点的速度在自然轴中的表达式，把速度的矢量表达式作如下变换：

$$\boldsymbol{v}=\frac{\mathrm{d}\boldsymbol{r}}{\mathrm{d}t}=\frac{\mathrm{d}\boldsymbol{r}}{\mathrm{d}s}\frac{\mathrm{d}s}{\mathrm{d}t}$$

式中$\frac{\mathrm{d}\boldsymbol{r}}{\mathrm{d}s}$的大小为

$$\left|\frac{\mathrm{d}\boldsymbol{r}}{\mathrm{d}s}\right| = \lim_{\Delta s\to 0}\left|\frac{\Delta \boldsymbol{r}}{\Delta s}\right| = \lim_{\Delta s\to 0}\left|\frac{\Delta \boldsymbol{r}}{\Delta s}\right| = 1$$

因此，$\frac{\mathrm{d}\boldsymbol{r}}{\mathrm{d}s}$是单位矢量。它的方向由 $\Delta s\to 0$ 时，$\Delta \boldsymbol{r}$ 的极限方向来决定。由图 4. 2-9 看出，$\Delta \boldsymbol{r}$ 的极限方向是轨迹在 M 点的切线方向。即有

$$\frac{\mathrm{d}\boldsymbol{r}}{\mathrm{d}s} = \boldsymbol{\tau}$$

由以上关系得到

$$\boldsymbol{v} = \frac{\mathrm{d}s}{\mathrm{d}t}\boldsymbol{\tau} = v\boldsymbol{\tau}$$

即动点的速度沿其轨迹的切线方向，速度在切线方向的投影等于弧坐标对时间的一阶导数。其方向如图 4. 2-9 所示。

（4）**加速度** 由加速度的矢量表达式

$$\boldsymbol{a} = \frac{\mathrm{d}\boldsymbol{v}}{\mathrm{d}t} = \frac{\mathrm{d}}{\mathrm{d}t}(v,\ \boldsymbol{\tau}) = \frac{\mathrm{d}v}{\mathrm{d}t}\boldsymbol{\tau} + v\frac{\mathrm{d}\boldsymbol{\tau}}{\mathrm{d}t}$$

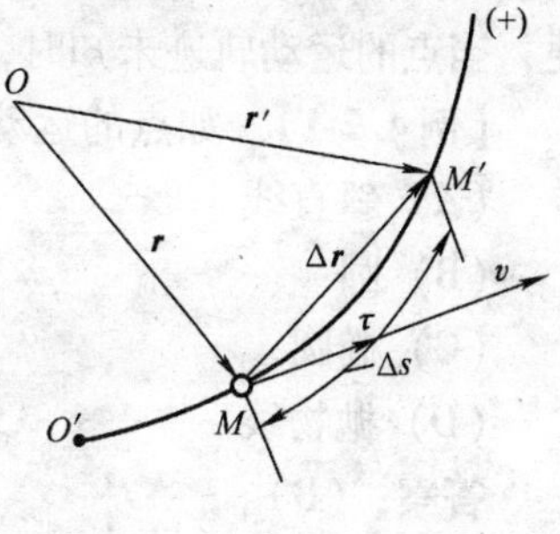

图 4. 2-9

表明，动点的加速度 $\boldsymbol{a}$ 由两个分量组成：第一个分矢量是$\frac{\mathrm{d}v}{\mathrm{d}t}\boldsymbol{\tau}$，方向沿轨迹的切线，大小等于$\frac{\mathrm{d}v}{\mathrm{d}t}$或$\frac{\mathrm{d}^2 s}{\mathrm{d}t^2}$。当$\frac{\mathrm{d}^2 s}{\mathrm{d}t^2}>0$ 时，该矢量与 $\boldsymbol{\tau}$ 同向；当$\frac{\mathrm{d}^2 s}{\mathrm{d}t^2}<0$ 时，则与 $\boldsymbol{\tau}$ 反向。因此，此分矢量称为**切向加速度**，用 $\boldsymbol{a}_\tau$ 表示，即

$$\boldsymbol{a}_\tau = \frac{\mathrm{d}v}{\mathrm{d}t}\boldsymbol{\tau} = \frac{\mathrm{d}^2 s}{\mathrm{d}t^2}\boldsymbol{\tau}$$

加速度 $\boldsymbol{a}$ 的第二个分矢量的大小为$\frac{v^2}{\rho}$，其方向恒沿主法线的正向，即指向曲率中心，称之为**法向加速度**，用 $\boldsymbol{a}_\mathrm{n}$ 表示，即

$$\boldsymbol{a}_\mathrm{n} = \frac{v^2}{\rho}\boldsymbol{n}$$

点的加速度在自然轴系的表达式为

$$\boldsymbol{a} = \boldsymbol{a}_\tau + \boldsymbol{a}_\mathrm{n} = \frac{\mathrm{d}v}{\mathrm{d}t}\boldsymbol{\tau} + \frac{v^2}{\rho}\boldsymbol{n}$$

点的加速度在自然轴上的投影为

$$\begin{cases} a_\tau = \dfrac{\mathrm{d}v}{\mathrm{d}t} \\ a_\mathrm{n} = \dfrac{v^2}{\rho} \\ a_\mathrm{b} = 0 \end{cases}$$

这表明，点的加速度沿副法线的分量恒等于零，**加速度矢量在密切面内并等于切向加速度与**

法向加速度的矢量和。切向加速度反映速度大小的变化快慢程度；法向加速度则反映速度方向的变化快慢程度，如图 4.2-10 所示，点的加速度的大小和方向由下式决定：

$$\left.\begin{aligned} a &= \sqrt{a_\tau^2 + a_n^2} = \sqrt{\left(\frac{dv}{dt}\right)^2 + \left(\frac{v^2}{\rho}\right)^2} \\ \tan\theta &= \frac{|a_\tau|}{a_n} \end{aligned}\right\}$$

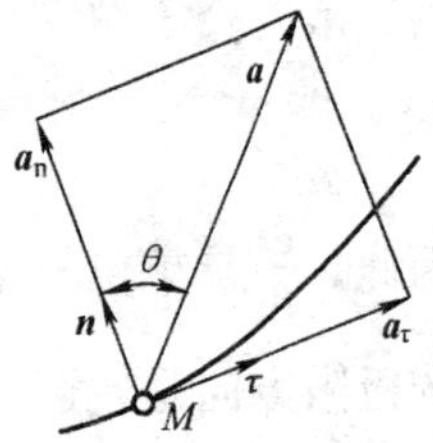

图 4.2-10

综上所述，运用弧坐标能够方便地描述点在轨迹上的位置。然而，为了描述点的速度和加速度，弧坐标法就不够用了，需要引用自然轴系。自然轴系是与轨迹的几何特性联系在一起的参考系，这就导致点的速度、加速度在自然轴系中的各个分量有着明显的几何意义。当点的运动轨迹已知时，运用自然轴系来描述点的速度、加速度比较简便；当点的运动轨迹未知时，运用直角坐标来描述则比较方便。

【例 4.2-1】 如点的运动方程为 $x=5\cos 5t^2$，$y=5\sin 5t^2$，则点的运动轨迹为（　　）。

（A）斜直线

（B）圆

（C）椭圆

（D）抛物线

答案：（B）。

解：消去运动方程中的参变量 t，得到点的运动轨迹为一圆周。

要点：建立点的直角坐标的运动方程与运动轨迹的关系。

【例 4.2-2】 已知动点的运动方程为 $x=t^2-t$，$y=2t$，则点的运动轨迹及 $t=1\text{s}$ 时法向加速度为（　　）。x 及 y 的单位为 m，t 的单位为 s。

（A）$y^2-2y-4x=0$；$a_n=1.789\text{m/s}^2$

（B）$y^2-2y-4x=0$；$a_n=0\text{m/s}^2$

（C）$y^2-2y-4x=0$；$a_n=2\text{m/s}^2$

（D）$y^2-2y-4x=0$；$a_n=0.894\text{m/s}^2$

答案：（A）。

解：

由 $\begin{cases} x=t^2-t \\ y=2t \end{cases}$ 消去 t，即得动点的轨迹：$y^2-2y-4x=0$

速度：$v_x=\dfrac{dx}{dt}=2t-1$　　$v_y=\dfrac{dy}{dt}=2$　　$v=\sqrt{v_x^2+v_y^2}=\sqrt{4t^2-4t+5}$

加速度：$a_x=\dfrac{dv_x}{dt}=2$　　$a_y=\dfrac{dv_y}{dt}=0$　　$a=a_x=2\text{m/s}^2$

切向加速度：$a_\tau=\dfrac{dv}{dt}=\dfrac{4t-2}{\sqrt{4t^2-4t+5}}$；$t=1\text{s}$ 时，$a_\tau=0.894\text{m/s}^2$

法向加速度：$a_n=\sqrt{a^2-a_\tau^2}$

当 $t=1\text{s}$ 时　　$a_n=\sqrt{2^2-0.894^2}\text{m/s}^2=1.789\text{m/s}^2$

4.2.2 刚体的基本运动

刚体的两种最简单、也是最基本的运动——刚体的平行移动和绕固定轴转动。

一般说来，刚体运动时，体内各点的运动轨迹、速度和加速度未必相同。但是，它们都是刚体内的点，各点间的距离保持不变，因而，各点的运动、点与刚体整体的运动存在着一定的联系。这就表明，在研究刚体的运动时，一方面要研究其整体的运动特征和运动规律；另一方面还要讨论刚体内各点的运动特征和运动规律，揭示刚体内各点的运动与整体运动的联系。

1. 刚体的平行移动

在运动过程中，**刚体上任一直线与其初始位置始终保持平行**，这种运动称为**刚体的平行移动**，简称**平移或平动**。例如，电梯的升降运动；图4.2-11中，体育锻炼用的荡木AB在图示平面内的运动，都是刚体的平移。

现在研究刚体平移时，其体内各点的运动特征。

设在作平移的刚体上任取两点A和B，并作矢量$\overrightarrow{BA}$，如图4.2-12所示。由刚体的不变形性质和平移的特点，则矢量$\overrightarrow{BA}$为一常矢量。因此，刚体在运动过程中，A、B两点所描绘出的轨迹曲线的形状彼此相同。也就是说，将B点的轨迹曲线沿$\overrightarrow{BA}$方向平行移动一段距离BA后，B点与A点的轨迹曲线完全重合。

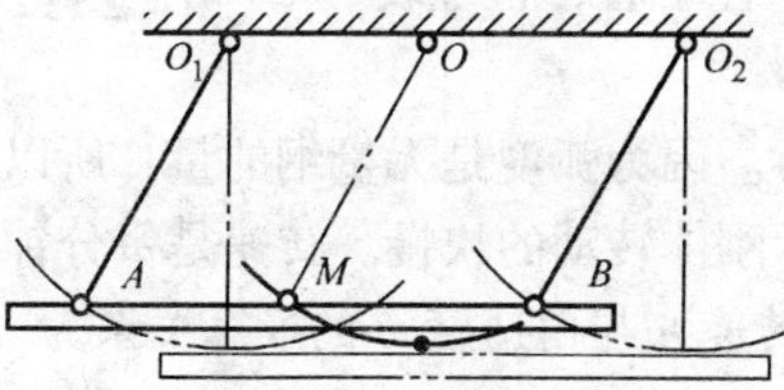

图4.2-11

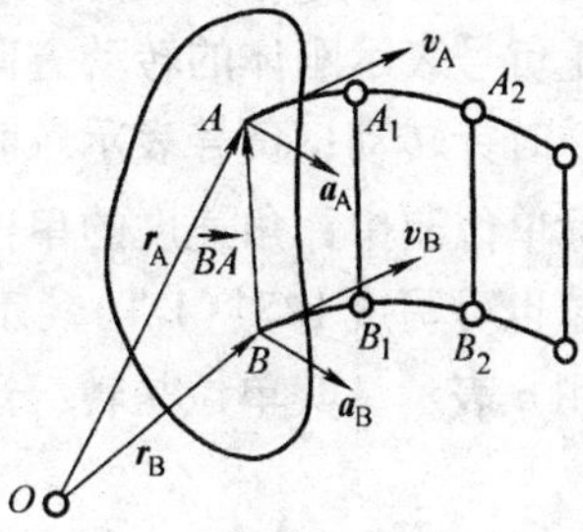

图4.2-12

设在固定点O作A、B的矢径$\boldsymbol{r}_A$、$\boldsymbol{r}_B$，在图4.2-12中的矢量三角形OAB中

$$\boldsymbol{r}_A=\boldsymbol{r}_B+\overrightarrow{BA}$$

上式对时间求一阶导数，由于$\frac{d}{dt}\overline{BA}=0$，故有

$$\frac{d\boldsymbol{r}_A}{dt}=\frac{d\boldsymbol{r}_B}{dt}$$

即有

$$\boldsymbol{v}_A=\boldsymbol{v}_B$$

上式对时间求一阶导数，有

$$\boldsymbol{a}_A=\boldsymbol{a}_B$$

表明，**刚体平移时，体内所有各点的轨迹形状相同。在同一瞬时，所有各点具有相同的速度和加速度**。因此，对于作平移运动的刚体，只需确定出刚体内任一点的运动，也就确定了整

个刚体的运动。即刚体的平移问题，可归结为点的运动问题。

值得注意的是：由于平移刚体上任一点的轨迹可能是直线或曲线，平移又分为直线平移、曲线平移两种。在前面提到的例子中，电梯的升降运动为直线平移；荡木 AB 的运动则为曲线平移，如图 4.2-11 中，A、B、M 各点均围绕着各自的圆心 O_1、O_2、O 作圆周运动。

2. 刚体的定轴转动

在运动过程中，**刚体内**（或其扩展部分）**有一条直线始终保持不动**，则这种运动称为**刚体绕固定轴的转动**，简称**定轴转动**。这条固定不动的直线称为**转轴**。

（1）**运动方程** 设有一绕定轴转动的刚体，如图 4.2-13 所示。刚体定轴转动时，它的位置随时间而变化，也即转角 φ 随时间而变化。转角 φ 是时间 t 的单值连续函数，即

$$\varphi = f(t)$$

这就是**刚体定轴转动的运动方程或转动方程**。

转角 φ 实际上是确定转动刚体位置的“角坐标”。

（2）**角速度** 刚体的角速度定义为

$$\omega = \lim_{\Delta t \to 0} \frac{\Delta \varphi}{\Delta t} = \frac{\mathrm{d}\varphi}{\mathrm{d}t}$$

即定轴转动刚体的角速度等于其转角对时间的一阶导数。

角速度 ω 是个代数量。它的大小表示刚体在瞬时 t 转动的快慢程度；它的正负号表示刚体的转动方向。由转轴 z 的正向往下看，正号表示刚体是逆时针转动；负号表示顺时针转动。

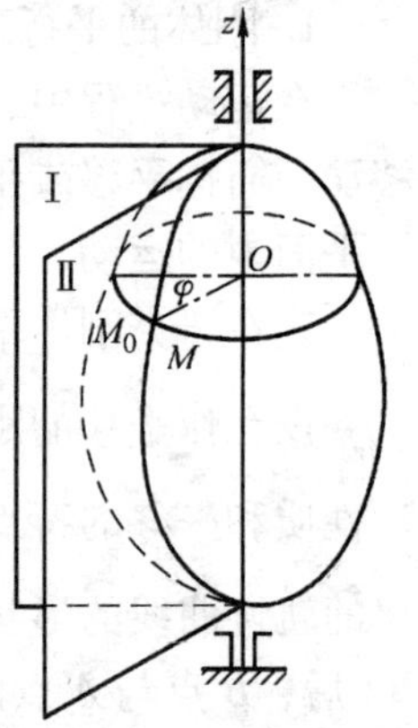

图 4.2-13

在国际单位制中，角速度的单位是弧度/秒(rad/s)。因为弧度是无量纲的量，所以，角速度的单位也可写成 1/秒(1/s)。工程上常用**转速**表示刚体转动的快慢。转速是每分钟转过的转数，用 n 表示，其单位是转/分(r/min 或 rpm)。转速 n 与角速度 ω 的换算关系为

$$\omega = \frac{n\pi}{30} \qquad (1/\mathrm{s})$$

（3）**角加速度** 角加速度定义为

$$\varepsilon = \lim_{\Delta t \to 0} \frac{\Delta \omega}{\Delta t} = \frac{\mathrm{d}\omega}{\mathrm{d}t} = \frac{\mathrm{d}^2\varphi}{\mathrm{d}t^2}$$

即定轴转动刚体的角加速度等于角速度对时间的一阶导数，亦等于转角对时间的二阶导数。

角加速度 ε 也是一个代数量。它的大小代表角速度瞬时变化率的大小；它的正负号则表示角速度变化的方向。从转轴 z 的正向往下看，ε 为逆时针转向为正；顺时针转向为负。

应该注意，角加速度 ε 的转向并不能表示刚体转动的方向，也不能确定刚体是加速转动，还是减速转动。例如，ω 为正值时（表示刚体逆时针转动），如果 ε 为正值，刚体的角速度增大，刚体按逆时针方向加速转动；如果 ε 为负值，即刚体按逆时针方向减速转动。又如 ω 为负值时（表示刚体顺时针转动），如果 ε 为正值，即刚体按顺时针方向减速转动；如果 ε 为负值，刚体按顺时针方向加速转动。因此，ε 与 ω 同号，刚体加速转动；ε 与 ω 异号，刚体减速转动。

在国际单位制中，角加速度的单位是弧度/秒^2(rad/s^2)或写成 1/秒^2(1/s^2)。

3. 定轴转动刚体内各点的速度与加速度

（1）**运动方程** 刚体绕定轴转动时，体内每一点都在垂直于转轴的平面内作圆周运动，各圆的半径等于该点到转轴的垂直距离，圆心都在转轴上。于是，选用弧坐标法研究刚体内各点的运动比较方便。设 M 为刚体内任一点，它离转轴的垂直距离为 R，即 $OM = R$，称之为**转动半径**，如图 4.2-14 所示。在运动的初瞬时，M 点与固定平面Ⅰ的 M_0 点重合。取 M_0 为圆周弧坐标的原点，当刚体转动 φ 角时，该点的弧坐标

$$s = \overset{\frown}{M_0M} = R\varphi$$

这就是动点 M 沿其圆周轨迹的运动方程。

（2）**速度** 动点速度的代数值为

$$v = \frac{\mathrm{d}s}{\mathrm{d}t} = R\frac{\mathrm{d}\varphi}{\mathrm{d}t} = R\omega$$

即转动刚体内任一点的速度的代数值等于该点的转动半径与刚体的角速度的乘积。速度的方向沿圆周的切线方向，指向与角速度的转向一致，如图 4.2-15 所示。从图中还可以看出，转动刚体上各点的速度方向与其转动半径垂直，速度的大小与转动半径成正比。

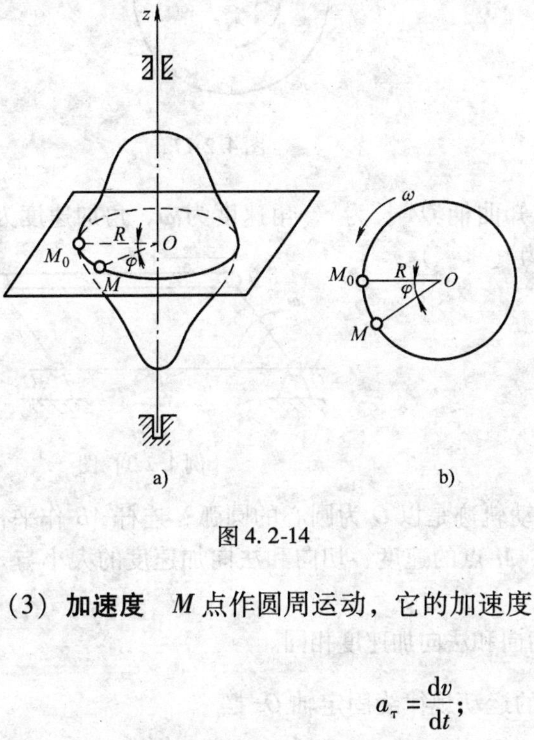

图 4.2-14

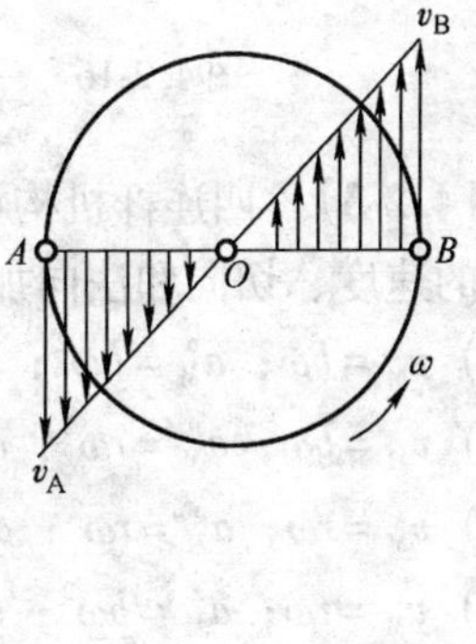

图 4.2-15

（3）**加速度** M 点作圆周运动，它的加速度有切向加速度和法向加速度两部分，分别为

$$a_\tau = \frac{\mathrm{d}v}{\mathrm{d}t}; \qquad a_n = \frac{v^2}{\rho}$$

将 $v = R\omega$ 及 $\rho = R$ 代入上式，得

$$a_\tau = R\varepsilon; \qquad a_n = R\omega^2$$

$a_\tau = R\varepsilon$ 为转动刚体内任一点的切向加速度的大小等于该点的转动半径与刚体的角加速度的乘积，它沿该点轨迹的切线方向。而指向与角加速度 ε 的正负号来确定。如 ε 为正值，则 a_τ 的指向应与刚体逆时针转向一致，如图 4.2-16 所示。

$a_n = R\omega^2$ 为转动刚体内任一点的法向加速度，其大小等于转动半径与角速度平方的乘积。它总是沿着转动半径的方向，指向圆心，如图 4.2-16 所示。

M 点的加速度 $\boldsymbol{a}$ 等于其切向加速度和法向加速度的矢量和，即

$$a = a_\tau + a_n$$

a_τ 与 a_n 相互垂直，加速度 a 的大小为

$$a = \sqrt{a_\tau^2 + a_n^2} = R\sqrt{\varepsilon^2 + \omega^4}$$

加速度 a 的方向可由它与法线之间的夹角 α 来确定

$$\tan\alpha = \frac{|a_\tau|}{a_n} = \frac{|\varepsilon|}{\omega^2}$$

$$\alpha = \arctan\frac{|\varepsilon|}{\omega^2}$$

由此可见，在同一瞬时，刚体内各点的加速度与其转动半径的夹角 α 是相同的，如图 4.2-17 所示。

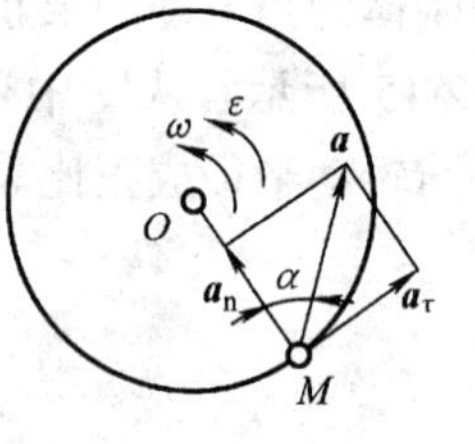

图 4.2-16

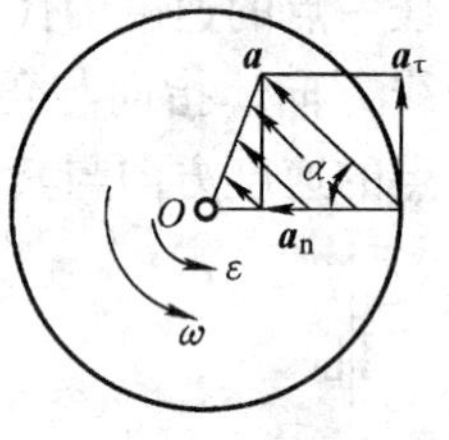

图 4.2-17

【例 4.2-3】 四连杆机构如图所示。已知曲柄 OA 长为 r，角速度为 ω、角加速度为 ε。则 M 点的速度、切向和法向加速度的大小为（　　）。

（A）$v_M = b\omega$；$a_M^n = b\omega^2$；$a_M^\tau = b\varepsilon$

（B）$v_M = b\omega$；$a_M^n = r\omega^2$；$a_M^\tau = r\varepsilon$

（C）$v_M = r\omega$；$a_M^n = r\omega^2$；$a_M^\tau = r\varepsilon$

（D）$v_M = r\omega$；$a_M^n = b\omega^2$；$a_M^\tau = b\varepsilon$

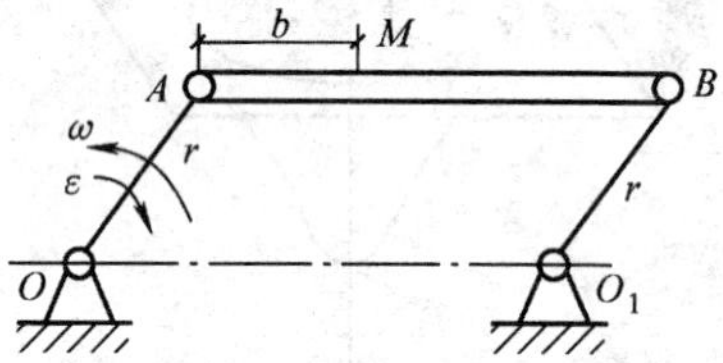

【例 4.2-3】图

答案：（C）。

解： 曲柄 OA 绕固定轴转动，A 点的运动轨迹是以 O 为圆心的圆弧；连杆 AB 作平行移动，A、M 两点均为连杆 AB 上的点，因此，M 点的速度、切向和法向加速度的大小与 A 点相同。

要点： 平行移动刚体上各点的速度、切向和法向加速度相同。

【例 4.2-4】 一摆按照 $\varphi = \varphi_0\cos\left(\frac{2\pi}{T}t\right)$ 的运动规律绕固定轴 Oz 摆动，其中 φ_0 为摆的振幅，T 为摆动周期。如摆的重心到转动轴的距离 $OC = l$，在初瞬时摆重心 C 的速度和加速度为（　　）。

（A）$v = 0$；$a = \dfrac{4\pi^2\varphi_0 l}{T^2}$

（B）$v = \dfrac{2\pi\varphi_0 l}{T}$；$a = \dfrac{4\pi^2\varphi_0^2 l}{T^2}$

（C）$v = 0$；$a = \dfrac{4\pi^2\varphi_0^2 l}{T^2}$

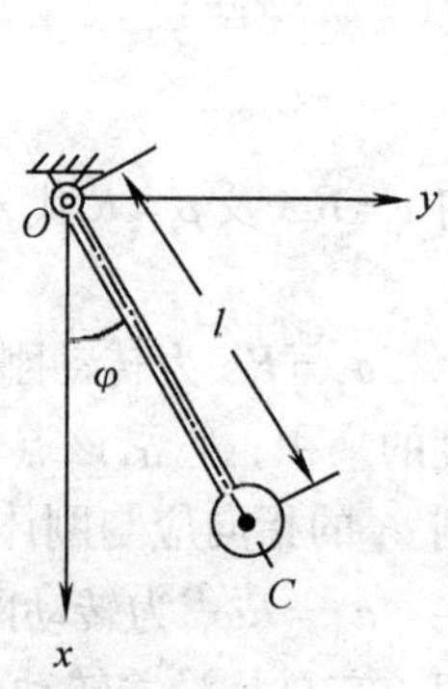

【例 4.2-4】图

(D) $v=\dfrac{2\pi\varphi_0 l}{T}$；$a=\dfrac{4\pi^2\varphi_0 l}{T^2}$

答案：(A)。

解：由摆的运动方程，可求出摆的角速度和角加速度。C 点的运动轨迹是以 O 为圆心的圆弧，当 $t=0$ 时，得到 $v=0$，$a=\dfrac{4\pi^2\varphi_0 l}{T^2}$。

要点：刚体绕固定轴转动时，刚体内任意点的运动轨迹为圆弧。

4.3 动力学

动力学研究物体的机械运动与作用在该物体上的力之间的关系。如果说，力的作用是产生物体机械运动的原因，机械运动是力对物体作用的结果，那么，动力学就是从因果关系上论述物体的机械运动。

在动力学中，对所研究的物体也要进行必要的抽象化，提炼出有关的力学模型。动力学中的力学模型有：质点、刚体和质点系。

动力学研究以下两类基本问题：

1）已知物体的运动规律，求作用在物体上的力。

2）已知作用于物体上的力，求物体的运动。

4.3.1 牛顿定律及质点运动微分方程

1. 牛顿定律

第一定律　任何质点如不受力作用，将永远保持其静止或匀速直线运动状态。

该定律揭示了质点具有保持其静止或匀速直线运动状态的特性。质点的这种固有的特性，称为**惯性**。质点的匀速直线运动称为**惯性运动**。该定律通常亦称作**惯性定律**。

该定律还定义了**惯性参考系**。因为该定律涉及了静止和匀速直线运动，也就很自然地涉及了参考系。在某参考系中，观测某个所受合力等于零的质点的运动，如果此质点正好处于静止或匀速直线运动状态，那么，这个参考系称之为惯性参考系。惯性参考系是牛顿定律成立的前提。

第二定律　质点受力作用时将产生加速度，加速度的方向与作用力方向相同，其大小则与力的大小成正比，与质点的质量成反比。

如果作用力、质点的质量及其加速度分别用 $\boldsymbol{F}$、m、$\boldsymbol{a}$ 表示，该定律可写作

$$m\boldsymbol{a}=\boldsymbol{F}$$

如果在质点上同时作用了几个力，该质点所产生的加速度则取决于这些力的合力的大小和方向。上式可以改写为

$$m\boldsymbol{a}=\sum \boldsymbol{F}$$

即质点的质量与其加速度的乘积等于作用在此质点上的诸力的合力。

质量是质点惯性的度量。在经典力学范围内，质量被认为是一个常量，与质点的运动无关，因此，可以选取某种最简单的运动，例如，质点在真空中的自由下落，来确定它的数值。假设质点在地面附近自由下落，所受的重力为 $\boldsymbol{P}$，加速度为重力加速度，用 g 表示，该

质点的质量

$$m=\frac{P}{g}$$

值得注意的是，质量与重量是两个不同的概念。质量 m 是质点惯性的度量，重量 P 则是质点所受重力 P 的大小。由于重力加速度的大小是随地球的纬度而变化的，质点所受的重力也是随地域变化的，重量与重力加速度的比值——质量却是不变的。

第三定律　任何两个质点间的相互作用力总是大小相等，方向相反，沿着同一直线，且分别作用在这两个质点上。该定律也称为**作用与反作用定律**。

该定律说明两个质点不论是静止平衡的，还是运动的，它们之间的作用力和反作用力总是大小相等，方向相反。

2. 质点的运动微分方程

设一质量为 m 的质点受到力 $\boldsymbol{F}_1$，$\boldsymbol{F}_2$，…，$\boldsymbol{F}_n$ 的作用，作曲线运动。如果此汇交力系的合力为$\sum\boldsymbol{F}$，即

$$\sum\boldsymbol{F}=\boldsymbol{F}_1+\boldsymbol{F}_2+\cdots+\boldsymbol{F}_n$$

根据牛顿第二定律，将加速度写成矢径对时间的二阶导数，则有

$$m\frac{\mathrm{d}^2\boldsymbol{r}}{\mathrm{d}t^2}=\sum\boldsymbol{F}$$

这是**矢径形式的质点的运动微分方程**。

在矢径的原点 O 上，建立直角坐标系 $Oxyz$，可以得到直角坐标形式的质点的运动微分方程：

$$\left.\begin{aligned}m\frac{\mathrm{d}^2x}{\mathrm{d}t^2}&=\sum F_x\\m\frac{\mathrm{d}^2y}{\mathrm{d}t^2}&=\sum F_y\\m\frac{\mathrm{d}^2z}{\mathrm{d}t^2}&=\sum F_z\end{aligned}\right\}$$

质点自然轴系形式的质点的运动微分方程为

$$\left.\begin{aligned}m\frac{\mathrm{d}v}{\mathrm{d}t}&=\sum F_\tau\\m\frac{v^2}{\rho}&=\sum F_n\\0&=\sum F_b\end{aligned}\right\}$$

这是**自然轴系形式的质点的运动微分方程**。从该方程的第三式看出，由于该质点的加速度在运动轨迹的密切面内，作用在该质点上力系的合力也应该在此密切面内。

3. 质点动力学的两类基本问题

应用质点的运动微分方程，可以**解决质点动力学的两类基本问题**。

第一类基本问题，是已知质点的运动，求解此质点所受的力。

第二类基本问题，是已知作用在质点上的力，求解此质点的运动。

作用在质点上的力可分为常力和变力两种，变力可以是时间的函数、位置（即坐标）的函数和速度的函数或同时是几个变量的函数。在求解这些运动微分方程时，会遇到很大的

困难。故分析质点动力学的第二类基本问题比第一类基本问题要困难得多。

【例 4.3-1】 小球重 W，用 $\alpha=60°$ 的两绳 AC 和 BD 悬挂处于静止状态，现将 BD 绳剪断，剪断瞬时 AC 绳的张力为（ ）。

（A）$F_{\mathrm{I}}=W$

（B）$F_{\mathrm{I}}=2W$

（C）$F_{\mathrm{I}}=\dfrac{\sqrt{3}}{2}W$

（D）$F_{\mathrm{I}}=\dfrac{1}{2}W$

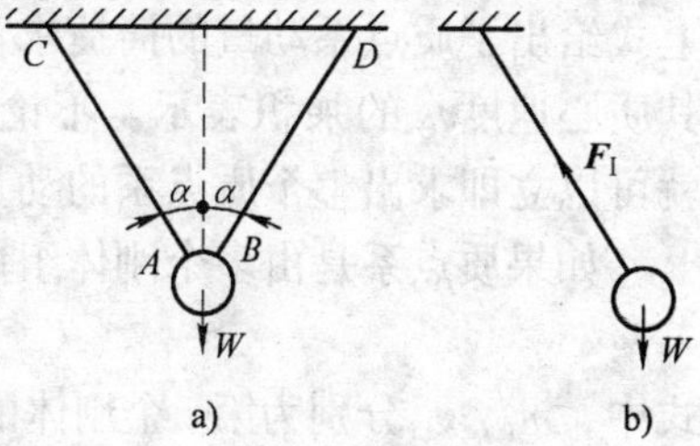

【例 4.3-1】图

答案：（D）。

解： 剪断 BD 绳前是静力学问题，由剪断 BD 绳瞬时起变为动力学问题，同时也给出此问题的初始条件：小球的初速度 $v_0=0$，初加速度的法向分量 $a_{0n}=0$，切向加速度 $a_{0\tau}\neq0$。

应用质点运动微分方程的自然形式，可求出张力 F_{I}

$$\frac{v^2}{P}=\sum F_n \quad F_{\mathrm{I}}-W\cos60°=0 \quad F_{\mathrm{I}}=\frac{W}{2}$$

另一方程为 $ma_\tau=W\sin\alpha$，可得出 $a_\tau=g\sin\alpha$，这是剪断瞬时的情况，若求剪断后的运动规律，可取任意位置，画受力图 4.3-1 后列自然法运动微分方程即可求解。

【例 4.3-2】 质量为 m 的物块 M，置于物块 M_1 的倾面上，倾面与水平面成 θ 角，如图所示。M 与 M_1 间摩擦力足够大，使 M 与 M_1 一起以加速度 $\boldsymbol{a}$ 水平向右运动。则 M 受到 M_1 的约束力 F_N 应为（ ）。

（A）$F_N=mg\cos\theta+ma\sin\theta$

（B）$F_N=mg\cos\theta-ma\sin\theta$

（C）$F_N=mg\cos\theta$

（D）$F_N=ma\sin\theta$

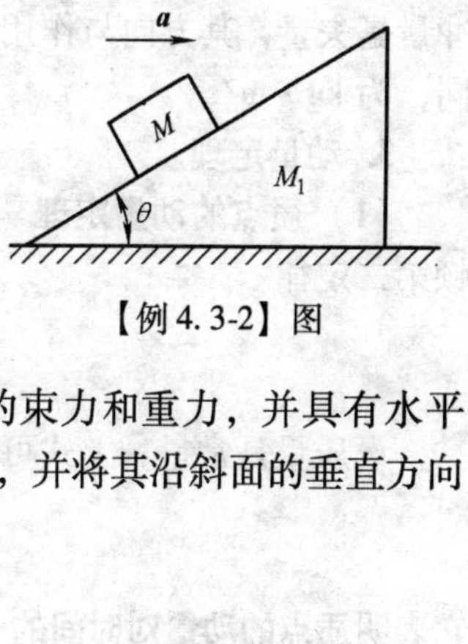

【例 4.3-2】图

答案：（B）。

解： 以物块 M 为研究对象，画受力图，有摩擦力、斜面的约束力和重力，并具有水平向右的加速度 a。利用牛顿第二定律，建立物块 M 的动力学方程，并将其沿斜面的垂直方向投影，解出 $F_N=mg\cos\theta-ma\sin\theta$。

4.3.2 动量定理

1. 动量

（1）**质点的动量** 动量是用来度量物体机械运动的一个物理量。

质点的动量等于其质量与速度的乘积，即

$$\boldsymbol{K}=m\boldsymbol{v}$$

动量是矢量，动量的方向与速度方向相同。在国际单位制中，动量的单位为 kg · m/s。

（2）**质点系的动量** **质点系中各质点动量的矢量和称为质点系的动量主矢**，简称为质点系的动量，即

$$\boldsymbol{K}=\sum m_i\boldsymbol{v}_i=\sum m\boldsymbol{v}$$

将质心坐标公式 $\sum m_i\boldsymbol{r}_i=M\boldsymbol{r}_C$ 代入上式得

$$K=\frac{d}{dt}(M\boldsymbol{r}_C)=M\frac{d\boldsymbol{r}_C}{dt}=M\boldsymbol{v}_C$$

上式给出了质点系动量的简捷求法。这表明，质点系的动量也可以用质点系的总质量 M 与其质心速度 $\boldsymbol{v}_C$ 的乘积表示。不论质点系内各质点的速度如何不同，只要知道质心的速度，就可以立即求出整个质点系的动量。

如果质点系是由多个刚体组成，则该质点系的动量可写为

$$\boldsymbol{K}=\sum\boldsymbol{k}_i=\sum m_i\boldsymbol{v}_{Ci}$$

式中，m_i、$\boldsymbol{v}_{Ci}$分别为第 i 个刚体的质量和它的质心的速度。

2. 力的冲量

力对物体的作用不仅与力的大小和方向有关，且与作用的时间长短有关。因此，用力和时间的乘积来度量力的作用，称为**冲量**。

（1）**常力的冲量**　常力的冲量为常力矢量与其作用时间的乘积，用 $\boldsymbol{S}$ 表示

$$\boldsymbol{S}=\boldsymbol{F}\cdot t$$

（2）**任意力的冲量**　任意力（常力或变力）在微小时间间隔 dt 内的冲量称为该力在 t 瞬时的**元冲量**，用 dS 表示

$$d\boldsymbol{S}=\boldsymbol{F}dt$$

任意力在有限时间内（瞬时 t_1 至瞬时 t_2）的冲量可用一个矢量积分表示

$$\boldsymbol{S}=\int_{t_1}^{t_2}d\boldsymbol{S}=\int_{t_1}^{t_2}\boldsymbol{F}dt$$

冲量是矢量，其方向与作用力的方向相同。在国际单位制中，冲量的单位与动量的单位相同，为 kg · m/s。

3. 动量定理

（1）**质点的动量定理**　设质量为 m 的质点 M 在力 $\boldsymbol{F}$ 的作用下运动，其速度为$\boldsymbol{v}$，由牛顿第二定律

$$m\frac{d\boldsymbol{v}}{dt}=\boldsymbol{F}$$

设质量是常量，上式可写为

$$\frac{d}{dt}(m\boldsymbol{v})=\boldsymbol{F}$$

它表明**质点的动量对时间的一阶导数等于作用在质点上的力**，这是质点动量定理的微分形式。

将上式两边同时乘以 dt，并进行积分得

$$m\boldsymbol{v}_2-m\boldsymbol{v}_1=\int_{t_1}^{t_2}\boldsymbol{F}dt=\boldsymbol{S}$$

它表明**质点在 t_1 至 t_2 时间内动量的改变量等于作用于质点的合力在同一时间内的冲量**。这是质点动量定理的积分形式。

（2）**质点系的动量定理**　设质点系由 n 个质点组成，取其中任一质点 M_i 来考虑，令 M_i 的质量为 m_i，速度为$\boldsymbol{v}_i$，把作用于各质点上的力分成外力和内力。分别用 $\boldsymbol{F}_i^{(e)}$ 和 $\boldsymbol{F}_i^{(i)}$ 表示。有

$$\frac{d}{dt}(m_i\boldsymbol{v}_i)=\boldsymbol{F}_i^{(e)}+\boldsymbol{F}_i^{(i)}$$

对质点系中每一个质点都可写出这样一个方程，共有 n 个方程。把这 n 个方程相加，得

$$\sum \frac{\mathrm{d}}{\mathrm{d}t}(m_i \boldsymbol{v}_i) = \frac{\mathrm{d}}{\mathrm{d}t}\sum m_i \boldsymbol{v}_i = \sum \boldsymbol{F}_i^{(e)} + \sum \boldsymbol{F}_i^{(i)}$$

式中 $\sum m_i \boldsymbol{v}_i$ 是质点系的动量 $\boldsymbol{K}$，由于 $\sum \boldsymbol{F}_i^{(i)} = 0$。于是方程成为

$$\frac{\mathrm{d}}{\mathrm{d}t}\boldsymbol{K} = \sum \boldsymbol{F}_i^{(e)}$$

它表明**质点系动量对时间的一阶导数，等于作用于该质点系上所有外力的矢量和**。这就是**质点系动量定理的微分形式**。在具体计算时，常把上式写成投影形式。投影到直角坐标轴 x、y、z 上，得

$$\left.\begin{aligned} \frac{\mathrm{d}}{\mathrm{d}t}K_x &= \sum F_x \\ \frac{\mathrm{d}}{\mathrm{d}t}K_y &= \sum F_y \\ \frac{\mathrm{d}}{\mathrm{d}t}K_z &= \sum F_z \end{aligned}\right\}$$

在瞬时 t_1 至 t_2 这段时间内积分，得

$$\boldsymbol{K}_2 - \boldsymbol{K}_1 = \int_{t_1}^{t_2} \sum \boldsymbol{F}_i^{e} \mathrm{d}t = \boldsymbol{S}^{(e)}$$

它表明**质点系在 t_1 至 t_2 时间内的动量的改变量等于作用于该质点系的所有外力在同一时间内的冲量的矢量和**。这是**质点系动量定理的积分形式**。同样，它在直角坐标轴 x、y、z 上的投影形式为

$$\left.\begin{aligned} K_{2x} - K_{1x} &= S_x \\ K_{2y} - K_{1y} &= S_y \\ K_{2z} - K_{1z} &= S_z \end{aligned}\right\}$$

(3) **动量守恒** 当 $\sum \boldsymbol{F}_i^{(e)} = 0$ 时，$\boldsymbol{K}$ = 常矢量；当 $\sum F_x = 0$ 时，K_x = 常量。即质点系动量守恒的情形，又称**动量守恒定律**。

4. 质心运动定理

(1) **质点系的质量中心** 质点系的运动不仅与作用在该质点系上的力及各质点的质量大小有关，而且与质量的分布状态有关。质量中心是质点系质量分布状态的重要概念之一。

描述质点系质量分布的一个特征量称为**质量中心**，简称**质心**。确定质心位置的矢径用 $\boldsymbol{r}_c$ 表示，则

$$\boldsymbol{r}_c = \frac{\sum_{i=1}^{n} m_i \boldsymbol{r}_i}{M}$$

或简写为

$$\boldsymbol{r}_c = \frac{\sum m_i \boldsymbol{r}_i}{M}$$

在直角坐标系中，用 x_c，y_c，z_c 代表质量中心的坐标，x_i，y_i，z_i 代表各质点的坐标，质心 C 的坐标公式为

$$x_c = \frac{\sum m_i x_i}{M} \qquad y_c = \frac{\sum m_i y_i}{M} \qquad z_c = \frac{\sum m_i z_i}{M}$$

由此可知，质点系中各质点的位置发生变化时，质心的位置也可能发生变化；质点系的质量中心不一定落在质点系中的某个质点上，它只是此质点系所在空间的一个几何点。

（2）**质心运动定理** 将质点系的动量 $\boldsymbol{K} = M\boldsymbol{v}_C$ 代入动量定理的表达式中，写成

$$\frac{d}{dt}(M\boldsymbol{v}_C) = \frac{d}{dt}(\sum m_i \boldsymbol{v}_i) = \sum \boldsymbol{F}_i^{(e)}$$

即

$$M\boldsymbol{a}_C = \sum m_i \boldsymbol{a}_i = \sum \boldsymbol{F}_i^{(e)}$$

此式表明，**质点系的质量与其质心加速度的乘积等于作用于质点系的外力的矢量和**。这就是质心运动定理。与牛顿第二定律相比较，可以看到，它们的形式是相似的。即质点系质心的运动可以视为一个质点的运动，该质点集中了该质点系的全部质量和全部外力。

具体计算时，投影到三个直角坐标轴上，得质心运动微分方程

$$\left.\begin{aligned} M\frac{d^2 x_c}{dt^2} &= Ma_{cx} = \sum m_i a_{cix} = \sum F_x \\ M\frac{d^2 y_c}{dt^2} &= Ma_{cy} = \sum m_i a_{ciy} = \sum F_y \\ M\frac{d^2 z_c}{dt^2} &= Ma_{cz} = \sum m_i a_{ciz} = \sum F_z \end{aligned}\right\}$$

常简写为

$$\left.\begin{aligned} Ma_{cx} &= \sum ma_x = \sum F_x \\ Ma_{cy} &= \sum ma_y = \sum F_y \\ Ma_{cz} &= \sum ma_z = \sum F_z \end{aligned}\right\}$$

（3）**质心运动守恒定理**

当外力 $\sum \boldsymbol{F}_i^{(e)} = 0$，得 $\boldsymbol{a}_C = 0$

即 $\boldsymbol{v}_C$ = 常矢量

此时质心作惯性运动。

当外力 $\sum \boldsymbol{F}_i^{(e)} = 0$，且 $t = 0$ 时，$\boldsymbol{v}_C = 0$，则

$$\boldsymbol{r}_C = \text{常矢量} \qquad \text{或} \qquad \sum m_i \Delta \boldsymbol{r}_{Ci} = 0$$

即质心在惯性空间保持静止，称为**质心位置守恒**。

上述各种情况的结论统称为**质心运动守恒定理**。质心运动定理指出，质心的运动完全决定于质点系的外力，而与质点系的内力无关。例如，汽车、火车之所以能行进，是依靠主动轮与地面或铁轨接触点的向前摩擦力。否则，车轮只能在原地空转。冰冻天气，由于路面光滑，常在汽车轮子上绕防滑链，或在火车的铁轨上喷砂粒，这都是为了增大主动轮与地面或铁轨的摩擦力。刹车时，制动闸与轮子间的摩擦力是内力，它并不直接改变质心的运动状态，但能阻止车轮相对于车身的转动，如果没有车轮与地面或铁轨接触点的向后的摩擦力，即使闸块使轮子停止转动，车辆仍要向前滑行，不能减速。

【例 4.3-3】 均质圆盘质量为 m，可绕 O 轴转动，图示瞬时角速度为 ω，则图示位置动量（ ）。

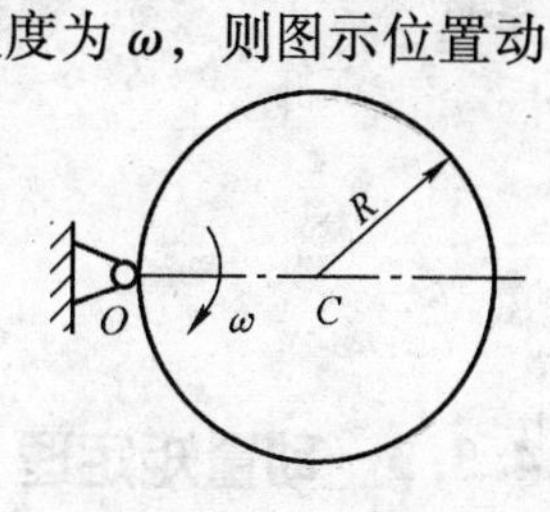

【例 4.3-3】图

（A）$K=mR\omega\uparrow$

（B）$K=mR\omega\downarrow$

（C）$K=\frac{1}{2}mR^2\omega^2\downarrow$

（D）$K=\frac{1}{4}mR^2\omega^2\uparrow$

答案：（B）。

解：均质圆盘绕 O 轴转动，其质心的速度为 $R\omega$，方向铅直向下，因此，动量为 $K=mR\omega\downarrow$。

【例 4.3-4】 如【例 4.3-4】图所示，长为 l、质量为 M 的均质杆 OA，初始时位于水平位置，由静止释放，当 OA 杆转到 OA' 时，其角速度和角加速度分别为 $\omega^2=\frac{3}{l}g\sin\varphi$，$\varepsilon=\frac{3g}{2l}\cos\varphi$，轴 O 的约束力为（ ）。

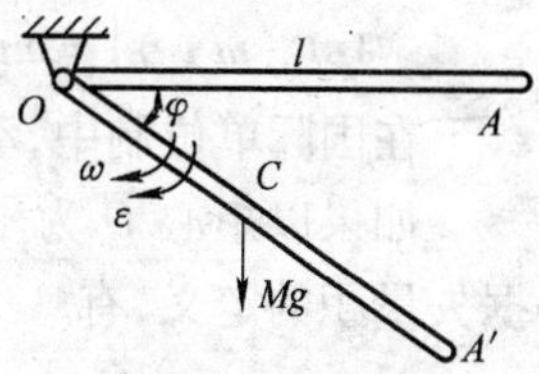

【例 4.3-4】图

（A）$F_{Ox}=-\frac{9}{4}Mg\sin\varphi\cos\varphi$，$F_{Oy}=Mg+\frac{3}{2}Mg\left(\sin^2\varphi-\frac{1}{2}\cos^2\varphi\right)$

（B）$F_{Ox}=-\frac{3}{2}Mg\sin\varphi\cos\varphi$，$F_{Oy}=Mg+\frac{3}{2}Mg\left(\sin^2\varphi-\frac{1}{2}\cos^2\varphi\right)$

（C）$F_{Ox}=-\frac{3}{4}Mg\sin\varphi\cos\varphi$，$F_{Oy}=Mg+\frac{3}{4}Mg\left(\sin^2\varphi-\frac{1}{2}\cos^2\varphi\right)$

（D）$F_{Ox}=-\frac{3}{4}Mg\sin\varphi\cos\varphi$，$F_{Oy}=Mg+\frac{3}{2}Mg\left(\sin^2\varphi+\frac{1}{2}\cos^2\varphi\right)$

答案：（A）。

解：由 $\omega^2=\frac{3}{l}g\sin\varphi \quad \varepsilon=\frac{3g}{2l}\cos\varphi$

则质心加速度为

$$a_{cn}=\frac{l}{2}\omega^2=\frac{3}{2}g\sin\varphi \qquad a_{c\tau}=\frac{l}{2}\varepsilon=\frac{3}{4}g\cos\varphi$$

应用质心运动定理：

$$Ma_{cx}=\sum F_{Cx}^{(e)} \quad M\left(\frac{-3}{2}g\sin\varphi\cos\varphi-\frac{3}{4}g\cos\varphi\sin\varphi\right)=F_{Ox}$$

$$Ma_{cy}=\sum F_{Cy}^{(e)} \quad M\left(\frac{3}{2}g\sin\varphi\sin\varphi-\frac{3}{4}g\cos\varphi\cos\varphi\right)=F_{Oy}-Mg$$

于是，得

$$F_{Ox}=-\frac{9}{4}Mg\sin\varphi\cos\varphi$$

$$F_{Oy}=Mg+\frac{3}{2}Mg\left(\sin^2\varphi-\frac{1}{2}\cos^2\varphi\right)$$

4.3.3 动量矩定理

1. 动量矩

(1) **质点的动量矩**　质点对某固定点 O 的动量矩定义为：**质点的动量对该点 O 之矩。**

动量矩是矢量，称为动量矩矢。动量矩矢从矩心 O 点画出，垂直于矢径 $\boldsymbol{r}$ 与动量 $m\boldsymbol{v}$ 所形成的平面，其方向按右手规则确定（图 4.3-1），其数学表达式为

$$\boldsymbol{m}_O(m\boldsymbol{v})=\boldsymbol{r}\times m\boldsymbol{v}$$

它的大小可用几何法表示为

$$|\boldsymbol{m}_O(m\boldsymbol{v})|=mvr\sin(\boldsymbol{r},m\boldsymbol{v})=2\Delta OAB\text{ 面积}$$

在国际单位制中,动量矩的单位是 $\mathrm{kg\cdot m^2\cdot s^{-1}}$。

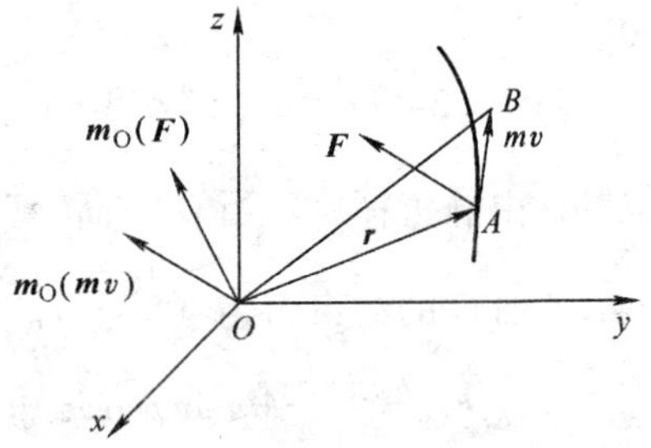

图 4.3-1

如果以矩心 O 为坐标原点,建立直角坐标系 $Oxyz$,根据矢量积的定义,有

$$\boldsymbol{m}_O(m\boldsymbol{v})=\boldsymbol{r}\times m\boldsymbol{v}=\begin{vmatrix}\boldsymbol{i}&\boldsymbol{j}&\boldsymbol{k}\\x&y&z\\mv_x&mv_y&mv_z\end{vmatrix}$$

或

$$\begin{aligned}\boldsymbol{m}_O(m\boldsymbol{v})&=(ymv_z-zmv_y)\boldsymbol{i}+(zmv_x-xmv_z)\boldsymbol{j}+(xmv_y-ymv_x)\boldsymbol{k}\\&=[m_O(m\boldsymbol{v})]_x\boldsymbol{i}+[m_O(m\boldsymbol{v})]_y\boldsymbol{j}+[m_O(m\boldsymbol{v})]_z\boldsymbol{k}\end{aligned}$$

上式表明，质点的动量对点之矩与对轴之矩的关系，**即质点对固定点的动量矩矢在通过该点的任一固定轴上的投影等于质点的动量对该轴的动量矩。**由此可得

$$\boldsymbol{m}_O(m\boldsymbol{v})=m_x(m\boldsymbol{v})\boldsymbol{i}+m_y(m\boldsymbol{v})\boldsymbol{j}+m_z(m\boldsymbol{v})\boldsymbol{k}$$

于是，质点的动量对 x、y、z 轴的动量矩为

$$\left.\begin{aligned}m_x(m\boldsymbol{v})&=ymv_z-zmv_y\\m_y(m\boldsymbol{v})&=zmv_x-xmv_z\\m_z(m\boldsymbol{v})&=xmv_y-ymv_x\end{aligned}\right\}$$

对于平面问题，即质点始终在某平面内运动的情形，动量矩矢总是垂直于该平面，只需把它定义为代数量，并规定逆时针方向为正，顺时针方向为负。

(2) **质点系对固定点的动量矩**　设有一质点系，由 n 个质点 m_1，m_2，…，m_n 组成，在某瞬时，各质点的速度分别为$\boldsymbol{v}_1$，$\boldsymbol{v}_2$，…，$\boldsymbol{v}_n$，则第 i 个质点 m_i 对某固定点 O 的动量矩为

$$\boldsymbol{m}_O(m_i\boldsymbol{v}_i)=\boldsymbol{r}_i\times m_i\boldsymbol{v}_i$$

质点系中所有各质点的动量对于固定点 O 的动量矩矢之和称之为该质点系对 O 点的动量矩。用 $\boldsymbol{L}_O$ 表示，即

$$\boldsymbol{L}_O=\sum\boldsymbol{m}_O(m\boldsymbol{v})=\sum\boldsymbol{r}\times(m\boldsymbol{v})$$

在坐标系 $Oxyz$ 中的投影形式为

$$\left.\begin{aligned}[\boldsymbol{L}_O]_x = L_x = \sum m_x(m\boldsymbol{v})\\ [\boldsymbol{L}_O]_y = L_y = \sum m_y(m\boldsymbol{v})\\ [\boldsymbol{L}_O]_z = L_z = \sum m_z(m\boldsymbol{v})\end{aligned}\right\}$$

即质点系对某固定点 O 的动量矩矢在通过该点的轴上的投影等于质点系对该轴的动量矩。

2. 动量矩定理

（1） **质点的动量矩定理** 设质点对定点 O 的动量矩为 $\boldsymbol{m}_O(m\boldsymbol{v})$，作用在其上的合力 $\boldsymbol{F}$ 对同一点 O 之矩为 $\boldsymbol{m}_O(\boldsymbol{F})$，则有

$$\frac{\mathrm{d}}{\mathrm{d}t}\boldsymbol{m}_O(m\boldsymbol{v}) = \boldsymbol{r}\times\boldsymbol{F} = m_O(\boldsymbol{F})$$

这表明，**质点对某定点的动量矩对时间的一阶导数，等于作用力对同一点的力矩**。这就是**质点的动量矩定理**。

（2） **质点系的动量矩定理**

质点系动量矩定理：质点系对于某固定点 O 的动量矩对时间的一阶导数，等于作用于质点系的外力对同一点的主矩。有

$$\frac{\mathrm{d}}{\mathrm{d}t}\boldsymbol{L}_O = \boldsymbol{M}_O^{(e)} = \sum_{i=1}^{n}\boldsymbol{r}_i\times\boldsymbol{F}_i^{(e)}$$

应用时，常取投影形式，即

$$\left.\begin{aligned}\frac{\mathrm{d}}{\mathrm{d}t}L_x = M_x^{(e)} = m_x(\boldsymbol{F}_i^{(e)})\\ \frac{\mathrm{d}}{\mathrm{d}t}L_y = M_y^{(e)} = m_y(\boldsymbol{F}_i^{(e)})\\ \frac{\mathrm{d}}{\mathrm{d}t}L_z = M_z^{(e)} = m_z(\boldsymbol{F}_i^{(e)})\end{aligned}\right\}$$

此式说明，**质点系对某定轴的动量矩对时间的一阶导数，等于作用于质点系上的外力对该轴之矩的代数和**。

（3） **动量矩守恒**

1） 只有作用于质点系上的外力才能改变系统的动量矩，内力不能改变质点系的动量矩。但是，内力可促使系统内各质点的动量矩发生变化，并保持系统的总动量矩不变。

2） 当外力系对某定点（或某定轴）之主矩等于零时，质点系对于该点（或该轴）的动量矩保持不变，称之为**动量矩守恒**。

3. 刚体的转动惯量

（1） **转动惯量** 描述刚体的质量分布的另一个特征量称为**转动惯量**。刚体的转动惯量是刚体转动时惯性的度量，**它等于刚体内各质点的质量与其到转轴的垂直距离平方的乘积之和**。如用 m_i 表示刚体内任一质点的质量，r_i 表示该质点到转轴 z 的垂直距离，并用 I_z 表示刚体对转轴 z 的转动惯量，则

$$I_z = \sum_{i=1}^{n} m_i r_i^2$$

由此可见，转动惯量的大小不仅与质量大小有关，而且与质量的分布情况有关。是恒大于零的物理量。

若刚体的质量是连续分布的，刚体转动惯量公式应写成

$$I_Z = \int_M r^2 \mathrm{d}m$$

在国际单位制中，它的单位为千克·米²（$\mathrm{kg \cdot m^2}$）。

（2）**简单形状刚体的转动惯量**

1）等截面的均质细长杆，如图4.3-2所示。设杆AB长为l，质量为m。则杆对于通过质心O且与杆垂直的y轴的转动惯量：

$$I_y = \int_{-\frac{l}{2}}^{\frac{l}{2}} x^2 \rho \mathrm{d}x = \int_{-\frac{l}{2}}^{\frac{l}{2}} x^2 \frac{m}{l} \mathrm{d}x = \frac{1}{12} m l^2$$

杆对于与y轴相平行的y'轴的转动惯量：

$$I_{y'} = \int_0^l (x')^2 \rho \mathrm{d}x' = \int_0^l (x')^2 \frac{m}{l} \mathrm{d}x' = \frac{1}{3} m l^2$$

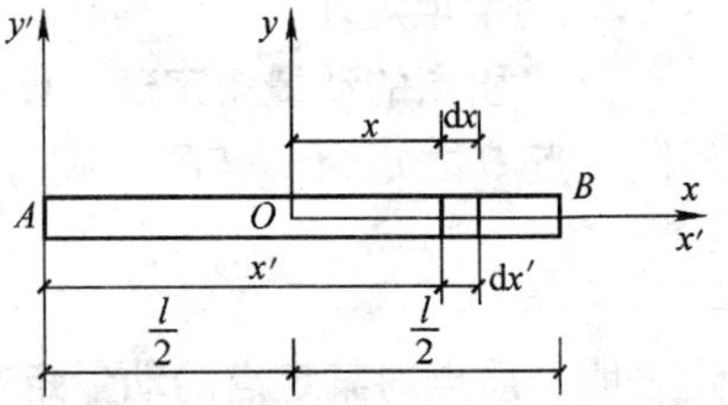

图4.3-2

2）厚度相等的均质薄圆板，如图4.3-3所示。设半径为R，质量为m。则整个圆板对中心O的转动惯量：

$$I_O = \int_0^R r^2 \mathrm{d}m = \frac{1}{2} m R^2$$

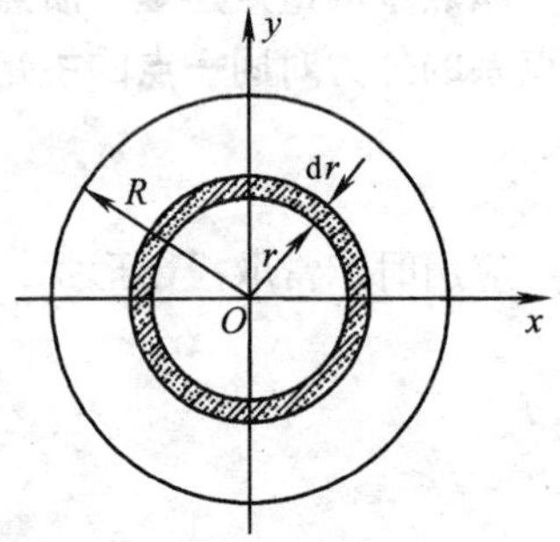

图4.3-3

（3）**回转半径**　刚体对于z轴的转动惯量也可用另一形式来表示。设刚体的总质量为M，则

$$I_z = M \rho_z^2$$

其中ρ_z称为刚体对于z轴的**回转半径或惯性半径**，它的大小

$$\rho_z = \sqrt{I_z / M}$$

ρ_z的物理意义可理解为，如果把刚体的质量集中于某一点上，仍保持原有的转动惯量，那么，ρ_z就是这个点到z轴的距离。

（4）**转动惯量的平行轴定理**

转动惯量的平行轴定理：刚体对于任一轴的转动惯量，等于刚体对于通过质心并与该轴平行的轴的转动惯量，加上刚体的质量与此两轴间距离平方的乘积，即

$$I_z = I_{zC} + M l^2$$

应当注意，①I_{zC}必须是通过质心轴的转动惯量。②在刚体对众多平行轴的转动惯量之中，通过质心轴的转动惯量最小。③当物体由几个简单几何形状的物体组成时，计算整体的转动惯量时，可先分别计算每一简单几何形体对同一轴的转动惯量，然后求和即可。如果物体有空心部分，可把这部分的质量视为负值来处理。

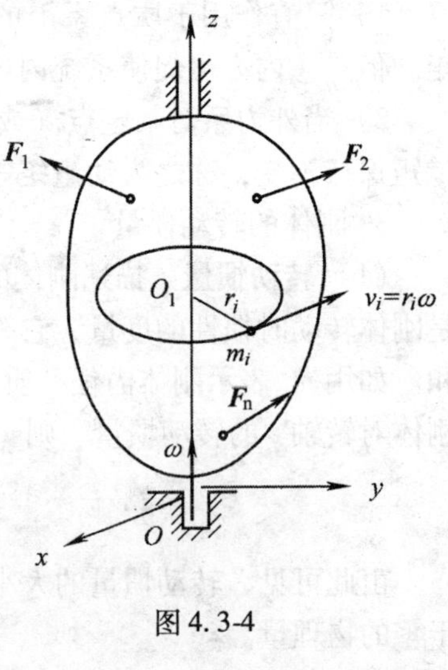

图4.3-4

4. 刚体绕定轴转动的微分方程

从动量矩定理可直接推导刚体绕定轴转动的微分方程。设刚体在外力作用下绕z轴转动，角速度ω，角加速度ε。选择坐标轴系如图4.3-4所示，令z轴与转轴重合，刚体对z轴的动量矩为

$$L_z = I_z \omega$$

应用动量矩定理

$$\frac{d}{dt}(I_z\omega) = \sum m_z(F_i^{(e)})$$

又可写成为

$$I_z\varepsilon = M_z$$

或

$$I_z\frac{d^2\varphi}{dt^2} = M_z$$

上式是刚体绕定轴转动微分方程。

由此看出：①外力矩 M_z 越大，则刚体转动的角加速度也越大。当 $M_z=0$ 时，角加速度 $\varepsilon=0$，刚体作匀速转动或保持静止。

②在同样的外力矩作用下，刚体的转动惯量 I_z 越大，它所产生的角加速度 ε 越小。I_z 反映了刚体保持其匀速转动状态能力的大小，这表明转动惯量是刚体转动时的惯性度量。

【例 4.3-5】 图示均质圆轮，质量为 m，半径为 R，由挂在绳上的重为 W 的物块使其绕质心轴 O 转动。设重物的速度为 $\boldsymbol{v}$，不计绳重，则系统动量矩的大小是（ ）。

(A) $\frac{W}{g}Rv+\frac{1}{2}mRv$

(B) $\frac{W}{g}Rv$

(C) $\frac{1}{2}mRv$

(D) $\frac{W}{g}Rv-\frac{1}{2}mRv$

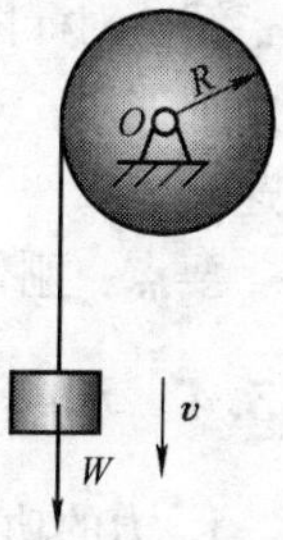

【例 4.3-5】图

答案：（A）。

解： 此题的研究对象为刚体系统，均质圆轮绕 O 轴转动，物块作平行移动。分别按运动形式计算动量矩 $\frac{W}{g}Rv+\frac{1}{2}mRv$。

【例 4.3-6】 两重物 A 和 B，其质量为 m_1 和 m_2，各系在两条绳子上，此两绳又分别围绕在半径为 r_1 和 r_2 的鼓轮上，如图示。设 $m_1r_1>m_2r_2$，鼓轮和绳子的质量及轴的摩擦均略去不计。则鼓轮的角加速度为（ ）。

(A) $\varepsilon=\frac{m_1r_1-m_2r_2}{m_1r_1^2+m_2r_2^2}g$

(B) $\varepsilon=\frac{m_1r_1+m_2r_2}{m_1r_1^2+m_2r_2^2}g$

(C) $\varepsilon=\frac{m_1r_1-m_2r_2}{m_1r_1^2-m_2r_2^2}g$

(D) $\varepsilon=\frac{m_1r_1+m_2r_2}{m_1r_1^2-m_2r_2^2}g$

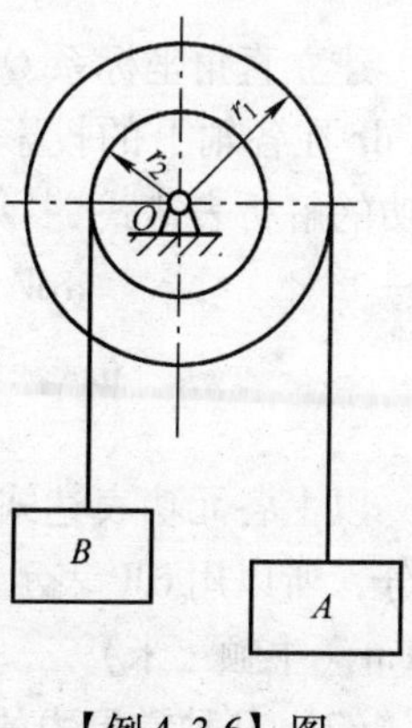

【例 4.3-6】图

答案：（A）。

解： 此题为刚体系统的动力学问题，鼓轮绕 O 轴转动，重物 A

和 B 作平行移动。按质系的动量矩定理，建立此系统的动力学方程，可解出鼓轮的角加速度为 $\varepsilon=\dfrac{m_1r_1-m_2r_2}{m_1r_1^2+m_2r_2^2}g$。

要点：质系的动量矩定理。

【例 4.3-7】 在两个半径及质量均相同的均质滑轮 A 及 B 上，各绕以不计质量的绳如图示。轮 A 绳末端挂一重量为 P 的重物；轮 B 绳末端作用一铅垂向下的力 $\boldsymbol{P}$。则此两轮的角加速度大小之间的关系为（　　）。

（A）$\varepsilon_A=\varepsilon_B$

（B）$\varepsilon_A>\varepsilon_B$

（C）$\varepsilon_A<\varepsilon_B$

（D）无法判断

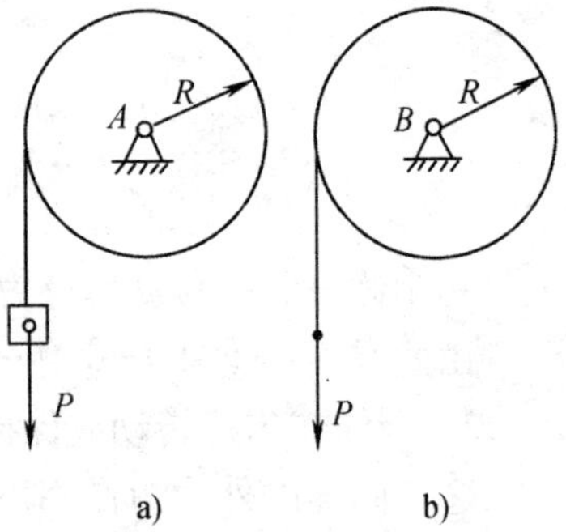

【例 4.3-7】图

答案：（C）。

解：对 a 图系统应用刚体绕定轴转动的微分方程，建立其动力学方程，可解出均质滑轮的角加速度；对 b 图应用质系的动量矩定理，建立系统的动力学方程，可解出均质滑轮的角加速度。

要点：刚体绕定轴转动的微分方程与质系的动量矩定理的关系。

4.3.4 动能定理

1. 力的功

（1）**功的一般表达式**

作用在质点上的力 $\boldsymbol{F}$ 与质点的无限小位移 $\mathrm{d}\boldsymbol{r}$ 的标积，称为力的**元功**，以 δW 表示。

$$\delta W=\boldsymbol{F}\cdot\mathrm{d}\boldsymbol{r}$$

或

$$\delta W=F\cos\alpha\mathrm{d}s$$

式中，α 为力 $\boldsymbol{F}$ 与轨迹切线间夹角，如图 4.3-5 所示。质点从 M_1 运动至 M_2，力所做的元功沿路径 M_1M_2 的积分为

$$W=\int_{M_1}^{M_2}\boldsymbol{F}\cdot\mathrm{d}\boldsymbol{r}$$

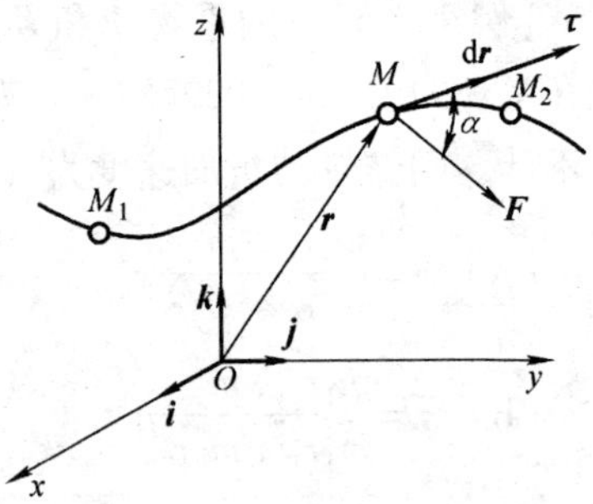

图 4.3-5

建立直角坐标系 $Oxyz$，力 $\boldsymbol{F}$ 在各轴上的投影为 X、Y、Z，$\mathrm{d}\boldsymbol{r}$ 在各轴上的投影为 $\mathrm{d}x$、$\mathrm{d}y$、$\mathrm{d}z$，于是得到力的元功和功的解析表达式

$$\delta W=X\mathrm{d}x+Y\mathrm{d}y+Z\mathrm{d}z$$

$$W=\int_{M_1M_2}X\mathrm{d}x+Y\mathrm{d}y+Z\mathrm{d}z$$

以上各元功表达式的右端，并不一定是某个函数的全微分，所以用 δW 表示元功，而不用 $\mathrm{d}W$。在国际单位制中，功的单位为焦耳（J）。1J = 1N · 1m（牛顿 · 米）

（2）**几种常见力的功**

常力的功 质点受常力作用，沿直线轨迹行经的距离为 s，如图 4.3-6 所示。此力所作的功，即

$$W = \int_0^S F\cos\alpha \mathrm{d}s$$

$$W = Fs\cos\alpha$$

当 $\alpha < \frac{\pi}{2}$时功为正；当 $\alpha > \frac{\pi}{2}$时，功为负；当 $\alpha = \frac{\pi}{2}$时，该力不作功。由此可知，功为代数量。

重力的功 某物体运动时，它的重心的轨迹如图 4.3-7 所示。其重力 $\boldsymbol{P}$ 的元功

$$\delta W = -P\mathrm{d}z$$

当质心从 M_1 运动到 M_2 时，重力 $\boldsymbol{P}$ 的功

$$W = \int_{z_1}^{z_2} -P\mathrm{d}z = P(z_1 - z_2)$$

可以看出，重力的功只与其重心的起止位置的高度差有关，而与路径无关。高度降低，重力作的功为正，反之为负。

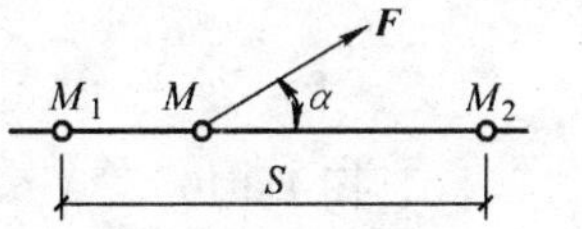

图 4.3-6

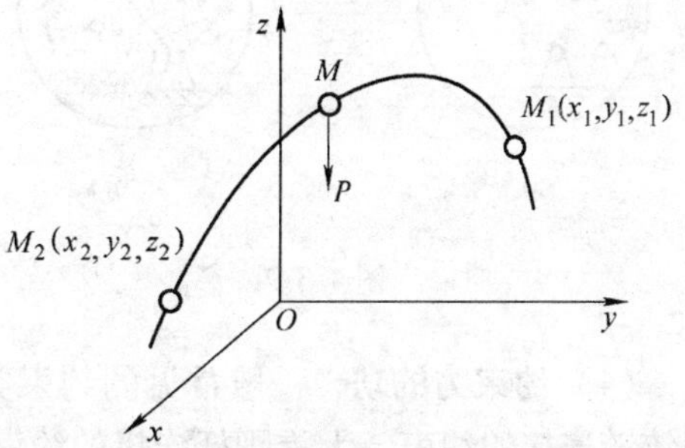

图 4.3-7

弹性力的功 弹性体变形较小时，弹性力的大小与变形成正比，如图 4.3-8 所示的弹簧，以弹簧未变形时质点 M 所在的位置为坐标原点，则质点 M 在任一位置 x 时所受的弹性力为

$$F_x = -kx$$

式中负号表示弹性力的方向与质点位移（对坐标原点的位移）的方向相反；比例系数 k 叫做弹簧常数，它表示弹簧拉伸（或压缩）一单位长度所需的力，其单位以 N/cm 或 N/m 表示。

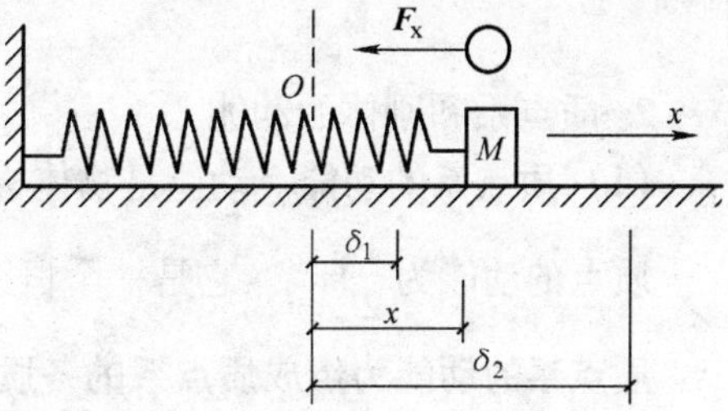

图 4.3-8

当质点 M 开始运动而使弹簧的伸长度由 δ_1 变至 δ_2 时，弹性力所作的功为

$$W = -\int_{\delta_1}^{\delta_2} kx\mathrm{d}x = \frac{k}{2}(\delta_1^2 - \delta_2^2)$$

可以证明，当质点运动的轨迹不是直线而是一曲线时，弹性力的功仍按上式计算。**即弹性力的功与质点运动轨迹的形状无关，而只决定于质点在运动起止两点位置时弹簧的伸长度。**

力偶的功 力偶 M 作用在定轴转动刚体上时，根据力偶等效定理，图 4.3-9a 等效于图

4.3-9b，于是力偶 M 的元功

$$\delta W = F\mathrm{d}s + F' \times 0 = Fr\mathrm{d}\varphi = M\mathrm{d}\varphi$$

刚体转过 φ 角时，力偶作的功

$$W = \int_0^{\varphi} M\mathrm{d}\varphi$$

（3）**质点系内力的功** 质点系中两质点间的内力 $\boldsymbol{F}_{\mathrm{A}} = -\boldsymbol{F}_{\mathrm{B}}$，如图4.3-10所示。内力元功之和即

$$\delta W = -\boldsymbol{F}_{\mathrm{A}}\mathrm{d}(\overrightarrow{AB})$$

由此看出，当质点系中质点间的距离 AB 可变化时，内力功之和一般不为零，例如弹簧内力、发动机气缸内气体压力的功等。对刚体来说，任何两质点间的距离保持不变，所以刚体内力的元功之和恒等于零。

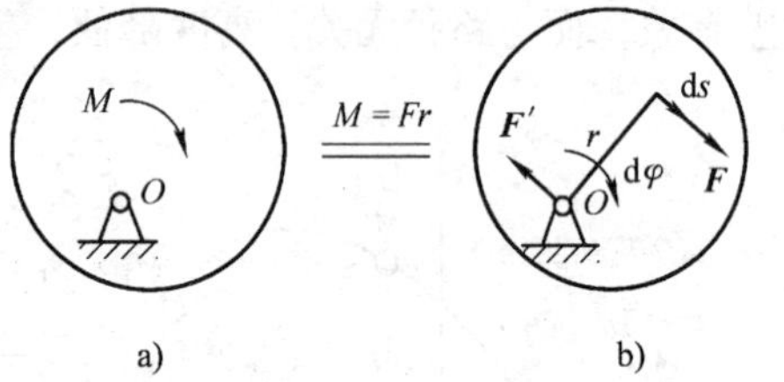

图4.3-9

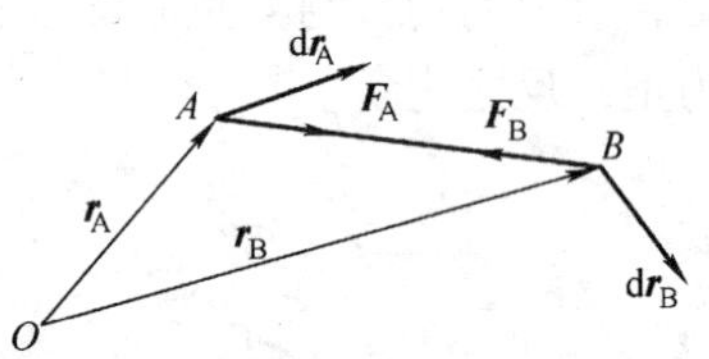

图4.3-10

（4）**约束力的功** 一般常见的约束类型如：光滑面约束、光滑铰链约束、两刚体用中间铰链连接的约束、无重刚杆连接的约束、不可伸长的绳索的约束等，所列各种约束，不论是质点系外部的约束，还是各质点相互之间的约束，其约束力的元功之和均为零。这些约束称为理想约束。若以 $\sum\delta W_{\mathrm{N}}$ 表示质点系全部约束力的元功和，那么，对于具有理想约束的质点系来说，有

$$\sum\delta W_{\mathrm{N}} = 0$$

2. 质点系和刚体的动能

（1）**质点系的动能** 动能是物体机械运动的度量。

质点的动能为 $\frac{1}{2}mv^2$。它是一个恒正的标量。

质点系的动能为组成质点系的各质点动能的算术和。某质点系由 n 个质点组成，其动能即为

$$T = \sum_{i=1}^{n} \frac{1}{2}m_i v_i^2$$

其中，$i=1, 2, 3, \cdots, n$，简写为

$$T = \sum \frac{1}{2}m_i v_i^2$$

（2）**平移刚体的动能** 刚体平移时，在同一瞬时，刚体内各点的速度相同，设为 v，则平移刚体的动能为

$$T=\sum\frac{1}{2}m_iv_i^2=\frac{1}{2}v^2\sum m$$

即

$$T=\frac{1}{2}Mv^2$$

M 为刚体的总质量。这表明，**平移刚体的动能等于其质量与平移速度平方的乘积之半。**

（3）**定轴转动刚体的动能**　设刚体绕定轴 z 转动的角速度为 ω，任一点 m_i 的速度 $v_i=r_i\omega$，由图 4.3-11 看出，其动能

$$T=\sum\frac{1}{2}m_iv_i^2=\sum\frac{1}{2}m_i(r_i\omega)^2=\frac{1}{2}\omega^2\sum m_ir_i^2$$

即

$$T=\frac{1}{2}I_z\omega^2$$

定轴转动刚体的动能，等于刚体对转轴的转动惯量与角速度平方的乘积之半。

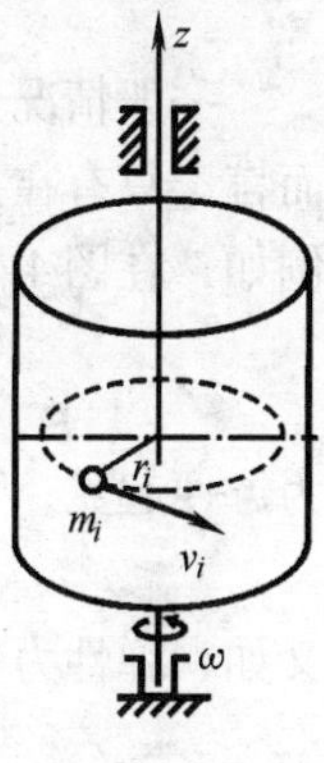

图 4.3-11

3. 动能定理

（1）**质点的动能定理**　设有质量为 m 的质点 M 在合力 $\boldsymbol{F}$ 的作用下沿曲线运动，其质点的动能为$\frac{1}{2}mv^2$，则得

$$\mathrm{d}\left(\frac{1}{2}mv^2\right)=\delta W$$

上式是**质点动能定理的微分形式：质点动能的微分等于作用在质点上的力（或力系）的元功。**

若质点在 M_1 位置时的速度为 v_1，运动到 M_2 位置时的速度为 v_2，上式沿路径 M_1M_2 积分，得

$$\frac{1}{2}mv_2^2-\frac{1}{2}mv_1^2=W_{1,2}$$

这是**质点动能定理的积分形式：在某一运动过程的始末，质点动能的变化等于作用在质点上的力（或力系）在该过程中作的功。**

（2）**质点系的动能定理**

质点系动能定理的微分形式：在理想约束的条件下，质点系动能的微分等于作用在质点系的主动力的元功之和。即

$$\mathrm{d}T=\sum\delta W_{\mathrm{F}}$$

对上式积分，得

$$T_2-T_1=\sum W_{\mathrm{F}}$$

这是**动能定理的积分形式。在某一运动过程的始末，质点系动能的变化等于作用在质点系上所有主动力在该过程所作功的代数和。**

在非理想约束的情况，应将摩擦力等非理想约束的约束力划入主动力中计算功。

4. 机械能守恒定律

（1）**势力场**　质点在空间任意位置都受到一个大小、方向均为确定的力的作用，该空间称为**力场**。如果质点在力场中运动时，力对质点所作的功，仅与质点的起止位置有关而与

路径无关，则该力场称为**势力场或保守力场**。重力场、引力场、弹性力场等都是势力场，这些力称为**有势力或保守力**。显然，如果质点经过一封闭曲线回到起点，有势力的功恒等于零，即

$$\oint \delta W = 0$$

（2）**势能　在势力场中，质点由某一位置 M 运动到选定的参考点 M_0 的过程中，有势力所作的功称为质点在 M 位置的势能**，以 V 表示，即

$$V = \int_M^{M_0} \boldsymbol{F} \cdot \mathrm{d}\boldsymbol{r} = \int_M^{M_0} X\mathrm{d}x + Y\mathrm{d}y + Z\mathrm{d}z$$

一般情况下，参考点的势能等于零，通常称之为**势能零点**；势能的大小是相对势能零点而言。只有在指明了势能零点时，势能才有意义。势能零点可任意选择，以便于计算为宜。例如，在图 4.3-12 中，重力势能

$$V = \int_z^{z_0} - P\mathrm{d}z = P(z - z_0)$$

为方便起见，可将零位置选在 $z_0 = 0$ 处，于是

$$V = Pz$$

又如，弹性力势能

$$V = \frac{k}{2}(\delta^2 - \delta_0^2)$$

δ_0 是势能零点时弹簧的变形量，若选择弹簧自然长度为势能零位置，即 $\delta_0 = 0$，则弹性力势能

$$V = \frac{k}{2}\delta^2$$

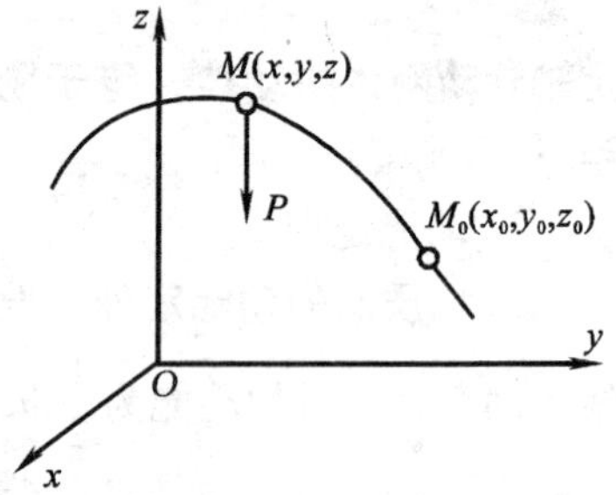

图 4.3-12

（3）**机械能守恒定律**　质点或质点系在某一位置的动能与势能之代数和称为机械能。若**质点系在运动过程中只受有势力作用，则其机械能保持不变**。称为**机械能守恒定律**，即

$$T_1 + V_1 = T_2 + V_2$$

对质点系来说，定律中的动能和势能是指质点系的总动能和总势能。质点系受到几种有势力的作用时，可以分别选择每种势力场的零位置，分别计算对应的势能，其代数和即为总势能。在机械能守恒定律中，涉及的是两位置势能的差值 $V_1 - V_2$，所以，该定律与各势力场的势能零点的选择无关。

很明显，机械能守恒定律不能用于有非保守力的情况；动能定理则不限于保守系统，它比机械能守恒定律的应用范围更广。

【例 4.3-8】　一均质圆盘半径为 R，重量为 Q 可绕水平轴 O 转动，绕在圆盘上的细绳的两端分别吊有重为 P_1 和 P_2 的重物，系统的动能为（　　）。

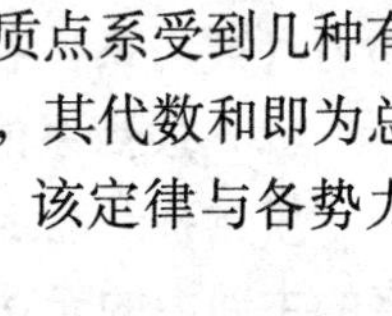

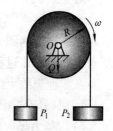

【例 4.3-8】图

(A) $T = \dfrac{R^2\omega^2}{g}(Q + P_1 + P_2)$

(B) $T = \dfrac{1}{2}\dfrac{R^2\omega^2}{g}\left(\dfrac{1}{2}Q + P_1 + P_2\right)$

(C) $T=\frac{1}{2}\frac{R^2\omega^2}{g}\left(\frac{1}{2}Q-P_1+P_2\right)$

(D) $T=\frac{1}{2}\frac{R^2\omega^2}{g}\left(\frac{1}{2}Q-P_1-P_2\right)$

答案：(B)。

解：此题研究对象为刚体系统，均质圆轮绕 O 轴转动，两物块作平行移动。分别按运动形式计算动能为 $T=\frac{1}{2}\frac{R^2\omega^2}{g}\left(\frac{1}{2}Q+P_1+P_2\right)$。

【例4.3-9】 如【例4.3-9】图所示，长为 l、质量为 M 的均质杆 OA，初始时位于水平位置，由静止释放，当 OA 杆转到 OA' 时，其角速度和角加速度为（ ）。

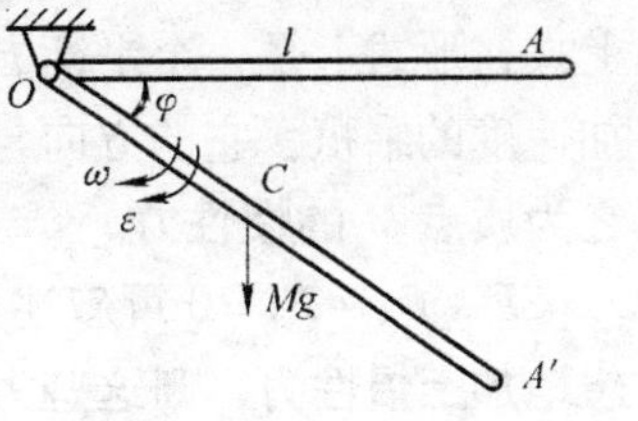

【例4.3-9】图

(A) $\omega=\sqrt{\frac{3g}{l}\sin\varphi}$ $\varepsilon=\frac{3g}{2l}\cos\varphi$

(B) $\omega=\sqrt{\frac{3}{l}g\cos\varphi}$ $\varepsilon=\frac{3g}{2l}\sin\varphi$

(C) $\omega=\sqrt{\frac{2g}{l}\sin\varphi}$ $\varepsilon=\frac{3g}{l}\cos\varphi$

(D) $\omega=\sqrt{\frac{2g}{l}\cos\varphi}$ $\varepsilon=\frac{3g}{2l}\sin\varphi$

答案：(A)。

解：应用动能定理：开始时，动能 $T_0=0$，当转至与水平成 φ 角时，其动能为

$$T=\frac{1}{2}J_O\omega^2=\frac{1}{2}\times\frac{1}{3}Ml^2\omega^2$$

动能定理为
$$\frac{1}{6}Ml^2\omega^2=Mg\frac{l}{2}\sin\varphi$$

$$\omega^2=\frac{3}{l}g\sin\varphi$$

求导，有
$$2\omega\frac{\mathrm{d}\omega}{\mathrm{d}t}=\frac{3}{l}g\cos\varphi\frac{\mathrm{d}\varphi}{\mathrm{d}t}$$

$$\varepsilon=\frac{3g}{2l}\cos\varphi$$

当求解质点系有关运动参量时，例如求速度、加速度、角速度和角加速度时，应用动能定理较为简捷，因为主动力一般是已知的。这样就避开未知的约束力可简便地求解出未知的运动参数。

4.3.5 达朗贝尔原理

达朗贝尔原理是将非自由质点系的动力学方程用静力学平衡的形式写出来。因此，通常称之为“**动静法**”。这种处理动力学问题的方法，在工程中获得了广泛的应用。此法最大的特点是引入了惯性力的概念。

1. 惯性力

一个质量为 m 的质点 M，在主动力 $\boldsymbol{F}$、约束力 $\boldsymbol{F}_N$ 的作用下，沿轨迹 AB 运动。在任意瞬时，它的加速度为 $\boldsymbol{a}$，如图 4.3-13 所示。根据牛顿第二定律

$$m\boldsymbol{a}=\boldsymbol{F}+\boldsymbol{F}_N$$

若将上式左端 $m\boldsymbol{a}$ 移到等号右端，可写成

$$\boldsymbol{F}+\boldsymbol{F}_N-m\boldsymbol{a}=0$$

令

$$\boldsymbol{F}_I=-m\boldsymbol{a}$$

则有

$$\boldsymbol{F}+\boldsymbol{F}_N+\boldsymbol{F}_I=0$$

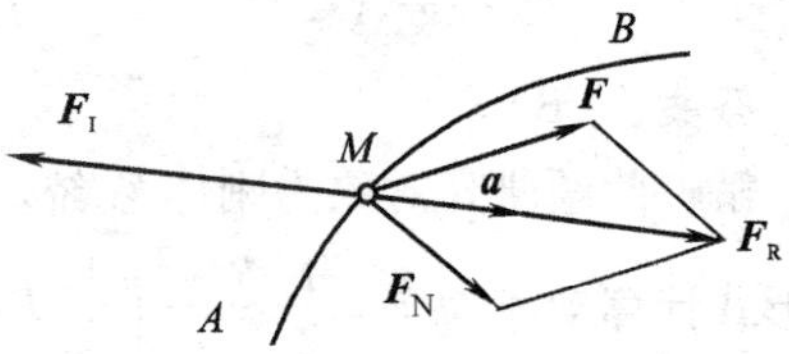

图 4.3-13

上式在形式上是一个平衡方程式。于是可以假想 $\boldsymbol{F}_I$ 是一个力，它的大小等于质点的质量与加速度的乘积，它的方向与质点加速度的方向相反。因为这个力与质点的惯性有关，所以称之为**质点 M 的惯性力**。

$\boldsymbol{F}+\boldsymbol{F}_N+\boldsymbol{F}_I=0$ 可叙述如下：**如果在质点上除了作用有真实的主动力和约束力外，再假想地加上惯性力，则这些力在形式上组成一平衡力系**。这就是**质点的达朗贝尔原理**。

应该强调指出：质点并没有受到惯性力的作用，达朗贝尔原理中的“平衡力系”实际上是不存在的，但在质点上假想地加上惯性力后，就可以将动力学的问题借用静力学的理论和方法求解。所以说，达朗贝尔原理提供了一种研究质点动力学的新方法。

2. 质点系的达朗贝尔原理

设某质点系由 n 个质点组成。取其中质量为 m_i 的质点 M_i 为研究对象。在任意瞬时，该质点在主动力 $\boldsymbol{F}_i$、约束力 $\boldsymbol{F}_{Ni}$作用下，它的加速度为 $\boldsymbol{a}_i$。如果在此质点上假想地加上一惯性力

$$\boldsymbol{F}_{Ii}=-m_i\boldsymbol{a}_i$$

由质点的达朗贝尔原理可知，$\boldsymbol{F}_{Ii}$、$\boldsymbol{F}_i$、$\boldsymbol{F}_{Ni}$将组成一平衡力系。再取该质点系的其它质点来研究，也会得到与此相同的结论。对于整个质点系来说，**在运动的任意瞬时，虚加于质点系上各质点的惯性力与作用于该系上的主动力、约束力将组成一平衡力系**，即

$$\sum\boldsymbol{F}_i+\sum\boldsymbol{F}_{Ni}+\sum\boldsymbol{F}_{Ii}=0$$

$$\sum m_O(\boldsymbol{F}_i)+\sum m_O(\boldsymbol{F}_{Ni})+\sum m_O(\boldsymbol{F}_{Ii})=0$$

这就是**质点系的达朗贝尔原理**。

如果将质点系所受的力按内力、外力分类，注意到质点系的内力总是成对出现，它们的矢量和对任意点之矩的矢量和恒为零，因而，质点系的达朗贝尔原理又可表述为：**在运动的任意瞬时，虚加于质点系上各质点的惯性力与作用于该系上的外力将组成一平衡力系**，即

$$\sum\boldsymbol{F}_i^{(e)}+\sum\boldsymbol{F}_{Ii}=0$$

$$\sum m_O(\boldsymbol{F}_i^{(e)})+\sum m_i(\boldsymbol{F}_{Ii})=0$$

在解决质点系动力学的两类基本问题上，达朗贝尔原理都是适用的。特别是对需要求解该质点系的约束力或外力时，应用达朗贝尔原理尤其方便。

3. 刚体惯性力系的简化

（1）**平移刚体** 在同一瞬时，平移刚体内各点的加速度相等，设质心 C 的加速度为 $\boldsymbol{a}_C$，则

$$\boldsymbol{a}_i=\boldsymbol{a}_C \qquad i=1,\ 2,\ \cdots,\ n$$

在各质点上虚加的惯性力应为

$$\boldsymbol{F}_{iI}=-m_i\boldsymbol{a}_C$$

这些惯性力组成一平行力系，如图4.3-14所示。将此惯性力系向质心 C 简化，则主矢、主矩分别为

$$\boldsymbol{F}_I=\sum\boldsymbol{F}_{iI}=\sum(-m_i\boldsymbol{a}_C)=-M\boldsymbol{a}_C$$

$$\boldsymbol{M}_{IC}=\sum\boldsymbol{m}_C(\boldsymbol{F}_{iI})=\sum(\boldsymbol{r}_i\times(-m_i\boldsymbol{a}_C))=-(\sum m_i\boldsymbol{r}_i)\times\boldsymbol{a}_C=0$$

由此可知，**在任一瞬时，平移刚体的惯性力系可简化为一合力**

$$\boldsymbol{F}_I=-m\boldsymbol{a}_C$$

它的**作用线通过刚体的质心，其方向与平移加速度的方向相反，大小等于刚体质量与加速度的乘积。**

（2）**定轴转动刚体** 这里讨论刚体具有质量对称面且转轴垂直此对称面的情形。

在图4.3-15中，刚体有一质量对称面 S，并绕垂直于此对称面的 z 轴转动。O 点是轴与对称面的交点，C 是此刚体的质心。在图示瞬时，刚体转动的角速度、角加速度分别用 ω、ε 表示。

刚体具有与转轴垂直的质量对称面时，在任意瞬时，它的惯性力系首先可简化为一个位于此对称面内的平面惯性力系；再**向转轴与此对称面的交点 O 简化，得到该惯性力系的主矢和主矩。**

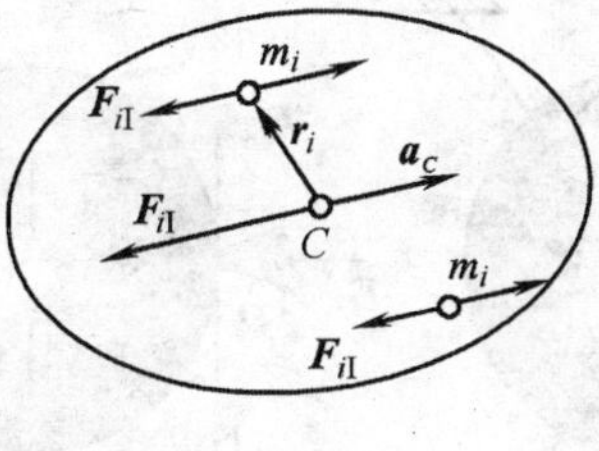

图4.3-14

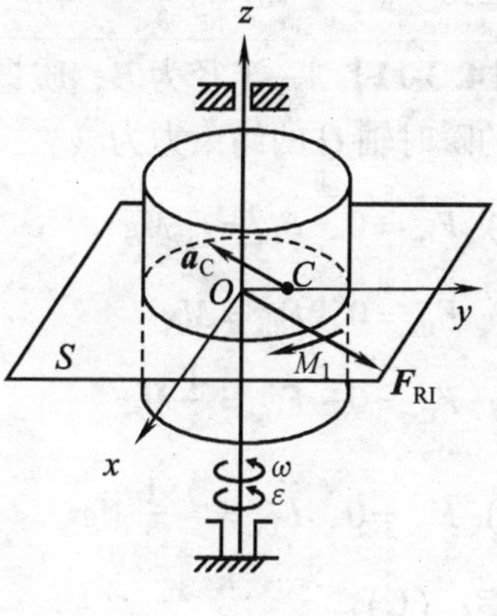

图4.3-15

选择 O 点为简化中心，惯性力系主矢为

$$\boldsymbol{F}_{RI}=-M\boldsymbol{a}_C=-M\boldsymbol{a}_C^{\tau}-M\boldsymbol{a}_C^{n}$$

惯性力系主矩为

$$M_{Iz}=-I_z\varepsilon$$

惯性力主矢作用在简化中心 O 上，方向与其质心 C 的加速度方向相反，大小等于刚体的质量与质心加速度的乘积；惯性力主矩是相对于转轴的惯性力矩，转向与刚体的角加速度的转

向相反，大小等于刚体对转轴 O 的转动惯量与角加速度的乘积。

如选择质心 C 为简化中心，运用力的平移定理，利用上述向 O 点简化的主矢 $\boldsymbol{F}_{RI}$、主矩 M_{IO} 推导出向 C 点简化的主矢 $\boldsymbol{F}_{RI}$ 和主矩 M_{IC} 为

$$\boldsymbol{F}_{RI} = -M\boldsymbol{a}_C = -M\boldsymbol{a}_C^{\tau} - M\boldsymbol{a}_C^{n}$$

$$M_{IC} = -I_C\varepsilon$$

由此可知：**在选择不同的简化中心时，惯性力的大小和方向不变，与简化中心无关；惯性力矩与简化中心有关，其大小等于刚体相对于简化中心的转动惯量与角加速度的乘积**，但惯性力、惯性力矩均同时作用于相应的简化中心上。

【例 4.3-10】 如图所示，均质杆 OA 长为 l，质量为 m，以角速度 ω 及角加速度 ε 绕 O 轴转动，则惯性力系向 O 点简化的结果为（　　）。

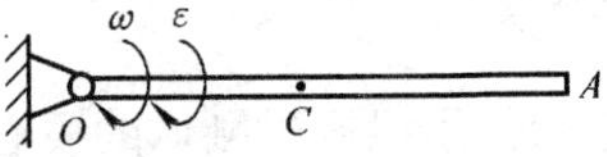

【例 4.3-10】图

（A）$\boldsymbol{F}_{RI} = -m\boldsymbol{a}_C$（作用于 O），$M_{IO} = \dfrac{-1}{12}ml^2\varepsilon$

（B）$\boldsymbol{F}_{RI} = -m\boldsymbol{a}_C$（作用于 O），$M_{IO} = \dfrac{-1}{3}ml^2\varepsilon$

（C）$\boldsymbol{F}_{RI} = -m\boldsymbol{a}_C$（作用于质心），$M_{IO} = \dfrac{-1}{3}ml^2\varepsilon$

（D）$\boldsymbol{F}_{RI} = -m\boldsymbol{a}_C$（作用于质心），$M_{IO} = \dfrac{-1}{24}ml^2\varepsilon$

答案：（B）。

解：均质杆 OA 绕 O 轴转动，其质心的加速度为 $\boldsymbol{a}_C$，惯性力作用于 O 为 $\boldsymbol{F}_{RI} = -m\boldsymbol{a}_C$；惯性力矩为 $M_{IO} = -I_O\varepsilon = \dfrac{-1}{3}ml^2\varepsilon$。

【例 4.3-11】 一半径为 R，质量为 M 的均质圆盘静止在【例 4.3-11】图所示位置，则剪断绳的瞬时轴 O 的约束力为（　　）。

（A）$F_{Ox}=0$，$F_{Oy}=\dfrac{2}{3}Mg$

（B）$F_{Ox}=0$，$F_{Oy}=Mg$

（C）$F_{Ox}=0$，$F_{Oy}=\dfrac{1}{3}Mg$

（D）$F_{Ox}=0$，$F_{Oy}=-\dfrac{1}{3}Mg$

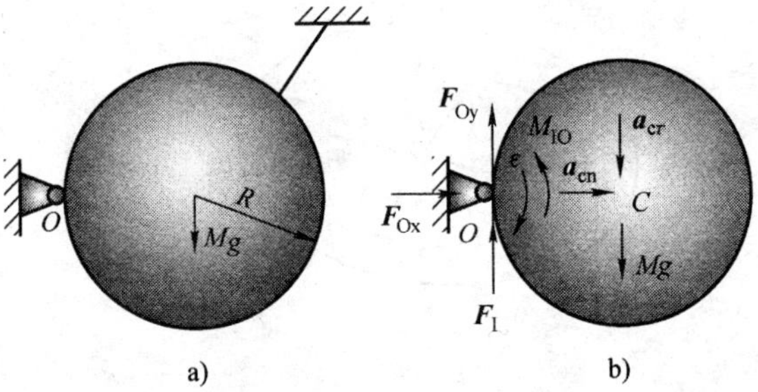

【例 4.3-11】图

答案：（C）。

解：剪断绳的瞬时，质心加速度

$$a_{cn}=0 \qquad a_{c\tau}=R\varepsilon$$

转动刚体的惯性力为 $F_I = ma_{c\tau} = MR\varepsilon$，方向与 $\boldsymbol{a}_{c\tau}$ 反向。

转动刚体的惯性力矩：$M_{IO} = \left(\dfrac{1}{2}MR^2 + MR^2\right)\varepsilon = \dfrac{3}{2}MR^2\varepsilon$

将惯性力和惯性力矩虚加在刚体上，应该注意的是惯性力 $\boldsymbol{F}_I$ 的作用线应通过转轴，或者说，惯性力 $\boldsymbol{F}_I$ 作用转轴 O 上，如【例 4.3-11】图 b 所示，应用平衡条件：

$$\sum m_{O}=0, M_{IO}-MgR=0, \frac{3}{2}MR^{2}\varepsilon=MgR, \varepsilon=\frac{2g}{3R}$$

$$\sum F_{x}=0, F_{Ox}=0$$

$$\sum F_{y}=0, F_{Oy}-Mg+F_{I}=0, F_{Oy}=Mg-MR\varepsilon=\frac{1}{3}Mg$$

4.3.6 质点的直线振动

1. 质点的自由振动

设有质量为 m 的物块（可视为质点）挂在弹簧的下端，弹簧的自然长度为 l_0，弹簧刚度系数为 k，如不计弹簧的质量，这就构成典型的单自由度系统，称之为**弹簧——质量系统**，如图 4.3-16 所示。

（1）**自由振动微分方程** 以图 4.3-16 所示的弹簧—质量系统为研究对象。取物块的静平衡位置为坐标原点 O，x 轴顺弹簧变形方向铅直向下为正。当物块在静平衡位置时，由平衡条件 $\sum F_x=0$，得到

$$mg=k\delta_{st}$$

δ_{st} 为弹簧的静变形。

当物块偏离平衡位置为 x 距离时，物块的运动微分方程为

$$m\ddot{x}=mg-k(\delta_{st}+x)$$

即

$$m\ddot{x}=-kx$$

还可进一步写成

$$\ddot{x}+\omega_0^2x=0$$

上式就是弹簧—质量系统的振动微分方程，称之为**无阻尼自由振动微分方程**。其中 $\omega_0=\sqrt{\frac{k}{m}}$。

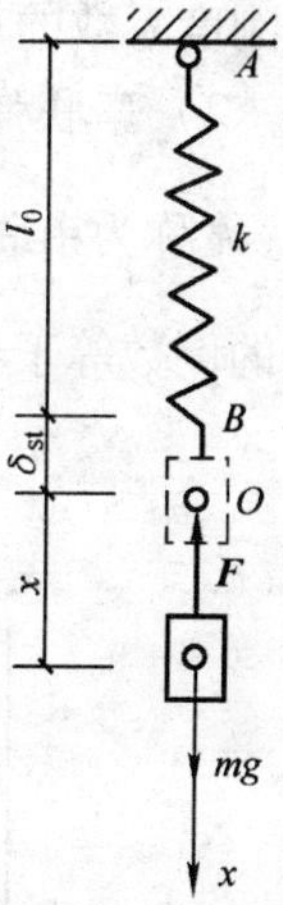

图 4.3-16

设 $t=0$ 时，$x=x_0$，$\dot{x}=\dot{x}_0$。可解得

$$x=x_0\cos\omega_0t+\frac{\dot{x}_0}{\omega_0}\sin\omega_0t$$

亦可写成下述形式

$$x=A\sin(\omega_0t+\alpha)$$

其中

$$\begin{cases}A=\sqrt{x_0^2+\left(\dfrac{\dot{x}_0}{\omega_0}\right)^2}\\ \alpha=\arctan\left(\dfrac{\omega_0x_0}{\dot{x}_0}\right)\end{cases}$$

以上两种形式描述的物块振动，称为**无阻尼自由振动**，简称**自由振动**。

（2）**振幅、初相位和频率** 无阻尼的自由振动是以其静平衡位置为振动中心的**简谐振动**，式中的 A 和 α 分别称为**振幅**和**初相位角**。

系统振动的**周期**

$$T=\frac{2\pi}{\omega_0}=2\pi\sqrt{\frac{m}{k}}$$

系统振动的**频率**

$$f=\frac{1}{T}=\frac{\omega_0}{2\pi}=\frac{1}{2\pi}\sqrt{\frac{k}{m}}$$

系统振动的**圆频率**

$$\omega_0=2\pi f$$

这表明，圆频率 ω_0 是物块在自由振动中每 2π 秒内振动的次数。还可以看出，f、ω_0 只与振动系统的弹簧常量 k 和物块的质量 m 有关，而与运动的初始条件无关。因此，通常将频率 f 称为**固有频率**，将圆频率 ω_0 称为**固有圆频率**。

振幅、初相位和频率称为**简谐振动的三要素**。

（3）**等效刚度系数** 两个和两个以上的弹簧联合使用，构成**弹簧的并联和串联**情况。

1）并联弹簧情况，如图 4. 3-17 所示。已知物块的质量为 m，弹簧刚度系数分别为 k_1、k_2。k 称为**并联弹簧的等效**刚度系数，则 $k=k_1+k_2$。并联后的等效弹簧刚度系数是各并联弹簧刚度系数的算术和。

2）串联弹簧情况，如图 4. 3-18 所示。已知物块的质量为 m，弹簧刚度系数分别为 k_1、k_2。k 称为**串联弹簧的等效**刚度系数，则 $\frac{1}{k}=\frac{1}{k_1}+\frac{1}{k_2}$，或者 $k=\frac{k_1k_2}{k_1+k_2}$。串联后的弹簧刚度系数的倒数等于各串联弹簧刚度系数倒数的算术和。

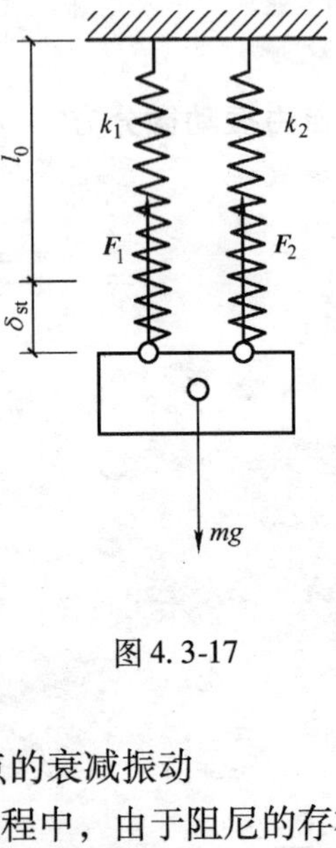

图 4. 3-17

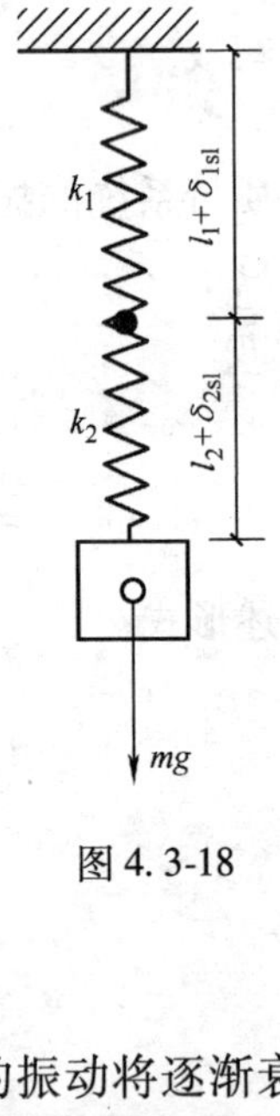

图 4. 3-18

2. 质点的衰减振动

振动过程中，由于阻尼的存在，物块在其平衡位置附近的振动将逐渐衰减，趋于停止。**线性阻尼或称黏性阻尼力**，可表示为

$$\boldsymbol{F}_R=-c\boldsymbol{v}$$

其中负号表示阻尼力 $\boldsymbol{F}_R$ 的方向总是与物体的速度方向相反。c 称为黏性阻尼系数。它与物体的形状、尺寸及介质的性质有关，单位是牛顿·米/秒（N·s/m）。

（1）**运动微分方程** 图4.3-19所示为一有阻尼的弹簧—质量系统的简化模型。物块的下部表示阻尼器。仍以静平衡位置 O 为坐标原点，选 x 轴铅直向下为正，则可写出物块的运动微分方程

$$m\ddot{x} = -c\dot{x} - kx$$

或写成

$$\ddot{x} + 2n\dot{x} + \omega_0^2 x = 0$$

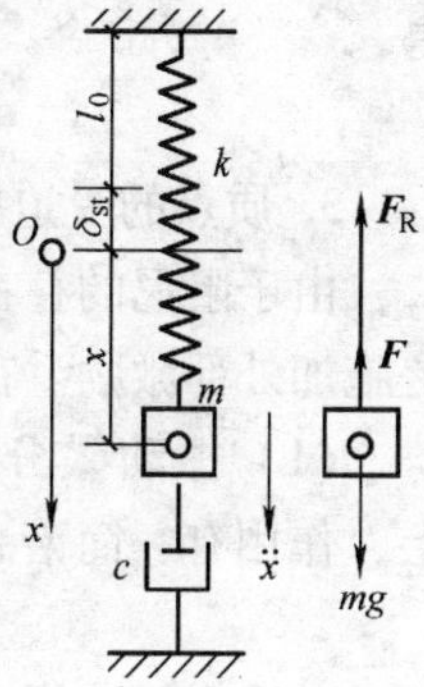

图4.3-19

这就是**有阻尼的自由振动微分方程**。式中 $\omega_0^2 = \dfrac{k}{m}$，$2n = \dfrac{c}{m}$。$n$ 称为**衰减系数**，单位是1/秒（1/s）。

（2）**欠阻尼（$n < \omega_0$）的情形** $t=0$ 时，$x = x_0$，$\dot{x} = \dot{x}_0$，得到

$$x = Ae^{-nt}\sin(\omega_d t + \alpha)$$

式中

$$A = \sqrt{x_0^2 + \frac{(\dot{x}_0 + nx_0)^2}{\omega_d^2}}, \qquad \text{tg}\alpha = \frac{x_0\omega_d}{\dot{x}_0 + nx_0}$$

上式描述了图4.3-20所示的**衰减振动**，即物块在平衡位置附近作具有振动性质的往复运动，但它的振幅不是常数，随时间的推延而衰减。因此，有阻尼的自由振动并非按同样的条件循环往复的周期振动，习惯上把它视为准周期振动。

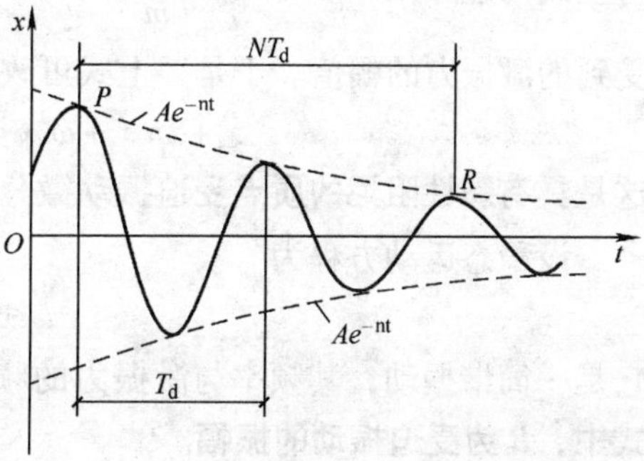

图4.3-20

阻尼对周期的影响

欠阻尼自由振动的周期 T_d 是指物体由最大偏离位置起经过一次振动循环又到达另一最大偏离位置所经过的时间。

$$T_d = \frac{2\pi}{\omega_d} = \frac{2\pi}{\omega_d}\frac{1}{\sqrt{1-\left(\dfrac{n}{\omega_0}\right)^2}} = \frac{T}{\sqrt{1-\zeta^2}}$$

其中，$T = 2\pi/\omega_0$ 为无阻尼自由振动的周期。

$$\zeta = \frac{n}{\omega_0}$$

称为**阻尼比**，它是振动系统中反映阻尼特性的重要参数，在欠阻尼情况下，$\zeta < 1$。

由于阻尼的存在，使衰减振动的周期加大。通常 ζ 很小，阻尼对周期的影响不大。例如，当 $\zeta = 0.05$ 时，$T_d = 1.00125T$，周期 T_d 仅增加了0.125%。当材料的阻尼比 $\zeta << 1$ 时，可近似认为有阻尼自由振动的周期与无阻尼自由振动的周期相等。

阻尼对振幅的影响

衰减振动的振幅随时间按指数规律衰减，设经过一周期 T_d，在同方向的相邻两个振幅分别为 A_i 和 A_{i+1}，即两振幅之比为

$$\eta = \frac{A_i}{A_{i+1}} = e^{nT_d}$$

η 称为**振幅减缩率**或**减幅系数**。如仍以 $\zeta = 0.05$ 为例，算得 $\eta = e^{nT_d} = 1.37$，物体每振动一次，振幅就减少27%。由此可见，在欠阻尼情况下，周期的变化虽然微小，但振幅的衰减

却非常显著，它是按几何级数衰减的。

振幅减缩率的自然对数称为对数减缩率或对数减幅系数，以 δ 表示

$$\delta = \ln\eta = nT_{\mathrm{d}}$$

得

$$\delta = 2\pi\zeta$$

3. 质点的受迫振动

由于阻尼的存在，自由振动都会逐渐衰减直至完全停止。要使系统持续振动，应在系统上施加外部激励。在外部激励作用下所产生的振动称为**受迫振动**。

（1）**振动微分方程** 在图 4.3-21 中，具有粘性阻尼的振动系统上，作用有一简谐激振力

$$F_{\mathrm{S}} = H\sin\omega t$$

H 为激振力的幅值，ω 为激振力的圆频率。以平衡位置 O 为坐标原点，x 轴铅直向下为正，则物块的运动微分方程为

$$m\ddot{x} = -c\dot{x} - kx + H\sin\omega t$$

将上式两边除以 m 并令 $\omega_0^2 = \dfrac{k}{m}$，$2n = \dfrac{c}{m}$，$h = \dfrac{H}{m}$，其中 h 表示单位质量受到的激振力的幅值。于是，上式可改写为

$$\ddot{x} + 2n\dot{x} + \omega_0^2 x = h\sin\omega t$$

这是**具有黏性阻尼的质点受迫振动微分方程**。

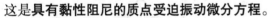

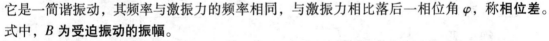

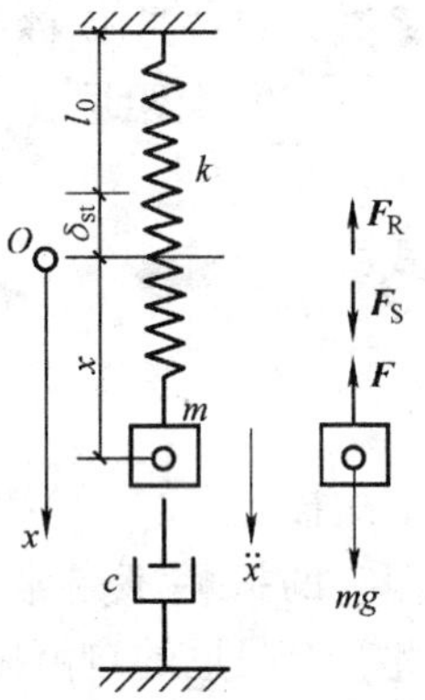

图 4.3-21

设稳态运动方程为

$$x = B\sin(\omega t - \varphi)$$

它是一简谐振动，其频率与激振力的频率相同，与激振力相比落后一相位角 φ，称**相位差**。式中，**B 为受迫振动的振幅**。

（2）**受迫振动的振幅 B、相位差 φ 的讨论** 稳态运动方程的振幅和相位差分别为

$$B = \frac{h}{\sqrt{(\omega_0^2 - \omega^2)^2 + (2n\omega)^2}}$$

$$\tan\varphi = \frac{2n\omega}{\omega_0^2 - \omega^2}$$

以上两式表明，稳态受迫振动的振幅 B 和相位差 φ 只取决于系统的固有频率、阻尼、激振力的幅值及频率，与运动的初始条件无关。

幅频特性曲线

将振幅改写成无量纲的形式

$$B = \frac{h/\omega_0^2}{\sqrt{\left[1 - \left(\dfrac{\omega}{\omega_0}\right)^2\right]^2 + 4\left(\dfrac{n}{\omega_0}\right)^2\left(\dfrac{\omega}{\omega_0}\right)^2}} = \frac{B_0}{\sqrt{(1-\lambda^2)^2 + 4\zeta^2\lambda^2}}$$

式中 $B_0 = \dfrac{h}{\omega_0^2} = \dfrac{H}{k}$，相当于在激振力的力幅 H 作用下弹簧的静伸长，称为**静力偏移**。$\lambda = \dfrac{\omega}{\omega_0}$ 是激振力频率与系统固有频率之比，称为**频率比**。$\zeta = \dfrac{n}{\omega_0}$为阻尼比。令 $\beta = \dfrac{B}{B_0}$表示振幅 B 与静力偏移 B_0 的比值，称为**放大系数或动力系数**，得

$$\beta=\frac{B}{B_0}=\frac{1}{\sqrt{(1-\lambda^2)^2+(2\zeta\lambda)^2}}$$

图4.3-22绘出了对应不同的阻尼比ζ，放大系数β随频率比λ变化的曲线族，即**幅频特性曲线**。

对于某一振动系统来说，ω_0是不变的，激振力的频率ω从零开始增加，λ值也从零开始增加。下面将λ的变化域分成三个区段来讨论幅频特性曲线的特征。

低频区。指激振力的频率很低，或者说$\omega << \omega_0$，$\lambda \to 0$的情形。由上式可以看出，此时放大系数$\beta=\frac{B}{B_0}\approx 1$。表示受迫振动的振幅$B$接近于静力偏移$B_0$，即激振力的作用接近于静力作用。从图4.3-22看出，在低频区，阻尼比ζ对放大系数β的影响很小，可略去不计。随着λ值的增大，放大系数β值逐渐增大，阻尼比ζ的影响也逐渐明显起来。

共振区。工程实际中，关心的问题往往是在什么情况下β达到极大值，也就是振动的振幅最大。当$\lambda=\lambda_m=\sqrt{1-2\zeta^2}$时，$\beta$达到极大值$\beta_{max}$

$$\beta_{max}=\frac{1}{2\zeta\sqrt{1-\zeta^2}}$$

也就是说，当$\omega=\omega_0\sqrt{1-2\zeta^2}$时，放大系数$\beta$出现极大值。在许多实际问题中，$\zeta$值很小，$\zeta^2 << 1$，故可近似认为当$\lambda=1$时，$\beta$达到极大值，即

$$\beta_{max}\approx\frac{1}{2\zeta}$$

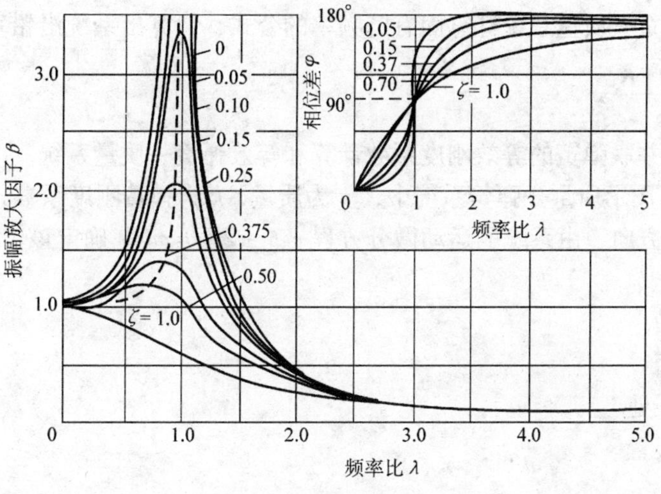

图4.3-22

这说明当激振力的频率等于系统的固有频率，即$\omega=\omega_0$时，受迫振动的振幅出现最大值，这种现象称为**共振**。所谓共振区是指$\lambda=1$邻近的振幅较大的区间。在这区间内，振幅变化十分明显，阻尼的影响也十分显著。阻尼比越小，振幅的峰值越大。在理想情形下，如果$\zeta=0$，可写成

$$\beta=\frac{B}{B_0}=\frac{1}{1-\lambda^2}$$

$\lambda=1$时，$\beta\to\infty$，从理论上讲，受迫振动的振幅要无限制地增大下去。因此，在共振区内增

加阻尼能够有效地抑制振幅的增大。

高频区。指激振力频率很高，或 $\omega >> \omega_0$，$\omega >> 1$ 的情形。β 值逐渐减小而趋于零。由图 4.3-22 的曲线可以看到，当 $\lambda > 2$ 以后，β 已很小，这时阻尼的影响又变得很小，可略去不计。这说明，对于固有频率很低的振动系统来说，在高频激振力的作用下，所产生的振动位移是非常小的。

应该指出，如果阻尼相当大，$\zeta > 0.77$ 时，放大系数 β 从 1 开始单调下降而趋于零。

相位差随频率比的变化如图 4.3-22 右上图所示。

【例 4.3-12】 已知图中所示的三根弹簧的刚度系数分别为 K_1、K_2、K_3，振体的质量为 m，则此系统沿铅垂方向振动的固有圆频率为（　　）。

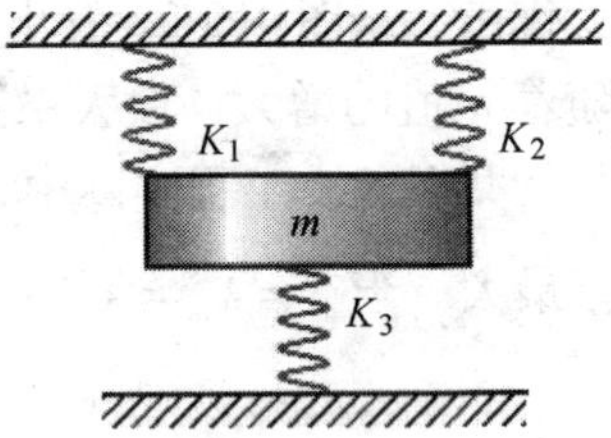

【例 4.3-12】图

（A）$\sqrt{\dfrac{K_1+K_2+K_3}{m}}$

（B）$\sqrt{\dfrac{(K_1+K_2)K_3}{m(K_1+K_2+K_3)}}$

（C）$\sqrt{\dfrac{(K_1+K_3)K_2}{m(K_1+K_2+K_3)}}$

（D）$\sqrt{\dfrac{(K_2+K_3)K_1}{m(K_1+K_2+K_3)}}$

答案：（A）。

解： 由图知三根弹簧为并联关系。因此，可计算出三根并联弹簧的等效刚度系数为 $K = K_1 + K_2 + K_3$。由弹簧—质量系统计算固有圆频率的公式，计算出系统沿铅垂方向振动的固有圆频率为 $\sqrt{\dfrac{K_1+K_2+K_3}{m}}$。

要点： 串联、并联弹簧的等效刚度系数计算和等效弹簧—质量系统。

【例 4.3-13】 图示质量—弹簧系统中，m 为质量，k 为弹簧刚度系数，二弹簧相同。选铅直方向 y 为运动方向，由系统的运动微分方程 $m\ddot{y} + 2ky = mg$，确定该系统的坐标原点为（　　）。

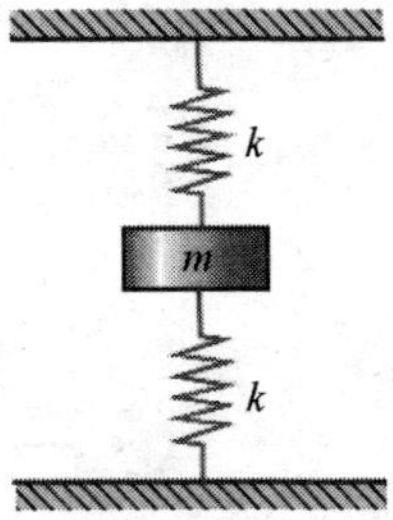

【例 4.3-13】图

（A）上固定面

（B）下固定面

（C）弹簧原长处

（D）静平衡位置

答案：（C）。

解： 由图知二根弹簧为并联关系。因此，可计算出二根并联弹簧的等效刚度系数为 $2k$。从而得到等效的弹簧—质量系统，并通过比较判断出系统的运动微分方程 $m\ddot{y} + 2ky = mg$ 的形式，即是坐标原点为弹簧原长处。

要点： 串联、并联弹簧的等效刚度系数计算和等效弹簧—质量系统。

【例 4.3-14】 小球重 P，刚接于杆的一端，杆的另一端铰接于 O 点。杆长 l，在其中点 A 的两边各连接一刚性系数为 k 的弹簧如图示。如杆及弹簧的质量不计，小球可视为一质点，则系统作微摆动时的运动微分方程为（　　）。

(A) $\frac{P}{g}l^2\ddot{\phi} = \left(pl + \frac{1}{2}l^2k\right)\phi$

(B) $\frac{P}{g}l^2\ddot{\phi} = \left(-pl + \frac{1}{2}l^2k\right)\phi$

(C) $\frac{P}{g}l^2\ddot{\phi} = \left(pl - \frac{1}{2}l^2k\right)\phi$

(D) $\frac{P}{g}l^2\ddot{\phi} = -\left(pl + \frac{1}{2}l^2k\right)\phi$

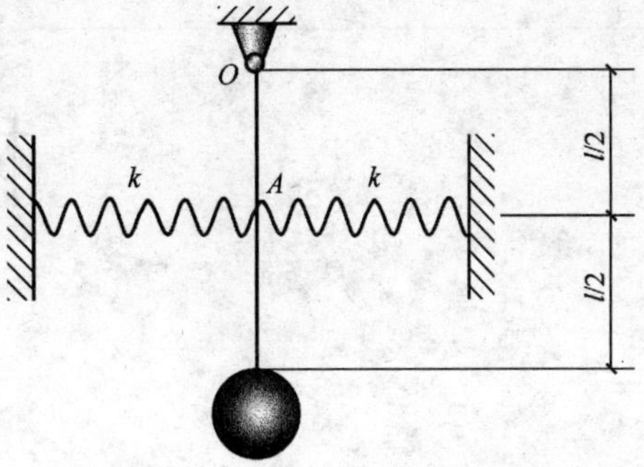

【例 4. 3-14】图

答案：(D)。

解：以小球为研究对象，画受力图；以刚杆偏离铅直位置的转角 ϕ 为广义坐标。利用动量矩定理，建立小球绕 O 点作微摆动时的运动微分方程为$\frac{P}{g}l^2\ddot{\phi} = -\left(pl + \frac{1}{2}l^2k\right)\phi$。

第 5 章 材料力学

5.1 绪论

5.1.1 材料力学的任务

组成机械或工程结构的基本元件（不可再拆解）称为构件。

在正常工作中，每一构件都受到一定的外力，这些加在构件上的外力称为荷载。构件在外力作用下几何尺寸和形状都会发生变化，称之为变形。构件的变形分为两类：一类是外力解除后可恢复的变形，称为弹性变形。另一类是外力解除后不能恢复的变形，称为塑性变形。

为保证机械或工程结构正常工作，构件在荷载作用下必须满足以下条件：

(1) 具有必要的强度——抵抗破坏的能力。构件在荷载作用下不会发生意外断裂或不可恢复变形。

(2) 具有必要的刚度——抵抗弹性变形的能力。构件在荷载作用下不会产生过大的弹性变形。

(3) 具有必要的稳定性——保持原始平衡构形的能力。构件在荷载作用下不会发生失稳现象。

构件的强度、刚度和稳定性称为构件的承载能力。提高构件的承载能力，往往需要选用优质材料，加大截面尺寸，这与降低材料消耗、减轻重量和节省资金相矛盾。

材料力学的任务就是在构件具有相应承载能力的条件下，以最经济的代价，为构件确定合理的形状和尺寸，选择适当的材料，为构件的设计提供必要的理论基础和计算方法。

5.1.2 材料力学的研究对象

材料力学所研究的构件均是可变形固体。

按几何形状，构件可分为杆、板、壳和块体四类。其中杆是工程中最常用的构件，根据杆的轴线与横截面特征，杆件可分为直杆与曲杆、等截面杆与变截面杆。

材料力学主要研究对象是弹性变形范围内的杆件。

5.1.3 材料力学的基本假设

（1）均匀、连续性假设 构件内材料的力学性能与所处位置无关，且毫无空隙地充满所占据的空间。

（2）各向同性假设 构件内材料的力学性能没有方向性。

（3）小变形假设 本课程主要研究弹性小变形问题。小变形假设可使问题得到如下的简化：

1）忽略构件变形对结构整体形状及外力作用的影响。即在分析结构平衡时，可采用理论力学的刚体静力学方法。

2）构件的复杂变形可处理为若干基本变形的叠加。

5.1.4 内力及应力

（1）内力 外部原因（荷载、变温等）使构件发生变形，构件内部相邻质点间的相对位置产生变化，同时构件各质点之间产生附加内力（简称内力），其作用是力图使各质点恢复其原始位置。

求内力的方法——截面法：截面法是材料力学研究构件内力的一个基本方法，其步骤可归纳如下（见图5.1-1）：

1）在需求内力的截面处，假想将构件用一平面截为两部分以暴露内力。

2）任取一部分为研究对象，弃去另一部分，并以内力代替弃去部分对留下部分的作用。

3）对留下部分的外力与内力建立平衡方程，求出该截面的内力。

（2）应力 截面内一点处内力的分布集度。常用单位是：N/m^2（Pa）、N/mm^2（MPa）等。通常应力可分解为正应力和切应力（剪应力），垂直于作用截面的应力称为正应力，用 σ 表示；平行于作用截面的应力称为切应力，用 τ 表示，如图5.1-2所示。

正应力 $$\sigma = \lim_{\Delta A \to 0} \frac{\Delta F_N}{\Delta A} \text{（垂直于作用截面）}$$

切应力 $$\tau = \lim_{\Delta A \to 0} \frac{\Delta F_S}{\Delta A} \text{（平行于作用截面）}$$

式中，ΔF_N、ΔF_S 分别是垂直和平行于微面 ΔA 上的内力分量。

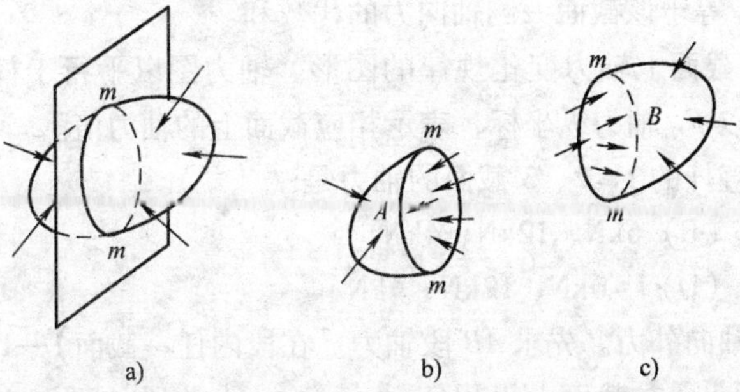

图5.1-1

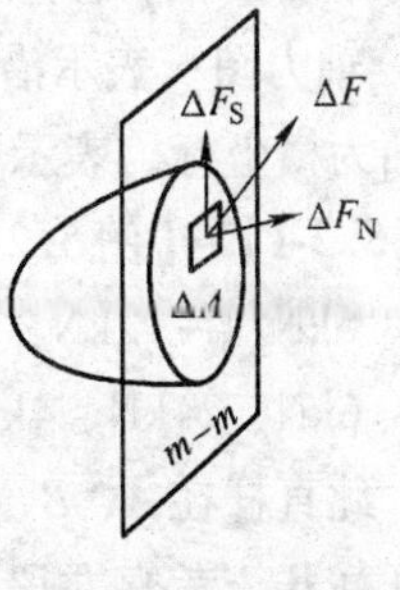

图5.1-2

5.1.5 位移、变形及应变

（1）位移　构件内任一点由其原始位置到其新位置的连线称为该点的线位移。构件内某一线段（或平面）由原始位置所转过的角度称为该线段（或平面）的角位移。

（2）变形　构件形状的改变。

（3）应变　构件内任一点处的变形程度。应变又可分为线应变 ε 和切应变 γ，均为无量纲量。

线应变 ε 表示变形前构件内任一点处的一条微线段，在变形后的长度改变量与其原始长度之比。切应变 γ 表示构件内任一点处两个互相垂直的微线段，变形后的角度改变量。

5.1.6 构件的基本变形

杆件在外力作用下发生的变形是多种多样的，但最基本的变形是以下四种：轴向拉伸（或压缩）、剪切、扭转和弯曲。其他一些复杂的变形都可以由以上四种变形组合而成。

5.2 轴向拉伸与压缩

5.2.1 轴向拉伸与压缩的概念

受力特征：作用于等直杆上的外力或其合力的作用线与杆件轴线重合。

变形特征：等直杆件产生轴向伸长（或缩短），如图 5.2-1 所示。

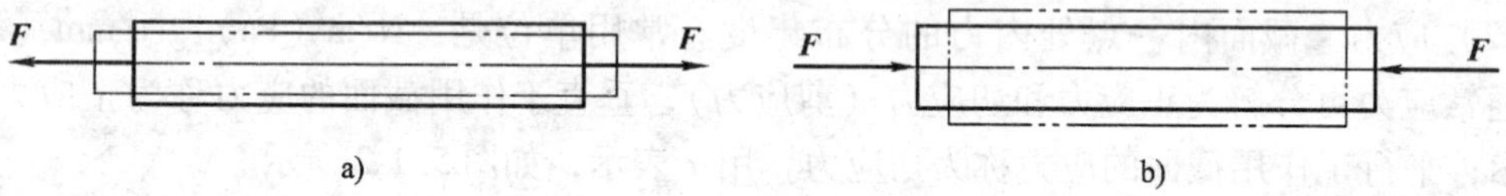

图 5.2-1

5.2.2 拉压杆横截面上的内力

（1）内力　杆件发生轴向拉伸或压缩基本变形时，杆件横截面上的内力作用线与杆轴线重合，称为轴力，用 F_N 表示。轴力 F_N 正负号规定：拉力为正，压力为负。根据截面法和静力学平衡方程，任意截面的轴力 F_N 等于该截面一侧轴向力的代数和。

（2）轴力图　表示沿杆件轴线各横截面上轴力变化规律的图形。轴力图以平行于杆轴线的 x 轴为横坐标，表示横截面位置，以 F_N 轴为纵坐标，表示相应截面上的轴力值。

【例 5.2-1】【例 5.2-1】图 a 所示直杆的 1、2、3 截面的轴力是（　　）。

（A）6kN、−12kN、−4kN　　（B）6kN、12kN、4kN

（C）6kN、24kN、4kN　　（D）−6kN、12kN、4kN

解：此直杆在 A、B、C、D 点承受轴向外力。先求 AB 段轴力。在段内任一截面 1—1 处假想将杆截开，考察左段【例 5.2-1】图 b，在截面上设出正轴力 F_{N1}。由此段的平衡方程 $\Sigma F_x=0$ 得

$$F_{N1}-6=0, \qquad F_{N1}=+6\text{kN}$$

F_{N1}得正号说明原先假设拉力是正确的，同时也就表明轴力是正的。AB段内任一截面的轴力都等于$+6$kN。再求BC段轴力。在BC段内任一截面2—2处假想将杆截开，仍考察左段【例5.2-1】图c，在截面上仍设正的轴力F_{N2}，由$\Sigma F_x=0$得

$$-6+18+F_{N2}=0, \qquad F_{N2}=-12\text{kN}$$

F_{N2}得负值说明原先假设拉力是不对的（应为压力），用时又表明轴力F_{N2}是负的。BC段内任一截面的轴力都等于-12kN。同理得CD段内任一截面的轴力都是-4kN。

画轴力图，以平行杆轴线的x轴表示截面的位置，以垂直杆轴线的坐标F_N表示对应截面的轴力值，按选定的比例画出轴力图（简称F_N图），如【例5.2-1】图d。由此图可知数值最大的轴力发生在BC段内，且是压力。

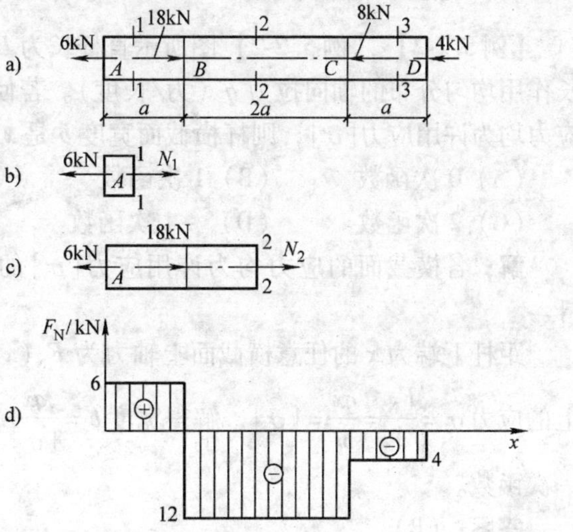

【例5.2-1】图

答案：(A)。

解题指导：用截面法求内力时总是假设内力是正的。画轴力图时正值画在x轴上方，负值画在x轴下方。

5.2.3 横截面上的应力及强度条件

平截面假设：在轴向拉伸（或压缩）时，变形后直杆的横截面仍保持为平面。

根据平截面假设和圣维南原理，在离加力点一定距离之外的杆件横截面上，各点的纵向变形是均匀的，内力也是均匀分布在横截面上并且垂直于横截面。设横截面积为A，则有拉伸（或压缩）正应力：

$$\sigma_{max}=\frac{F_N}{A} \tag{5.2-1}$$

当构件上因有切口、开槽、螺纹等，使局部截面尺寸剧烈改变，在截面尺寸急剧改变处应力分布不再均匀，发生应力局部增大现象，此现象称为应力集中。

拉伸（压缩）强度条件

$$\sigma_{max}=\left(\frac{F_N}{A}\right)_{max}\leqslant[\sigma] \tag{5.2-2}$$

式中，[σ] 为材料的许用应力 [σ]（许用应力定义参加5.2.7节）。

利用强度条件，可解决以下三类问题：

(1) 校核强度 $\sigma_{max}=\left(\frac{F_N}{A}\right)_{max}\leqslant[\sigma]$

（2）选择截面尺寸 $A \geqslant \dfrac{F_{Nmax}}{[\sigma]}$

（3）确定许用荷载 $[F_N] \leqslant [\sigma]A$

【例5.2-2】【例5.2-2】图所示直杆长为L，矩形截面宽度为b，厚度t为常数1，沿杆长作用均匀分布的轴向拉力q（力/长度）。若使拉杆各横截面的应力均为许用应力$[\sigma]$，则杆横截面宽度b是x的：

（A）0次函数 （B）1次函数

（C）2次函数 （D）－1次函数

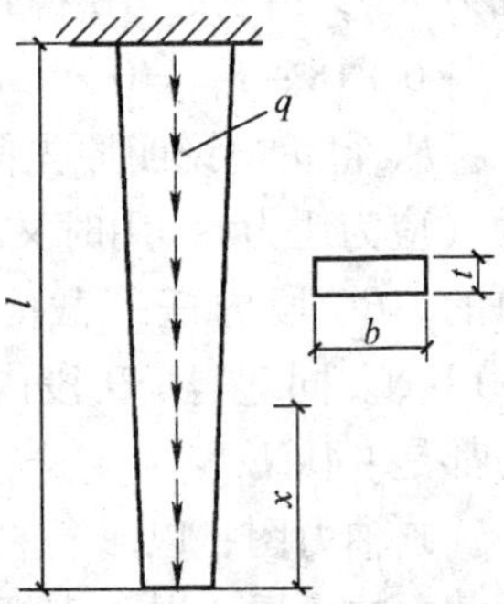

【例5.2-2】图

解：各横截面的应力均为许用应力$[\sigma]$的杆件称为等强度杆。

距杆下端为x的任意横截面上轴力为$F_N(x)=qx$，则该截面上的应力$\sigma=\dfrac{F_N}{A}=\dfrac{qx}{bt}=[\sigma]$，解得宽度$b=\dfrac{qx}{[\sigma]}$，即宽度$b$是$x$的一次函数。

答案：（B）。

5.2.4 斜截面上的应力

图5.2-2所示拉杆，横截面上的正应力为σ，k—k斜截面的法线与x轴夹角为α，则该面上的正应力和切应力为

$$\left.\begin{aligned}\sigma_\alpha &= p_\alpha \cdot \cos\alpha = \sigma\cos^2\alpha \\ \tau_\alpha &= p_\alpha \cdot \sin\alpha = (\sigma/2)\sin 2\alpha\end{aligned}\right\} \tag{5.2-3}$$

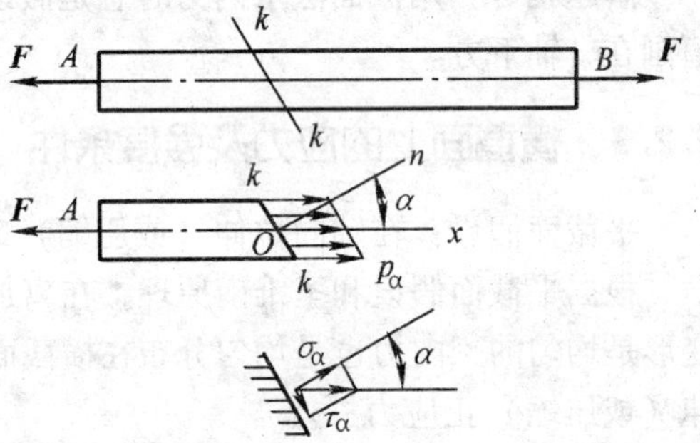

图5.2-2

根据平衡条件，式中$p_\alpha=\sigma\cos\alpha$，称为斜截面上的全应力，$\alpha$以逆时针转为正，反之为负。

斜截面上的应力是α的函数，在直杆的所有斜截面中，$\alpha=0$即横截面上有最大正应力，其值为$\sigma_{max}=\sigma=F_N/A$；$\alpha=45°$的斜截面上有最大切应力，其值为$\tau_{max}=\sigma/2$。

【例5.2-3】 边长40mm的正方形截面杆（【例5.2-3】图），其中k—k为粘结缝，粘缝处的切应力达到5MPa即错开，此杆能承担的最大拉力F为（　　）。

（A）8.0kN （B）18.64kN

（C）32.0kN （D）16.0kN

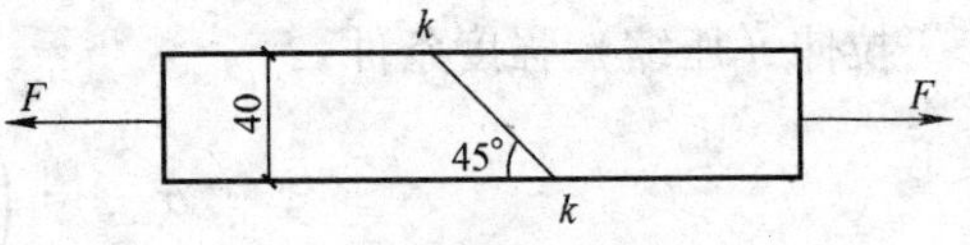

【例5.2-3】图

解：横截面的正应力

$$\sigma=\frac{F}{A}=\frac{F}{1600}$$

斜截面k—k上的切应力 $\tau_\alpha=\left(\dfrac{\sigma}{2}\right)\sin 2\alpha=\left(\dfrac{F}{2\times1600}\right)\sin 90°=\dfrac{F}{3200}$

令 $\tau_\alpha=5\text{MPa}$，则$\dfrac{F}{3200}=5$，解得 $F=16.0\text{kN}$

答案：(D)。

5.2.5 拉压变形与胡克定律

在轴向荷载作用下，杆件沿轴向伸长（或缩短），如图 5.2-3a 所示。在线弹性变形下，杆件纵向变形的绝对伸长量 Δl 与轴力的关系可以用下式表示

$$\Delta l=\frac{F_N L}{EA} \tag{5.2-4}$$

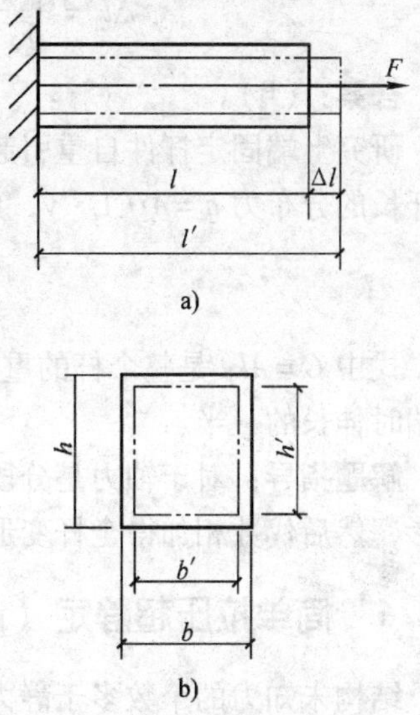

图 5.2-3

式（5.2-4）称为胡克定律。式中乘积 EA 称为杆的抗拉压刚度，其中 E 为材料的弹性模量，可以通过实验得到。胡克定律可以描述为：在比例极限（材料发生线弹性变形对应的最大应力）内，杆的纵向变形 Δl 与轴力 F_N、杆长 l 成正比，与乘积 EA 成反比。变形的正负号以伸长为正，缩短为负。

纵向线应变：

$$\varepsilon=\frac{\Delta l}{l} \tag{5.2-5}$$

纵向线应变反映了杆件纵向变形的程度。

将式（5.2-1）和式（5.2-5）带入式（5.2-4）得到用应力、应变表示的胡克定律：

$$\varepsilon=\frac{\sigma}{E} \tag{5.2-6}$$

上式表明，在比例极限内线应变与正应力成正比。

受拉伸杆件的横截面尺寸收缩，横向线应变（图 5.2-3b）：

$$\varepsilon'=\frac{b'-b}{b}=-\nu\varepsilon \tag{5.2-7}$$

式中 ν 称为泊松比或横向变形系数

$$\nu=\left|\frac{\varepsilon'}{\varepsilon}\right|=-\frac{\varepsilon'}{\varepsilon}$$

【例 5.2-4】 自由悬挂的直杆（【例 5.2-4】图 a）长为 l，截面积为 A，弹性模量为 E。承受纵向均匀分布荷载 q（力/长度）。该杆的伸长量是

(A) $\Delta l=\dfrac{ql^2}{EA}$　(B) $\Delta l=\dfrac{ql^2}{2EA}$

(C) $\Delta l=\dfrac{3ql^2}{2EA}$　(D) $\Delta l=\dfrac{3ql^2}{4EA}$

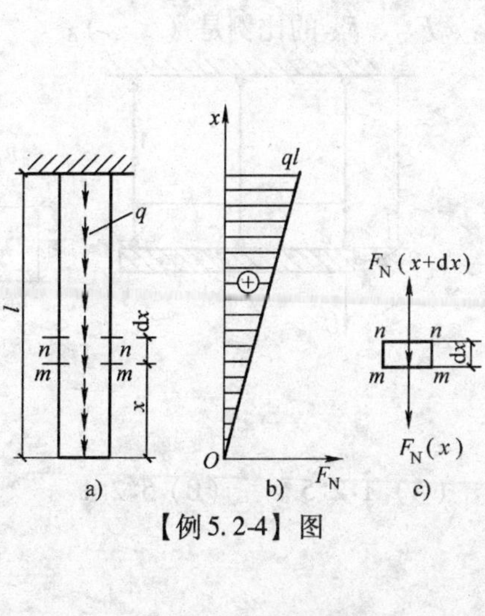

【例 5.2-4】图

解：在距杆下端为 x 处的任意横截面 m—m 上轴力 $F_N(x)=qx$，杆的轴力图如图 5.2-4b 所示。由

于各横截面上轴力不等，应用式（5.2-4）求伸长量，应从长为 dx 的微段出发。在 x 处取微段 dx（【例5.2-4】图 c），因其长度为无穷小，可以近似认为轴力为常数。纵向伸长可写为

$$\Delta(dx)=\frac{F_N(x)dx}{EA}$$

杆件的总伸长

$$\Delta l=\int_0^l\frac{F_N(x)dx}{EA}=\int_0^l\frac{qx}{EA}dx=\frac{q}{EA}\int_0^l xdx=\frac{ql^2}{2EA}$$

答案：（B）。

研究上端固定杆件自重引起的伸长时，杆件自身重量就是一种均匀纵向分布力，此时单位杆长的分布力 $q=A\cdot1\cdot\gamma$，此处 γ 是材料单位体积的重量即容重。将 q 代入上式得到

$$\Delta l=\frac{A\gamma\cdot l^2}{2EA}=\frac{(Al\gamma)l}{2EA}=\frac{Gl}{2EA}$$

式中 $G=Al\gamma$ 是整个杆的重量。上式表明等直杆自重引起的总伸长等于全部重量集中于下端时伸长的一半。

解题指导：对于轴力是分段常数的杆，利用虎克定律计算杆件轴向变形时，应分段计算变形，然后代数相加得全杆变形，当轴力是连续函数时则需利用积分求杆变形。

5.2.6 简单拉压超静定（静不定）问题

结构未知力的个数多于静力平衡方程个数时，只用静力平衡条件不能求出全部未知力，这类问题称为超静定问题，未知力个数与静力平衡方程数之差称为超静定的次数（或阶数）。

解决超静定问题的关键是找出补充方程——首先根据结构各部分变形协调条件建立变形几何方程，再利用力与变形之间的物理关系将变形几何方程改写成用力表示的补充方程，将这些补充方程与静力平衡方程联立求解，即可得出全部未知力。

在列变形几何方程时，注意所假设的杆件变形应是杆件可能发生的变形，假设的内力方向应与变形一致。

【例5.2-5】 平行杆系1、2、3悬吊着刚性横梁 AB（【例5.2-5】图 a）。横梁上作用有荷载 G。已知三根杆的截面积、长度、弹性模量均相同，分别为 A、l、E。三根杆的轴力 F_{N1}、F_{N2}、F_{N3} 的比例是（　　）。

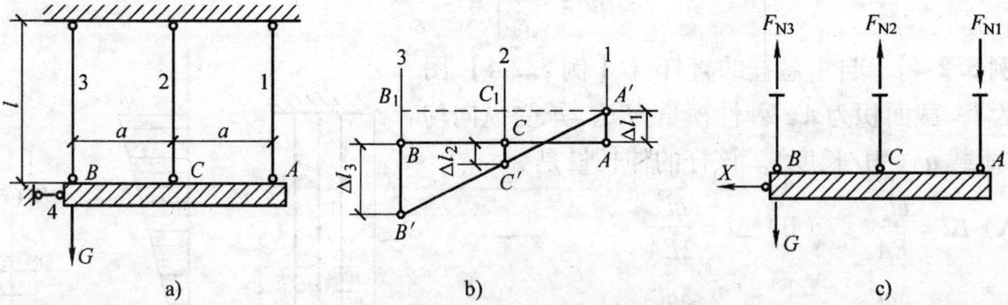

【例5.2-5】图

（A）1∶2∶5　（B）5∶2∶1　（C）2∶1∶5　（D）5∶1∶2

解：设在荷载 G 作用下，横梁移动到 $A'B'$ 位置（【例5.2-5】图b），则杆1的缩短量为 Δl_1，而杆2、3的伸长量分别为 Δl_2、Δl_3。取横梁 AB 为分离体，如【例5.2-5】图c，其上除荷载 G 外，还有轴力 F_{N1}、F_{N2}、F_{N3} 以及 X。由于假设1杆缩短，2、3杆伸长，故应将 F_{N1} 设为压力，而 F_{N2}、F_{N3} 设为拉力。

（1）平衡方程

$$\left.\begin{array}{l}\Sigma X = 0,\quad X = 0\\ \Sigma Y = 0,\quad -F_{N1} + F_{N2} + F_{N3} - G = 0\\ \Sigma m_B = 0,\quad -F_{N1}\cdot 2a + F_{N2}\cdot a = 0\end{array}\right\}\qquad (a)$$

三个平衡方程中包含四个未知力，故为一次超静定问题。

（2）变形几何方程　由变形关系（【例5.2-5】图b）可看出 $B_1B' = 2C_1C'$，即

$$\Delta l_3 + \Delta l_1 = 2(\Delta l_2 + \Delta l_1)$$

或

$$-\Delta l_1 + \Delta l_3 = 2\Delta l_2 \qquad (b)$$

（3）物理方程

$$\Delta l_1 = \frac{F_{N1}l}{EA},\ \Delta l_2 = \frac{F_{N2}l}{EA},\ \Delta l_3 = \frac{F_{N3}l}{EA} \qquad (c)$$

将式（c）代入式（b），然后与式（a）联立求解，可得

$$F_{N1} = G/6,\ F_{N2} = G/3,\ F_{N3} = 5G/6$$

答案：（A）。

解题指导：在解超静定问题中，假定各杆的轴力是拉力、还是压力，要以变形关系图中各杆是伸长还是缩短为依据，两者之间必须一致。经计算三杆的轴力均为正，说明变形关系图中所设是正确的。

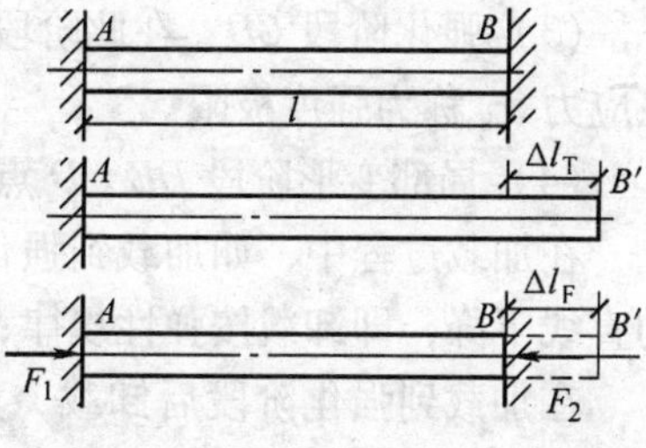

【例5.2-6】图

【例5.2-6】　杆件 AB 装在两个刚性支承间，如【例5.2-6】图a所示。杆 AB 长 $l = 1000$mm，横截面面积为 $A = 100\text{mm}^2$，材料的弹性模量 $E = 200$GPa，线膨胀系数 $\alpha = 12.5\times10^{-6}1/℃$。当温度升高 $\Delta T = 40℃$ 时，杆的温度应力是：

（A）50MPa　　（B）10MPa

（C）125MPa　　（D）100MPa

解：分析：温度升高杆将伸长（【例5.2-6】图b），但因刚性支承的阻挡，使杆不能自由伸长，同时，刚性支承在杆的两端加了压力。设两端的压力分别为 F_1 和 F_2。

（1）平衡方程

$$\Sigma F_x = 0 \qquad F_1 - F_2 = F \qquad (a)$$

得两端压力相等。但 F 值未知，故为一次超静定。

（2）变形分析：因为支承是刚性的，故杆的总长度不变，即 $\Delta l = 0$。杆的变形包括由温度引起的变形 Δl_T 和轴向压力引起的弹性变形 Δl_{FN} 两部分，故变形几何方程为

$$\Delta l = \Delta l_T + \Delta l_F = 0 \qquad (b)$$

（3）物理关系　由线膨胀定律知升温引起的杆件伸长为 $\Delta l_T = \alpha\cdot l\cdot\Delta T$，而由压力 F 引

起的杆件缩短为 $\Delta l_F = -Fl/EA$。代入（b）式可得轴向压力

$$F = \alpha \cdot E \cdot A \cdot \Delta T \tag{c}$$

温度应力为

$$\sigma = F/A = \alpha E \Delta T = 12.5 \times 10^{-6} \times 200 \times 10^{9} \times 40\text{MPa} = 100\text{MPa}\ （压应力）$$

答案：（D）。

5.2.7　材料拉伸、压缩时的力学性能

1. 低碳钢拉伸、压缩时的力学性能

图 5.2-4 为低碳钢试件拉伸应力—应变曲线。

由该曲线可看出，低碳钢拉伸过程可分为以下四个阶段：

（1）弹性阶段 OA　A 点的应力 σ_e 称为弹性极限。在此阶段，如果卸载，变形全部恢复到原始状态。此段内 A' 点的应力 σ_p 称为比例极限，在 OA' 段内，应力与应变成正比例关系，即严格满足胡可定律，该比例系数为直线 OA' 的斜率 E，E 称为材料的弹性模量。

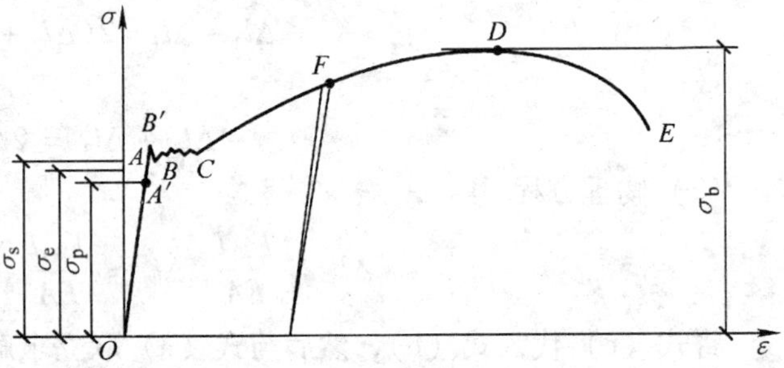

图 5.2-4

（2）屈服阶段 $B'C$　在此阶段，应力在小范围上下波动，应力均值基本不变，但应变在增长。波动应力的最低点 B 处应力 σ_s 称为屈服极限。

（3）强化阶段 CD　在此阶段，必须增加应力才能使应变增加，最大应力发生在 D 点，该应力 σ_b 称为强度极限。

（4）局部变形阶段 DE　D 点过后，试件出现“颈缩”现象。到达 E 点试件断裂。

在加载过程中，如加载到强化阶段的任意点 F 后卸载，应力应变曲线沿一条与 OA 平行的直线下降，即卸载按弹性规律；卸载后再加载，应力应变曲线基本按卸载路径返回。

在加载到强化阶段后卸载，然后再加载，屈服点（F 点）明显提高，断裂前变形明显减小，这种现象称作“冷作硬化”。有时利用“冷作硬化”现象可以提高材料的承载能力，但这要以减小部分变形能力为代价。

低碳钢压缩力学性能与拉伸基本相同。

2. 铸铁拉伸、压缩时的力学性能

图 5.2-5 为铸铁试件拉伸和压缩的应力—应变曲线。铸铁拉伸和压缩时应力应变曲线没有明显的直线部分，没有屈服阶段，只有一个强度指标——强度极限 σ_b。试件断裂破坏前的变形比低碳钢小很多。铸铁在拉伸和压缩时的力学性能不同，压缩的强度极限 σ_{bc} 是拉伸时的 3 ~4 倍，抗压能力显著高于抗拉能力。

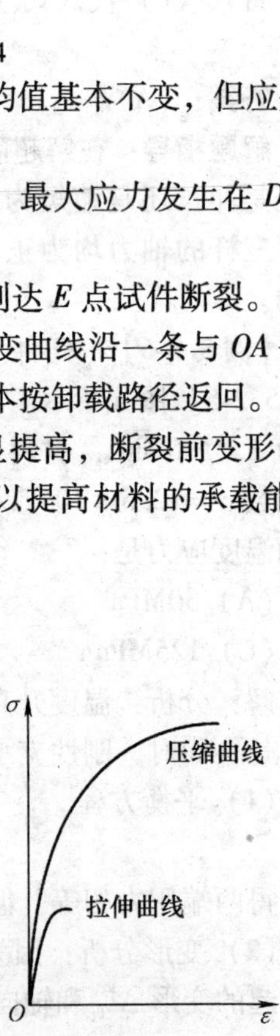

图 5.2-5

3. 截面收缩率和伸长率，材料的分类

工程上用试件拉断后遗留的变形来表示材料的塑性性能。常用的塑性指标有二个：一个是伸长率，即

$$\delta = \frac{l_1 - l_0}{l_0} \times 100\% \tag{5.2-8}$$

式中，l_1 是拉断后的标距长度（图 5.2-6）。另一个塑性指标为截面收缩率 ψ，即

$$\psi = \frac{A_0 - A_1}{A_0} \times 100\% \tag{5.2-9}$$

式中，A_1 是拉断后断口处横截面面积。δ 和 ψ 都表示材料拉断时其塑性变形所能达到的最大程度。δ、ψ 愈大，说明材料的塑性愈好。一般认为 $\delta \geqslant 5\%$ 的材料为塑性材料，$\delta < 5\%$ 的材料为脆性材料。

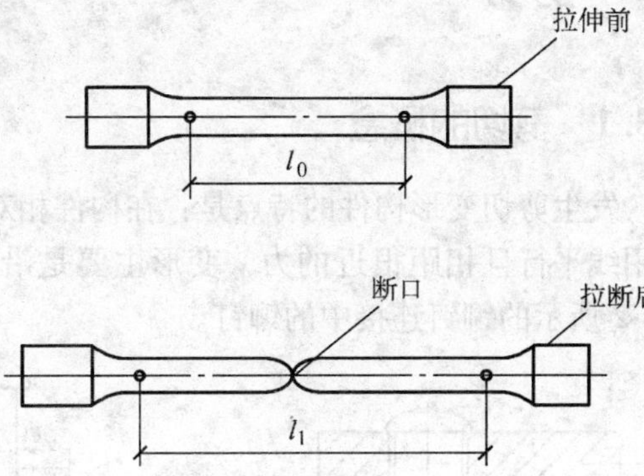

图 5.2-6

低碳钢和铸铁分别是典型的塑性材料和脆性材料。其他塑性材料和脆性材料的性质分别与低碳钢和铸铁基本相同。

塑性材料的特点是抗拉伸和压缩性能相同，拉伸断裂前有很大的塑性变形，有四个强度指标。

脆性材料的特点是抗压性能明显强于抗拉性能，断裂前无明显塑性变形，只有一个强度指标。

有些塑性材料，如有色金属等，没有典型的屈服阶段，通常采用产生 0.2% 塑性应变的应力 $\sigma_{0.2}$ 作为名义屈服应力，见图 5.2-7。

4. 极限应力和许用应力

对标准试件进行拉伸（或压缩）破坏实验，得到试件破坏前达到的最大应力，该应力称为材料的极限应力 $\sigma_{\lim}$。对于塑性材料，$\sigma_{\lim}$ 等于其屈服极限；对于脆性材料，$\sigma_{\lim}$ 等于其强度极限。把材料的极限应力 $\sigma_{\lim}$ 除以大于 1 的数 n 作为许用应力 $[\sigma]$，即 $[\sigma] = \sigma_{\lim}/n$。这里 n 称为安全系数。

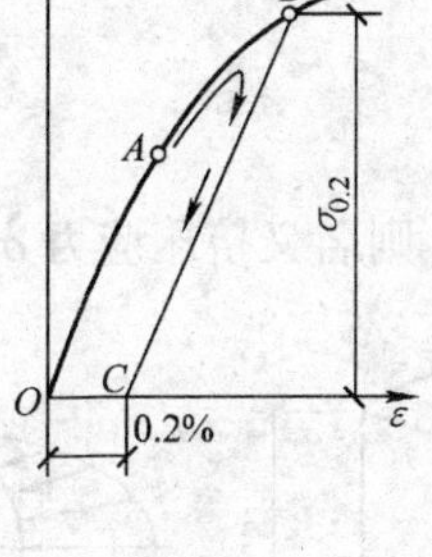

图 5.2-7

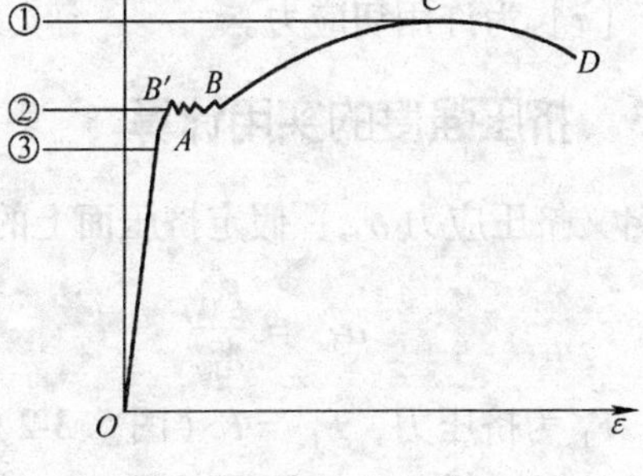

【例 5.2-7】图

【例 5.2-7】 选择拉伸曲线中三个强度指标的正确名称为（　　）。

（A）①强度极限，②弹性极限，③屈服极限

（B）①屈服极限，②强度极限，③比例极限

（C）①屈服极限，②比例极限，③强度极限

（D）①强度极限，②屈服极限，③比例极限

解：对照图 5.2-4，可知

答案：（D）。

5.3 剪切

5.3.1 剪切的概念

发生剪切变形构件的特点是：在构件相对的两个侧面上作用一对大小相等、方向相反、作用线平行且相距很近的力，变形主要是沿受剪面 m—m 发生相对错动。如图 5.3-1 及图 5.3-2 所示的铆钉连接中的铆钉。

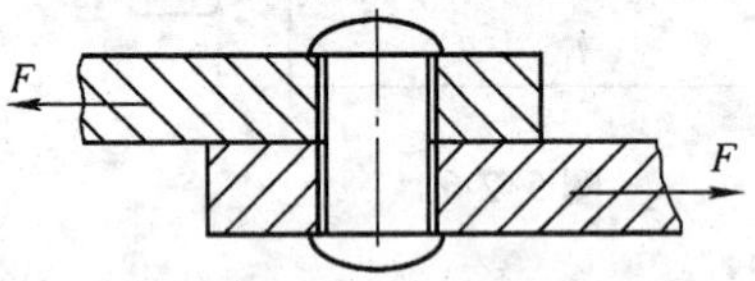

图 5.3-1

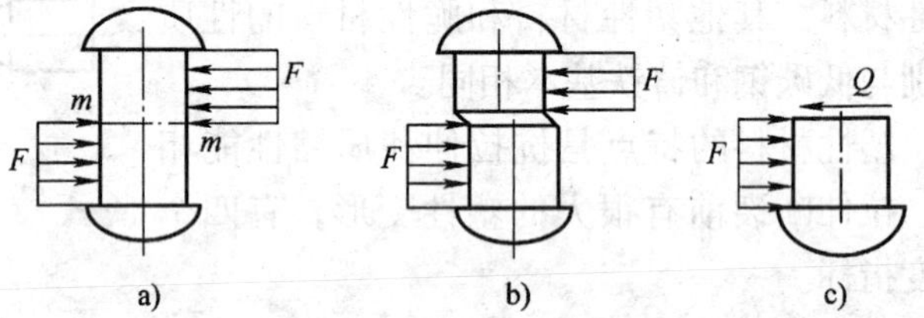

图 5.3-2

5.3.2 剪切强度的实用计算

名义切应力：假定剪切面上的切应力均匀分布。于是，切应力 τ 为

$$\tau = \frac{F_S}{A} \tag{5.3-1}$$

相应剪切强度条件为

$$\tau = \frac{F_S}{A} \leqslant [\tau] \tag{5.3-2}$$

式中，F_S 为剪切面上的内力，称为剪力，由平衡条件（图 5.3-2c），$F_S = F$；A 为剪切面的面积；$[\tau]$ 为许用切应力。

5.3.3 挤压强度的实用计算

名义挤压应力 σ_{bs}：假定挤压面上的挤压应力均匀分布，则名义挤压应力 σ_{bs} 为

$$\sigma_{bs} = \frac{F_{bs}}{A_{bs}} \tag{5.3-3}$$

式中，F_{bs}为挤压力，$F_{bs} = F$（图 5.3-2），A_{bs}为挤压面的计算面积。如挤压面是平面，按实际面积计算，如实际挤压面是曲面，挤压面的计算面积等于该挤压面向挤压合力方向的投影面积。如图 5.3-3b 所示的圆柱面挤压，其投影面积为圆柱的纵对称面，所以计算挤压面积 $A_{bs} = dt$，如图 5.3-3a。

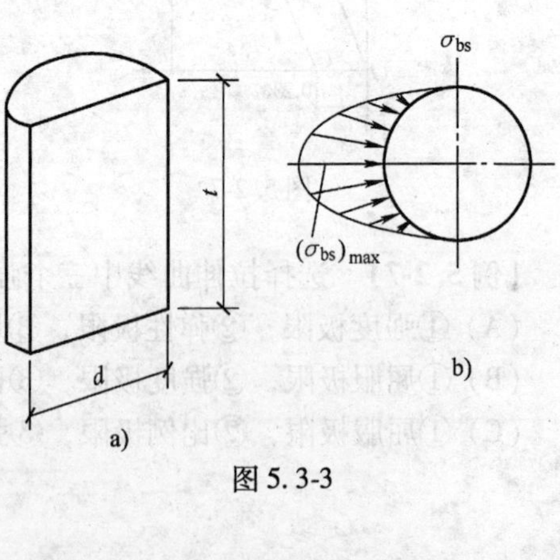

图 5.3-3

设许用挤压应力为 $[\sigma_{bs}]$，相应的挤压强度条件

$$\sigma_{bs}=\frac{F_{bs}}{A_{bs}}=\frac{F_{bs}}{dt}\leqslant[\sigma_{bs}] \tag{5.3-4}$$

构件相互连接处通常发生剪切变形，对连接件除需进行剪切和挤压强度校核外，有些还需要进行拉压强度校核，此时须考虑铆钉孔等对截面有效面积的影响。

【例5.3-1】【例5.3-1】图所示螺钉承受轴向拉力 F，已知拉伸许用应力为 $[\sigma]$，许用切应力 $[\tau]=0.6[\sigma]$，许用挤压应力 $[\sigma_{bs}]=2[\sigma]$。D、t 与 d 的合理比值是：

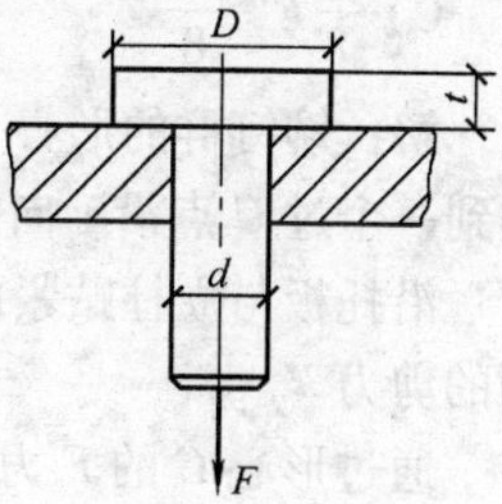

【例5.3-1】图

（A）0.613∶1∶0.208　　（B）2.45∶1∶0.83

（C）1.225∶1∶0.415　　（D）0.415∶1∶1.225

解：合理的 D、t 与 d 的比值应使螺钉的拉伸、剪切和挤压最大应力同时达到相应的许用应力。

（1）由拉伸强度确定螺钉的直径 d

$$\sigma=\frac{F}{A}=\frac{F}{\pi d^2/4}\leqslant[\sigma]$$

$$d^2=\frac{4F}{\pi[\sigma]}$$

$$d=2\sqrt{\frac{F}{\pi[\sigma]}}$$

（2）由挤压强度确定螺帽的直径 D

$$\sigma_{bs}=\frac{F_{bs}}{A_{bs}}=\frac{F}{\frac{\pi}{4}(D^2-d^2)}\leqslant[\sigma_{bs}]$$

$$D^2=\frac{4F}{\pi[\sigma_{bs}]}+d^2=\frac{2F}{\pi[\sigma]}+\frac{4F}{\pi[\sigma]}=\frac{6F}{\pi[\sigma]}$$

$$D=\sqrt{6}\times\sqrt{\frac{F}{\pi[\sigma]}}=2.45\times\sqrt{\frac{F}{\pi[\sigma]}}$$

（3）由剪切强度确定螺帽的高度 t

$$\tau=\frac{F_S}{A}=\frac{F}{\pi dt}\leqslant[\tau]$$

$$t=\frac{F}{\pi d[\tau]}=\frac{F}{2\pi\sqrt{\frac{F}{\pi[\sigma]}}\times0.6[\sigma]}=0.83\times\sqrt{\frac{F}{\pi[\sigma]}}$$

得：$D:d:t=1.225:1:0.415$

答案：（C）。

【例5.3-2】【例5.3-2】图所示钢板厚4mm，剪切强度极限 $\tau_b=360$MPa。冲床要在钢板上冲出 $d=70$mm 的圆孔，冲床的最小冲压力是：

（A）1385kN　　（B）39.5kN　　（C）158kN　　（D）317kN

解：剪切面是高4mm，直径70mm的圆环面，冲出此圆孔所需的冲压力

$$F=\pi\times70\times4\times360\text{N}=317\text{kN}$$

答案：（D）。

【例 5.3-3】 一托板用 8 只铆钉铆于立柱上，如【例 5.3-3】图 a。铆钉间距为 a，力 F 与铆钉群中心线 y 轴的距离 $l=3a$。铆钉的最大和最小切应力是：

A）$\dfrac{\sqrt{13}}{8}F$，$\dfrac{3F}{8}$ B）$\dfrac{\sqrt{13}}{8}F$，$\dfrac{F}{8}$

C）$\dfrac{3}{8}F$，$\dfrac{F}{8}$ D）$\dfrac{1+2\sqrt{2}}{8}F$，$\dfrac{F}{8}$

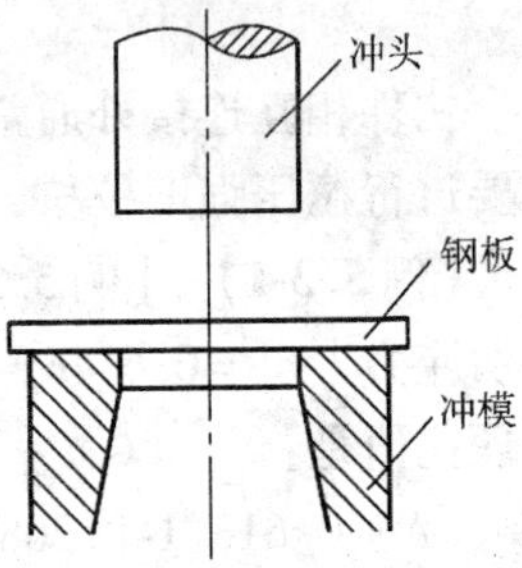

【例 5.3-2】图

解：铆钉群的形心 C 位于立柱的 y 轴上。将 F 力向 C 点平移得到一个过 C 点沿 y 向的力 F 和一个顺时针转动的力偶 Fl。

沿托板与立柱贴紧面假想将铆钉切开，分析立柱上铆钉受剪面的剪力。

通过形心 C 的 F 力在每一铆钉的受剪面上引起的剪力相等，其值为 $F_{Sy}=F/8$，方向向下。如【例 5.3-3】图 c 所示。

力偶 Fl 在每一铆钉受剪面上也引起剪力，假设剪力方向与该铆钉中心至 C 的连线正交，大小与连线长度成正比。力偶 Fl 引起的剪力如【例 5.3-3】图 b 所示，铆钉 1、3、5、7 的剪力均为 F'_{S1}；2、4、6、8 的剪力均为 F'_{S2}。

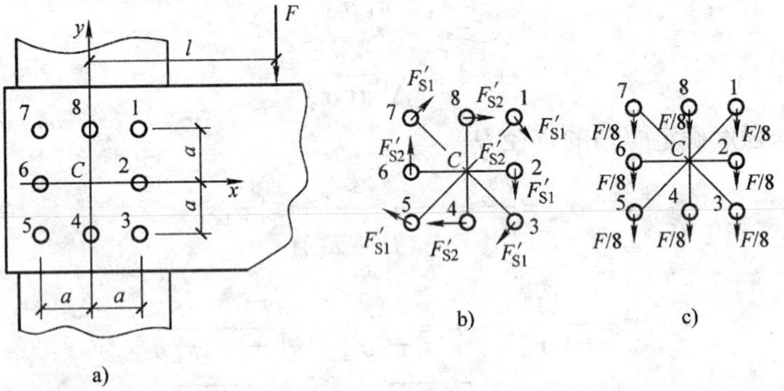

【例 5.3-3】图

由平衡条件，诸铆钉剪切面上的剪力对 C 之矩的和等于力偶矩 Fl，即

$$4(F'_{S1}\sqrt{2}a)+4(F'_{S2}a)=Fl$$

再利用 $F'_{S1}/F'_{S2}=\sqrt{2}a/a=\sqrt{2}$，代入上式，得

$$F'_{S1}=\frac{Fl\sqrt{2}}{12a}=\frac{\sqrt{2}}{4}F,\quad F'_{S2}=\frac{F}{4}$$

将力 F 引起的剪力和力偶 Fl 引起的剪力叠加，显然，铆钉 1、3 的总剪力相等并且最大，铆钉 6 的总剪力最小。铆钉 1 的总剪力，即最大剪力

$$F_1=\sqrt{F_{S1x}^2+F_{S1y}^2}=\sqrt{(F'_{S1}\times\cos45^\circ)^2+(F'_{S1}\times\sin45^\circ+F_{Sy})^2}$$

$$=\sqrt{\left(\frac{\sqrt{2}}{4}F\times\frac{1}{\sqrt{2}}\right)^2+\left(\frac{\sqrt{2}}{4}F\times\frac{1}{\sqrt{2}}+\frac{F}{8}\right)^2}=\frac{\sqrt{13}}{8}F$$

铆钉 6 的总剪力，即最小剪力

$$F_{s6} = F/8 - F/4 = -F/8$$

答案：(B)。

解题指导：在对铆钉群构成的连接件进行剪切强度计算时，要正确分析每个铆钉的受力。当外力通过铆钉群中心时，可以近似看作每个铆钉受力相同。当外力不通过铆钉群中心时则应根据实际受力情况分析铆钉受力。

【例 5.3-4】 图示连接器，已知 $t_1 < 2t_2$，最大切应力和最大挤压应力是（　　）。

(A) $\tau = \dfrac{2F}{\pi d^2}$　$\sigma_{bs} = \dfrac{F}{d \times t_1}$

(B) $\tau = \dfrac{4F}{\pi d^2}$　$\sigma_{bs} = \dfrac{F}{d \times t_1}$

(C) $\tau = \dfrac{2F}{\pi d^2}$　$\sigma_{bs} = \dfrac{F}{d \times t_2}$

(D) $\tau = \dfrac{4F}{\pi d^2}$　$\sigma_{bs} = \dfrac{F}{d \times t_2}$

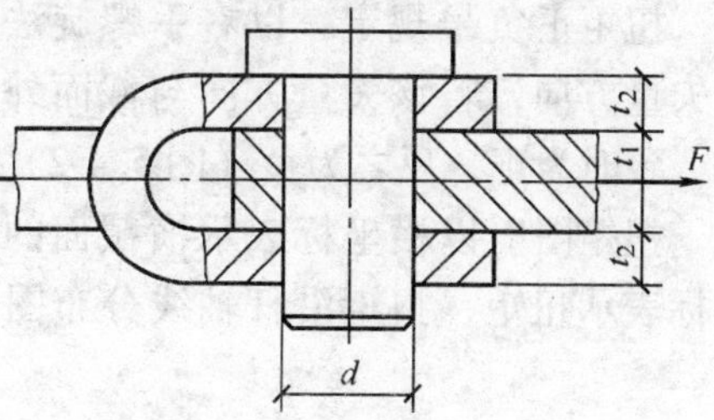

【例 5.3-4】图

解：(1) 剪切强度

有两个剪切面，每个剪切面承担剪力为 $F/2$，最大剪应力

$$\tau = \frac{F/2}{A} = \frac{F}{2 \times \frac{\pi}{4} d^2} = \frac{2F}{\pi d^2}$$

(2) 挤压强度

挤压力为 F，最小挤压面在销钉 t_1 段，最大挤压应力

$$\sigma_{bs} = \frac{F_{bs}}{A_{bs}} = \frac{F}{d \times t_1}$$

答案：(A)。

解题指导：本题所示连接件有两个剪切面，称为双剪切，注意双剪切的剪力和挤压面与单剪切（图 5.3-1）的区别。

5.4 圆轴扭转

5.4.1 扭转概念

(1) 受力特点　在垂直于杆件轴线的两个相邻平面内作用有反向等值力偶。

(2) 变形特点　两个相邻横截面绕杆轴线发生相对转动。横截面间绕轴线的相对角位移，称为扭转角，用 φ 表示。以扭转变形为主的杆件称为轴。

5.4.2 扭矩与扭矩图

外力偶矩的计算

设传动轴传递的功率 P_K 单位为 kW，轴的转速为 n(r/min)，则该轴承受的外力偶矩（图 5.4-1）

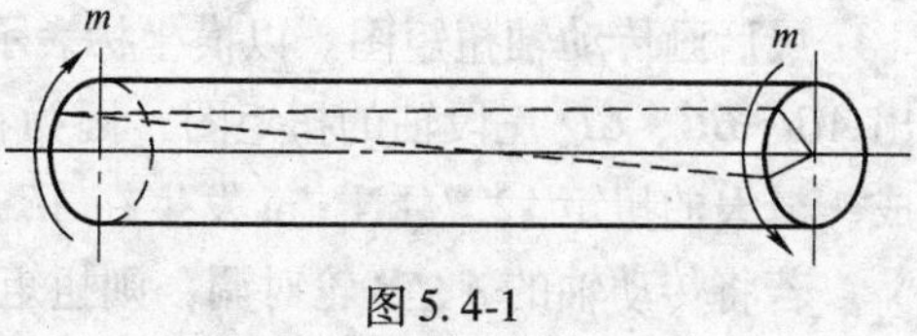

图 5.4-1

为

$$m = 9549\frac{P_K}{n} \tag{5.4-1}$$

外力偶矩 m 单位为 N·m。

扭转内力：受扭杆件横截面上的内力，是横截面平面内的力偶，该力偶矩称为扭矩，用 T 表示。

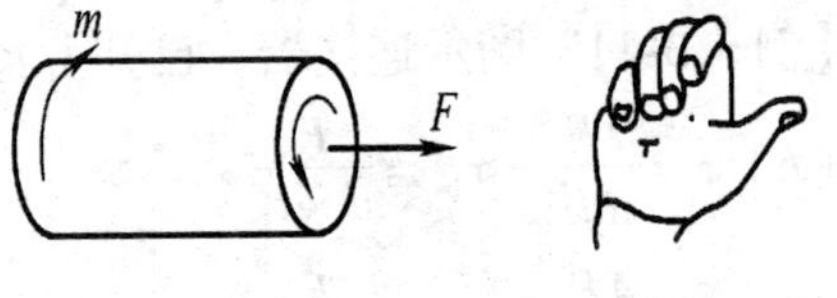

图 5.4-2

扭矩正负号规定：以右手螺旋法则表示扭矩矢量方向，若该矢量方向与截面外向法线方向一致时为正，反之为负（图 5.4-2）。

扭矩图　以横坐标表示横截面的位置，纵坐标表示扭矩，扭矩沿杆轴线分布图称为扭矩图。

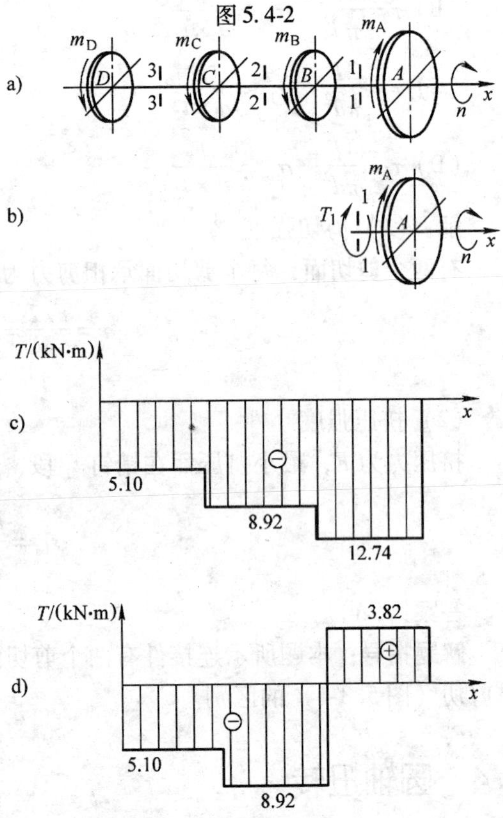

图 5.4-3

下面以图 5.4-3a 所示传动轴介绍扭矩图画法。

该轴转速 $n=300\text{r/min}$，主动轮 A 输入的功率 $P=400\text{kW}$，三个从动轮输出的功率分别为 $P_B=120\text{kW}$，$P_C=120\text{kW}$，$P_D=160\text{kW}$。

首先计算作用在各轮上的外力偶矩 m。因为 A 是主动轮，故 m_A 的转向与轴的转向一致；而从动轮上的转矩是轴转动时受到的阻力，故从动轮 B、C、D 上的转矩方向与轴的转向相反。

$$m_A = 9549\times\frac{400}{300} = 1.274\times10^4\text{N}\cdot\text{m}$$

$$= 12.74\text{kN}\cdot\text{m}$$

$$m_B = m_C = 3.82\times10^3\text{N}\cdot\text{m} = 3.82\text{kN}\cdot\text{m}$$

同理，得

$$m_D = 5.10\times10^3\text{N}\cdot\text{m} = 5.10\text{kN}\cdot\text{m}$$

下面用截面法求各段轴的扭矩。先求 1-1 截面扭矩，从该截面将轴切开，保留右段（图 5.4-3b），并在截面上设出正扭矩 T_1。由平衡条件 $\Sigma m_x=0$，有

$$T_1 + m_A = 0$$

得
$$T_1 = -m_A = -12.74\text{kN}\cdot\text{m}$$

这里 T_1 得负号说明该截面的扭矩为负。在 A、B 轮之间所有截面的扭矩都等于 $-12.74\text{kN}\cdot\text{m}$。仿此可得出 $T_2=-8.92\text{kN}\cdot\text{m}$，$T_3=-5.10\text{kN}\cdot\text{m}$。

最后画传动轴扭矩图。以横坐标表示截面位置，以纵坐标表示扭矩，按选定的比例尺作出 AB、BC、CD 三段轴的扭矩图，因为在每一段内扭矩为常数，故扭矩图由三段水平线组成，最大的扭矩 12.74kN·m 发生在 AB 段，如图 5.4-3c。

若将传动轴的 A、B 轮对调，则扭矩图如图 5.4-3d 所示，最大扭矩为 8.92kN·m，发生

在中间段，小于对调前的最大扭矩。由此可知，合理布置荷载可以降低内力的最大值，提高杆件的承载能力。

5.4.3 切应力互等定理与剪切胡克定律

（1）纯剪切 若受力体内某一点的单元体上只有切应力而无正应力，称该点的应力状态为纯剪切，如图5.4-4a所示。在切应力作用下，原互相垂直的相邻棱边角度的改变量，称为应变，用γ表示，其单位为rad，如图5.4-4b所示。

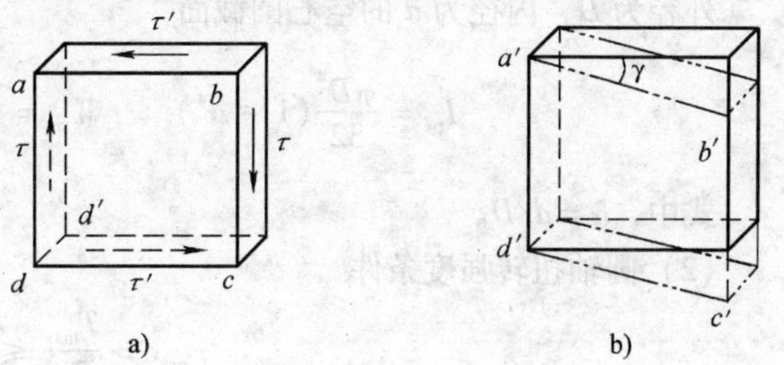

图5.4-4

（2）切应力互等定理 单元体互相垂直的两个平面上，切应力总是同时出现，它们垂直于交线，并且大小相等，方向均指向或离开该交线，即

$$\tau = \tau' \tag{5.4-2}$$

对图5.4-4b单元体求力矩平衡，即可证明该定理。

（3）剪切胡克定律 在弹性范围内，切应力τ与切应变γ成正比，即

$$\tau = G\gamma \tag{5.4-3}$$

式中，G称为材料的切变模量。

对于各向同性材料，材料的三个弹性常数，E、G、ν有下列关系

$$G = \frac{E}{2(1+\nu)} \tag{5.4-4}$$

即E、G、ν间只有两个是独立的。

5.4.4 圆轴扭转切应力与强度条件

（1）圆截面轴扭转切应力公式为

$$\tau_\rho = \frac{T\rho}{I_p} \tag{5.4-5}$$

横截面上距圆心为ρ的任一点处的切应力值与该点到圆心的距离成正比，方向垂直于该点所在的半径。

图5.4-5分别为实心圆截面和空心圆截面切应力沿截面半径变化图。圆轴扭转时横截面上的切应力沿半径线性分布，在圆心处为零，在外缘处最大，应力方向垂直于半径，实心圆截面和空心圆截面切应力值的连线均过圆心。

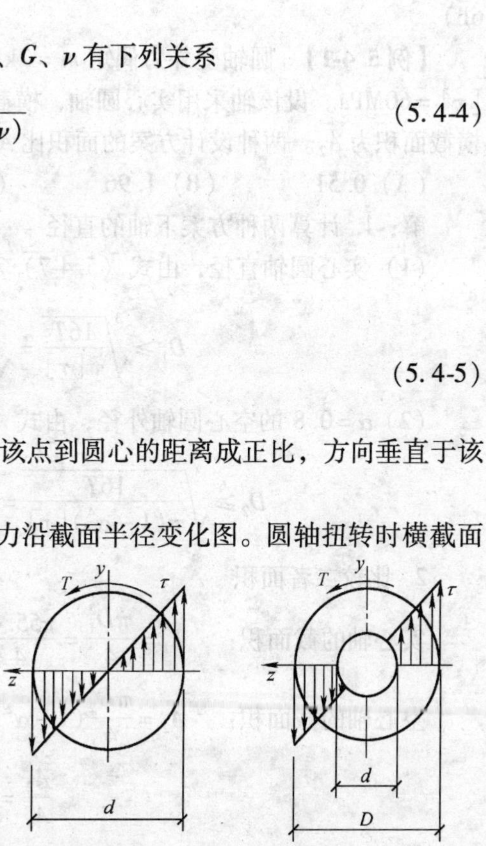

图5.4-5

横截面边缘上（$\rho = R$）有最大切应力τ_{max}，其值为

$$\tau_{max} = \frac{TR}{I_p} = \frac{T}{W_p} \tag{5.4-6}$$

式中，I_p称为截面的极惯性矩，W_p称为抗

扭截面系数。

I_p、W_p 是仅与横截面尺寸有关的几何量，对于实心圆截面（直径为 d）

$$I_p = \frac{\pi d^4}{32} \qquad W_p = \frac{I_p}{d/2} = \frac{\pi d^3}{16} \tag{5.4-7}$$

外径为 D，内径为 d 的空心圆截面

$$I_p = \frac{\pi D^4}{32}(1-\alpha^4) \qquad W_p = \frac{I_p}{D/2} = \frac{\pi D^3}{16}(1-\alpha^4) \tag{5.4-8}$$

式中，$\alpha = d/D$。

（2）圆轴扭转强度条件

$$\tau_{max} = \frac{T_{max}}{W_p} \leqslant [\tau] \tag{5.4-9}$$

式中，$[\tau]$ 为扭转许用切应力。

利用强度条件，可对受扭圆轴进行强度校核、截面设计及确定许用荷载等三类问题的计算。

由实验知低碳钢圆轴扭转破坏时沿横截面剪切破坏（图 5.4-6a），铸铁圆轴扭转破坏时沿与轴线成 45°的斜面被拉断（图 5.4-6b）。

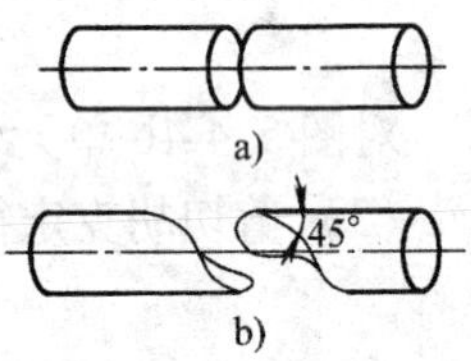

图 5.4-6

【例 5.4-1】 圆轴受外力偶矩 $m = 2\text{kN}\cdot\text{m}$，材料的许用切应力 $[\tau] = 60\text{MPa}$。设该轴采用实心圆轴，横截面积为 A_1；若改为 $\alpha = d/D = 0.8$ 的空心圆轴，其横截面积为 A_2。两种设计方案的面积比 $A_2/A_1/$是：

（A）0.51　　（B）1.96　　（C）0.84　　（D）1.19

解：1. 计算两种方案下轴的直径

（1）实心圆轴直径，由式（5.4-7）和式（5.4-9），有

$$D_1 \geqslant \sqrt[3]{\frac{16T}{\pi[\tau]}} = \sqrt[3]{\frac{16\times 2\times 10^6}{\pi\times 60}}\text{mm} = 55.4\text{mm}$$

（2）$\alpha = 0.8$ 的空心圆轴外径，由式（5.4-8）和式（5.4-9），有

$$D_2 \geqslant \sqrt[3]{\frac{16T}{\pi(1-\alpha^4)[\tau]}} = \sqrt[3]{\frac{16\times 2\times 10^6}{\pi(1-0.8^4)\times 60}}\text{mm} = 66.0\text{mm}$$

2. 比较二者面积

实心轴的截面积：　$A_1 = \frac{\pi D_1^2}{4} = \frac{\pi 55.4^2}{4}\text{mm}^2 = 2410.5\text{mm}^2$

空心轴的截面积：　$A_2 = \frac{\pi D_2^2}{4}(1-\alpha^2) = \frac{\pi 66.0^2}{4}(1-0.8^2)\text{mm}^2 = 1231.6\text{mm}^2$

$$\frac{A_2}{A_1} = \frac{1231.6}{2410.5} = 0.51$$

答案：（A）。

提示：由此例可知，相同承载能力下，空心圆轴比实心圆轴可以节约很多材料，原因是

空心圆轴的材料布置离轴心较远，充分发挥了材料的承载能力。相同横截面面积（所用材料数量相同）下，空心圆轴有更大的承载能力。

【例 5.4-2】 受扭圆轴横截面上承受的扭矩及相应的切应力分布如【例 5.4-2】图所示，其中正确的是（　　）。

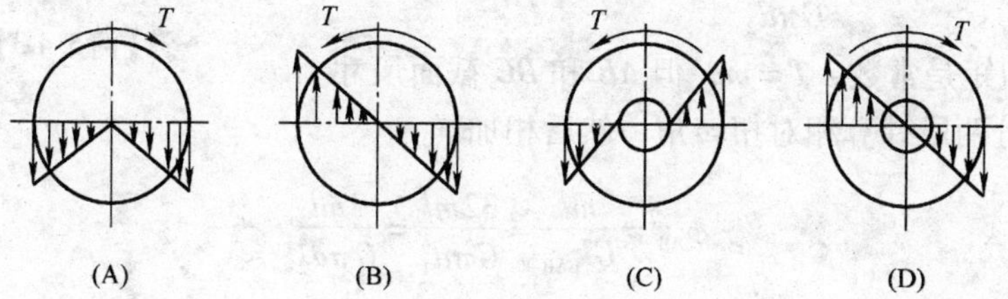

【例 5.4-2】图

解： 根据圆截面轴扭转切应力式（5.4-5），圆轴横截面上一点的切应力与该点到圆心的距离成正比，方向垂直于该点所在的半径，且一条半径上的切应力连线一定过圆心。

图（A）的切应力自相平衡，不能形成扭矩；图（C）切应力在内圆边界处为零，不符合切应力公式；图（B）切应力方向与扭矩反向，截面上切应力合成结果不等于扭矩；因此只有图（D）是正确的。

答案：（D）。

5.4.5 圆轴的扭转变形与刚度条件

（1）圆轴扭转变形（图 5.4-7） 单位长度的扭转角：

$$\theta = \frac{T}{GI_p} \qquad (5.4\text{-}10)$$

单位为 rad/m。

对于长度为 l 扭矩 T 为常数的等截面圆轴，两端面间的相对扭转角

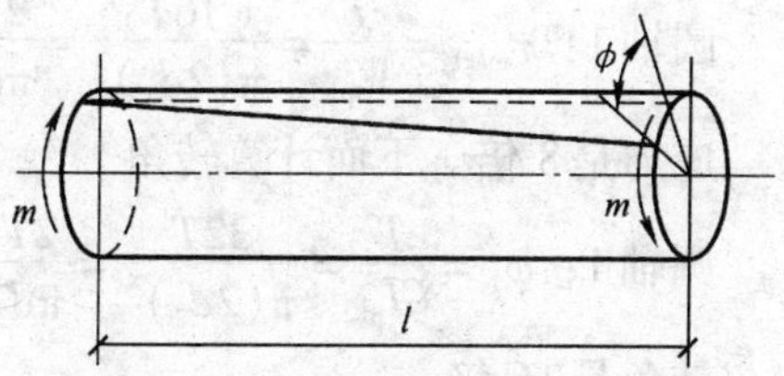

图 5.4-7

$$\varphi = \frac{Tl}{GI_p} \qquad (5.4\text{-}11)$$

乘积 GI_p 称为圆轴抗扭刚度。

（2）圆轴扭转刚度条件 对于等截面圆轴

$$\theta_{max} = \frac{T_{max}}{GI_p} \leqslant [\theta] \text{（单位：弧度）} \qquad (5.4\text{-}12a)$$

$$\theta_{max} = \frac{T_{max}}{GI_p}\left(\frac{180}{\pi}\right) \leqslant [\theta] \text{（单位：角度）} \qquad (5.4\text{-}12b)$$

上式中，$[\theta]$代表单位长度许用扭转角。

【例 5.4-3】【例 5.4-3】图所示变截面圆轴 $d_1=2d_2$，材料的切变模量为 G，承受外力偶矩 m。该轴的扭转角是（　　）

A）$\dfrac{32ml}{G\pi d_2^4}$　　B）$\dfrac{2ml}{G\pi d_2^4}$

C）$\dfrac{34ml}{G\pi d_2^4}$　　D）$\dfrac{30ml}{G\pi d_2^4}$

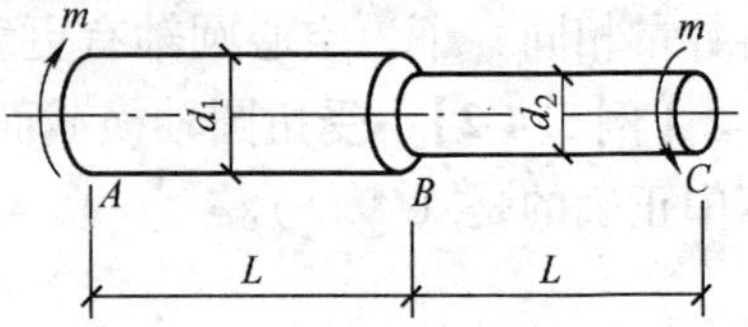

【例 5.4-3】图

解：此轴扭矩是常数，$T=m$，但 AB 和 BC 截面尺寸不同，因此应分两段计算相对扭转角，然后相加。

AB 段
$$\varphi_{AB}=\frac{ml}{GI_{pAB}}=\frac{32ml}{G\pi d_1^4}=\frac{2ml}{G\pi d_2^4}$$

BC 段
$$\varphi_{BC}=\frac{ml}{GI_{pBC}}=\frac{32ml}{G\pi d_2^4}$$

总扭转角
$$\varphi=\varphi_{AB}+\varphi_{BC}=\frac{34ml}{G\pi d_2^4}$$

答案：（C）。

解题指导：对于变扭矩、变截面的圆轴应分段计算相对扭转角，再相加得总扭转角。

【例 5.4-4】　两根实心圆轴，直径分别为 d_1 和 d_2，且 $d_1=2d_2$，材料的切变模量均为 G，承受相同的扭矩 T。圆轴 2 的最大应力和单位长度扭转角是圆轴 1 的几倍？

（A）8 倍和 16 倍　　（B）16 倍和 8 倍

（C）4 倍和 8 倍　　（D）8 倍和 4 倍

解：圆轴最大应力　$\tau_{max}=\dfrac{T}{W_p}$

圆轴 1：$\tau_{max1}=\dfrac{T}{W_{p1}}=\dfrac{16T}{\pi(2d_2)^3}=\dfrac{2T}{\pi d_2^3}$；　圆轴 2：$\tau_{max2}=\dfrac{T}{W_{p2}}=\dfrac{16T}{\pi d_2^3}$

应力是 8 倍。下面计算转角

圆轴 1：$\varphi_1=\dfrac{T}{GI_{p1}}=\dfrac{32T}{\pi(2d_2)^4}=\dfrac{2T}{\pi d_2^4}$；　圆轴 2：$\varphi_2=\dfrac{T}{GI_{p2}}=\dfrac{32T}{G\pi d_2^4}$

转角是 16 倍。

答案：（A）。

【例 5.4-5】　铸铁试件扭转破坏的破坏面为（　　）。

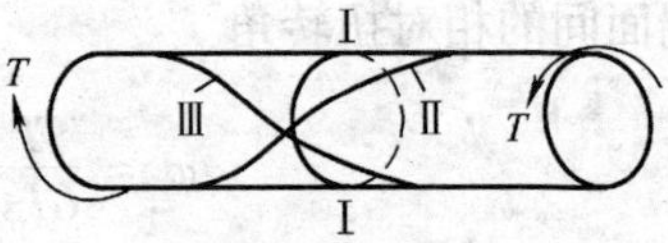

【例 5.4-5】图

（A）沿横截面Ⅰ—Ⅰ剪断

（B）沿螺旋面Ⅱ（与试件轴线夹角 45°）拉断

（C）沿螺旋面Ⅲ（与试件轴线夹角 45°）拉断

（D）沿横截面Ⅰ—Ⅰ拉断

解：铸铁试件扭转时由拉应力引起破坏，故

答案：（B）。

5.5 截面的几何性质

5.5.1 静矩与形心

（1）简单截面图形的静矩和形心　图 5.5-1 所示均质等厚薄板，厚度为 t。其重心 C 的纵坐标 y_C 为

$$y_C = \frac{\int_A y(t\mathrm{d}A)\gamma}{G} \tag{a}$$

式中，$\mathrm{d}A$ 为微面积，γ 为容重，G 为整个薄片的重量。对于均质等厚薄板，$G = tA\gamma$，代入式（a）得到

同理可得

$$\left.\begin{aligned} y_C &= \frac{\int_A y\mathrm{d}A}{A} \\ x_C &= \frac{\int_A x\mathrm{d}A}{A} \end{aligned}\right\} \tag{b}$$

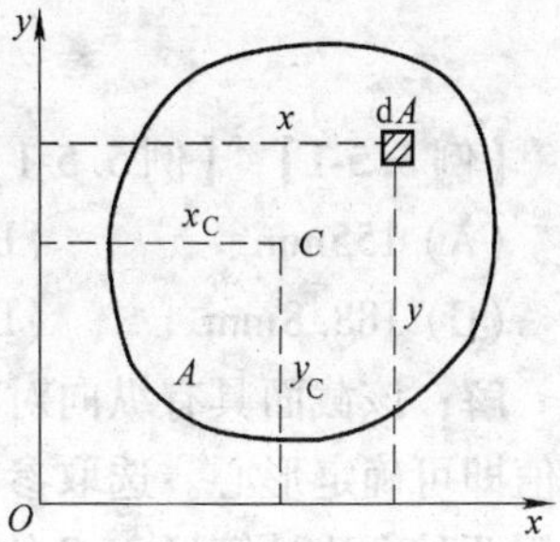

图 5.5-1

由式（b）可以看出，均质等厚薄板的重心坐标 x_C、y_C 只与薄板几何形状有关，因此 C 点称为薄板图形的形心。上式中 $y \cdot \mathrm{d}A$ 称为微面积 $\mathrm{d}A$ 对 x 轴的面积一次矩，简称静矩。$y\mathrm{d}A$ 在整个图形范围内的积分，称为面积 A 对坐标轴的 x 的静矩 S_x，即

$$S_x = \int_A y\mathrm{d}A = Ay_C \tag{5.5-1a}$$

$$S_y = \int_A x\mathrm{d}A = Ax_C \tag{5.5-1b}$$

同一截面对不同轴的静矩值是不同的，可能为正值、负值或为零。

由上式可知：若截面对某轴的静矩为零，因截面图形面积 A 不为零，必有截面形心到该轴的距离为零，则该轴必通过截面形心；截面对任一过形心之轴的静矩恒为零。

通过截面形心的坐标轴称为形心轴。

将式（5.5-1）代入式（b），得截面形心位置 x_C、y_C 计算公式：

$$\left.\begin{aligned} x_C &= \frac{S_y}{A} = \frac{\int_A x\mathrm{d}A}{A} \\ y_C &= \frac{S_x}{A} = \frac{\int_A y\mathrm{d}A}{A} \end{aligned}\right\} \tag{5.5-2}$$

（2）组合截面的静矩和形心　由简单截面组合而成的截面称为组合截面。组合截面对某一轴的静矩，等于各简单截面对同一轴静矩之代数和，即：

$$\left.\begin{aligned} S_x &= \sum_{i=1}^{n} (S_x)_i = \sum_{i=1}^{n} A_i y_i \\ S_y &= \sum_{i=1}^{n} (S_y)_i = \sum_{i=1}^{n} A_i x_i \end{aligned}\right\} \tag{5.5-3}$$

同理，组合截面的形心坐标 x_C、y_C 为

$$
\left.
\begin{aligned}
x_C &= \frac{\sum\limits_{i=1}^{n} A_i x_{ci}}{\sum\limits_{i=1}^{n} A_i} \\
y_C &= \frac{\sum\limits_{i=1}^{n} A_i y_{ci}}{\sum\limits_{i=1}^{n} A_i}
\end{aligned}
\right\} \tag{5.5-4}
$$

【例 5.5-1】【例 5.5-1】图 a 所示截面的形心 C 到 x_0 轴的距离 y_C 为（　　）。

（A）155mm　　　（B）145mm

（C）188.8mm　　（D）121.2mm

解：该截面具有纵向对称轴，则形心一定在此对称轴上，因此只要求出形心在高度方向的值即可确定形心。选取参考坐标系，以对称轴为 y 轴，以截面下边缘的切线为 x_0 轴。下面用两种方法计算形心 C 的座标 y_C。

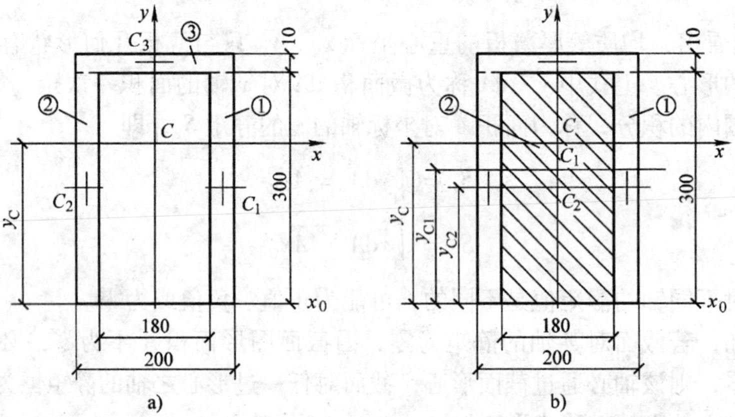

【例 5.5-1】图

解法 1：将该组合截面分割为①、②、③三个矩形截面（【例 5.5-1】图 a）。它们的面积 A_i 和形心 C_i 的纵座标 y_{Ci} 分别是

$$A_1 = 300 \times 10\text{mm}^2 = 3000\text{mm}^2,$$

$$y_{C_1} = 150\text{mm}$$

$$A_2 = 300 \times 10\text{mm}^2 = 3000\text{mm}^2,$$

$$y_{C_2} = 150\text{mm}$$

$$A_3 = 200 \times 10\text{mm}^2 = 2000\text{mm}^2,$$

$$y_{C_3} = 305\text{mm}$$

于是截面形心 C 在参考轴 xoy 系内的纵坐标 y_C 为

$$y_C=\frac{\sum A_i y_{Ci}}{\Sigma A_i}=\frac{3\times10^3\times150\times2+2\times10^3\times305}{3\times10^3\times2+2\times10^3}\text{mm}$$

$$=188.8\text{mm}$$

解法2：也可将以上组合截面看作在①200×310矩形的基础上，挖去一个②180×300的矩形，挖去矩形的面积取为负值（【例5.5-1】图b）。于是矩形①、②的面积A'_i及形心坐标y'_{Ci}分别为

$$A'_1=310\times200=62\times10^3(\text{mm})^2,y'_{C1}=155\text{mm}$$

$$A'_2=-300\times180=-54\times10^3(\text{mm})^2,y'_{C2}=150\text{mm}$$

截面形心C在参考轴xOy系内的纵坐标y_C为

$$y_C=\frac{\sum A'_i y'_{Ci}}{\sum A'_i}=\frac{62\times10^3\times155-54\times10^3\times150}{62\times10^3-54\times10^3}\text{mm}$$

$$=188.8\text{mm}$$

两种解法结果完全相同。

答案：(C)。

解题指导：计算形心时参考坐标轴可以任意选取，但好的选择可以使计算更容易。本题的第二种解法称为负面积法，是计算截面几何性质时常用的方法。

5.5.2 简单截面的惯性矩与惯性积

(1) 惯性矩 设图5.5-2所示任意平面图形的面积为A，xOy为任意直角坐标系。则截面对x、y轴的惯性矩为

$$\left.\begin{aligned}I_x&=\int_A y^2\text{d}A\\I_y&=\int_A x^2\text{d}A\end{aligned}\right\}\quad(5.5\text{-}5)$$

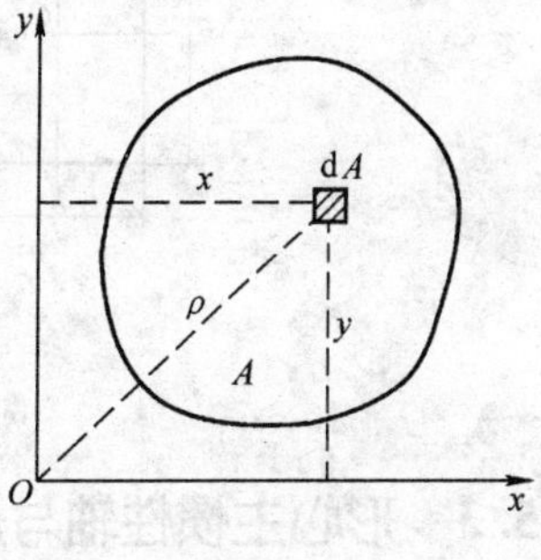

图5.5-2

惯性矩也可以写成该图形面积A与某一长度i的平方之积，即

$$I_x=Ai_x^2,\ I_y=Ai_y^2$$

式中i称为惯性半径

$$i_x=\sqrt{I_x/A},\ i_y=\sqrt{I_y/A}\quad(5.5\text{-}6)$$

(2) 极惯性矩 图5.5-2所示任意平面图形对坐标原点O点的极惯性矩为

$$I_p=\int_A\rho^2\text{d}A\quad(5.5\text{-}7)$$

将$\rho^2=x^2+y^2$代入式(5.5-7)，得

$$I_p=\int_A\rho^2\text{d}A=\int_A(x^2+y^2)\text{d}A=\int_A x^2\text{d}A+\int_A y^2\text{d}A$$

得

$$I_p=\int_A\rho^2\text{d}A=I_x+I_y\quad(5.5\text{-}8)$$

(3) 惯性积 图5.5-2所示任意平面图形对坐标轴x、y的惯性积为

$$I_{xy}=\int_A xy\text{d}A\quad(5.5\text{-}9)$$

（4）惯性矩、惯性积的性质

1）惯性矩、惯性积、极惯性矩的量纲均为长度的四次方。

2）截面的惯性矩是对某一坐标轴而言的，极惯性矩是对某一点（称为极点）而言的，惯性矩、极惯性矩恒为正值。惯性积是对某一对坐标轴而言的，其值可能为正，可能为负，也可能为零。

3）由式（5.5-8）知，截面对某一点的极惯性矩恒等于以该点为原点的任一对直角坐标轴的惯性矩之和。因此，尽管过任一点有无限多对正交轴，且惯性矩各不相同，但任一对正交轴的惯性矩之和为一常数值。

4）若一对坐标轴中有一轴为截面的对称轴，则截面对这对坐标轴的惯性积必为零；但截面对某一对坐标轴的惯性积为零，这对坐标轴却不一定是截面的对称轴。

（5）常用截面的惯性矩

图5.5-3所示矩形截面：
$$I_x = \frac{bh^3}{12} \tag{5.5-10}$$

圆形截面
$$I_x = \frac{\pi d^4}{64} \tag{5.5-11}$$

空心圆截面：
$$I_x = \frac{\pi}{64}(D^4 - d^4) = \frac{\pi D^4}{64}(1 - \alpha^4) \tag{5.5-12}$$

其中 $\alpha = d/D$。

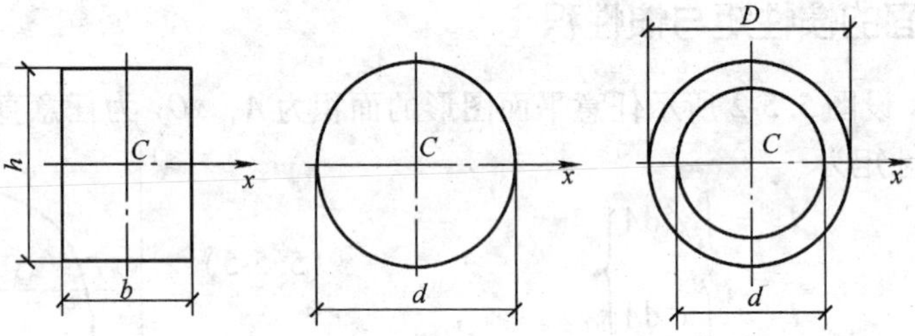

图5.5-3

5.5.3 形心主惯性轴与形心主惯性矩

主轴：若截面图形对任意一对正交坐标轴（x、y）的惯性积 $I_{xy}=0$，则该对坐标轴称为主惯性轴，简称主轴。若该对坐标轴通过截面形心，则称该对主轴为形心主轴。

通过任意截面的形心 C，至少存在一对形心主轴。

若截面有两根对称轴，此两轴即为形心主轴。若截面有一根对称轴，则该轴必为形心主轴，另一形心主轴为通过截面形心且与该轴垂直的轴。

若截面有三根（或以上）对称轴时，则通过形心的任一根轴均为形心主轴，且对任一根形心主轴的惯性矩均相等（如正方形截面等）。

主惯性矩：截面图形对主轴的惯性矩称为主惯性矩。

形心主惯性矩：截面图形对形心主轴的惯性矩称为形心主惯性矩。

截面图形对通过形心 C 点所有轴的惯性矩中，极值惯性矩是对主轴的惯性矩。即截面图形惯性矩的最大值（I_{max}）和最小值（I_{min}）是对一对主轴的两个惯性矩。

由于截面图形对通过形心 C 的任意一对直角坐标轴 x、y 的两个惯性矩之和为常数，有

$$I_x + I_y = I_{min} + I_{max} = I_p \tag{5.5-13}$$

【例5.5-2】 等边角钢截面如【例5.5-2】图所示，c 为截面形心，在过形心的两套坐标轴中，形心主轴是（ ）。

（A）$x'cy'$　　　（B）$x''cy''$

（C）均是　　　（D）均不是

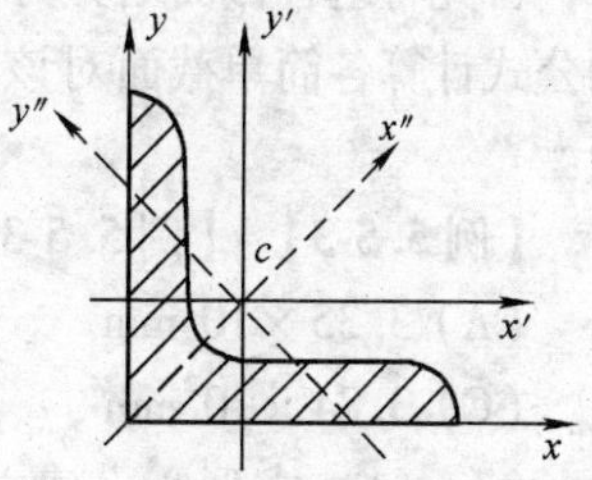

【例5.5-2】图

解： 对称轴一定是形心主轴，另一根主轴与之垂直。该截面有一根对称轴 x''，因此 x'' 轴和与之垂直的 y'' 轴是形心主轴，x' 和 y' 不是形心主轴。

答案：（B）。

5.5.4 组合截面的二次矩与平行移轴公式

（1）组合截面的二次矩　截面的惯性矩、极惯性矩和惯性积均是面积与坐标的二次方相乘，故统称二次矩。

由惯性矩、惯性积及极惯性矩的定义可知：

组合截面对任一轴的惯性矩等于各简单截面对该轴惯性矩之和，即

$$\left.\begin{aligned} I_z &= \sum_{i=1}^{n} (I_z)_i \\ I_y &= \sum_{i=1}^{n} (I_y)_i \end{aligned}\right\} \tag{5.5-14}$$

组合截面对任一对坐标轴的惯性积，等于各简单截面对该对坐标轴的惯性积之和，即

$$I_{zy} = \sum_{i=1}^{n} (I_{zy})_i \tag{5.5-15}$$

组合截面对任一点的极惯性矩，等于各简单截面对该点极惯性矩之和，即

$$I_p = \sum_{i=1}^{n} (I_p)_i \tag{5.5-16}$$

注意，利用式（5.5-14）、式（5.5-15）和式（5.5-16）求组合截面二次矩时，各简单截面二次矩必须是对同一轴的二次矩。

（2）平行移轴公式　如图5.5-4所示任意截面图形，面积为 A，形心为 C，x_o、y_o 为过形心的坐标轴，简称形心轴。截面对形心轴 x_o、y_o 的惯性矩、惯性积分别为 I_{xo}、I_{yo}、I_{xoyo}。设另一套坐标系的坐标轴 x、y 轴分别与形心轴 x_o、y_o 平行，相距分别为 a、b，截面对 x、y 轴的惯性矩、惯性积 I_x、I_y、I_{xy} 分别为

$$\left.\begin{aligned} I_x &= I_{xo} + Aa^2 \\ I_y &= I_{yo} + Ab^2 \end{aligned}\right\} \tag{5.5-17}$$

$$I_{xy} = I_{xoyo} + Aab \tag{5.5-18}$$

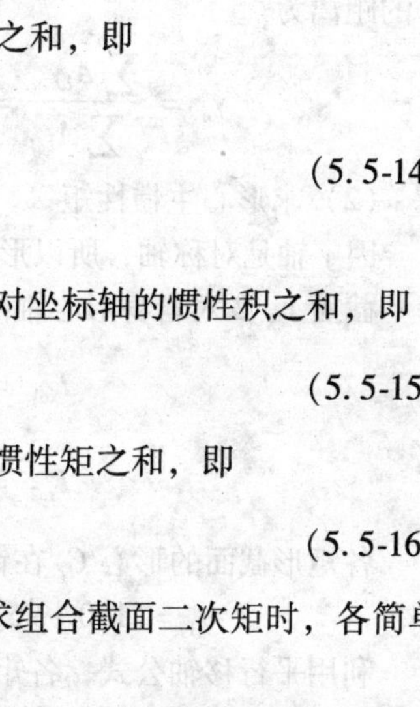

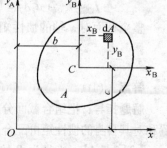

图5.5-4

式（5.5-17）为惯性矩的平行移轴公式，式（5.5-18）为截面惯性积的平行移轴公式。

由平行移轴公式可知，在所有相互平行的坐标轴中，图形对形心轴的惯性矩最小；但其惯性积不一定最小。

平行移轴公式是计算组合截面图形惯性矩的有效工具。计算组合截面对某一轴的惯性矩时，首先将组合截面划分为若干个简单截面（对自身形心轴的惯性矩已知），然后利用平行移轴公式计算各简单截面对该轴的惯性矩，最后将各简单截面惯性矩相加，得组合截面的惯性矩。

【例 5.5-3】【例 5.5-3】图所示图形对水平形心轴 x 的形心主惯性矩为（　　）。

(A) $3.35\times10^7\text{mm}^4$　　(B) $6.21\times10^7\text{mm}^4$

(C) $3.84\times10^7\text{mm}^4$　　(D) $10.01\times10^7\text{mm}^4$

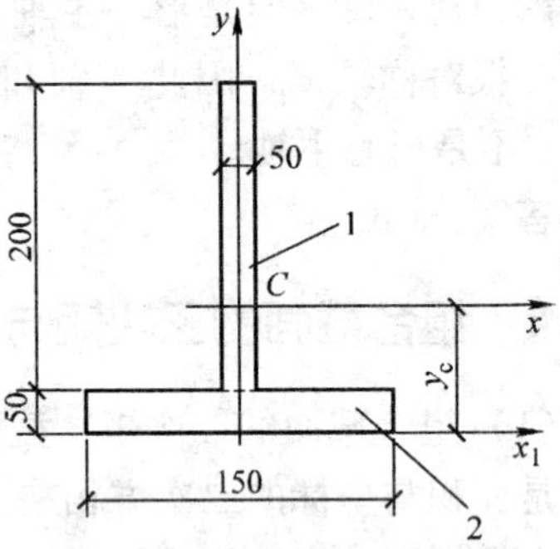

【例 5.5-3】图

解：(1) 求形心。建立参考坐标轴 x_1、y，形心显然在对称轴 y 上，只需求出截面形心 C 距参考轴 x_1 的距离 y_c。将该截面分解为两个矩形，各矩形截面的面积 A_i 及自身水平形心轴距参考轴 x_1 的距离 y_{ci} 分别为：

$A_{c1}=200\times50=10000\text{mm}^2$，$y_{c1}=150\text{mm}$；$A_{c2}=50\times150=7500\text{mm}^2$，$y_{c2}=25\text{mm}$。则形心轴 x 距距参考轴 x_1 的距离为

$$y_c=\frac{\sum A_i y_{ci}}{\sum A_i}=\frac{1\times10^4\times150+7.5\times10^3\times25}{1\times10^4+7.5\times10^3}\text{mm}=96.4\text{mm}$$

(2) 求形心主惯性矩

因 y 轴是对称轴，所以形心轴 x、y 必是形心主轴。

截面 1、2 对自身形心轴的惯性矩是

$$I_{xo1}=\frac{1}{12}\times50\times200^3=3.33\times10^7(\text{mm})^4$$

$$I_{xo2}=\frac{1}{12}\times150\times50^3=1.56\times10^5(\text{mm})^4$$

各矩形截面的形心 C_i 在铅直方向距整个截面的形心 C 分别为

$$a_1=(150-96.4)\text{mm}=53.6\text{mm},a_2=(96.4-25)\text{mm}=71.4\text{mm}$$

利用平行移轴公式，各矩形截面对形心轴 x 的惯性矩分别为

$$I_{x1}=I_{xo1}+a_1^2A_1=3.33\times10^7+(53.6)^2\times10^4=6.21\times10^7(\text{mm})^4$$

$$I_{x2}=I_{xo2}+a_2^2A_2=1.56\times10^5+(71.4)^2\times7.5\times10^3=3.84\times10^7(\text{mm})^4$$

整个截面对 x 轴的惯性矩为

$$I_x=\sum_{i=1}^{2}I_{xi}=10.01\times10^7\text{mm}^4$$

答案：(D)。

解题指导：把组合截面分解为几个简单截面，如矩形、圆形，利用这些简单截面的形心位置和对其自身的惯性矩再配合平行移轴公式，不用积分即可求出组合截面的形心、惯性矩。

【例 5.5-4】　半径为 R 的半圆形截面，如【例 5.5-4】图所示，形心 C 水平与直径轴 x_1 的距离为 $y_C=\dfrac{4R}{3\pi}$，半圆截面对形心轴 x_C 的惯性矩 I_{xC} 为（　　）。

(A) $\frac{\pi R^4}{8}+\left(\frac{4R}{3\pi}\right)^2\times\frac{\pi R^2}{2}$　　(B) $\frac{\pi R^4}{8}-\left(\frac{4R}{3\pi}\right)^2\times\frac{\pi R^2}{2}$

(C) $\frac{\pi R^4}{4}$　　(D) $\frac{\pi R^4}{8}$

解：由平行移轴公式可知

$$I_{x1}=I_{xC}+y_C^2A$$

所以　$I_{xC}=I_{x_1}-y_C^2A$　　(a)

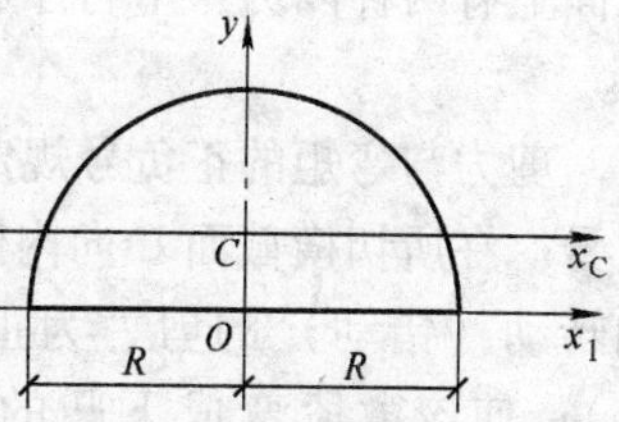

【例 5.5-4】图

已知半径为 R 的整圆对直径的惯性矩为 $I=\frac{\pi R^4}{4}$，则半圆对直径轴 x_1 的惯性矩为整圆的一半，即

$$I_{x1}=\frac{\pi R^4}{8} \quad (b)$$

将式（b）及已知值带入式（a），得

$$I_{xC}=\frac{\pi R^4}{8}-\left(\frac{4R}{3\pi}\right)^2\times\frac{\pi R^2}{2}=\frac{\pi R^4}{8}-\frac{16R^2}{9\pi^2}\times\frac{\pi R^2}{2}=\frac{\pi R^4}{8}-\frac{8R^4}{9\pi}$$

答案：(B)。

解题指导：此题是由截面对任意轴的惯性矩 I_{x1} 反求截面对形心轴的惯性矩 I_{xC}，在利用平行移轴公式时应注意公式中三项的加减关系。

5.6 弯曲内力

5.6.1 平面弯曲的概念

受力特征：外力作用平面与杆件的形心主惯性平面重合或平行，横向外力作用线通过横截面的弯曲中心。

变形特征：杆件的轴线由直线变为形心主惯性平面内的一条平面曲线。

若梁有一个纵对称面。所有外力都作用在该对称面内时，梁的弯曲变形一定是平面弯曲。

以弯曲变形为主要变形的杆件通常称为梁。

梁上荷载主要有集中力、分布力、集中力偶和分布力偶。

根据梁的支座约束情况，静定梁可分为简支梁、悬臂梁和外伸梁三种。一端为固定铰链、另一端为活动铰链的梁称为简支梁，如图 5.6-1；梁的一端或两端外伸到铰链支座之外的梁称为外伸梁，如【例 5.6-2】图；一端固定、另一端自由的梁称为悬臂梁，如【例 5.6-1】图。

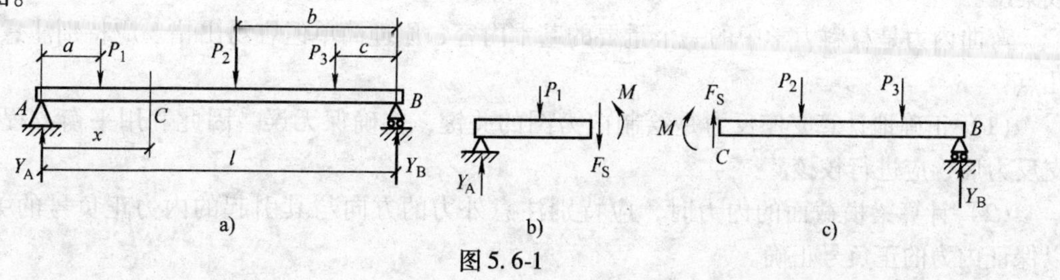

图 5.6-1

5.6.2　弯曲内力及内力图

（1）弯曲内力　利用截面法，在图5.6-1所示梁的任意截面C处将梁截开，可知在该横截面上有两种内力：平行于横截面的剪力F_S和使梁弯曲的弯矩M。

剪力与弯矩的正负号规定：以内力对梁的变形效应确定其正负号。在所切横截面C向内侧截取微段，凡使该微段沿顺时针方向转动（错动）的剪力为正（图5.6-2a），反之为负（图5.6-2b）；使该微段弯成下凸的弯矩为正（图5.6-2c），反之为负（图5.6-2d）。按此规定，图5.6-1所示梁C截面的剪力和弯矩均为正，而且无论研究C截面以左部分还是以右部分所得的内力值和正负号均一样。

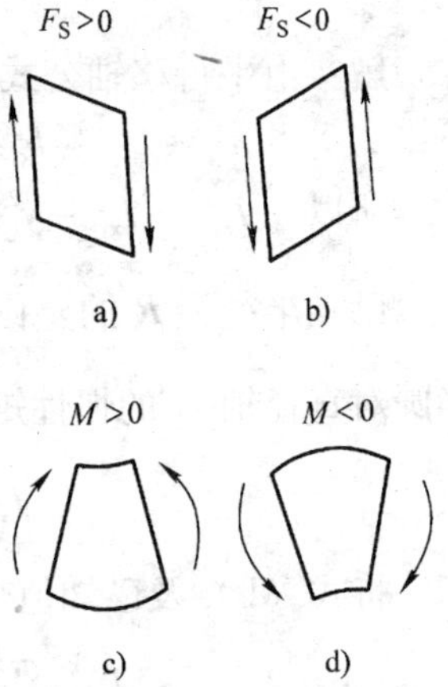

图5.6-2

（2）剪力方程与弯矩方程　利用截面法，将梁从x截面截为两段，如图5.6-1，任取一段梁为研究对象，利用平衡方程即可确定梁x截面的内力。梁横截面上的剪力和弯矩一般是截面位置x的函数，分别称为剪力方程和弯矩方程：

$$F_S = F_S(x) \qquad M = M(x)$$

横截面上的剪力F_S，在数值上等于截开后该截面左侧或右侧梁上全部横向外力的代数和。截面左侧梁的向上横向力（或截面右侧梁的向下横向力）均取正值，反之取负值。

横截面上的弯矩M，在数值上等于截开后该截面左侧或右侧梁上全部外力对该截面形心之矩的代数和。无论位于截面左侧或右侧，向上的横向力均产生正弯矩，反之为负弯矩；截面左侧梁上的顺时针外力偶或右侧梁上的逆时针外力偶均产生正弯矩，反之为负弯矩。

（3）剪力图与弯矩图　表示剪力和弯矩沿梁轴线变化的图形称为剪力图和弯矩图。作图时，以横坐标x表示梁横截面位置，以纵坐标表示内力值。正值向上。

5.6.3　分布荷载集度q与剪力F_S、弯矩M之间的微分关系

坐标轴x的原点在梁的左端，向右为正，分布荷载集度q以向上为正，则分布荷载集度q与剪力F_S、弯矩M之间有如下微分关系：

$$\frac{dF_S(x)}{dx} = q(x) \qquad \frac{dM(x)}{dx} = F_S(x) \qquad \frac{d^2M(x)}{dx^2} = q(x) \tag{5.6-1}$$

式（5.6-1）表明：剪力图某点处的切线斜率，等于相应截面的荷载集度；弯矩图某点处的切线斜率，等于相应截面的剪力；而弯矩图某点处的二阶导数，则等于相应截面处的荷载集度。

弯曲内力是材料力学中的一个重要的基本内容，原理简单但容易出错。应特别注意以下几点：

（1）正确地计算支座反力是绘制内力图的关键，应确保无误。因此利用平衡方程求出支反力后，应进行校核。

（2）计算梁横截面的内力时，应特别注意外力的方向与其引起的内力正负号的关系，以保证内力的正负号正确。

（3）梁上荷载不连续时，剪力和弯矩方程需分段列出。各段方程的 x 坐标原点和方向可以相同，为了计算方便也可以不同。

（4）作出梁的内力图后应利用 q、F_S、M 之间的微分关系进行校核，以确保正确。

应记住下面根据剪力 F_S、弯矩 M 与荷载集度 q 之间的微分关系得到的下述结论：

1）在 $q=0$ 的区段，剪力图为水平直线，弯矩图为斜直线；当 $F_S>0$，弯矩图/（上升），$F_S<0$，弯矩图 \（下降）。

2）在 $q=c$（常数）的区段，剪力图为斜直线，弯矩图为抛物线。

当 q（↑）>0，剪力图/，弯矩图⌒；当 q（↓）<0，剪力图 \，弯矩图◡。

3）在 $F_S=0$ 的点处，弯矩图有极值；在 F_S 突变处，弯矩图有一个折角。

（5）剪力图、弯矩图的一般规律。

1）在集中力作用处，剪力 F_S 图有突变，突变量等于集中力的值，突变方向与集中力作用方向一致。弯矩 M 图斜率有突变，出现折角。

2）在集中力偶作用处，剪力 F_S 图无变化。弯矩 M 图有突变，突变量等于该集中力偶矩值。

3）在分布力的起点和终点，剪力图有拐点；弯矩图光滑连续。

4）当梁的简支端或自由端无集中力偶时，弯矩为零。

5）梁的最大弯矩通常发生在剪力 $F_S=0$ 处或集中力、集中力偶作用点处。

6）对称结构承受对称荷载作用时，剪力图反对称，弯矩图对称。对称结构承受反对称荷载时，剪力图对称，弯矩图反对称。

7）平面刚架的弯矩不分正负号，但应将弯矩画在杆件受压的一侧，此规定与水平直梁正弯矩画在轴线上方的规定完全一致。

【例5.6-1】【例5.6-1】图所示梁正确的剪力图和弯矩图是（　　）。

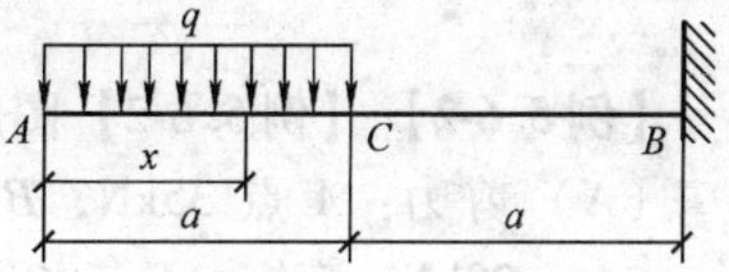

【例5.6-1】图

解：（1）分两段列 F_S、M 方程：

AC 段

$F_S(x)=-qx(0\leqslant x\leqslant a)$

$M(x)=-\dfrac{1}{2}qx^2(0\leqslant x\leqslant a)$

CB 段

$Q(x)=-qa(a\leqslant x<2a)$

$M(x)=-qa\left(x-\dfrac{a}{2}\right)(a\leqslant x<2a)$

（2）作图

AC 段剪力：剪力方程是 x 的一次函数，剪力图是斜直线，由两点即可确定该直线。当 $x=0$，$F_{SA}=0$；当 $x=a$，得 $F_{SC}=-qa$。

BC 段剪力：剪力图是水平线，由于 C 点无集中力作用，C 点剪力连续，$F_S=F_{SC}=-qa$。

AC 段弯矩：弯矩方程是 x 的二次函数，由 $q=c<0$，q 与弯矩的关系知，弯矩图是上凸抛物线。当 $x=0$，$M_A=0$；当 $x=a$，得 $M_C=-\dfrac{1}{2}qa^2$。

BC 段弯矩：弯矩方程是 x 的一次函数，弯矩图是斜直线。因梁上没有集中力偶，弯矩图在 *C* 点应连续，$x=2a$ 时，$M_B=-\frac{3}{2}qa^2$。作出的剪力图和弯矩图如选择答案（C）所示。

答案：C。

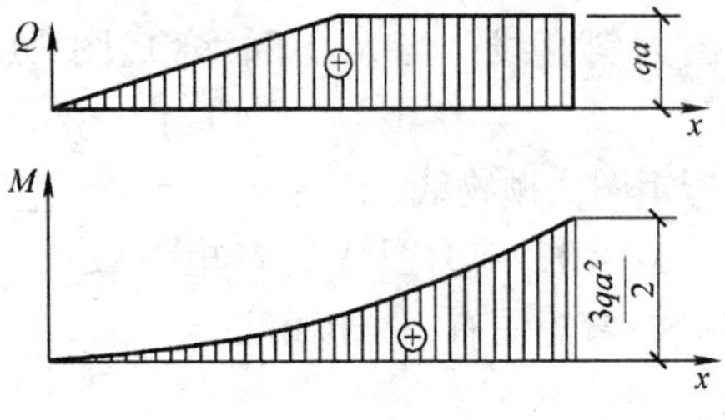

(A)

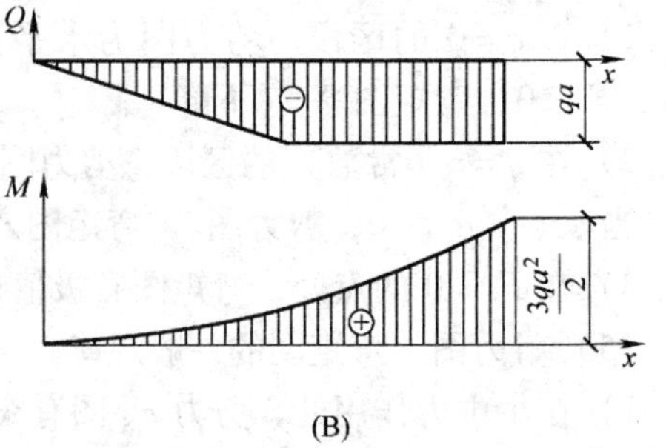

(B)

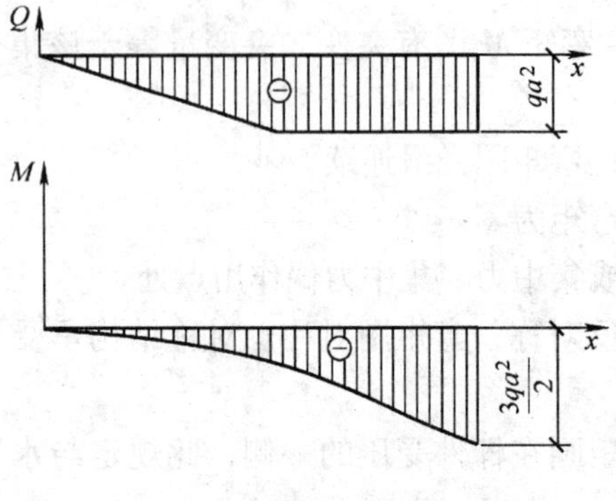

(C)

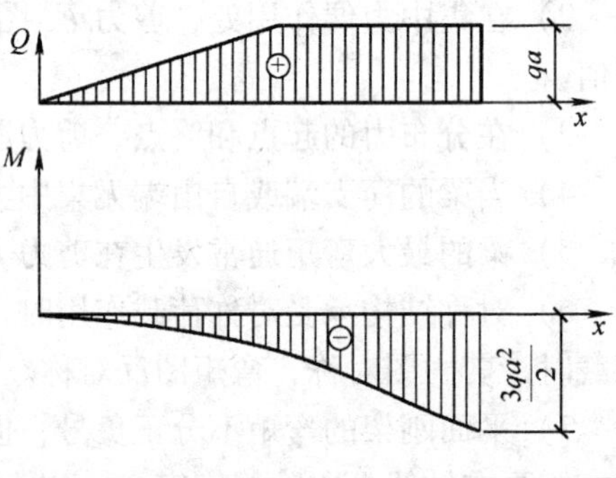

(D)

【例 5.6-2】【例 5.6-2】图所示梁的剪力和弯矩的突变点和突变量是（　　）。

（A）剪力：*A* 点 35kN，*B* 点 25kN，*C* 点 20kN，弯矩：*A* 点 40kN · m

（B）剪力：*A* 点 35kN，*C* 点 20kN，弯矩：*A* 点 40kN，*C* 点 20kN · m

（C）剪力：*B* 点 25kN，*C* 点 20kN　弯矩：*A* 点 40kN

（D）剪力：*A* 点 35kN　弯矩：*A* 点 40kN

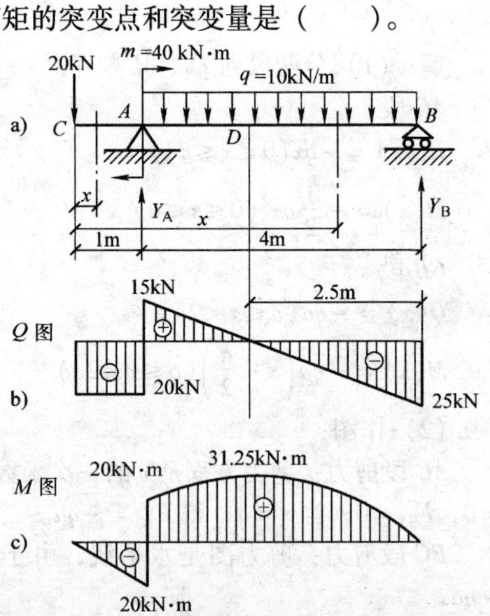

【例 5.6-2】图

解：（1）利用平衡条件求出 *A*、*B* 支座的支反力 Y_A 和 Y_B。

$$\Sigma m_A=0,\ 20\times1-40+Y_B\times4-10\times4\times2=0$$
$$Y_B=25\text{kN}$$
$$\Sigma m_B=0,\ 20\times5-Y_A\times4+10\times4\times2-40=0$$
$$Y_A=35\text{kN}$$

校核：$\Sigma Y=Y_A+Y_B-20-10\times4=35+25-20-40=0$，证明上面所求约束反力正确。

（2）列 *CA* 段 F_S、*M* 方程：以 *C* 端为原点建立 x 坐标，取 *CA* 段任意截面 x 左侧为研究对象，x 截面的内力为：

$$F_{S1} = -20 \quad (0 < x < 1\text{m}) \tag{a}$$

$$M_1 = -20x \quad (0 \leqslant x < 1\text{m}) \tag{b}$$

（3）列 AB 段 F_S、M 方程：取 x 截面右侧为对象，该截面的内力为

$$F_{S2} = -Y_B + 10(5-x) = -25 + 10(5-x), \quad (1 < x < 5) \tag{c}$$

$$M_2 = Y_B(5-x) - 10(5-x)(5-x)/2 = 25(5-x) - 5(5-x)^2, \quad (1 < x \leqslant 5) \tag{d}$$

利用（a）、（b）和（c）、（d）式可绘出 CA 和 AB 段的 F_S、M 图（题5.6-2b，c图）。

（4）检查 F_S、M 图的正确性

1）利用集中力、集中力偶作用处的突变关系。

梁上 C、A、B 三处分别有集中力20kN（↓）、35kN（↑）、25kN（↑），因而由左向右经过上述各截面时，剪力图分别突变20kN（↓）、35kN（↑）、25kN（↑），因 C、B 在梁的两端，上述突变表现为 C 右截面剪力为 -20kN，B 左截面剪力为 -25kN。

梁上 A 处有顺时针集中力偶40kN·m，因而 A 处左截面至右截面的弯矩突变 +40kN·m。

2）利用微分关系

全梁的内力图分为 CA 段和 AB 段。对于 CA 段，分布荷载集度 $q=0$，剪力图为水平直线，弯矩图为斜直线。对于 AB 段，$q=-10\text{kN/m}$，剪力图为斜直线，并在 A 右1.5m处（D 截面）剪力为零。弯矩图为下凸的二次抛物线，并在 D 截面有极大值。

答案：（A）。

【例5.6-3】 具有中间铰链梁（【例5.6-3】图a）C 截面弯矩值是（ ）。

（A）$-ql^2/2$　　（B）$-ql^2$　　（C）$ql^2/2$　　（D）$-3ql^2/2$

解：（1）求支反力：在中间铰链 B 处将梁拆开成两部分，两部分在铰链 B 的相互作用力以 F_B 代替，如题5.6-3b图所示。显然，拆开后连续梁可以看成一个受集中力偶的简支梁和一个梁上承受均布力、自由端受集中力 F_B 的悬臂梁。

由简支梁 AB 很容易求出 F_B

$$F_B = F_A = \frac{ql}{2}$$

（2）分别作简支梁 AB 和悬臂梁 BC 的弯矩图，如【例5.6-3】图c。C 截面弯矩

$$M_C = -\frac{1}{2}ql^2 - F_B l = -ql^2$$

弯矩最大值 $|M|_{max} = ql^2$。注意两个梁的弯矩图应合并画在同一条水平轴线上，如【例5.6-3】图c所示。

答案：（B）。

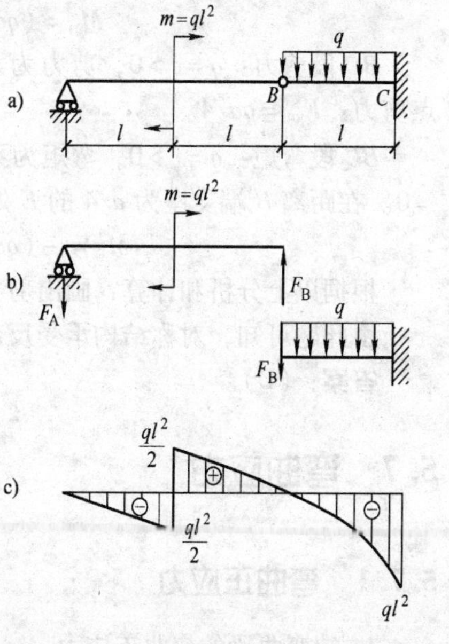

【例5.6-3】图

解题指导：（1）求解有中间铰链的连续梁问题，一般需从中间铰接处拆开。拆开后能独立存在的部分称为主梁，如图中的 BC 梁；不能独立存在的部分称为辅梁，如图中的 AB 梁。先从辅梁上

解出铰链处的约束力，再把此约束力当作外荷载加到主梁上，这样就变成了两个简单梁，作这两个简单梁的内力图并连接到一起，即为有中间铰链梁的内力图。

（2）由于中间铰链 B 不能约束两杆的相对转动，铰链 B 只能传递力不能传递力偶，所以只要铰链连接处没有集中力偶，其弯矩一定为零。

【例 5.6-4】【例 5.6-4】图所示梁的荷载是反对称的，则剪力图和弯矩图的对称性是（　　）。

（A）剪力和弯矩均反对称

（B）剪力和弯矩均对称

（C）剪力反对称，弯矩对称

（D）剪力对称，弯矩反对称

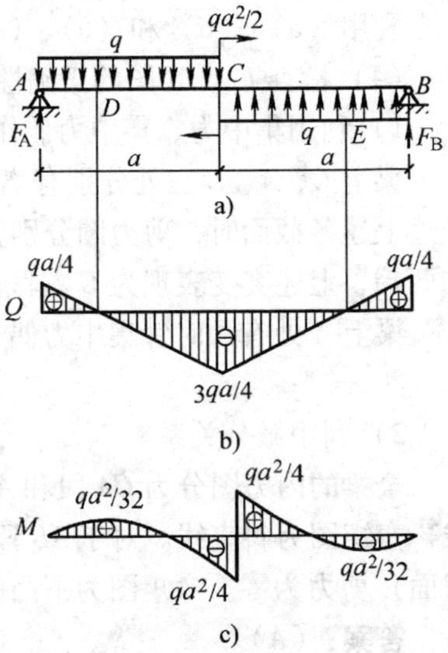

【例 5.6-4】图

解：经计算得到支座反力

$$F_A = F_B = qa/4$$

下面利用剪力、弯矩与荷载集度的关系作的剪力图和弯矩图。

AC 段剪力：$q = c < 0$，剪力为下降的斜直线，A 点剪力：$F_{SA} = qa/4$；C 点剪力：因 C 点无集中力，剪力在 C 点连续：$F_{SC} = -3qa/4$。

AC 段弯矩：$q = c < 0$，弯矩为上凸抛物线，A 点弯矩：$M_A = 0$；因 C 点有集中力偶，弯矩在 C 点不连续，C 点偏左弯矩：$M_{C左} = -qa^2/4$。

在距离 A 端支座为 $a/4$ 的 D 处，剪力等于零，弯矩在此截面应有极值：

$$M_D = (qa/4) \times (a/4) \times (1/2) = qa^2/32$$

BC 段剪力：$q = c > 0$，剪力为上升的斜直线，C 点剪力前面已求出：$F_{SC} = -3qa/4$；B 点剪力：$F_{SB} = qa/4$。

BC 段弯矩：$q = c > 0$，弯矩为下凸抛物线，C 点偏右弯矩：$M_{C右} = qa^2/4$，B 点弯矩：$M_B = 0$。在距离 B 端支座为 $a/4$ 的 E 处，剪力等于零，弯矩应有极值：

$$M_E = -(qa/4) \times (a/4) \times (1/2) = -qa^2/32$$

根据以上分析和计算，画出剪力、弯矩图如例【5.6-4】图 b、c 所示。

由此题可知，对称结构承受反对称荷载时，剪力图是对称的，弯矩图是反对称的。

答案：（D）。

5.7 弯曲应力

5.7.1 弯曲正应力

1. 纯弯曲梁的弯曲正应力

（1）纯弯曲　若某一段梁的横截面上剪力 F_S 等于零，只有弯矩 M 不为零，称此段梁为纯弯曲梁。梁的纯弯曲段弯矩为常数。

（2）平面假设 梁的横截面在弯曲变形后仍保持平面，并垂直于变形后的梁轴线。

（3）中性层 将梁看成由一束纵向纤维构成。弯曲变形后，纵向纤维弯成曲线，靠近下缘的纤维伸长，靠近上缘的纤维缩短。由于变形后的横截面仍保持平面（平面假设），因此必有一层纤维既不伸长也不缩短，此层称为中性层。中性层与横截面的交线称为中性轴。

若梁的变形是弹性平面弯曲，则中性轴通过横截面形心，且垂直于弯矩作用平面，如图5.7-1。

在横截面建立坐标系，以中性轴为 z 轴，y 轴向下为正。

如图5.7-2，纯弯曲时梁的纵向纤维由直线弯成圆弧，相距为 $\mathrm{d}x$ 的两相邻截面 mn 和 pq 发生相对转动，由平行变为夹角 $\mathrm{d}\theta$。两截面延长交于 O 处，中性层的曲率半径以 ρ 表示，O 即为曲率中心。则距离中性层为 y 处的纵向线应变为

$$\varepsilon = \frac{(\rho + y)\mathrm{d}\theta - \rho\mathrm{d}\theta}{\rho\mathrm{d}\theta} = \frac{y}{\rho} \tag{5.7-1}$$

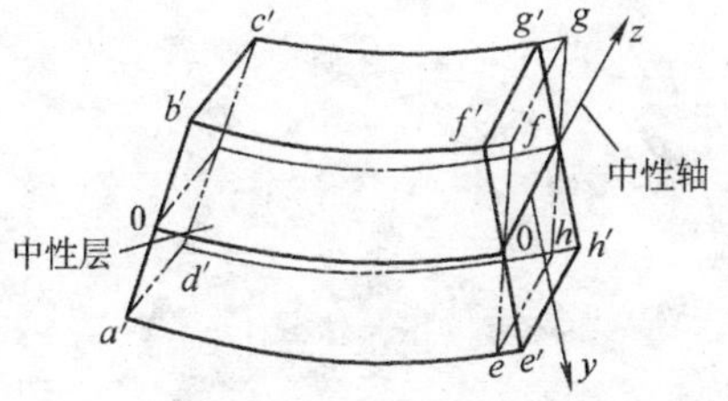

图5.7-1

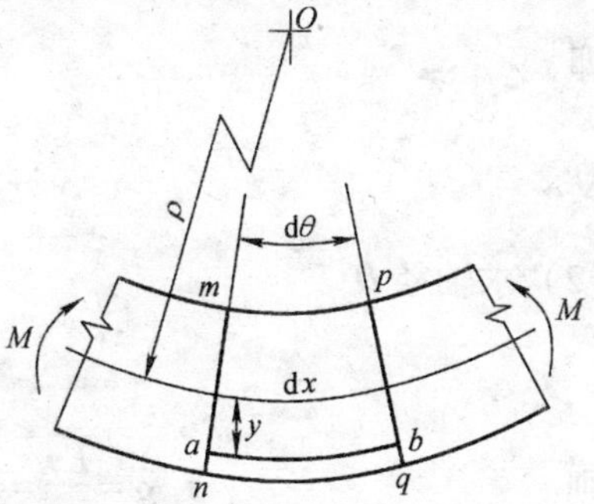

图5.7-2

线应变是坐标 y 的线性函数，沿截面高度线性变化。中性轴上各点处的线应变均为零。

利用胡克定律和静力平衡关系，得到中性层曲率与弯矩关系

$$\frac{1}{\rho} = \frac{M}{EI_z} \tag{5.7-2}$$

和弯曲正应力公式

$$\sigma = \frac{My}{I_z} \tag{5.7-3}$$

式中，I_z 为截面对 z 轴的惯性矩，乘积 EI_z 称为梁的抗弯刚度。

正应力沿截面高度线性变化，中性轴上各点处的正应力均为零，如图5.7-3所示。

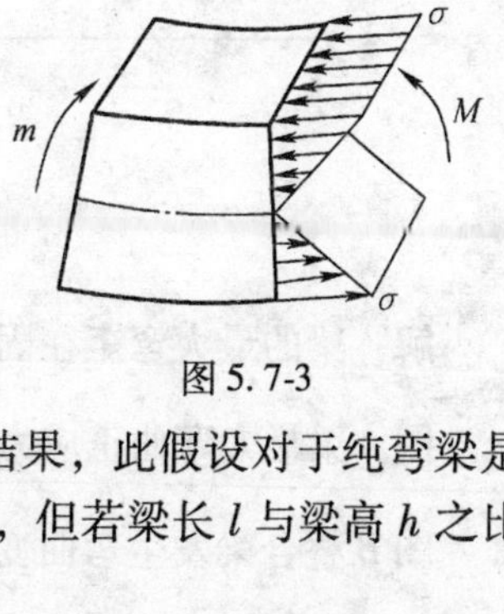

图5.7-3

2. 横力弯曲梁的弯曲正应力

横力弯曲 梁的横截面上同时有弯矩 M 和剪力 F_S，称为横力弯曲。

式（5.7-1～3）是在平面假设（平面假设：横截面变形后仍保持平面，且与变形后的轴线正交）前题下对纯弯梁推导的结果，此假设对于纯弯梁是正确的。横力弯曲梁变形后横截面发生翘曲，不再满足平面假设，但若梁长 l 与梁高 h 之比

$l/h \geqslant 5$ 时，仍可使用式（5.7-3）计算横力弯曲的正应力，因为由此产生的误差不大于 2%，满足工程精度要求。纯弯曲正应力计算公式也可以近似应用到小曲率杆的弯曲中。

【例 5.7-1】 将一根直径 $d=1\text{mm}$ 的直钢丝绕于直径为 D 的卷筒上（【例 5.7-1】图），已知钢丝的弹性模量 $E=200\text{GPa}$，材料的屈服极限 $\sigma_s=200\text{MPa}$。钢丝不产生塑性变形的卷筒最小轴径 D 是（　　）。

（A）0.002mm　　（B）500mm

（C）1000mm　　（D）2000mm

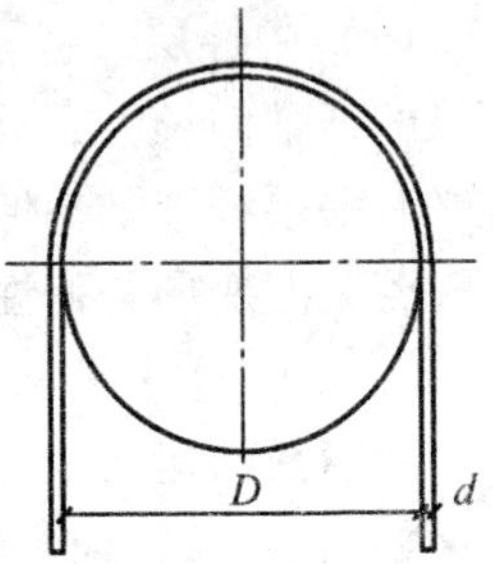

【例 5.7-1】图

解：（1）最大弯曲正应力

由式（5.7-2），曲率与弯矩间的关系 $\dfrac{1}{\rho}=\dfrac{M}{EI_z}$

即
$$M=\frac{EI_z}{\rho}$$

又
$$\sigma_{max}=\frac{M}{W_z}=\frac{EI_z y}{\rho I_z}=\frac{Ey}{\rho}$$

（2）求轴径 D

$$\sigma_{max}=\frac{Ey}{\rho}=\sigma_s,$$

则
$$\rho=\frac{Ey}{\sigma_s}=\frac{200000\times0.5}{200}\text{mm}=500\text{mm}$$

因钢丝的直径 d 远小于卷筒的直径径 D，因此钢丝的曲率半径可以近似为

$\rho=\dfrac{D}{2}+\dfrac{d}{2}\approx\dfrac{D}{2}$，得轴径 $D=1000\text{mm}$。

答案：（C）。

【例 5.7-2】 材料相同的两矩形截面梁如【例 5.7-2】图所示，其中图 b 中梁是用两根高为 $0.5h$、宽为 b 的矩形截面梁叠合而成，设弯曲时两梁的挠曲线相同且相互间磨擦不计，则图 a 中梁的最大正应力是图 b 中梁的（　　）。

（A）相同　　（B）2 倍　　（C）1/2　　（D）1/4

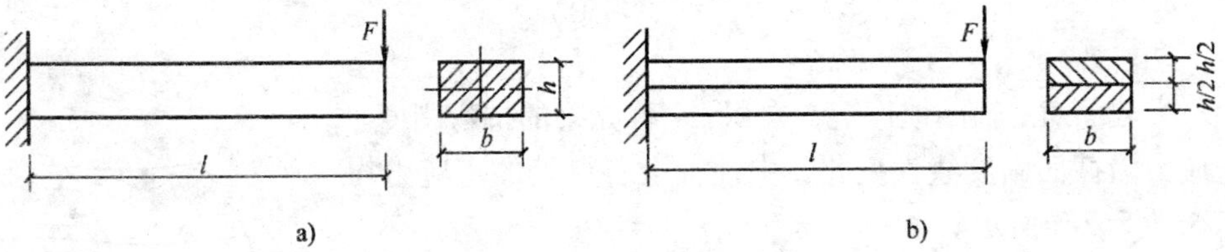

【例 5.7-2】图

解：梁的最大弯矩在固定端处，$M_{max}=Fl$，因此危险截面在固定端处。

图 a 梁最大弯曲正应力　　$\sigma_{max1}=\dfrac{M}{W_z}=\dfrac{6Fl}{bh^2}$

图 b 叠合梁发生弯曲变形时，每个梁各自独立。设两根梁的弯曲变形相同，每根梁各承担总弯矩的一半，则最大弯曲正应力　$\sigma_{max2}=\frac{M/2}{W_z}=\frac{3Fl}{b\left(\frac{h}{2}\right)^2}=\frac{12Fl}{bh^2}$

a、b 梁的应力之比　$\frac{\sigma_{max1}}{\sigma_{max2}}=\frac{6Fl}{12Fl}=\frac{1}{2}$

答案：(C)。

5.7.2　弯曲切应力

矩形截面梁的弯曲切应力

设横截面上各点处的切应力均平行于剪力或截面侧边，并沿横截面宽度均匀分布。距中性轴为 y 处的弯曲切应力公式

$$\tau=\frac{F_S S_z^*}{I_z b} \tag{5.7-4}$$

式中，F_S 为横截面上的剪力；I_z 为整个横截面对中性轴 z 的惯性矩；S_z 为距中性轴 y 以下部分截面（图 5.7-4a 阴影部分面积）对中性轴 z 的静矩（也可以取 y 以上部分截面，所得结果与上相同）；b 为 y 处横线截面的宽度。

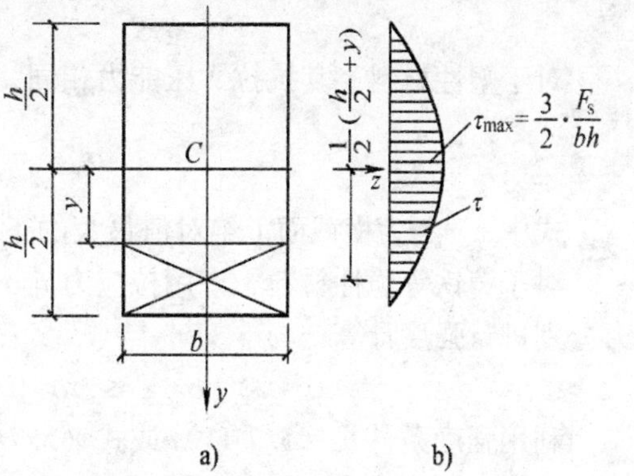

图 5.7-4

切应力分布沿截面高度呈抛物线分布。最大切应力在中性轴处，其值为

$$\tau_{max}=\frac{3F_S}{2A} \tag{5.7-5}$$

式中，$A=bh$，为横截面的面积。即矩形截面最大切应力是平均切应力 F_S/A 的 1.5 倍。

5.7.3　弯曲强度条件

1. 弯曲正应力强度条件

横截面上离中性轴 z 最远（$y=y_{max}$）的各点处，有最大弯曲正应力

$$\sigma_{max}=\frac{My_{max}}{I_z}=\frac{M}{I_z/y_{max}}=\frac{M}{W_z} \tag{5.7-6}$$

式中

$$W_z=\frac{I_z}{y_{max}} \tag{5.7-7}$$

W_z 称为抗弯截面系数。

矩形截面抗弯截面系数

$$W_z=\frac{bh^2}{6} \tag{5.7-8}$$

圆形截面抗弯截面系数

$$W_z=\frac{\pi d^3}{32} \tag{5.7-9}$$

空心圆截面抗弯截面系数

$$W_z=\frac{\pi D^3}{32}(1-\alpha^4) \tag{5.7-10}$$

式中 $\alpha=\dfrac{d}{D}$。

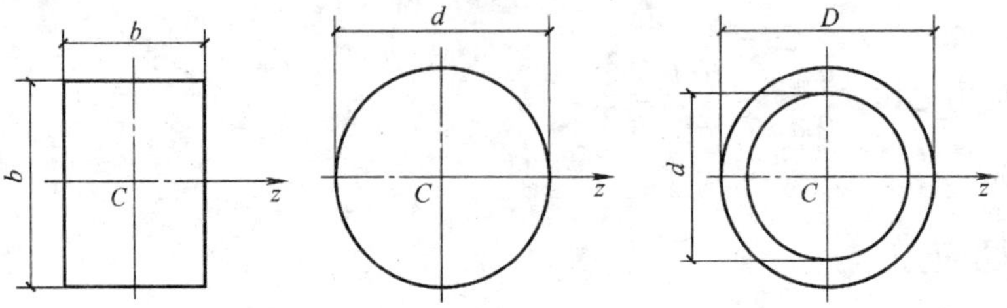

图 5.7-5

对于塑性材料，其抗拉、压能力相同，弯曲正应力强度条件为

$$\sigma_{max}=\frac{M_{max}}{W_z}\leqslant[\sigma] \tag{5.7-11}$$

式中，σ_{max}为横截面上绝对值最大的正应力，$[\sigma]$ 为许用应力。

对于铸铁等脆性材料，许用拉应力 $[\sigma_t]$ 小于许用压应力 $[\sigma_c]$，则应按拉伸与压缩应力分别进行强度计算

$$\sigma_{tmax}\leqslant[\sigma_t] \qquad \sigma_{cmax}\leqslant[\sigma_c] \tag{5.7-12}$$

利用强度条件式（5.7-11）或式（5.7-12）可以解决以下三类问题：

1）强度校核 $\sigma_{max}=\dfrac{M_{max}}{W_z}\leqslant[\sigma]$

2）设计截面尺寸 $W_z\geqslant\dfrac{M_{max}}{[\sigma]}$

3）确定许用荷载 $M_{max}\leqslant[\sigma]W_z$

2. 弯曲切应力强度条件

对于等截面直梁，切应力强度条件为

$$\tau_{max}=\frac{F_{Smax}S^*_{zmax}}{I_z b}\leqslant[\tau] \tag{5.7-13}$$

式中，F_{smax}为梁横截面最大剪力；弯曲最大切应力通常发生在中性轴处，因此，S^*_{zmax}为中性轴一侧的横截面面积对中性轴的静矩；b 为中性轴处截面宽度；I_z 为整个横截面对中性轴的惯性矩。

利用切应力的强度条件，同样可以处理强度校核、截面设计及确定许用荷载等三类问题。

通常在进行弯曲强度计算时，应先画出梁的剪力图和弯矩图，在弯矩（绝对值）最大的截面校核弯曲正应力强度，在剪力（绝对值）最大截面校核弯曲切应力强度。

对铸铁类脆性材料进行弯曲强度计算时，应注意到其抗拉压强度不同，找出全梁的最大拉应力和压应力，然后再分别进行拉、压强度校核。

【例 5.7-3】 悬臂梁由三块木板胶合在一起，形成一个整体。木板的截面尺寸为：$b=100$mm，$a=50$mm。已知木材的$[\sigma]=10$MPa，$[\tau]=1$MPa，胶合面的$[\tau_j]=0.34$MPa。决定许用荷载$[F]$的因素是（ ）。

（A）最大弯曲正应力　　（B）最大切应力

（C）胶合面的切应力　　（D）共同决定

解：（1）由梁的弯曲正应力强度确定的许用荷载 F_1

$$\sigma_{\max} = \frac{M_{\max}}{W_z} = \frac{6F_1 l}{b(3a)^2} \leqslant [\sigma]$$

$$F_1 \leqslant \frac{b(3a)^2[\sigma]}{6l} = \frac{100\times150^2\times10}{6\times1000}\text{N} = 3.75\text{kN}$$

（2）由梁的剪切强度确定的许用荷载 F_2

$$\tau_{\max} = \frac{3F_2}{2b(3a)} \leqslant [\tau],$$

$$F_2 \leqslant \frac{2b(3a)[\tau]}{3} = 2\times100\times50\times1\text{N} = 10\text{kN}$$

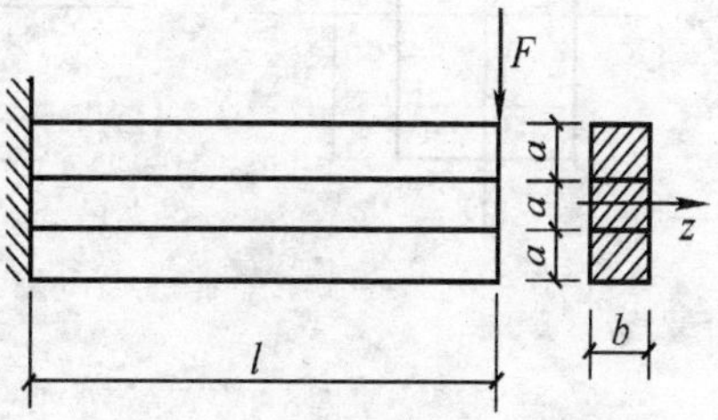

【例 5.7-3】图

（3）由胶合面剪切强度确定的许用荷载 F_3

$$\tau_j = \frac{F_S S_z^*}{I_z b} = \frac{F_3 S_z^*}{I_z b} \leqslant [\tau_j],\ F_3 \leqslant \frac{[\tau_j] I_z b}{S_z^*}$$

$$S_z^* = 100\times50\times50\text{mm}^3 = 2.5\times10^5\text{mm}^3$$

$$F_3 \leqslant \frac{0.34\times100^2\times150^3}{12\times2.5\times10^5}\text{N} = 3.83\text{kN}$$

在三个荷载中选择最小的，得该梁的许用荷载 $[F] = 3.75\text{kN}$。

答案：(A)。

补充说明：本题梁的胶合层如发生破坏，则杆的弯曲特性随之改变，抗弯强度将会显著降低。设三个梁接触面间摩擦力为零，每个梁可以自由弯曲，且弯曲曲率完全一样。这时，可近似认为每个梁上承担的外力等于 $F/3$，则每一梁的最大正应力等于

$$\sigma_{\max} = \frac{M_{\max}}{W_z} = \frac{(F/3)l}{b(h/3)^2/6} = \frac{6Fl}{bh^2}\cdot 3$$

最大正应力增加了三倍。

5.7.4 提高梁强度的措施

1. 设计合理截面

一般梁的横截面上同时存在正应力和切应力，梁的强度通常由正应力控制，故下面依据正应力强度条件讨论梁的合理截面。

由式（5.7-11）可知，比较理想的截面形状是使用较少的截面面积却有较大的抗弯截面系数。以宽为 b，高为 h 的矩形截面为例（图 5.7-6a），由式（5.7-8）可写出：$W_z = bh^2/6 = Ah/6$，式中 A 为横截面面积。面积一定时，W_z 与截面高度成正比，所以应该尽可能增加截面的高度。当然高度增加也有限度，如果过度强调了高度，致使宽度过窄，梁可能发生侧向倾斜而失稳。由于横截面上各点处的正应力与该点距中性轴的距离成正比，当截面上最外边缘点的应力达到许用应力时，中性轴附近的正应力仍很小，这部分材料仍未能充分发挥其作用，因此，应将材料尽量布置在远离中性轴处，如工字型截面（图 5.7-6b）、空心截面（图 5.7-6c）和 T 型截面（图 5.7-6d）等。

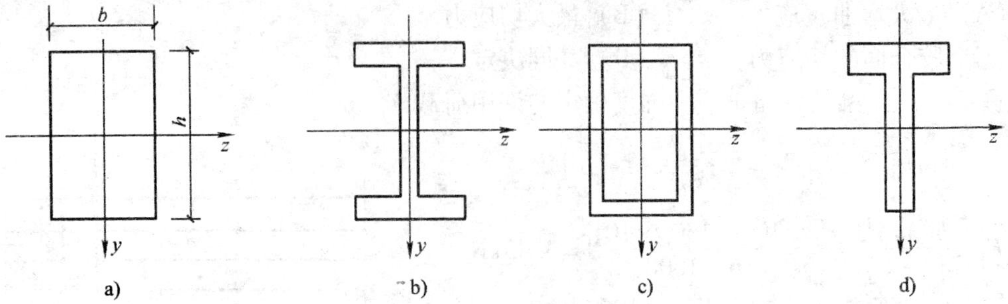

图 5.7-6

在确定梁的截面形状和尺寸时，除考虑正应力外，也应考虑弯曲切应力强度条件，如设计工字型、盒型等薄壁截面梁时，应保证腹板有一定的厚度。另外，对于抗压强度高于抗拉强度的脆性材料，最好采用中性轴偏向受拉一侧的 T 形、槽形等上下不对称的截面，以使最大拉应力和最大压应力分别接近或达到拉、压许用应力。

【例 5.7-4】 受集中力偶作用的简支梁如【例 5.7-4】图所示，材料为铸铁。梁有（A）、（B）、（C）和（D）四种截面形状可供选择，根据正应力强度条件，合理的截面形状是（　　）。

解： 作出梁的弯矩图（【例 5.7-4】图 b），梁的弯矩有正有负，绝对值最大的弯矩为负弯矩，该截面上缘有最大拉应力。因为铸铁的抗拉强度明显低于抗压强度，最大拉应力小的截面形状合理。图 C 截面的梁有最小的拉应力。

答案：（C）。

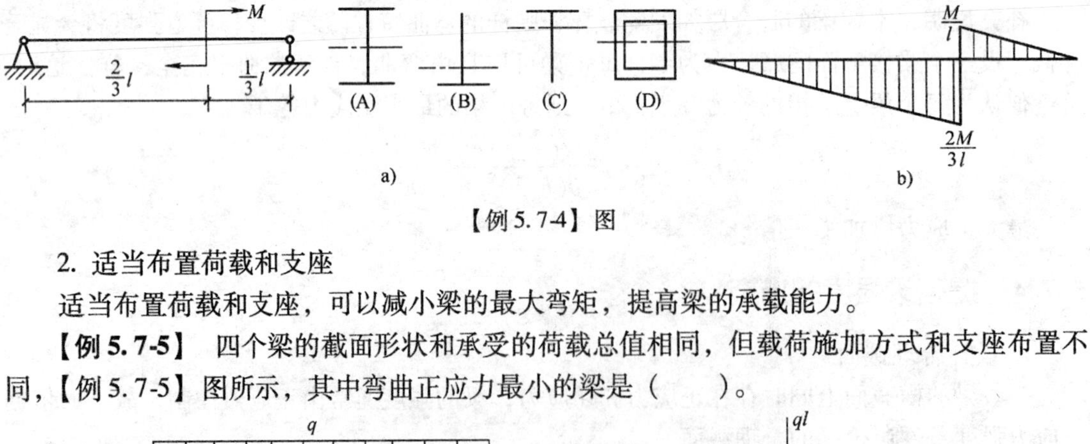

【例 5.7-4】图

2. 适当布置荷载和支座

适当布置荷载和支座，可以减小梁的最大弯矩，提高梁的承载能力。

【例 5.7-5】 四个梁的截面形状和承受的荷载总值相同，但载荷施加方式和支座布置不同，【例 5.7-5】图所示，其中弯曲正应力最小的梁是（　　）。

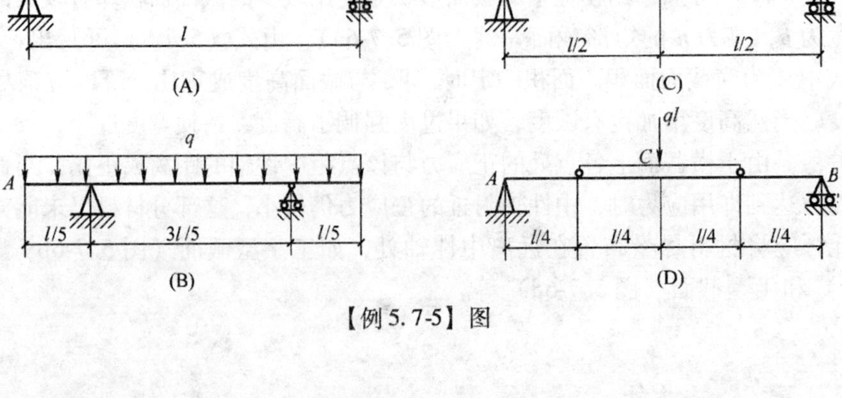

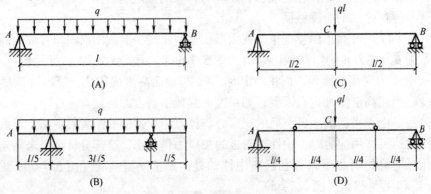

【例 5.7-5】图

解： 作出四个梁的弯矩图如下图所示。其中（B）梁的绝对值最大弯矩在4个梁中最小。因此（B）梁的弯曲正应力最小。

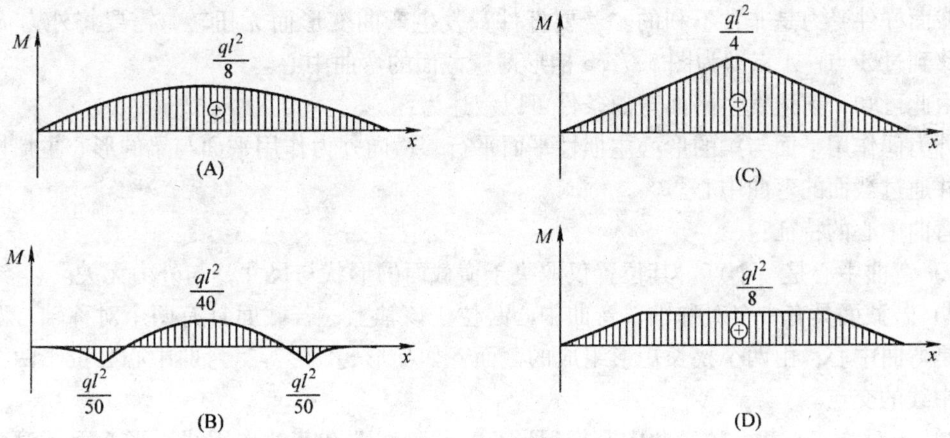

【例5.7-5】解图

答案：（B）。

从此题可知，在荷载不变的情况下，适当改变荷载施加方式和支座位置，可以明显提高梁的承载能力。

5.7.5 弯曲中心的概念

当横向力作用方向平行于梁横截面的形心主惯性轴并通过某一特定点时，杆件只发生弯曲而无扭转，则该点称为弯曲中心。弯曲中心实际上是横截面上弯曲切应力的合力作用点，因此弯曲中心又称为剪切中心。

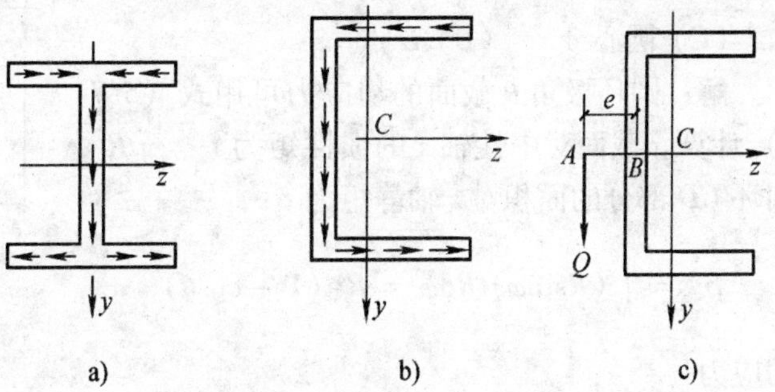

图5.7-7

图5.7-7所示薄壁截面在横力弯曲时，横截面上也有弯曲切应力。因为壁厚很薄，可认为截面上各点切应力的方向平行于截面中线；并且沿壁厚大小不变。据此可知，当横截面上的剪力向下时，薄壁截面上切应力分布如图5.7-7a)、b）所示。从图可看出，横截面上的切应力从上翼缘的外侧“流”向内部，接着向下通过腹板，最后“流”向下翼缘的外侧，即横截面上切应力的方向犹如水流在横截面边缘所围成的“河道”中流动，称为“切应力流”。对于其他薄壁截面，根据切应力的合力方向一定与横截面上的剪力一致，可以判断切应力流的走向。

薄壁截面的切应力仍可利用式（5.7-4）计算，在此不再赘述。

设横向力P垂直向下，并过截面形心，槽形截面的切应力流如图5.7-7b所示。显然，该截面上切应力的合力F_S并不能与外力F平衡，F_S作用在A点，与外力F作用点C有偏心

距 e，如图 5.7-7c 所示。注意到横向力 F 和该力引起的剪力 F_S 分别作用在一段梁的两端，他们大小相等，方向相反，偏心距 e 的存在使两者形成力偶，该力偶使杆件发生扭转变形。即横向力作用在槽形截面形心不但使梁发生弯曲变形，同时还发生扭转变形，这对此类开口薄壁截面杆件受力是非常不利的。若要杆件只发生弯曲变形而无扭转，需要将外力 F 作用线平移到过 A 点。A 点即为图 5.7-7b 槽形薄壁截面的弯曲中心。

由此可知，前述发生平面弯曲条件可以叙述为：

外力偶作用平面与梁的形心主惯性平面平行，横向外力作用平面与梁的形心主惯性平面平行并通过截面的弯曲中心。

弯曲中心的特征：

1）弯曲中心是一个点，其位置仅取决于横截面的形状与尺寸，与外力无关。

2）若截面具有一个对称轴，弯曲中心必位于该轴上；若截面具有两个对称轴，两轴交点必是弯曲中心；由两个狭长矩形组成的截面，如 T 形、L 形等，弯曲中心必位于两个狭长矩形中线的交点。

3）不对称实心截面的弯曲中心靠近形心。此种截面在荷载作用线过形心而不过弯曲中心时也会发生扭转变形；不过这种截面的抗扭能力较强，扭转引起的变形和应力相对弯曲变形处于次要地位，通常可以忽略。

由于薄壁截面杆的抗弯、抗扭能力均较低，同时发生弯曲和扭转变形会使梁的承载能力大幅降低，因此必须研究其弯曲中心位置，避免横向力引起扭转变形。

【例 5.7-6】 开口薄壁圆环壁厚 $t \ll R$（【例 5.7-6】图），剪力 F_S 的方向铅垂向下。截面的弯曲中心在（　　）。

（A）A 点　　（B）B 点

（C）圆心　　（D）D 点

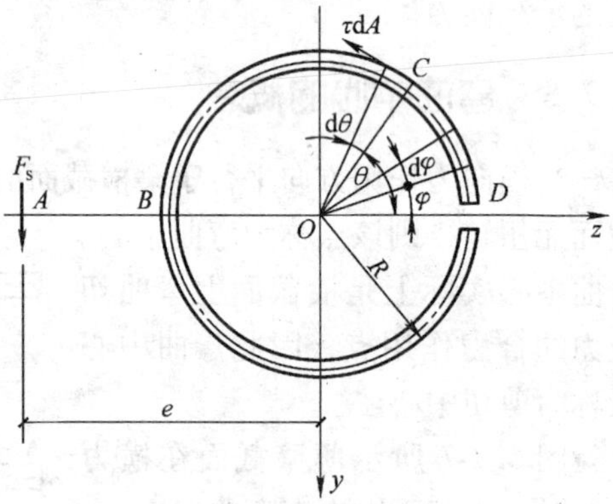

【例 5.7-6】图

解： 圆环极角 θ 截面的切应力可用式（5.7-4）计算。截面对中性轴 z 的惯性矩为 $I_z = \pi t R^3$，圆环 CD 部分的面积对 z 轴静矩为

$$S_z^* = \int_0^\theta (R\sin\varphi) t R \mathrm{d}\varphi = R^2 t(1 - \cos\theta)$$

切应力

$$\tau = \frac{F_S S_z^*}{I_z t} = \frac{F_S(1 - \cos\theta)}{t\pi R}$$

微面积 $\mathrm{d}A = Rt\mathrm{d}\theta$ 上的微剪力 $\tau\mathrm{d}A$ 对截面形心 O 的合力矩为

$$M_O = \int_0^{2\pi} \tau \cdot \mathrm{d}A \cdot R = \int_0^{2\pi} \frac{F_S(1 - \cos\theta)}{t\pi R} R^2 t \cdot \mathrm{d}\theta = F_S \cdot 2R$$

设截面上切应力的合力通过剪心 A。根据合力矩定理，合力 F_S 对 C 点之矩应等于 M_O，即 $F_S \cdot e = M_O = F_S \cdot 2R$，于是 $e = 2R$，故剪心在离截面形心距离为 $2R$ 的 A 点。

答案：（A）。

【例 5.7-7】 两个梁的横截面如【例 5.7-7】图所示，c 点是截面的形心，截面的剪力方向向下。剪切中心的大致位置是（ ）。

(A) 均在 a 点　(B) 均在 c 点　(C) a 点、a 点左侧　(D) a 点、a 点右侧

解：图 a 和图 b 剪力流的总体方向均向下。

将图 a 看成两个狭长矩形组合而成，两个狭长矩形的剪应力合力为两个力，两力的作用线相交于 a 点。显然图 a 的剪应力合力过 a 点，故图 a 的剪切中心在图中 a 点。

图 b 与图 a 相比，截面右侧上下多了竖直的面积，此部分面积上的剪应力流竖直向下，使整个截面剪应力的合力位置比图 a 偏右，因此剪切中心位置在 a 点右侧。

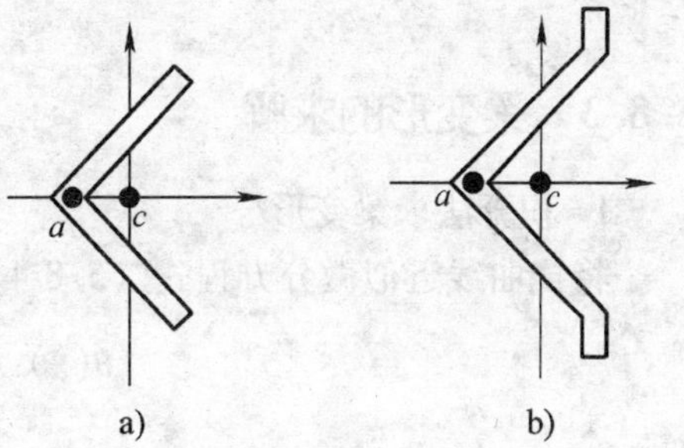

【例 5.7-7】图

答案：(D)。

5.8 弯曲变形

5.8.1 梁的挠曲线、挠度与转角

(1) 挠曲线　在外力作用下，梁的轴线由直线变为一条连续而光滑的曲线。弯曲变形后轴线称为挠曲线。图 5.8-1 所示位于 xoy 平面内的悬臂梁 AB，在 y 向集中力 P 作用下发生平面弯曲变形，变形后挠曲线为 xoy 平面内的曲线 AB'。在小变形条件下，细长梁剪力产生的变形忽略不计，截面形心的轴向位移也可忽略不计。因此，梁的变形用挠度和转角两个基本量度量。

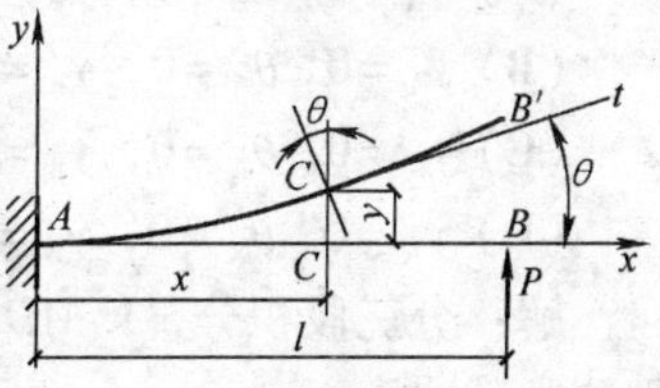

图 5.8-1

(2) 挠度　横截面形心在垂直于梁轴线方向的位移称为挠度，用 y 表示，向上为正。梁各横截面的挠度是 x 的函数：

$$y = f(x) \tag{5.8-1}$$

上式称为梁的挠曲线方程。

(3) 转角　横截面相对原始位置绕中性轴转过的角度，称为转角，用 θ 表示，以逆时针为正。在小变形和平面假设下，任一横截面的转角 θ 与挠曲线在该截面处的斜率有如下关系：

$$\theta = \frac{dy}{dx} \tag{5.8-2}$$

即横截面的转角等于挠曲线在该截面处的斜率。

5.8.2 挠曲线近似微分方程

在线弹性变形下，挠曲线曲率与弯矩有以下关系

$$\frac{1}{\rho(x)} = \frac{M(x)}{EI} \tag{5.8-3}$$

式中，$1/\rho(x)$ 为挠曲线上任一点处的曲率，EI 为弯曲刚度。

在小变形条件下，曲率近似等于挠曲线 y 的二阶导数，挠曲线近似微分方程为

$$y'' = \frac{M(x)}{EI} \tag{5.8-4}$$

5.8.3　梁变形的求解

1. 积分法求梁变形

将挠曲线近似微分方程式（5.8-4）积分两次，得转角方程和挠曲线方程

$$\theta(x) = y' = \int \frac{M(x)}{EI}\mathrm{d}x + C \tag{5.8-5}$$

$$y(x) = \int\left[\int \frac{M(x)}{EI}\mathrm{d}x\right]\mathrm{d}x + Cx + D \tag{5.8-6}$$

式中，C 与 D 为积分常数，可用梁的挠曲线及转角方程必须连续，并满足支座约束条件来确定。这些确定积分常数的条件称为边界条件。

积分法是分析梁位移的基本方法。在梁的弯矩方程或抗弯刚度不连续处，应分段建立挠曲线近似微分方程，并分段积分（如分 n 段，则积分常数共有 $2n$ 个）。在连续梁的分段处，挠曲线应光滑（转角连续）、连续，即分段截面两侧具有相同的挠度与转角。

【例 5.8-1】　用积分法求【例 5.8-1】图所示梁挠曲线方程时，确定其积分常数条件是（　　）。

（A）$y_A=0$，$\theta_A=0$，$y_B=0$，$y_D=0$，$\theta_D=0$，$y_C=0$

（B）$y_A=0$，$\theta_A=0$，$y_B=0$，$y_{D1}=y_{D2}$，$\theta_{D1}=\theta_{D2}$，$\theta_{C2}=\theta_{C3}$

（C）$y_A=0$，$\theta_A=0$，$y_B=0$，$y_{D1}=y_{D2}$，$\theta_{D1}=\theta_{D2}$，$y_{C2}=y_{C3}$

（D）$y_A=0$，$\theta_A=0$，$y_B=0$，$y_{D1}=y_{D2}$，$\theta_{D1}=\theta_{D2}$，$y_C=0$

解： 分三段积分，1. AD 段，2. DC 段，3. CB 段。6 个积分常数。

边界条件：$y_A=0$，$\theta_A=0$，$y_B=0$，

连续条件：$y_{D1}=y_{D2}$，$\theta_{D1}=\theta_{D2}$，$y_{C2}=y_{C3}$。

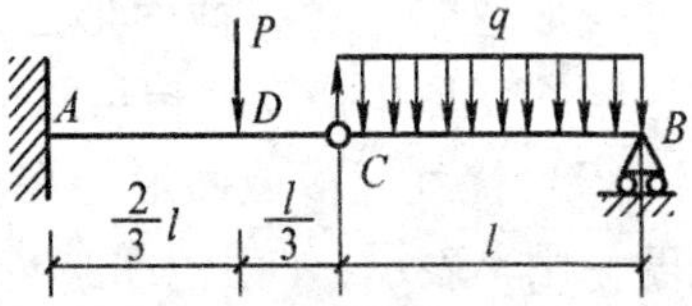

【例 5.8-1】图

答案：（C）。

解题指导：（1）在荷载突变处、中间约束处、截面变化处（惯性矩 I 突变处）及材料变化处（弹性模量 E 值突变处）均应作为分段积分的分段点。

（2）中间铰链连接了两根梁，也应作为分段点。

（3）各分段点处都应列出连续条件，中间铰链只限制了两梁在该点的相对位移，不能限制转动，故只有一个挠度连续条件。

2. 叠加法求梁变形

在线弹性小变形条件下，梁的挠度和转角与梁的荷载成线性关系，故可用叠加法来计算梁的变形，即梁上同时受几个荷载作用时，梁的变形等于各荷载分别单独作用在梁上引起变形的代数和。利用叠加法求梁变形的主要步骤是，首先分解荷载，使之成为几个只作用一个荷载的简单梁，再计算或从材料力学教材上的典型梁变形表上查得各简单梁的变形，最后叠加得到总变形。

叠加法更适用于求梁指定截面的挠度与转角。

【例 5.8-2】　变截面简支梁受到集中力 F 的作用，如【例 5.8-2】a 图所示，自由端 B

处的挠度 y_B 是（　　）。

（A）$\dfrac{3Fl^3}{32EI}$　（B）$\dfrac{3Fl^3}{16EI}$　（C）$\dfrac{Fl^3}{3EI}$　（D）$\dfrac{Fl^3}{6EI}$

解：由于梁在 C 截面处截面尺寸发生变化，无法直接从材料力学教材上的典型梁变形表中查到 B 截面挠度。因此对梁进行分解，将梁从 C 截面处截开，成为如【例 5.8-2】b、c 图所示的两个悬臂梁。这样将梁等效分解为可查表结构，然后查表再叠加，得 B 点位移。

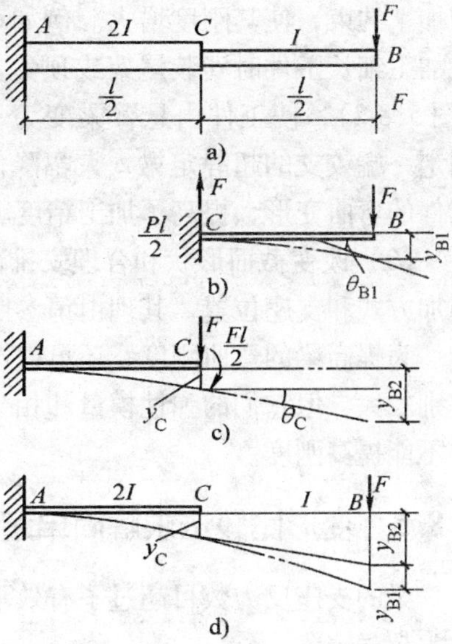

【例 5.8-2】图

求 BC 段梁的 B 截面挠度，查梁变形表，得

$$y_{B1}=\frac{F(l/2)^3}{3EI}=\frac{Fl^3}{24EI}(\downarrow)$$

再求 AC 段 C 截面位移。将外力 P 向 C 点平移，产生作用在 C 点的两个外荷载：集中力 P 和集中力偶 $Pl/2$。查表可得

$$\theta_C=\frac{F(l/2)^2}{2E(2I)}+\frac{(Fl/2)(l/2)}{E(2I)}=\frac{3Fl^2}{16EI}$$

$$y_C=\frac{F(l/2)^3}{3E(2I)}+\frac{(Fl/2)(l/2)^2}{2E(2I)}=\frac{5Fl^3}{96EI}$$

注意梁 CB 段的 C 截面是固定在梁 AC 段的 C 截面上，AC 段 C 截面的位移必然会牵动 CB 段，因此将梁 CB 段下移 y_C，再使整个 CB 段转动 θ_C 角，则 CB 段即与【例 5.8-3】图 c 的 AC 段衔接而得到整个梁的变形，如【例 5.8-2】图 d。在此拼合过程中 B 点又获得额外的转角 θ_{B2} 和挠度 y_{B2}，由【例 5.8-2】图 c 可知

$$y_{B2}=y_C+\theta_C\times\frac{l}{2}=\frac{5Fl^3}{96EI}+\frac{3Fl^3}{16EI}\times\frac{l}{2}=\frac{14Fl^3}{96EI}$$

于是 B 端的挠度为

$$y_B=y_{B1}+y_{B2}=\frac{Fl^3}{24EI}+\frac{14Fl^3}{96EI}=\frac{3Fl^3}{16EI}$$

答案：（B）。

5.8.4 梁的刚度条件和提高梁弯曲刚度的措施

根据梁正常工作要求，对梁的挠度或转角要加以限制。如果许用挠度和许用转角分别记作［y］和［θ］，则刚度条件可以写作：

$$\theta_{max}\leqslant[\theta],\ y_{max}\leqslant[y] \tag{5.8-7}$$

［y］和［θ］的数值由具体工作条件决定。

利用刚度条件可以进行三方面的计算：①刚度校核；②设计截面；③计算许用荷载。

梁的弯曲刚度直接影响到梁的承载能力。在不增加梁的用料情况下，可以采用下面措施提高梁弯曲刚度。

（1）减少梁跨长　静定梁的跨长 l 对弯曲变形影响最大，因为挠度与跨度的三次方（集中力时）或四次方（分布力时）成正比。减少梁的跨长，可以显著降低最大弯矩。

（2）超静定梁　超静定梁比静定梁增加了约束，使其刚度增大。例如车床在加工细长工件时安装尾架或顶尖支承（图 5.8-2），使工件由悬臂梁变为一端固定一端铰支的超静定梁，大幅降低了工件的弯曲变形，提高了加工精度。

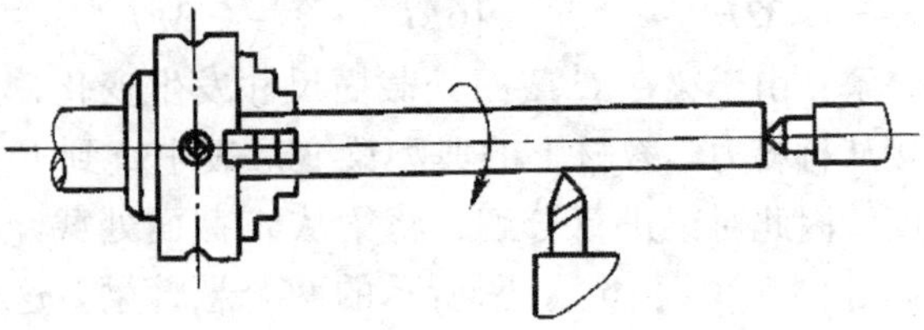

图 5.8-2

（3）改变截面形状和合理安排荷载施加方式和支座位置　其理由请参照提高梁强度措施一节。

为提高梁的弯曲刚度，还可以选择弹性模量高的材料。但需注意，各种钢材的极限应力差别较大，但它们的弹性模量却相当接近，选用优质钢材比选用普通钢材只能提高梁的强度并不能提高刚度。

5.8.5　变形比较法求解简单超静定（静不定）梁

梁的支座反力数目超过了有效平衡方程数，单纯依据静力平衡不能确定全部未知力的梁称为超静定梁。

多余约束：超出维持平衡所必须的约束称为多余约束，相应的约束反力称为多余约束反力。超静定的次数：等于多余约束或多余约束反力的个数。

超静定梁比静定梁有许多优点，如可用较少材料获得较大的刚度和强度，个别约束破坏后仍可工作等。因而在工程中得到较多的应用。但应注意，增加结构约束有时会增加成本。

超静定梁的解法：1）首先去掉多余约束得到静定基；2）在静定基的多余约束处加上约束反力（此力是未知力）；3）比较多余约束处的变形，多余约束处的变形必须与原超静定梁在此处的约束相一致，由此列出变形协调条件。4）利用物理关系，将变形协调条件的位移关系转换成力之间的关系，得到补充方程。5）补充方程与静力平衡方程联立求解，得到全部未知力。

超静定梁的这种解法称为变形比较法。多余约束的选择不是唯一的，可有不同选择方式，应以便于计算为宜。

【例 5.8-3】【例 5.8-3】图所示的超静定梁 B 截面的约束反力是（　　）。

(A) $\dfrac{5F}{16}$　(B) $\dfrac{5F}{8}$　(C) $\dfrac{7F}{16}$　(D) $\dfrac{7F}{32}$

解：此题是一次超静定问题。

（1）选择静定基　以 B 点约束作为多余约束，将其除去，代之以约束反力 F_B。静定基如【例 5.8-3】图 b。

（2）变形协调条件　多余约束 B 处梁的挠度应有：$y_B=0$，

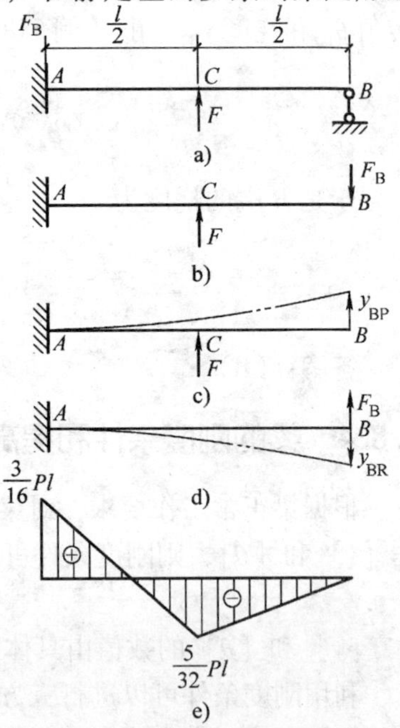

【例 5.8-3】图

(3) 利用叠加法求 y_B。

对应【例 5.8-3】图 b 应有：

$$y_{BR}+y_{BP}=0 \tag{a}$$

查表或通过计算，得

$$y_{BR}=-\frac{F_Bl^3}{3EI}\ (\downarrow),$$

$$y_{BP}=\frac{F}{6EI}\left(\frac{l}{2}\right)^2\left(3l-\frac{l}{2}\right)=\frac{5Fl^3}{48EI}\ (\uparrow)$$

将 y_{BR}、y_{BP}代入式 (a)

$$-\frac{F_Bl^3}{3EI}+\frac{5Fl^3}{48EI}=0$$

解出
$$F_B=\frac{5F}{16}$$

答案：(A)。

5.9 应力状态与强度理论

5.9.1 应力状态的概念

1. 一点处的应力状态

通过受力构件内部一点的所有各斜截面上的应力情况称为该点处的应力状态。

2. 单元体

在受力体上围绕所研究点截取的边长为无穷小的正六面体，称为单元体。

因单元体极其微小，认为各微面上的应力均匀分布，任意一对相互平行的微面上应力相等。

三对平面上的应力均为直接已知或能通过公式直接计算得到的单元体，称为原始单元体，图 5.9-1d 即为简支梁 A 点的原始单元体。

下面通过截取图 5.9-1 简支梁 A 点原始单元体介绍单元体画法。

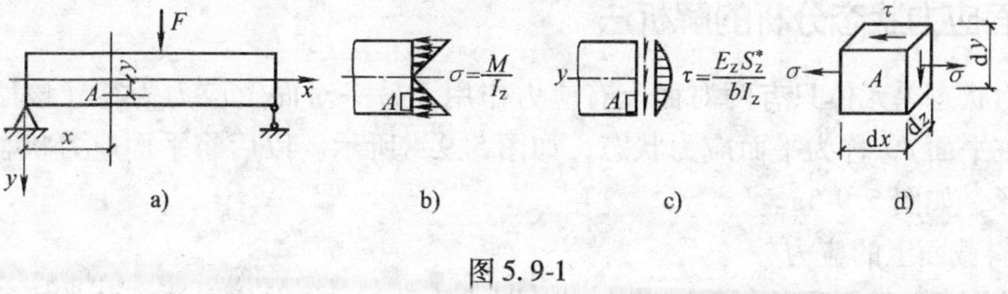

图 5.9-1

(1) 原始单元体要求其六个截面上的应力已知或可利用公式直接计算，因此应选取如下三对平面：A 点左右侧的横截面，此对截面上的应力可直接计算得到；与梁 xy 平面平行的一对平面，其中靠前的平面是自由表面，所以该对平面应力均为零。再取 A 点上下的一对与 xz 平行的平面。

（2）分析单元体各面上的应力。A 点偏右横截面的正应力和切应力如图 5.9-1b、c 所示，将 A 点的坐标 x、y 代入正应力和切应力公式得 A 点单元体左右侧面的应力为：$\sigma=\frac{M}{I_z}y$、$\tau=\frac{F_S S_z^*}{I_z b}$；由切应力互等定律，知单元体的上下面有切应力 τ；单元体的前后面为自由表面，应力为零。将单元体各面上的应力画上，得到 A 点单元体如图 5.9-1d。

截取原始单元体时，应取两个横截面作为其中一对平面，因为横截面上的应力可用已知的公式计算。

3. 主平面、主应力及主单元体定义

单元体上切应力为零的截面称为主平面，主平面的法线方向称为主方向，主平面上的正应力称为主应力。主应力通常按代数值的大小，依次用 σ_1、σ_2 与 σ_3 表示，即 $\sigma_1 \geqslant \sigma_2 \geqslant \sigma_3$。

受力构件内任意一点均可找到三个互相正交的主平面和主应力，由三对互相垂直的主平面所构成的单元体，称为主单元体，如图 5.9-2。

4. 应力状态的分类

根据主应力的数值，将应力状态分为三类：

（1）单向应力状态：只有一个主应力不为零的应力状态，如图 5.9-3a。

（2）平面应力状态（二向应力状态）：有二个主应力不为零的应力状态，如图 5.9-3b。

（3）空间应力状态（三向应力状态）：三个主应力均不为零的应力状态，如图 5.9-2。

二向与三向应力状态，统称为复杂应力状态。

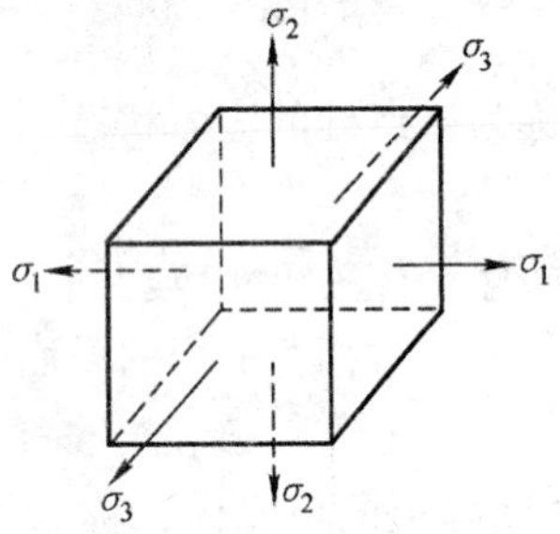

图 5.9-2

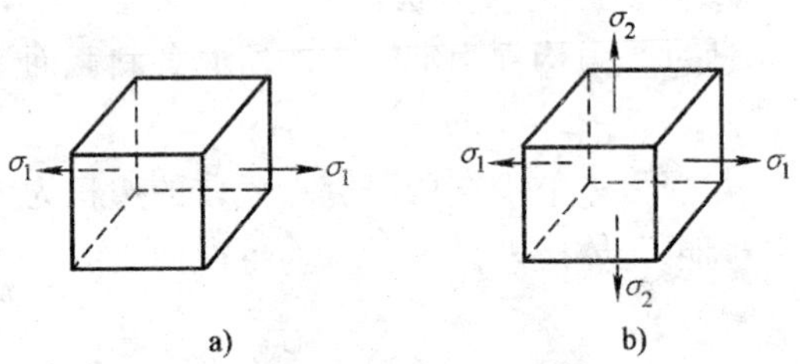

图 5.9-3

5.9.2 平面应力状态分析的解析法

平面应力状态单元体只有两对面上有应力作用，另一对面上应力为零（该面上切应力为零，故是主平面），称为平面应力状态，如图 5.9-4 所示。以后将平面应力状态的单元体画成平面图形，如图 5.9-5a。

1. 任意斜截面上的应力

过单元体取与 z 轴平行的任意斜截面 ef（图 5.9-5b），其方位以该面的外法线 n 与 x 轴的夹角 α 来表示。利用截面法，用 ef 平面将单元体截开，考察楔形体 efa（图 5.9-5b），利用平衡条件可得到斜截面 ef 上的正应力 σ_α 和切应力 τ_α：

$$\sigma_\alpha=\frac{\sigma_x+\sigma_y}{2}+\frac{\sigma_x-\sigma_y}{2}\cos 2\alpha-\tau_x \sin 2\alpha \tag{5.9-1}$$

$$\tau_\alpha = \frac{\sigma_x - \sigma_y}{2}\sin 2\alpha + \tau_x \cos 2\alpha \tag{5.9-2}$$

应用上述公式时，正应力以拉应力为正；切应力以使单元体顺时针方向旋转为正，方位角 α 以 x 轴为始边、逆时针转向为正。

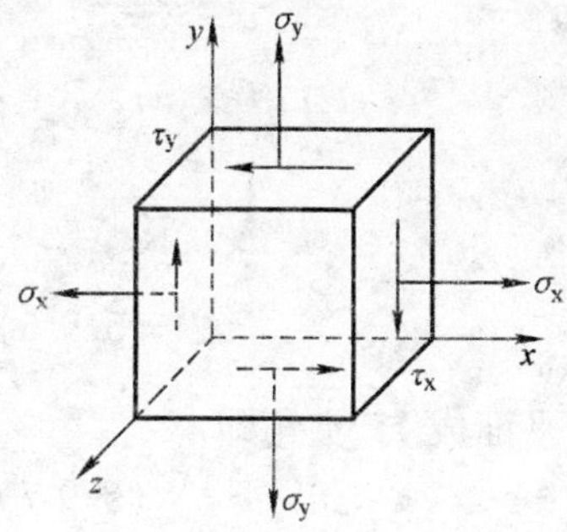

图 5.9-4

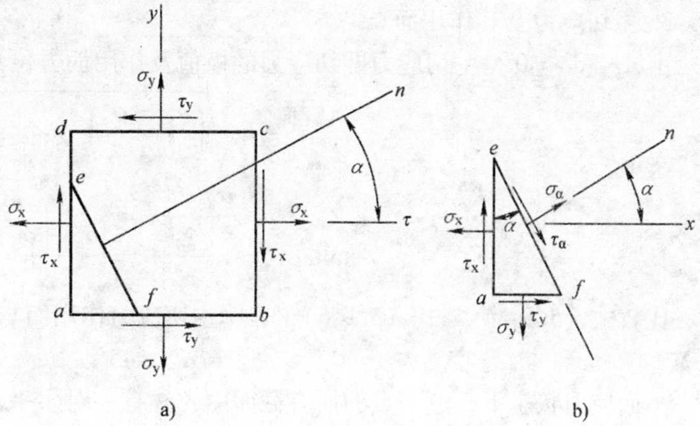

图 5.9-5

在单元体上取两个互相垂直的斜截面（图 5.9-6），n 和 n_1 是这两个斜截面的外法线，在式（5.9-1）、式（5.9-2）中以 $\beta = 90° + \alpha$ 代替 α 可求出外法线是 n_1 的截面上的应力：

$$\sigma_\beta = \frac{\sigma_x + \sigma_y}{2} - \frac{\sigma_x - \sigma_y}{2}\cos 2\alpha + \tau_x \sin 2\alpha \tag{a}$$

$$\tau_\beta = -\frac{\sigma_x - \sigma_y}{2}\sin 2\alpha - \tau_x \cos 2\alpha \tag{b}$$

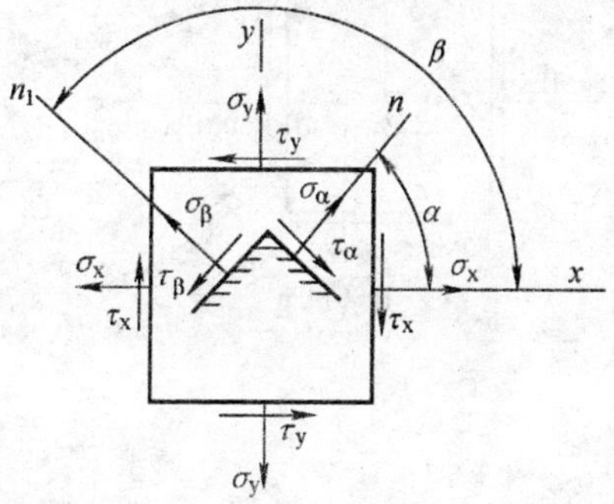

图 5.9-6

将式(5.9-1)与式(a)相加得到 $\sigma_\alpha + \sigma_\beta = \sigma_x + \sigma_y$，即单元体两个互相垂直截面上的正应力之和是常量。比较式(5.9-2)和式(b)可看出 $\tau_\beta = -\tau_\alpha$，即单元体相互垂直界面上的切应力数值相等，符号相反，此即为切应力互等定理。

2. 主平面和主应力

由式(5.9-1)知，斜截面上的正应力 σ_α 是 α 的函数，研究 σ_α 的极值条件，可以发现 $d\sigma_\alpha/d\alpha = 0$ 和 $\tau_\alpha = 0$ 给出同样的结果，即在正应力极值作用面上，切应力为零，因此正应力的极值是主应力。

令 $d\sigma_\alpha/d\alpha = 0$，得到主应力和主平面的方向角 α_0：

$$\left.\begin{matrix}\sigma_{max}\\ \sigma_{min}\end{matrix}\right\} = \frac{\sigma_x + \sigma_y}{2} \pm \sqrt{\left(\frac{\sigma_x - \sigma_y}{2}\right)^2 + \tau_x^2} \tag{5.9-3}$$

$$\tan 2\alpha_0 = -\frac{2\tau_x}{\sigma_x - \sigma_y} \tag{5.9-4}$$

由式（5.9-4）可以得到平面应力状态的两个主方向，判断哪个方向对应最大主应力可以根据单元体上的切应力确定。最大主应力作用线一定在原单元体两相互垂直截面上的切应力箭头共同指向的象限。如图 5.9-7a。原始单元体互相垂直两截面的切应力箭头指向第一（或第三象限)，求出的最大主应力就在第一（或第三）象限内，如图 5.9-7b。

平面应力状态下得到的两个主应力按应力大小排序时要注意到还有一个零主应力。

3. 主切应力及其作用面

由 $d\tau_\alpha/d\alpha=0$ 得主切应力即切应力的极值及作用面方位角 α_1：

$$\left.\begin{matrix}\tau_{max}\\ \tau_{min}\end{matrix}\right\}=\pm\sqrt{\left(\frac{\sigma_x-\sigma_y}{2}\right)^2+\tau_x^2} \tag{5.9-5}$$

$$\tan2\alpha_1=\frac{\frac{\sigma_x-\sigma_y}{2}}{\tau_x}=\frac{\sigma_x-\sigma_y}{2\tau_x} \tag{5.9-6}$$

比较式（5.9-4）与式（5.9-6），表明主切应力作用面与主平面成45°夹角即

$$\alpha_1=\alpha_0\pm45° \tag{5.9-7}$$

平面应力状态下，过一点的所有截面中，必有一对主平面和一对与其夹角为45°的主切应力平面。

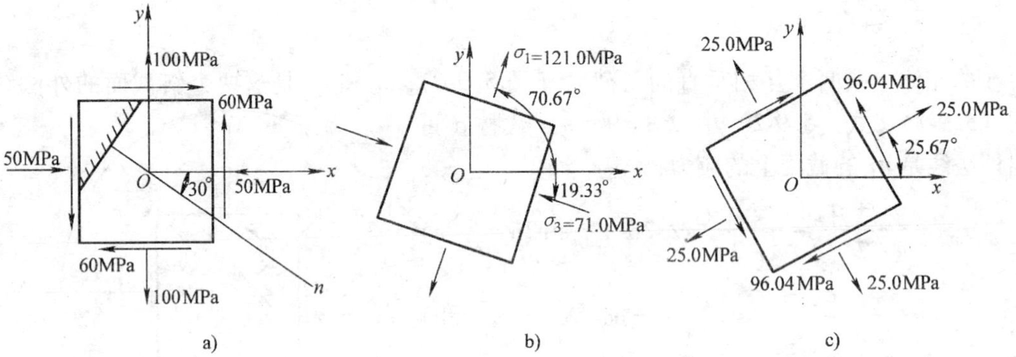

图 5.9-7

下面以计算图 5.9-7a 所示单元体的斜截面上应力、主方向和主应力及主切应力说明平面应力状态的分析方法。

（1）求斜截面上的应力　斜截面法线方向与 x 轴夹角 $-30°$，将原始单元体（图 5.9-7a）的应力 $\sigma_x=-50\text{MPa}$，$\sigma_y=100\text{MPa}$，$\tau=-60\text{MPa}$ 带入式（5.9-1）和式（5.9-2），得斜截面应力

$$\sigma_{-30°}=\frac{-50+100}{2}+\frac{-50-100}{2}\cos(-60°)-(-60)\sin(-60°)=-64.5(\text{MPa})$$

$$\tau_{-30°}=\frac{-50-100}{2}\sin(-60°)+(-60)\cos(-60°)=34.95(\text{MPa})$$

（2）求主方向及主应力　由式（5.9-4），有：

$$\tan2\alpha=-\frac{2\tau_x}{\sigma_x-\sigma_y}=-\frac{-120}{-50-100}=-0.8\qquad 2\alpha=-38.66°$$

$$\alpha_1=-19.33°\quad \alpha_2=70.67°$$

由原始单元体（图5.9-7a）切应力方向知，最大主应力在第一象限中，所以对应的主方向角为 $\alpha_0 = 70.67°$。

则主应力

$$\sigma_1 = \frac{-50+100}{2} + \frac{-50-100}{2}\cos(2\times70.67°) - (-60)\sin(2\times70.67°) = 121.0(\text{MPa})$$

由 $\sigma_{\alpha_1} + \sigma_{\alpha_2} = \sigma_x + \sigma_y$ 可解出

$$\sigma_{\alpha2} = \sigma_x + \sigma_y - \sigma_1 = (-50) + 100 - (121.0) = -71.0(\text{MPa})$$

因有一个为零的主应力，因此

$$\sigma_3 = -71.0\text{MPa} \qquad (\text{第三主方向 } \alpha_3 = -19.33°)$$

画出主单元体如图5.9-7b。

（3）求主切应力　先求主切应力作用面的法线方向，利用式（5.9-6）：

$$\tan2\alpha' = \frac{-50-100}{-120} = 1.25 \quad 2\alpha' = 51.34°$$

$$\alpha_1' = 25.67° \quad \alpha_2' = 115.67°$$

主切应力为

$$\tau_{\alpha_1'} = \frac{-50-100}{2}\sin(51.34°) + (-60)\cos(51.34°) = -96.04(\text{MPa}) = -\tau_{\alpha_2'}$$

在主切应力作用的两个平面上正应力分别为

$$\sigma_{\alpha_1'} = \frac{-50+100}{2} + \frac{-50-100}{2}\cos(51.34°) - (-60)\sin(51.34°) = 25.0(\text{MPa})$$

$$\sigma_{\alpha_2'} = \frac{-50+100}{2} + \frac{-50-100}{2}\cos(231.34°) - (-60)\sin(231.34°) = 25.0(\text{MPa})$$

主切应力单元体如图5.9-7c所示。

由 $\sigma_{\alpha_1'} + \sigma_{\alpha_2'} = (25.0+25.0)\text{MPa} = 50\text{MPa} = \sigma_x + \sigma_y$，可以验证上述结果的正确性。

说明：（1）图5.9-7a、b、c所示的单元体表示的均是同一点处的应力状况，是一点处应力状态的不同描述方式。

（2）平面应力状态分析公式中的 α 角是斜截面外法线 n 与 x 轴的夹角 α，以逆时针为正；法线与 x 轴同向截面上的切应力以向下为正。

（3）求出平面应力状态的两个主应力后，在确定主应力的排序时，切记已有一个为零的主应力。

5.9.3 平面应力状态分析的图解法

1. 应力圆方程

将斜截面应力公式（5.9-1）、式（5.9-2）中的参数 2α 消去，得：

$$\left(\sigma_\alpha - \frac{\sigma_x + \sigma_y}{2}\right)^2 + (\tau_\alpha)^2 = \left(\frac{\sigma_x - \sigma_y}{2}\right)^2 + \tau_x^2$$

该方程为圆的方程，圆心坐标为：$\left(\frac{\sigma_x + \sigma_y}{2}, 0\right)$，圆的半径为：$R = \sqrt{\left(\frac{\sigma_x - \sigma_y}{2}\right)^2 + \tau_x^2}$，此圆称为应力圆，又称莫尔圆。

2. 应力圆

对于图5.9-8a所示单元体，应力圆画法如下，见图5.9-8b：

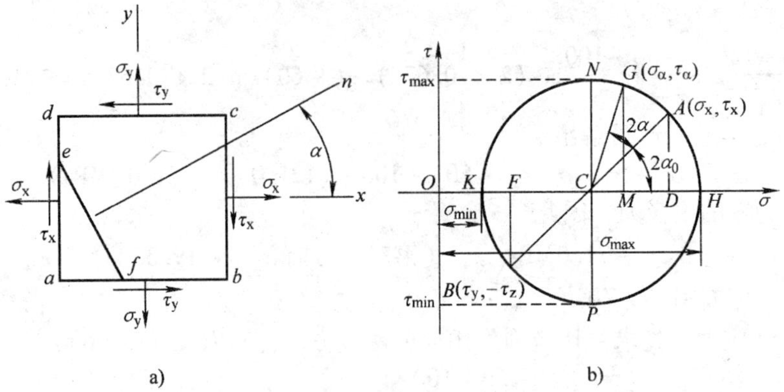

图5.9-8

1）建立座标系 $\sigma o\tau$，选定比例尺。

2）在此座标系内画座标为（σ_x，τ_x）的点 A 及座标为（σ_y，$-\tau_x$）的点 B，（设 $\sigma_x>\sigma_y$）。图中 A 点和 B 点分别为单元体上与 x 轴和 y 轴垂直的两个面在应力圆上的对应点。

3）A、B 连线与横轴交于 C 点，C 点的座标为 $\left(\dfrac{\sigma_x+\sigma_y}{2},\ 0\right)$，此点即为圆心。

4）以 C 为圆心，$\overline{CA}$ 为半径画一圆，此即为应力圆，如图5.9-8b所示。

5）用应力圆求法线与 x 轴夹角为 α 的斜截面 ef 上的应力：从应力圆 A 点逆时针转 2α 角，得到圆上 G 点，如图 $\angle ACG=2\alpha$。G 点座标即为该斜截面上的应力 σ_α 和 τ_α。

6）应力圆 H、K 点的纵座标为零，横座标分别对应 σ_{max} 和 σ_{min}，此即平面应力状态的主应力 σ_1 和 σ_2，在应力圆上由 A 点顺时针转过 $2\alpha_0$ 到 H 点。即单元体上第一主方向为由 x 轴顺时针转 α_0。

7）过圆心 C 点作铅垂线与应力圆交于 N、P 两点，此两点的纵座标对应单元体的 τ_{max} 和 τ_{min}。由应力圆可知，此两截面上正应力相等，且等于单元体正应力 σ_x、σ_y 的平均值。

8）在应力圆图上，由 H 点到 N 点，由 K 点到 P 点均转过90°，这说明在单元体上主平面和主剪力作用面法线之间的夹角为45°。

用应力圆分析平面应力状态时，应注意应力圆上的参考点是对应于 x 截面的 A 点。

应力圆和单元体相互对应，应力圆上的一个点对应于单元体的一个面，应力圆上一点的坐标为单元体相应截面上的应力值，应力圆上两点对应的圆心角是单元体上这两点所对应的两个截面的外法线夹角的两倍，这两个角度的转向相同。

应力圆与单元体之间的对应关系可总结为“点面对应、转向相同、夹角两倍。”

下面用图解法，重解图5.9-7a的斜截面上的应力、主方向和主应力及主切应力。

（1）首先画原始单元体的应力圆　建立座标系 $\sigma o\tau$，选定比例尺。

对图5.9-7a所示单元体，在 σ-τ 平面上画出代表 σ_x、τ_x 的点 A（-50，-60）和代表 σ_y、τ_y 的点 B(100，60)。A、B 连线与水平轴 σ 交于 C 点，以 C 点为圆心，$\overline{CB}$（或 $\overline{CA}$）为半径，作应力圆如图5.9-9。

（2）$\alpha=-30°$斜截面上的应力　在应力圆上自A点顺时针转过$60°$，到达G点。G点的坐标即为该斜截面上的应力，从应力圆上可直接用比例尺量得G点的水平和垂直坐标值：

$$\sigma_\alpha=-64.5\text{MPa}\qquad \tau_\alpha=34.95\text{MPa}$$

（3）主方向、主应力及主单元体　图5.9-9所示应力圆图上H点横坐标$\overline{OH}$为第一主应力，即

$$\sigma_1=\overline{OH}=121.04\text{MPa}$$

K点的横坐标$\overline{OK}$为第三主应力，即

$$\sigma_3=\overline{OK}=-71.04\text{MPa}$$

由应力圆图上可以看出，由B点顺时针转过$2\alpha_0$为第一主方向，在单元体上则为由y轴顺时针转α_0，且

$$2\alpha_0=-38.66°,\ \alpha_0=-19.33°$$

应力圆图上由A顺时针转到K点，$\angle ACK=38.66°$，对应单元体由x轴顺时针转过$19.33°$为第三主方向。

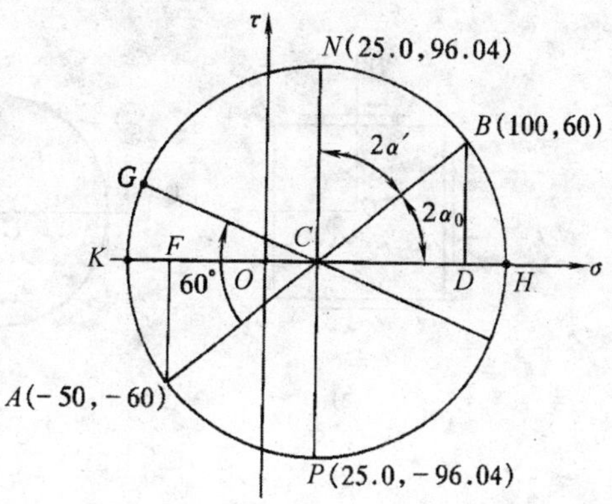

图5.9-9

画出主单元体仍如图5.9-7b所示。

（4）主切应力作用面的位置及其上的应力　图5.9-9所示应力圆上N、P点分别表示主切应力作用面的相对方位及其上的应力。

在应力圆上由B逆时针转过$51.34°$到N，在该点量得最大切应力

$$\tau_{\max}=-\tau_{\min}=\overline{CB}=96.04\text{MPa}$$

$\tau_{\max}$和$\tau_{\min}$作用面上的正应力均为25.0MPa。单元体上$\tau_{\max}$作用表面的外法线方向为由y轴顺时针转过$25.67°$。

主切应力作用面的单元体仍如图5.9-7c所示。

图解法可以解决所有解析法解决的平面应力分析问题，而且更为直观。因而分析应力状态问题时，解析法和图解法可互为补充，联合使用。

3. 三个特殊的应力圆

（1）单向拉伸（或压缩）应力圆　图5.9-10a所示的单向拉伸应力状态，$\sigma_x=\sigma$，$\tau_x=\tau_y=\sigma_y=0$，应力圆如图5.9-10b所示。从应力圆图可知切应力极值在法线与x轴成$\pm45°$斜截面上，$\tau_{45°}=\tau_{\max}=\sigma/2$，$\tau_{-45°}=\tau_{\min}=-\sigma/2$，该斜面的正应力$\sigma_{45°}=\sigma_{-45°}=\sigma/2$，如图5.9-10c的斜单元体所示。单向压缩应力状态与上述情况相似。

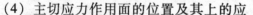

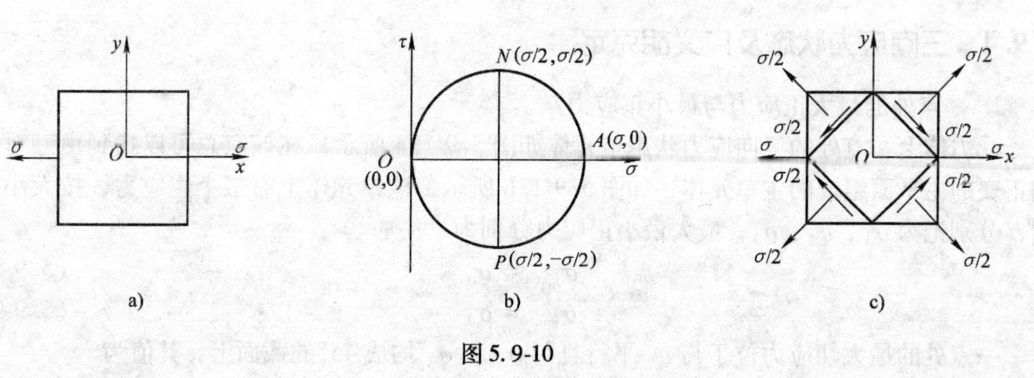

图5.9-10

由此可知：低碳钢试件拉伸时产生与轴向约成45°的滑移线，铸铁试件压缩时在与轴向约成45°破裂，均系τ_{max}或τ_{min}所为。

（2）纯剪切应力圆　如图5.9-11a所示单元体，各截面上只有切应力，没有正应力，称为纯剪切应力状态。纯剪切的应力圆如图5.9-11b所示，从该图中很容易得到：主应力$\sigma_1 = -\sigma_3 = \tau$，第一主方向由$x$轴顺时针转45°。主单元体见图5.9-11c的斜单元体。

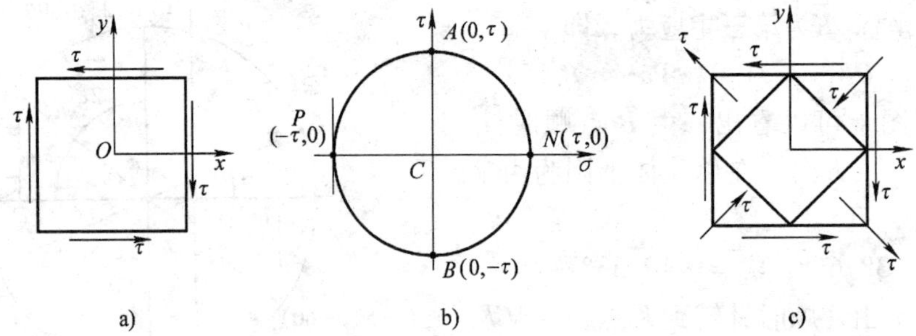

图5.9-11

（3）等拉或等压应力状态　图5.9-12a所示的双向等拉应力状态，$\sigma_x = \sigma_y = \sigma$，$\tau_x = \tau_y = 0$，代表外法线为$x$（或$-x$）、$y$（或$-y$）截面应力状况的$A$、$B$点重合，显然其应力圆半径无限小，成为一个几何点，如图5.9-12c所示。因此，对于等拉或等压应力状态，其任意斜截面上的正应力均为常数，切应力均为零。

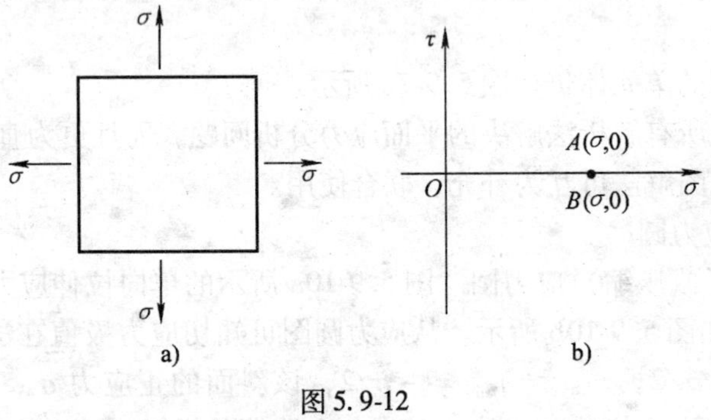

图5.9-12

5.9.4　三向应力状态及广义胡克定律

1. 一点处的最大正应力与最小正应力

受力体上一点处的三向应力状态单元体如图5.9-13a所示，在该点总可以找到由三对互相正交的主平面组成的主单元体，如图5.9-13b所示，该单元体上有三个主应力，按大小排列，分别记为σ_1、σ_2、σ_3，最大最小正应力分别为

$$\sigma_{max} = \sigma_1 \tag{5.9-8}$$

$$\sigma_{min} = \sigma_3 \tag{5.9-9}$$

一点处的最大切应力位于与σ_2平行且与σ_1和σ_3均成45°的截面上，其值为

$$\tau_{max} = \frac{\sigma_1 - \sigma_3}{2} \tag{5.9-10}$$

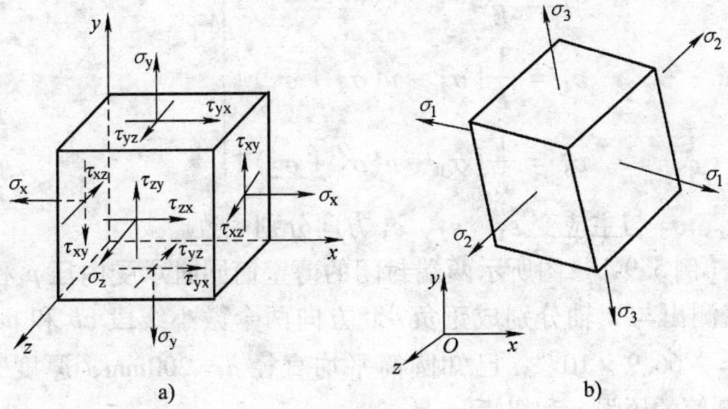

图 5.9-13

前面由式（5.9-5）得到的平面应力状态下最大切应力是垂直于零主应力面的所有截面切应力的最大值，并不一定是该点的最大切应力，只有按式（5.9-10）得到的切应力才是该点的最大切应力。

2. 广义胡克定律

对于各向同性材料，在线弹性小变形条件下，正应力仅引起线应变，切应力仅引起切应变，互不耦合。因此在复杂应力状态下，广义胡克定律为

平面应力状态下的胡克定律（图 5.9-4）：

$$\left.\begin{aligned} \varepsilon_x &= \frac{1}{E}(\sigma_x - \nu\sigma_y) \\ \varepsilon_y &= \frac{1}{E}(\sigma_y - \nu\sigma_x) \\ \gamma_x &= \frac{\tau_x}{G} \end{aligned}\right\} \tag{5.9-11}$$

三向应力状态下的胡克定律（图 5.9-13a）

$$\left.\begin{aligned} \varepsilon_x &= \frac{1}{E}[\sigma_x - \nu(\sigma_y + \sigma_z)] \\ \varepsilon_y &= \frac{1}{E}[\sigma_y - \nu(\sigma_x + \sigma_z)] \\ \varepsilon_z &= \frac{1}{E}[\sigma_z - \nu(\sigma_x + \sigma_y)] \\ \gamma_{xy} &= \frac{1}{G}\tau_{xy} \\ \gamma_{yz} &= \frac{1}{G}\tau_{yz} \\ \gamma_{zx} &= \frac{1}{G}\tau_{zx} \end{aligned}\right\} \tag{5.9-12}$$

三向应力状态下主应力与主应变间关系（图5.9-13b）

$$\left.\begin{aligned}\varepsilon_1 &= \frac{1}{E}[\sigma_1 - \nu(\sigma_2 + \sigma_3)]\\ \varepsilon_2 &= \frac{1}{E}[\sigma_2 - \nu(\sigma_3 + \sigma_1)]\\ \varepsilon_3 &= \frac{1}{E}[\sigma_3 - \nu(\sigma_1 + \sigma_2)]\end{aligned}\right\} \qquad (5.9\text{-}13)$$

即主应力σ_1、σ_2、σ_3与主应变ε_1、ε_2、ε_3方向分别一致。

【例5.9-1】 如【例5.9-1】图所示两端封闭的薄壁筒同时承受内压p和扭矩m。在圆筒表面a点用应变仪测出与x轴分别成正负45°方向两个微小线段ab和ac的应变$\varepsilon_{45°} = 629.4\times10^{-6}$，$\varepsilon_{-45°} = -66.9\times10^{-6}$，已知圆筒平均直径$d = 200$mm，厚度$t = 10$mm，$E = 200$GPa，$\nu = 0.25$。圆筒的压强$p$和扭矩$m$是（　　）。

（A）$P = 10$MPa，$m = 35$kN·m　　（B）$P = 20$MPa，$m = 70$kN·m

（C）$P = 20$MPa，$m = 35$kN·m　　（D）$P = 10$MPa，$m = 70$kN·m

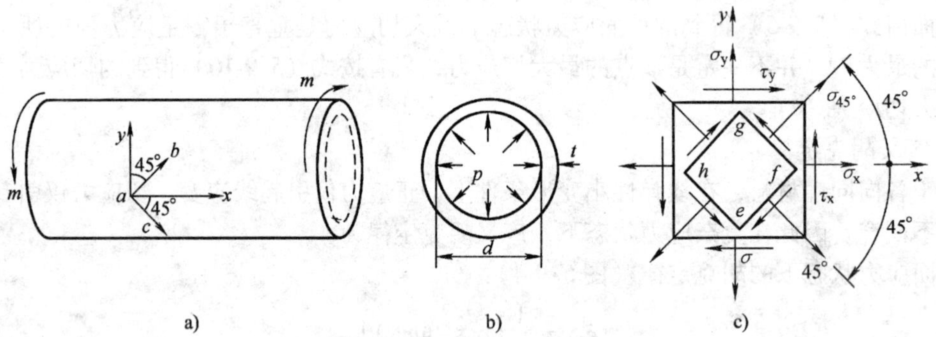

【例5.9-1】图

解：（1）画原始单元体。a点为平面应力状态。在a点的原始单元体如【例5.9-1】图c所示，其上应力：

$$\sigma_x = \frac{pd}{4t},\ \sigma_y = \frac{pd}{2t},\ \tau_x = -\frac{2m}{\pi d^2 t}$$

（2）斜单元体。因为已知斜方向的应变，为利用此条件，需求出已知应变方向的斜单元体。【例5.9-1】图c所示该斜单元体$efgh$各面上的正应力：

$$\sigma_{45°} = \frac{\sigma_x + \sigma_y}{2} - \tau_x = \frac{3}{8}\frac{pd}{t} + \frac{2m}{\pi d^2 t}$$

$$\sigma_{-45°} = \frac{\sigma_x + \sigma_y}{2} + \tau_x = \frac{3}{8}\frac{pd}{t} - \frac{2m}{\pi d^2 t}$$

（3）利用胡克定律，列出应变$\varepsilon_{45°}$、$\varepsilon_{-45°}$表达式

$$\varepsilon_{45°} = \frac{1}{E}(\sigma_{45°} - \nu\sigma_{-45°}) = \frac{1}{E}\left[\frac{3}{8}\frac{pd}{t}(1-\nu) + \frac{2m}{\pi d^2 t}(1+\nu)\right]$$

$$\varepsilon_{-45°} = \frac{1}{E}(\sigma_{-45°} - \nu\sigma_{45°}) = \frac{1}{E}\left[\frac{3}{8}\frac{pd}{t}(1-\nu) - \frac{2m}{\pi d^2 t}(1+\nu)\right]$$

将给定数据代入上式

$$629.4\times10^{-6}=\frac{1}{200\times10^{3}}\left(\frac{3}{8}\times\frac{p\times200}{10}\times0.75+\frac{2m\times10^{6}}{\pi\times200^{2}\times10}\times1.25\right)$$

$$-66.9\times10^{-6}=\frac{1}{200\times10^{3}}\left(\frac{3}{8}\times\frac{p\times200}{10}\times0.75-\frac{2m\times10^{6}}{\pi\times200^{2}\times10}\times1.25\right)$$

解得：

$$p=10\text{MPa},\ m=35\text{kN}\cdot\text{m}$$

答案：(A)。

解题指导：此题包含了应力状态的原始单元体、斜截面应力和广义胡克定律等较多知识点，是应力状态知识的综合应用练习。

已知一点沿斜方向线应变，求解荷载或其他未知量是应力状态分析中的常见问题，处理此类问题的基本方法是：先分析该点的应力状态，画出其原始单元体；然后利用斜截面应力公式求出与给定应变方向同向和垂直的两个正应力，并利用胡克定律建立此两个正应力与给定线应变的关系式，解出外力。用电测法测定应变，进而确定构件受力是工程中常用的方法。

【例5.9-2】 在图示四种应力状态中，应力圆具有相同圆心位置和相同半径者是（　）。

(A) (a)与(d)　　(B) (b)与(c)

(C) (a)与(d)及(c)与(b)　　(D) (a)与(b)及(c)与(d)

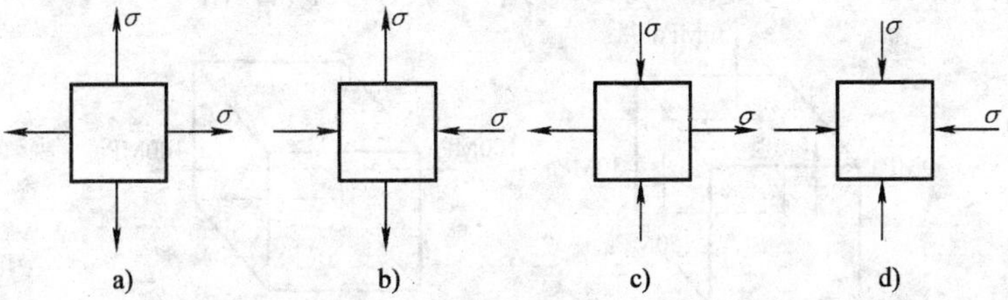

【例5.9-2】图

解：图a中：

圆心坐标 $\sigma_c=\dfrac{\sigma_x+\sigma_y}{2}=\dfrac{\sigma+\sigma}{2}=\sigma$

半径 $R=\sqrt{\left(\dfrac{\sigma_x-\sigma_y}{2}\right)^2+\tau_x^2}=\sqrt{\left(\dfrac{\sigma-\sigma}{2}\right)^2+0^2}=0$

同理图b：圆心坐标 $\sigma_c=0$，半径 $R=\sigma$

图c：圆心坐标 $\sigma_c=0$，半径 $R=\sigma$

图d：圆心坐标 $\sigma_c=-\sigma$，半径 $R=0$

答案：(B)。

5.9.5 强度理论

1. 强度理论的概念

根据材料破坏现象，分析破坏原因，提出关于破坏原因及破坏条件的假说，若经实验研究及工程实践检验，证实假说是正确的，即可上升为学说，关于材料破坏原因的学说称为强度理论。

尽管材料的破坏现象各不相同，但破坏的形式可以归纳为两类——塑性屈服和脆性断裂。

塑性屈服——材料出现显著塑性变形，失去正常工作能力。

脆性断裂——材料在无明显变形的情况下突然断裂。

2. 四个常用强度理论

四个常用强度理论的强度条件可以统一写成：

$$\sigma_{eqn} \leqslant [\sigma] \tag{5.9-14}$$

式中 σ_{eqn} 称为相当应力。

第一强度理论（最大拉应力理论）：$\sigma_{eq1} = \sigma_1$　　(5.9-15)

第二强度理论（最大拉应变理论）：$\sigma_{eq2} = \sigma_1 - \mu(\sigma_2 + \sigma_3)$　　(5.9-16)

第三强度理论（最大切应力理论）：$\sigma_{eq3} = \sigma_1 - \sigma_3$　　(5.9-17)

第四强度理论（最大形状改变比能理论）

$$\sigma_{eq4} = \sqrt{\frac{1}{2}[(\sigma_1 - \sigma_2)^2 + (\sigma_2 - \sigma_3)^2 + (\sigma_3 - \sigma_1)^2]} \tag{5.9-18}$$

研究工作表明，材料的破坏形式与材料性质有关，塑性材料多发生塑性屈服，脆性材料多发生脆性断裂。所以一般脆性材料选用最大拉应力或最大拉应变理论，塑性材料选用最大切应力或形状改变比能理论。

【例 5.9-3】 按照第三强度理论，比较图示两个平面应力状态的相当应力（　　）：

（A）无法判断　　（B）a 大　　（C）b 大　　（D）两者相同

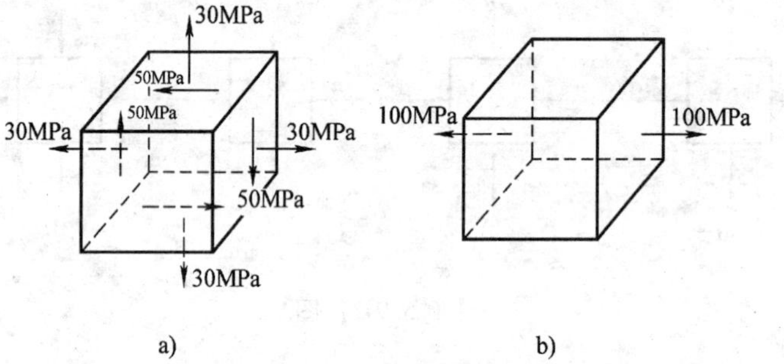

【例 5.9-3】图

解：a 单元体

$$\left\{\begin{matrix}\sigma_{max} \\ \sigma_{min}\end{matrix}\right. = \frac{\sigma_x + \sigma_y}{2} \pm \sqrt{\left(\frac{\sigma_x - \sigma_y}{2}\right)^2 + \tau^2} = \frac{30+30}{2} \pm \sqrt{\left(\frac{30-30}{2}\right)^2 + 50^2} = 30 \pm 50 = \left\{\begin{matrix}80 \\ -20\end{matrix}\right.$$

得 $\sigma_1 = 80\text{MPa}, \sigma_3 = -20\text{MPa}$，$\sigma_{eq3} = \sigma_1 - \sigma_3 = (80+20)\text{MPa} = 100\text{MPa}$

b 单元体

$\sigma_1 = 100\text{MPa}$，$\sigma_3 = 0$，$\sigma_{eq3} = 100\text{MPa}$

答案：（D）。

【例 5.9-4】 构件内三点处应力状态对应的应力圆分别如【例 5.9-4】图 a、b、c 所示，按第三强度理论比较它们的危险程度，有（　　）。

（A）a 最危险，其次为 b　　（B）a 最危险，b、c 危险程度一样

（C）c 最危险，其次为 a　　（D）c 最危险，其次为 b

解：从应力圆上得到图 a 的最大切应力是 50MPa，图 b 的最大切应力是 45MPa，图 c 的

最大切应力是0。

答案：(A)。

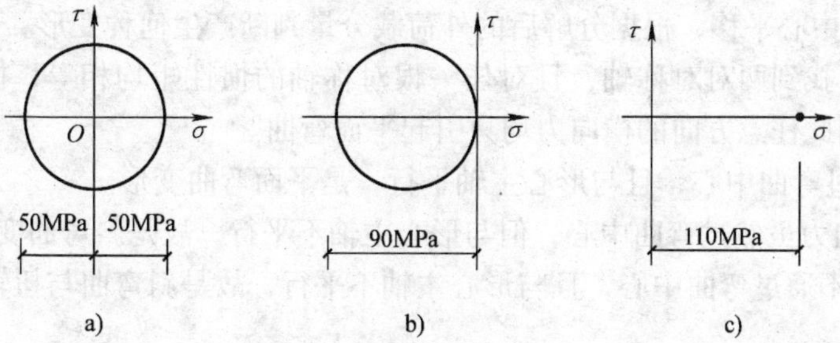

【例5.9-4】图

5.10 组合变形

5.10.1 组合变形的概念

在外力作用下，一个构件同时产生两种或两种以上的基本变形，称为组合变形。

处理组合变形的基本方法是叠加法。将发生组合变形构件分解为几个只发生一种基本变形构件，分别计算构件在每一种基本变形下的应力和变形，然后再叠加。

应用叠加原理的条件是构件处于线弹性范围，并且变形很小，以至每一荷载引起的变形和内力不受其他荷载的影响。

组合变形构件的强度分析计算方法，可概括为：

(1) 分解变形。通常是将荷载向杆件的轴线和主惯性平面简化，然后根据引起的变形将荷载分组，将发生组合变形的杆件分解为若干个杆件，每个杆件只承担一组荷载，发生一种基本变形。

(2) 分别绘出各杆件基本变形的内力图，确定危险截面位置，再根据各种基本变形的应力分布规律，确定危险点。

(3) 分别计算危险点处各基本变形引起的应力。

(4) 叠加危险点的应力，叠加通常是在应力状态上的叠加。然后选择适当的强度理论进行强度计算。

组合变形问题研究的重点是强度。

【例5.10-1】 悬臂梁的截面如【例5.10-1】图所示，C为形心，小圆圈为弯心位置，虚线表示垂直于轴线的横向力作用线方向。发生平面弯曲的梁是（　　）。

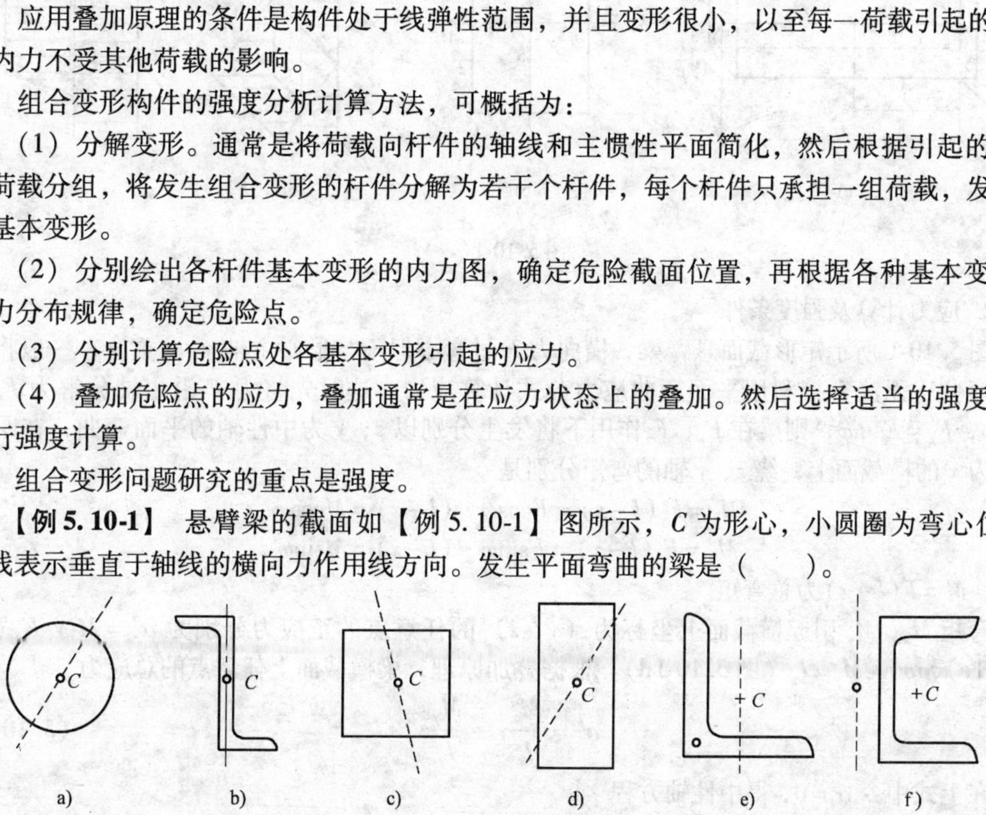

【例5.10-1】图

（A）a、b　　（B）a、c、e　　（C）a、c、f　　（D）c、d、e

解：分析外力引起的变形，首先将外力向杆件的轴线和截面形心主惯性轴方向分解，然后将横向力向弯曲中心平移，根据分解后的外荷载分量判断产生何种变形。

a、c 横截面可找到两对对称轴，且对任一根对称轴的惯性矩均相等，横向力又过形心（与弯心重合），因此任意方向的横向力均只引起平面弯曲。

f 图的横向力过弯曲中心，且与形心主轴平行，是平面弯曲变形。

b、d 图的横向力虽然过弯曲中心，但与形心主轴不平行，故是斜弯曲变形。

e 图的横向力不通过弯曲中心，且与形心主轴不平行，故是斜弯曲与扭转组合变形。

答案：（C）。

5.10.2　斜弯曲

1. 受力特征和变形特征

受力特征：梁上的横向外力（或外力偶）作用平面通过截面的弯曲中心，但不平行于形心主惯性平面，如图 5.10-1 所示。

变形特征：挠曲线不再与荷载作用面重合。

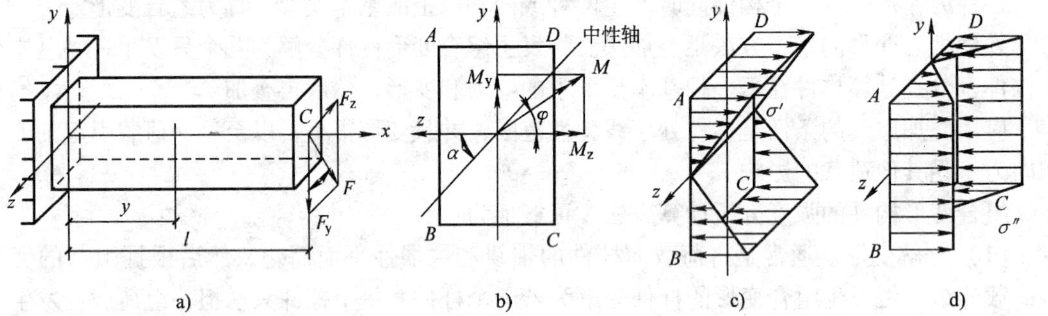

图 5.10-1

2. 应力计算及强度条件

图 5.10-1 所示矩形截面悬臂梁，横向力 F 过弯心但不与形心主轴 y、z 重合，一般将发生斜弯曲，无法直接利用平面弯曲应力公式计算应力。这时先将力 F 沿主轴分解为 $F_y = F\cos\varphi$，$F_z = F\sin\varphi$，则梁在 F_y、F_z 作用下将发生分别以 z、y 为中性轴的平面弯曲，在距固支端为 x 的横截面上，绕 z、y 轴的弯矩分别是

$$M_z = F_y(l-x) = F\cos\varphi \cdot (l-x) = M\cos\varphi$$
$$M_y = F_z(l-x) = F\sin\varphi \cdot (l-x) = M\sin\varphi$$

式中，$M = F(l-x)$ 为总弯矩。

弯矩 M_z、M_y 引起横截面上坐标为（y、z）的任意点的正应力分别为 $\sigma' = M_z y/I_z$（图 5.10-1c），$\sigma'' = M_y z/I_y$（图 5.10-1d）。根据叠加原理，梁横截面上任意点的总应力

$$\sigma = \frac{M_z}{I_z}y + \frac{M_y}{I_y}z \tag{5.10-1}$$

在上式中令 $\sigma = 0$，得中性轴方程

$$\frac{M_z}{I_z}y + \frac{M_y}{I_y}z = 0 \tag{5.10-2}$$

由式(5.10-2)知,中性轴是一条通过截面形心的直线(图5.10-1b),它与y轴夹角α为

$$\tan\alpha = \frac{y}{z} = -\frac{I_z M_y}{I_y M_z} = -\frac{I_z}{I_y}\cdot\tan\varphi \tag{5.10-3}$$

显然，当$I_y = I_z$，弯曲方向总是与合成弯矩的矢量M方向一致，一定发生平面弯曲。

当$I_y \neq I_z$时，中性轴的方位与合成弯矩的矢量M方向不一致，发生斜弯曲，梁的轴线弯成一条空间曲线。

弯曲变形时截面绕中性轴转动，中性轴将截面分为受拉和受压两个区，危险点位于距离中性轴最远的点。对于图示矩形截面，危险点在A、C两个对角点上，A点有最大拉应力，C点有最大压应力

$$\left\{\begin{matrix}(\sigma_t)_{max}\\(\sigma_c)_{max}\end{matrix}\right. = \pm\left(\frac{M_y}{W_y}+\frac{M_z}{W_z}\right) \tag{5.10-4}$$

斜弯曲的危险点处于单向应力状态，其强度条件与单向拉压问题相同，即

$$\sigma_{max} \leqslant [\sigma] \tag{5.10-5}$$

若材料许用拉、压应力不同，则应分别进行拉、压强度计算。

上面对矩形截面梁斜弯曲的处理方法和得到的一般结论适用于任意截面梁斜弯曲问题。

斜弯曲问题中，如果截面有两根对称轴，且对轴的惯性矩相等，即$I_y = I_z$，如圆形截面和正方形截面，横向力P无论作用方向如何也不会产生斜弯曲，只产生平面弯曲。

当横截面有外凸的尖角时，最大应力（σ_t）$_{max}$、（σ_c）$_{max}$将出现在外凸尖角上。

如果梁的横截面上没有外凸尖角，发生斜弯曲时，不易通过简单分析与观察得到最大应力的作用点，此时必须先找到中性轴，然后向外推中性轴的平行线，此平行线与截面边缘切点，即为最大拉、压应力的作用点。

因圆截面杆在任意横向力作用下均发生平面弯曲，对圆截面双向弯曲梁，可以在确定危险界面后，先合成危险截面的弯矩，再利用公式$\sigma_{max} = \dfrac{M}{W}$得到最大应力。

5.10.3 轴向拉伸（压缩）与弯曲组合

杆件上的荷载除了有轴向力外，同时还有横向力，如图5.10-2a所示。在外力作用下，杆件将产生轴向拉伸（压缩）与弯曲的组合变形。

杆件横截面上任意点处的只有正应力，其计算公式为

$$\sigma = \frac{F_N}{A} + \frac{M_z y}{I_z} \tag{5.10-6}$$

显然其中性轴为一条不通过形心的直线（形心处正应力恒等于F_N/A）。

由轴力与弯矩分别产生的正应力（图5.10-2b、c）相叠加结果如图5.10-2d所示。

图5.10-2a所示杆件的上缘有最大拉应力，下缘有最大压应力。对抗拉压性能相等的塑性材料，强度条件为

$$\sigma_{max} = \frac{F_N}{A} + \frac{M_{max}}{W_z} \leqslant [\sigma] \tag{5.10-7}$$

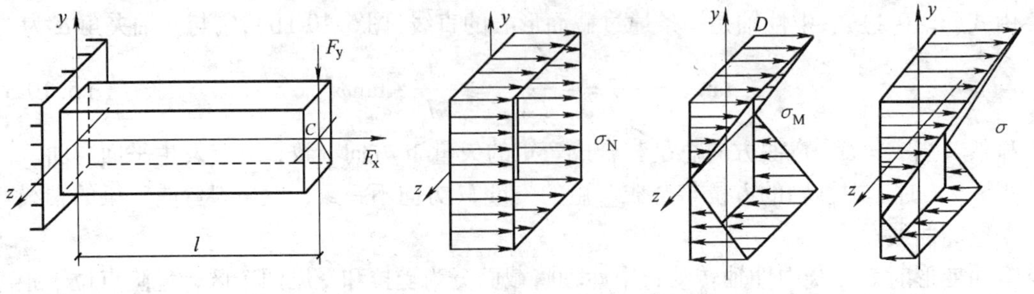

图 5.10-2

若材料抗拉、压性能不同，则应按最大拉、压应力分别进行强度计算。

外力作用线平行于构件轴线，但偏离形心，称为偏心拉伸（或压缩），如图 5.10-3a 所示。将力 F 向形心简化，得作用于形心的集中力 F 和两个力偶矩，如图 5.10-3b 所示。杆件横截面上的内力分量为

$$F_N = F,\ M_z = Fy_p,\ M_y = Fz_p$$

杆件的变形为轴向拉伸和双向弯曲的组合。

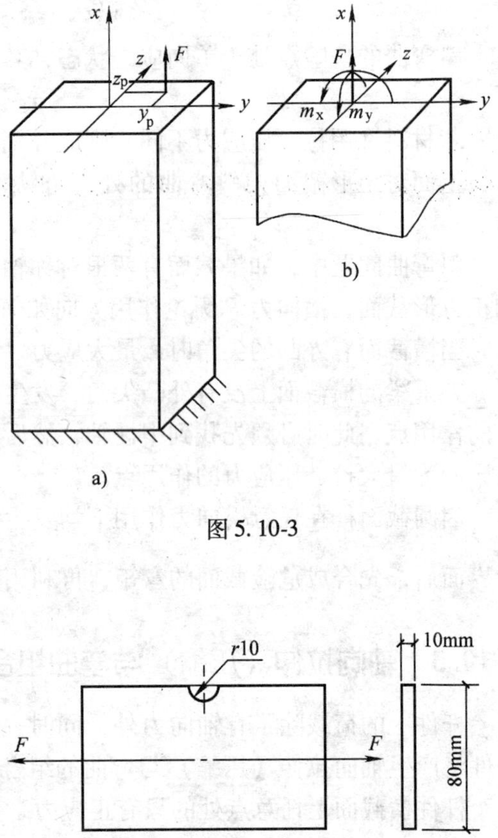

图 5.10-3

由于杆件各截面的内力相同，参照式(5.10-6)，横截面上任意一点上的正应力为

$$\sigma = \frac{F_N}{A} + \frac{M_z}{I_z}y + \frac{M_y}{I_y}z \qquad (5.10\text{-}8)$$

最大正应力也在某一外凸角点上，相应强度条件为

$$\sigma = \frac{F_N}{A} + \frac{M_z}{W_z} + \frac{M_y}{W_y} \leqslant [\sigma] \qquad (5.10\text{-}9)$$

【例 5.10-2】 【例 5.10-2】图所示厚度 $t=10\text{mm}$，宽度 $b=80\text{mm}$ 的钢板，钢板的一边加工一个半径 $r=10\text{mm}$ 的圆弧槽。轴向拉伸荷载 $F=80\text{kN}$。若在钢板对称位置再加工一个同样圆槽（【例 5.10-2】图 b），应力比加工前（　　）。

（A）变大　（B）不变

（C）变小　（D）不确定

解：一个圆槽时，最小横截面积为 A，原荷载 P 对最小截面有 $e=5\text{mm}$ 的偏心，在偏心拉伸下，最大拉应力为

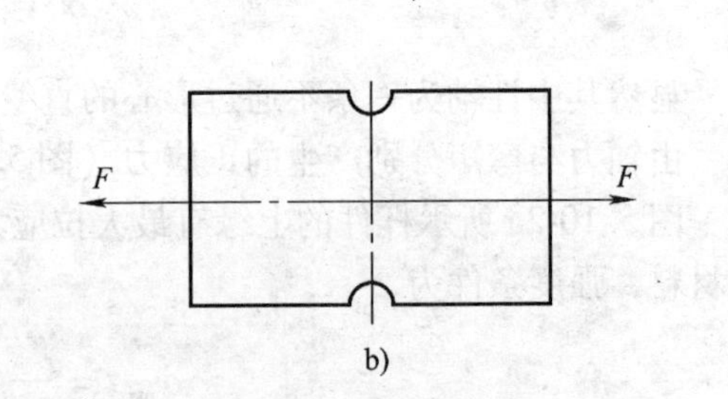

【例 5.10-1】图

$$\sigma_{\max}=\frac{F}{A}+\frac{Fe}{W}=\left(\frac{80\times10^3}{70\times10}+\frac{80\times10^3\times5\times6}{10\times70^2}\right)\mathrm{MPa}=163.3\mathrm{MPa}$$

加工圆槽后，为单向拉伸问题

$$\sigma=\frac{F}{A}=\frac{80\times10^3}{60\times10}\mathrm{MPa}=133.3\mathrm{MPa}$$

加工圆槽后最大应力减小了18.4%。

由此例可知，少量的偏心会引起工作应力的较大增长，因此偏心拉伸（或压缩）是一种非常不利的加载方式，在实际工程中应尽量避免。

答案：(C)。

5.10.4 弯曲与扭转组合变形

图5.10-4a所示圆轴AB，左端固定，右端的圆轮边缘C处承受铅直力F作用。将力F向轴B截面的形心平移，得到一个铅直力和一个力偶。圆轴横截面上的内力有弯矩M和扭距T，如图5.10-4c所示，圆轴AB将发生弯曲和扭转的组合变形。其危险截面在端固定，内力绝对值为弯矩$M_{\max}=Fl$，扭距$T=FD/2$。横截面应力分布如图5.10-5a所示。弯曲产生的最大拉应力和压应力分别发生在横截面上下缘的a、b点，扭转产生的最大切应力发生在横截面周边上的各点，它们分别为

$$\sigma=\frac{M}{W}\qquad\tau=\frac{T}{W_p}\tag{a}$$

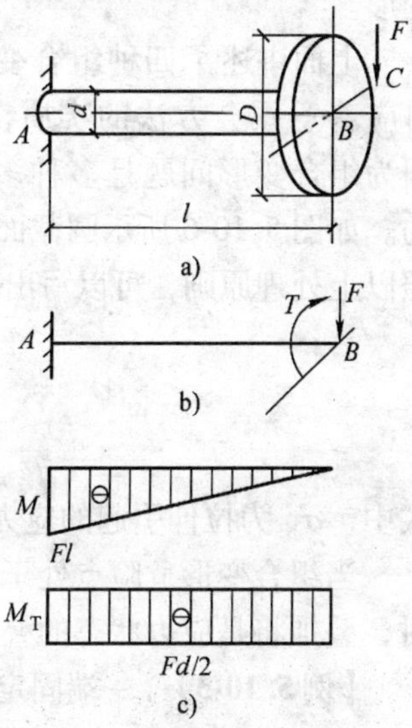

图5.10-4

实际上横截面还存在横向力引起的剪力和相应的弯曲切应力。但弯曲切应力与扭转切应力相比通常处于次要地位，因此在组合变形中一般总是忽略弯曲切应力。

危险点在横截面上下缘a、b两处，其原始单元体如图5.10-5b，显然处于平面应力状态。

在分析此轴的强度时，应使用强度理论。承受弯扭组合变形的圆轴，通常使用塑性材料制成，应使用第三或第四强度理论来建立强度条件，危险点的主应力：

$$\left.\begin{matrix}\sigma_1\\\sigma_3\end{matrix}\right\}=\frac{\sigma}{2}\pm\sqrt{\sigma^2+4\tau^2},\ \sigma_2=0$$

代入第三、第四强度理论的相当应力公式，得圆轴弯扭组合变形下的强度条件

$$\sigma_{eq3}=\sqrt{\sigma^2+4\tau^2}\leqslant[\sigma]\tag{5.10-10}$$

$$\sigma_{eq4}=\sqrt{\sigma^2+3\tau^2}\leqslant[\sigma]\tag{5.10-11}$$

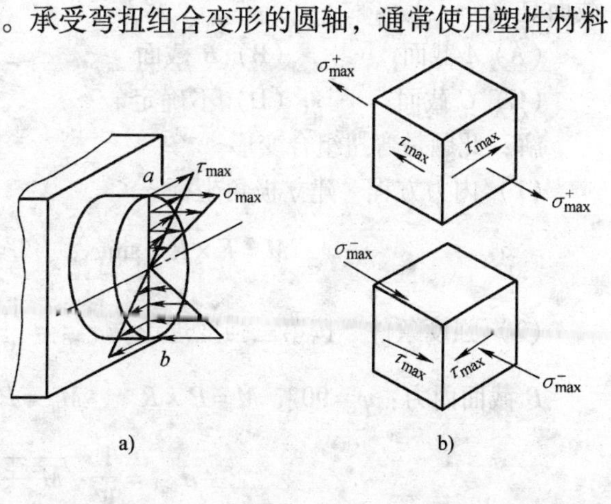

图5.10-5

将应力计算公式（a）代入上式，注意到圆轴抗扭截面系数 W_P 是抗弯截面系数 W 的 2 倍，得到用内力表示的弯扭组合变形强度条件

$$\sigma_{eq3} = \sqrt{\frac{M^2 + M_T^2}{W}} \leqslant [\sigma] \tag{5.10-12}$$

$$\sigma_{eq4} = \sqrt{\frac{M^2 + 0.75M_T^2}{W}} \leqslant [\sigma] \tag{5.10-13}$$

式（5.10-12）及式（5.10-13）的强度条件是针对塑性材料（如低碳钢）制成的圆（或空心圆）截面杆承受弯矩 M 和扭矩 T 写出的，因而它们只适用于圆截面杆的弯、扭组合变形，使用此两式可避免危险点的应力计算，较为简便。但应力表示的强度条件式（5.10-10）及式（5.10-11）使用范围更广，不管是何种组合变形，只要应力状态如图 5.10-5b 所示，均适用，如拉伸与扭转的组合变形。

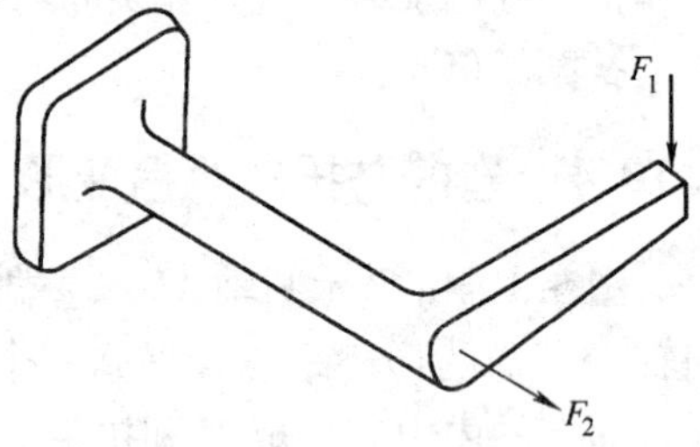

图 5.10-6

上面讲述了四种组合变形问题的处理方法，学习时应着意领会方法的实质，而不是只记住有关公式，因为组合变形问题是多种多样的，但处理原则是一致的。如图 5.10-6 所示圆截面杆除承受弯扭组合变形外，同时还发生轴向拉（压）变形，按照以上处理原则，可以写出其强度条件为

$$\sigma_{eq3} = \sqrt{(\sigma_N + \sigma_M)^2 + 4\tau^2} \leqslant [\sigma]$$

$$\sigma_{eq4} = \sqrt{(\sigma_N + \sigma_M)^2 + 3\tau^2} \leqslant [\sigma]$$

式中，σ_N 为拉伸引起的应力，σ_M 为弯曲引起的应力；τ 为扭转引起的应力。

当组合变形危险点处于单向应力状态时，叠加只是一种代数运算；若处于复杂应力状态时，叠加将是应力状态的叠加，其强度问题应使用适当的强度理论。

【例 5.10-3】 一端固定一端自由的半圆环形杆，水平放置。环的半径为 R，杆的横截面为圆形，直径为 d，自由端 C 受垂直向下的集中力。环形杆的危险截面是（　　）。

（A）A 截面　　（B）B 截面

（C）C 截面　　（D）不确定

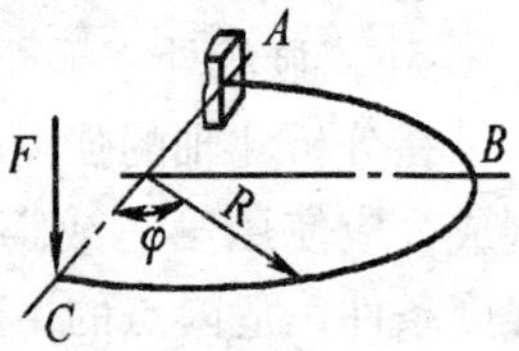

【例 5.10-3】图

解：此题是弯扭组合变形。

（1）内力方程　建立极角坐标 φ

$$M = F \times R \times \sin\varphi \qquad T = F \times R \times (1 - \cos\varphi)$$

（2）强度条件　按第三强度理论，$\sigma_{eq3} = \dfrac{1}{W}\sqrt{M^2 + T^2}$

B 截面内力：$\varphi = 90°$，$M = P \times R$　　$M_T = P \times R$

$$\sigma_{eq3} = \frac{1}{W}\sqrt{M^2 + T^2} = \frac{P \times R}{W}\sqrt{2}$$

A 截面内力：$\varphi=180°$，$M=0$　　$T=F\times 2R$

$$\sigma_{eq3}=\frac{1}{W}\sqrt{M^2+T^2}=\frac{F\times 2R}{W}$$

答案：(A)。

5.11 压杆稳定

5.11.1 压杆稳定性的概念

1. 压杆的稳定平衡与不稳定平衡

对任一弹性系统，施加干扰使其从平衡位置发生微小偏离。撤去干扰后，如果系统能回到其原始位置，则称其原始位置的平衡是稳定的；如果系统不能回到其原始位置，则称其原始位置的平衡是不稳定的。

对于截面中心轴向受压杆件，如图5.11-1所示两端铰支压杆，加上微小横向干扰使杆件偏离直线形式而微弯，撤去干扰，若压杆能恢复其原始直线状态，则其原始直线状态的平衡是稳定的；若撤去干扰后压杆不能恢复其原始直线状态，则此压杆原始直线状态的平衡是不稳定的。

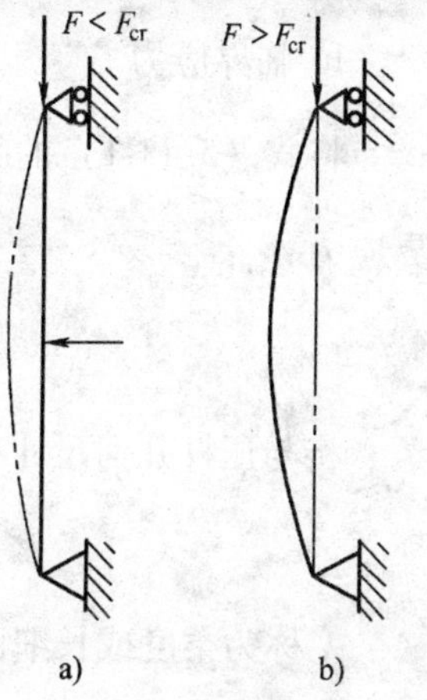

图5.11-1

2. 临界力

压杆的平衡状态与所受轴向压力 F 的大小有关。压杆有一个特定荷载值 F_{cr}，当轴向压力 $F<F_{cr}$时，压杆处于稳定平衡状态，当 $F>F_{cr}$时，压杆的处于不稳定平衡状态。该特定值 F_{cr}称为临界力或临界荷载。

压杆丧失其初始直线形式的平衡状态，称为失稳或屈曲。

5.11.2 细长压杆的临界力

细长压杆的临界力 F_{cr}计算公式如下：

$$F_{cr}=\frac{\pi^2 EI}{(\mu l)^2} \tag{5.11-1}$$

上式称为计算细长压杆临界力的欧拉公式。式中，乘积 EI 为杆的抗弯刚度，l 为压杆实际长度，μ 称为长度系数，乘积 μl 称为压杆的相当长度或有效长度。μ 与压杆的约束条件有关，不同约束条件下的 μ 值如下：

图5.11-2所示一端固定一端自由压杆 $\mu=2$；两端铰支压杆 $\mu=1$；一端固定一端铰支压杆 $\mu=0.7$；两端固定压杆 $\mu=0.5$。

从式（5.11-1）可看出，压杆的临界力与弯曲刚度成正比，与杆长的平方成反比，压杆的约束越强，临界力越大。

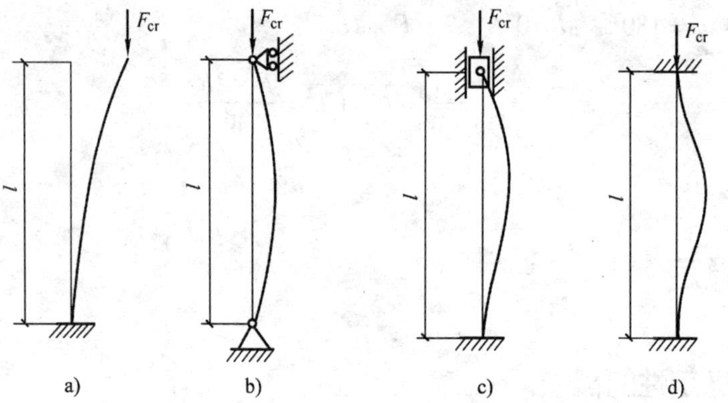

图 5.11-2

5.11.3 临界应力及欧拉公式的适用范围

1. 临界应力

将式（5.11-1）的临界力除以压杆面积 A，并令 $i^2=\frac{I}{A}$，i 称为截面的惯性半径，得临界应力 σ_{cr}：

$$\sigma_{cr}=\frac{F_{cr}}{A}=\frac{\pi^2 EI}{(\mu l)^2 A}=\frac{\pi^2 E i^2}{(\mu l)^2}$$

将与压杆几何尺寸有关的相当长度 μl 和惯性半径 i 合并，记为

$$\lambda=\frac{\mu l}{i} \tag{5.11-2}$$

λ 称为柔度或长细比。则临界应力成为

$$\sigma_{cr}=\frac{\pi^2 E}{\lambda^2} \tag{5.11-3}$$

上式为计算临界应力的欧拉公式。式中柔度 λ 综合反映了压杆的长度（l）、约束方式（μ）与截面几何性质（i）对临界力的影响。细长压杆的临界应力与柔度的平方成反比，柔度越大，临界应力越小。

2. 欧拉公式的适用范围

欧拉公式是根据线弹性条件下的挠曲线近似微分方程建立的，因此仅适用于应力小于比例极限的小变形的压杆，即

$$\sigma_{cr}=\frac{\pi^2 E}{\lambda^2}\leqslant\sigma_p \tag{5.11-4a}$$

或

$$\lambda\geqslant\pi\sqrt{\frac{E}{\sigma_p}}=\lambda_p \tag{5.11-4b}$$

λ_p 是仅与材料有关的常数。

5.11.4 临界应力总图

图 5.11-3 为实验得到的压杆临界应力 σ_{cr} 随柔度 λ 的变化曲线，称为临界应力总图。根

据临界应力总图，压杆可分成三种类型

(1) $\lambda \geqslant \lambda_p$，或临界应力$\sigma_{cr}$小于$\sigma_p$的压杆，称为大柔度杆，或细长杆。失效形式是失稳，且实验得到的临界应力曲线与欧拉公式一致。此类压杆采用欧拉公式$F_{cr}=\dfrac{\pi^2 EI}{(\mu l)^2}$计算临界荷载，$\sigma_{cr}=\dfrac{\pi^2 E}{\lambda^2}$计算临界应力。

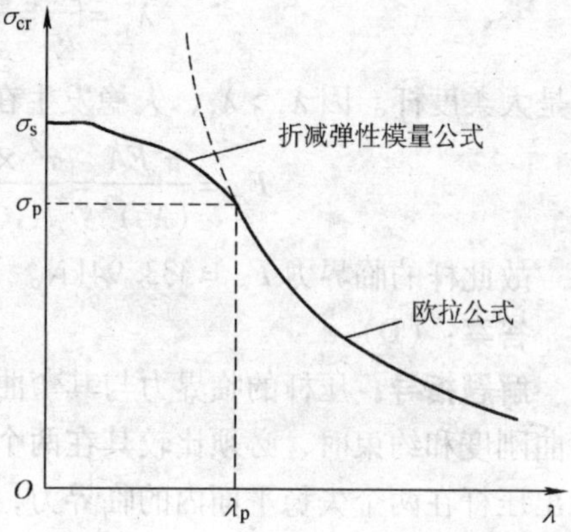

图 5.11-3

(2) $\lambda<\lambda_p$，且临界应力σ_{cr}大于σ_p小于σ_s的压杆称为中柔度压杆，其失效形式仍是失稳，临界应力通常采用经验公式计算。

(3) 临界应力σ_{cr}等于σ_s，此类压杆称为短粗杆，属于强度破坏问题，应按压缩强度条件处理。

欧拉公式只适用于小变形、应力小于比例极限σ_p或柔度λ大于λ_p的压杆。对于给定压杆，计算临界应力时应先计算柔度λ，根据λ值判断压杆类型，然后选择相应的临界应力公式。切忌不加判断，直接用欧拉公式计算。

【例 5.11-1】【例 5.11-1】图所示连杆，其约束情况是：在 xy 平面内弯曲时是两端铰支，在 xz 平面内弯曲时是两端固支，材料的弹性模量 $E=200\text{GPa}$，$\lambda_p=100$。该杆的临界力 F_{cr}(　　)。

(A) 477.06kN　　(B) 38.93kN　　(C) 155.74kN　　(D) 333.94kN

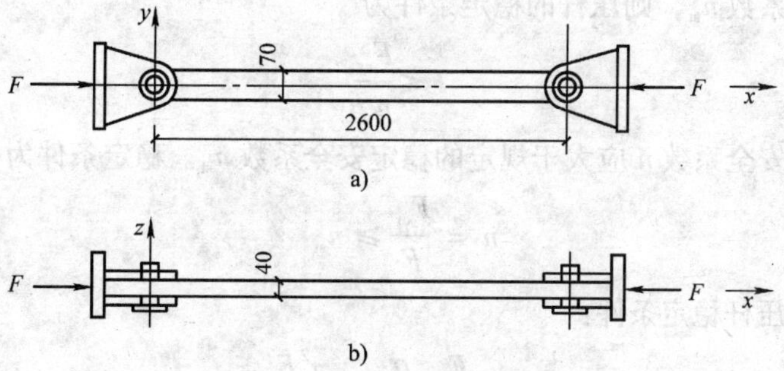

【例 5.11-1】图

解： 设连杆在 xy 面内失稳，两端为铰支，长度系数 $\mu=1$，此时截面以 z 轴为中性轴，惯性半径及长细比是

$$i_z=\sqrt{\frac{I_z}{A}}=\sqrt{\frac{bh^3/12}{bh}}=\frac{h}{2\sqrt{3}}=\frac{70}{2\sqrt{3}}\text{mm}=20.21\text{mm}$$

$$\lambda_z=\frac{\mu l}{i_z}=\frac{1\times 2600}{20.21}=128.65>100$$

故是大柔度杆。

设在 xz 平面内失稳，两端为固支，长度系数 $\mu=0.5$，此时截面以 y 轴为中性轴，惯性

半径及长细比是：

$$i_y = \sqrt{\frac{I_y}{A}} = \frac{b}{2\sqrt{3}} = \frac{40}{2\sqrt{3}}\text{mm} = 11.547\text{mm}$$

$$\lambda_y = \frac{\mu l}{i_y} = \frac{0.5 \times 2600}{11.547} = 112.58 > 100$$

也是大柔度杆。因 $\lambda_z > \lambda_y$，失稳发生在 xy 平面。所以

$$F_{cr} = \frac{\pi^2 EA}{(\lambda_z)^2} = \frac{\pi^2 \times 2.0 \times 10^5 \times 40 \times 70}{(128.65)^2}\text{N} = 333.94\text{kN}$$

故此杆的临界力 $F_{cr} = 333.94\text{kN}$。

答案：(D)。

解题指导：压杆的临界力与其弯曲刚度及约束有关，当压杆在不同失稳平面内有不同的弯曲刚度和约束时，必须比较其在两个失稳平面内的柔度，由最大柔度确定临界力；也可以求出压杆在两个失稳平面内的临界力，其中较小者才是该杆的临界荷载。

5.11.5 压杆稳定校核

正常工作条件下，压杆的工作荷载应小于临界荷载，即 $F < F_{cr} = \frac{\pi^2 EI}{(\mu l)^2}$，或工作应力小于临界应力，即 $\sigma = \frac{F}{A} < \sigma_{cr} = \frac{\pi^2 E}{\lambda^2}$

1. 安全系数法

引入稳定安全系数 n_{st}，则压杆的稳定条件为

$$F \leqslant \frac{F_{cr}}{n_{st}}$$

或压杆的工作安全系数 n 应大于规定的稳定安全系数 n_{st}。稳定条件为

$$n = \frac{F_{cr}}{F} \geqslant n_{st} \tag{5.11-5}$$

用应力表示的压杆稳定条件：

$$\sigma = \frac{F}{A} \leqslant \frac{\sigma_{cr}}{n_{st}} = \frac{\pi^2 E}{\lambda^2 n_{st}}$$

或

$$n = \frac{\sigma_{cr}}{\sigma} \geqslant n_{st} \tag{5.11-6}$$

稳定安全系数取值一般大于强度安全系数，其值可从有关设计规范和手册中查得。

2. 折减系数法

折减系数法的稳定条件为：

$$\sigma = \frac{F}{A} \leqslant \varphi[\sigma] \tag{5.11-7}$$

式中，$[\sigma]$ 为许用压应力，$\varphi = \varphi(\lambda)$ 为折减系数，其值可在算得压杆的 λ 后，从有关设计规范、手册中查到。

杆件的局部削弱（如局部开槽，打孔等）对稳定性能影响很小。因此，在稳定校核中，应按未削弱截面计算横截面的面积与惯性矩。但对被削弱的截面，还应进行压缩强度校核，其计算面积应是扣除孔洞等削弱后的实际面积。

5.11.6 提高稳定性的措施

1. 选择合理截面形状

在横截面积 A 不变的情况下，应选择惯性矩较大的截面形状。

2. 合理选择材料

非细长压杆的临界应力与材料的比例极限有关，选用强度高的材料，可以提高其稳定性。

3. 加强约束，减小杆长

临界力与相当长度（μl）的平方成反比，增强对压杆的约束与减小杆长可显著提高压杆的稳定性。

在截面面积不变的情况下，最理想的设计应是压杆在两个形心主轴方向同时达到临界应力。因此，若压杆在两个形心主轴方向的约束相同时，应选择惯性矩 $I_z=I_y$ 的截面；若约束不同时，应使两方向的柔度相等，即 $\lambda_y=\lambda_z$。

【例5.11-2】 立柱由两根10号槽钢组成（【例5.11-2】图），上端为球形铰支，下端为固定端约束，长度 $l=6\text{m}$，材料的弹性模量 $E=200\text{GPa}$，比例极限 $\sigma_p=200\text{MPa}$。当两根槽钢的距离 a 为某一值时，该立柱有最大临界荷载，荷载值是（　　）。

（A）217.46kN　　（B）443.8kN

（C）869.85kN　　（D）54.36kN

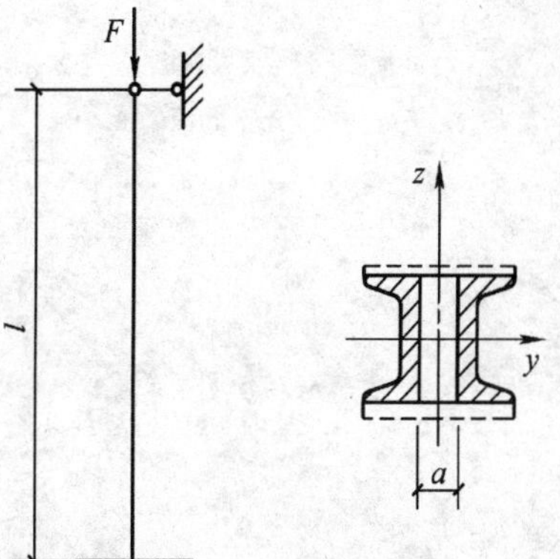

【例5.11-2】图

解：（1）求两槽钢的距离 a

当 $I_y=I_z$时，F_{cr}有最大值。

从设计手册查型钢表，得槽钢截面几何性质：截面惯性矩：$I_y=198.3\text{cm}^4$，$I_{z0}=25.6\text{cm}^4$，惯性半径：$i_y=3.95\text{cm}$，$i_{z0}=1.41\text{cm}$，面积 $A=12.74\text{cm}^2$，槽钢截面形心到直边的距离 $y_0=1.52\text{cm}$。

$I_y=2\times198.3\text{cm}^4=396.6\text{cm}^4$

$I_z=2\times[(I_{z0}+A\times(y_0+a/2)^2]=2\times[25.6+12.74\times(1.52+a/2)^2]$

令 $I_y=I_z$，解得 $a=4.32\text{cm}$

（2）计算压杆柔度，判断压杆类型

计算柔度 λ_p

$$\lambda_p=\pi\sqrt{E/\sigma_p}=3.14\sqrt{200\times10^3/200}=99.4$$

压杆在 xz、yz 平面失稳的柔度 λ_y、λ_z 相同

$$\lambda_y=\mu l/i=0.7\times600/3.95=106.3$$

$\lambda_y>\lambda_p$ 压杆为大柔度杆。

（3）按欧拉公式计算压杆的临界荷载 F_{cr}

$$F_{cr}=\frac{\pi^2 EI}{(\mu l)^2}=\frac{\pi^2\times 2.0\times 10^5\times 396.6\times 10^4}{(0.7\times 6000)^2}\text{N}=443.8\text{kN}$$

答案：(B)。

解题指导：在截面积不变的情况下，压杆在 xy 和 xz 两平面内失稳的临界力相等时，承受的临界力最大。当各方向的约束相同时，只需使 $I_y=I_z$ 即可。

【例 5.11-3】 图示两细长压杆除图 b 所示压杆在跨中点增加一个活动铰链外，其他条件均相同，问图 b 压杆的临界力是图 a 压杆的几倍？(　　)。

(A) 8 倍　　(B) 4 倍　　(C) 2 倍　　(D) 相等

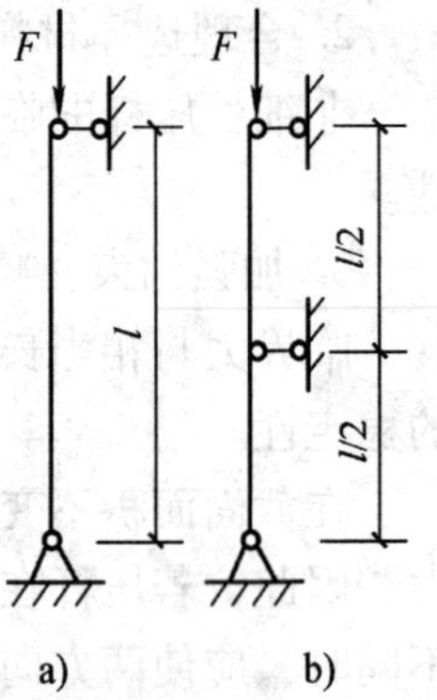

【例 5.11-3】图

解：a 杆为两端铰支压杆，长度系数 $\mu=1$，其临界力

$$F_a=\frac{\pi^2 EI}{(l)^2}$$

b 杆增加中间铰链后，从失稳后的微弯挠曲线可知，压杆上段、下段的挠曲线均与长度为 $0.5l$ 的两端铰支压杆相同，因此其临界荷载也与长度为 $0.5l$ 的两端铰支压杆相同，其临界力

$$F_b=\frac{\pi^2 EI}{(0.5l)^2}=\frac{4\pi^2 EI}{(l)^2}$$

答案：(B)。

第 6 章

流体力学

6.1 流体主要物性及流体静力学

复习要求：理解流体的主要物理性质；理解流体静压强的基本概念；掌握流体静力学基本方程；掌握静止液体作用在平面上的总压力计算。

6.1.1 流体的连续介质模型

物质是由分子组成的，流体也是同样。分子间存在间距，且分子不停地作不规则运动。如果我们着眼于研究每个分子的微观运动，并通过它们来研究整个流体的运动，那将是十分复杂和及其困难的，且无此必要，故流体力学研究流体的宏观运动。

连续介质模型是流体力学根本性的假定，即认为流体是由连续分布的流体质点所组成。将流体视为连续介质后，流体运动中的物理量均可视为空间和时间的连续函数，这样就可利用数学中的连续函数方法来对流体运动进行研究。

6.1.2 流体的惯性

惯性是物体维持原有运动状态的一种性质，表征某一流体惯性的大小可用该流体的密度。对于均质流体，若体积为 V 的流体具有质量 m，则密度以 ρ 表示：

$$\rho = m/V \tag{6.1-1}$$

式中，密度单位为 kg/m^3。

常温下水的密度大约是 $1000kg/m^3$，流体的密度随温度和压强的变化而变。

6.1.3 流体的压缩性和热胀性

在压强增大时，流体就会被压缩，导致体积减小，密度增加；而受热后温度上升时，流体的体积会增大，密度会减小，这种性质称为流体的压缩性和热胀性。

液体的压缩性，一般用压缩系数 β 来表示。

$$\beta = \frac{\frac{\mathrm{d}\rho}{\rho}}{\mathrm{d}p} \tag{6.1-2}$$

β 值愈大，则流体的压缩性也愈大。β 的单位是 m^2/N。流体被压缩时，其质量并不改变，故体积压缩系数又可以表示为

$$\beta = -\frac{\mathrm{d}V}{V}/\mathrm{d}p$$

液体的热胀性，一般用热胀系数 α 表示，与压缩系数相反，当温度增加 $\mathrm{d}T$ 时，液体的密度减小率为 $-\mathrm{d}\rho/\rho$，则热胀系数 α 为

$$\alpha = -\frac{\frac{\mathrm{d}\rho}{\rho}}{\mathrm{d}T}$$

α 值愈大，则液体的热胀性也愈大。α 的单位为 $1/\mathrm{K}$。

一般情况下水及其他一些液体的热胀性和压缩性很小，可以忽略不计，只有在某些特殊情况下，例如工程计算中遇到水管的阀门突然关闭时所发生的水击、热水供暖等问题时，才需考虑水的压缩性和热胀性。

气体与液体不同，具有显著的压缩性和热胀性。温度和压强的变化对气体体积质量的影响很大。在温度不过低，压强不过高时，气体密度、压强和温度三者之间的关系，服从理想气体状态方程式。即

$$\frac{p}{\rho} = RT$$

式中，p 为气体的绝对压强，单位是 Pa；R 为气体常数，单位是 $\mathrm{J/(kg\cdot K)}$，$R=8314/n$ 其中 n 为气体相对分子质量。例如空气的相对分子质量为 29，则空气的 R 值为 $287\mathrm{J/(kg\cdot K)}$；$T$ 是热力学温度，单位是 K。

6.1.4　流体的粘性

由于流体具有流动性，在静止时不能承受剪切力以抵抗剪切变形，但在运动状态下，流体内部质点间或流层间因相对运动而产生内摩擦力以抵抗剪切变形，这种性质叫做粘性。内摩擦力又称为粘滞力。

根据牛顿内摩擦定律（图 6.1-1），处于相对运动的两层相邻流体之间的内摩擦力（剪切力）T 可用如下公式表示：

$$T = \mu A \frac{\mathrm{d}u}{\mathrm{d}y} \tag{6.1-3}$$

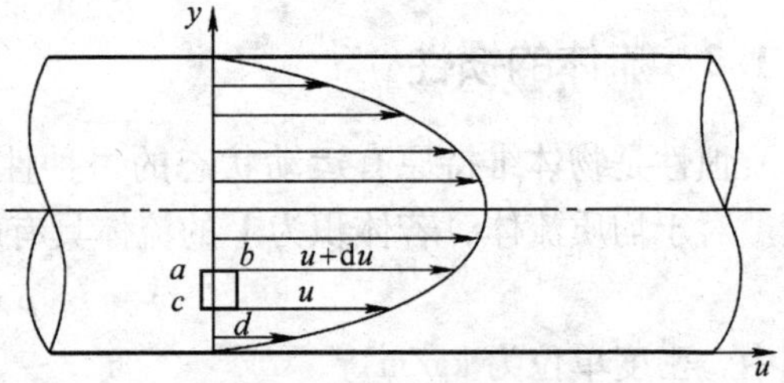

图 6.1-1　牛顿内摩擦定律

式中，μ 为流体的动力粘度，单位是 $\mathrm{Pa\cdot s}$。μ 值与温度有关，而与压强的关系不大，气体的 μ 值随温度的升高而增加，液体的 μ 值随温度的升高而减小；A 为接触面积，单位是 m^2；$\frac{\mathrm{d}u}{\mathrm{d}y}$ 称为速度梯度，是速度沿垂直于流动方向的变化率，单位是 s^{-1}。

若以τ代表单位面积上的内摩擦力即切应力，则

$$\tau=\frac{T}{A}=\mu\frac{\mathrm{d}u}{\mathrm{d}y} \tag{6.1-4}$$

切应力τ的单位为Pa。

在分析粘性流体的运动规律时，经常出现比值μ/ρ，用ν表示，称为运动粘度。即

$$\nu=\mu/\rho$$

式中：ρ为流体的密度；ν为运动粘度，单位是m^2/s，表示单位速度梯度作用下的切应力对单位体积质量作用产生的阻力加速度。

牛顿内摩擦定律只适用于牛顿流体，即切应力与剪切变形速度成线性比例关系的流体，如水、汽油、酒精和空气等，均为牛顿流体。而将不符合牛顿内摩擦定律的流体称为非牛顿流体，如油漆、泥浆、浓淀粉糊等。

【例6.1-1】 如图，已知平板面积$A=2m^2$，与平台台面之间的距离为$\delta=1mm$，充满粘度为$\mu=0.1Pa\cdot s$的液体，现平板以$v=3m/s$的速度平移，则拖动平板所需的力为（　　）

（A）300N　　（B）600N　　（C）3N　　（D）6N

解：答案（B）。

根据牛顿内摩擦定律$T=\mu A\frac{\mathrm{d}u}{\mathrm{d}y}$

设平板与台面之间的速度分布为线性分布，则拖动平板所需的力为

$$T=\mu A\frac{v}{\delta}=0.1\times2\times\frac{3}{0.001}\mathrm{N}=600\mathrm{N}$$

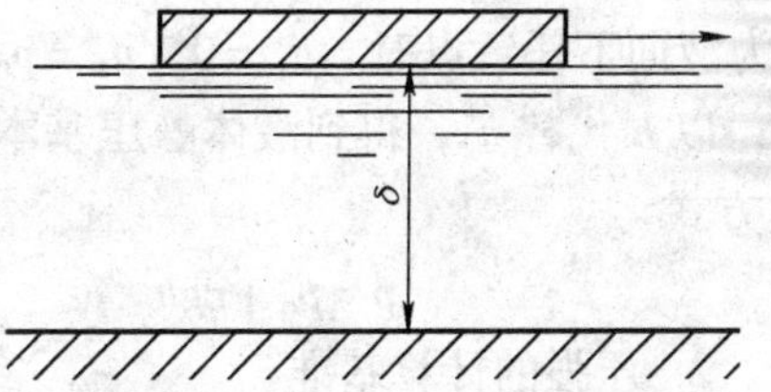

【例6.1-1】中计算参数示意图

6.1.5 流体静压强及其特性

流体静力学是研究流体处于静止状态下的力学规律及其在实际工程上的应用。

1. 流体静压强的定义

静止状态下，单位受压面积上的流体压力称为流体静压强。设受压面积为ΔA，所受压力为Δp，则此受压面上的平均压强为

$$\bar{p}=\frac{\Delta p}{\Delta A}$$

当面积ΔA无限缩小到一点时，比值趋近于一个极限值，此极限值称为该点的流体静压强，以p表示。即

$$p=\lim_{\Delta A\to0}\frac{\Delta p}{\Delta A}$$

2. 流体静压强的特性

（1）垂向性　由于流体在静止时不能承受拉力和切力，所以流体静压强的方向必然是沿着作用面的内法线方向，这是流体静压强的第一个特性。例如，受压面为平面时，压强的方向向内，指向平面的垂线方向，而当受压面为球的外表面时，压强则指向球心方向。

（2）各向等值性　静止或相对静止的流体中，任一点的流体静压强的大小与作用面的方向无关，只于该点的位置有关，这就是流体静压强的第二个特性。因此，流体静压强只是空间位置的函数。解决流体静压强的问题即是解决流体静压强分布规律的问题，即简化为研究压强函数

$$p=f(x, y, z)$$

的问题，而与作用方向没有关系。

6.1.6　重力作用下静水压强的分布规律

1. 流体静力学基本方程

如图 6.1-2 所示，容器内液体密度为 ρ，液面压强 p_0，液体中任意两点 1、2，相对基准面的位置高度为 z_1、z_2；液面下深度为 h_1、h_2；两点压强为 p_1、p_2，质量力只有重力的情况下，流体静压符合下式规律

$$p_2=p_1+\rho g(h_2-h_1)$$

上式称为液体静压基本方程，当 1 点处于液面，2 为液面下任意点时，$h_1=0$，$p_1=p_0$，以 p 代替 p_2，以 h 代替 h_2，得到液体静压基本方程另一表达方式

$$p=p_0+\rho gh \qquad (6.1\text{-}5)$$

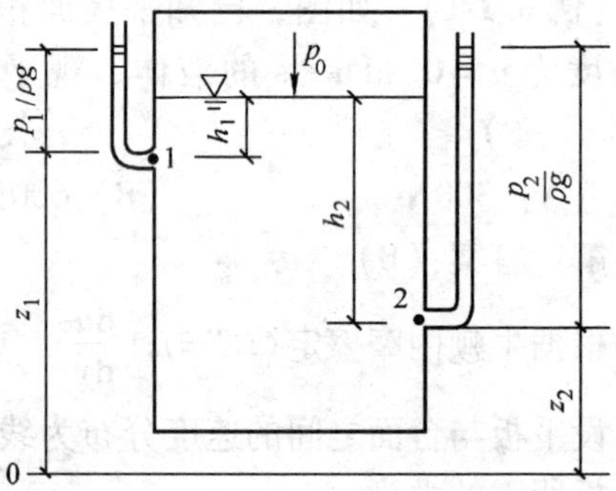

图 6.1-2　流体静力学基本方程示意

2. 压强的计算基准

压强有两种计算基准：绝对压强和相对压强。以绝对真空为零点起算的压强，称为绝对压强，以 p' 表示。当问题涉及流体本身的性质，例如采用气体状态方程计算时，必须采用绝对压强；以当地同高程的大气压强 p_a 为零点起算的压强，称为相对压强，以 p 表示。相对压强、绝对压强和大气压强的相互关系是：

$$p=p'-p_a$$

某一点的绝对压强只能是正值，相对压强可正可负。当相对压强为正值时，称该压强为正压（即压力表读数）；为负值时，称为负压。负压的绝对值又称为真空度（即真空表读数）以 p_v 表示。即当 $p<0$ 时，

$$p_v=-p=p_a-p'$$

绝对压强、相对压强和真空度三者的关系如图6.1-3 所示。

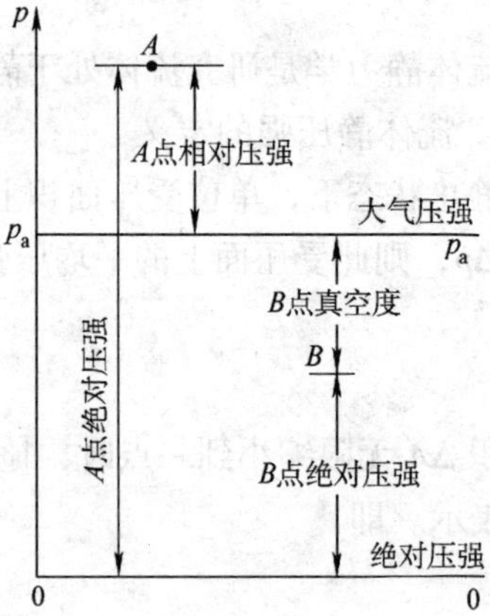

图 6.1-3　压强的图示

【例 6.1-2】　封闭的压力容器如图所示，自由面的绝对压强 $p_0=122.6\text{kN/m}^2$，容器内水深 $h=3\text{m}$，压力容器内绝对压强最大值为（　　）kN/m^2。

（A）127.48　　（B）63.74　　（C）152　　（D）71

解：答案（C）。

从压强与水深的直线变化规律可知，水最深的地方压强最大。所以，封闭容器内底面压强最大。压强最大值 p'_A 为

$$p'_A = p_0 + \rho g h = 122.6\text{kN/m}^2 + 9.8\text{kN/m}^3 \times 3\text{m}$$
$$= 152\text{kN/m}^2$$

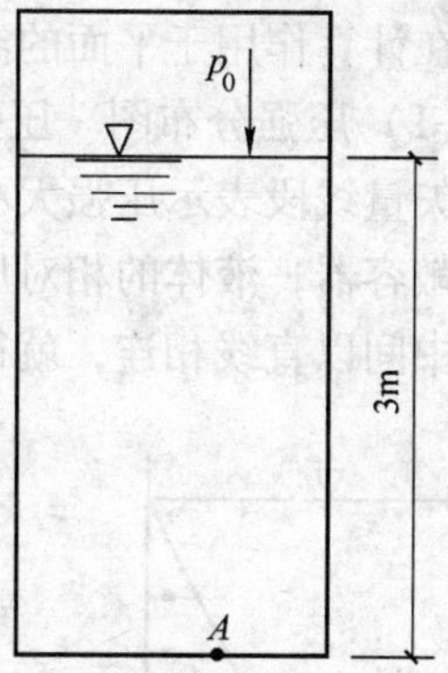

【例 6.1-2】中计算参数示意图

6.1.7 作用于平面的液体总压力的计算

工程中除了要确定液体中某一点的压强之外，还需要确定静止液体作用在受压面上的总压力。求解液体总压力的实质是求解受压面上分布力的合力，其计算方法有解析法和图解法两种。

1. 解析法

求解作用在平面上的液体总压力，包括确定它的大小、方向和作用点三个方面。

（1）总压力的大小　设在静止液体中有一与水平面交角 α、面积为 A 的平面 ab，如图 6.1-4 所示，平面 ab 左侧承受液体压力，大气压强 p_a 作用于平面 ab 右侧及液面。为分析方便，将平面 ab 绕 Oy 轴旋转 90°，建立图示 xOy 坐标系。

根据静压强的垂向性，作用力的方向即为受压平面的垂线方向。平面所受压力的大小可按下式计算：

$$p = p_c A \qquad (6.1\text{-}6)$$

式中，p_c 为受压面形心的静压强；A 为受压面积。即压力的大小等于受压平面形心处的压强与受压面积的乘积。

（2）总压力的方向　总压力的方向是沿着受压面的内法线方向。

（3）总压力的作用点　总压力 P 的作用点（也称压力中心）位置，可用理论力学中的合力矩定理求得。

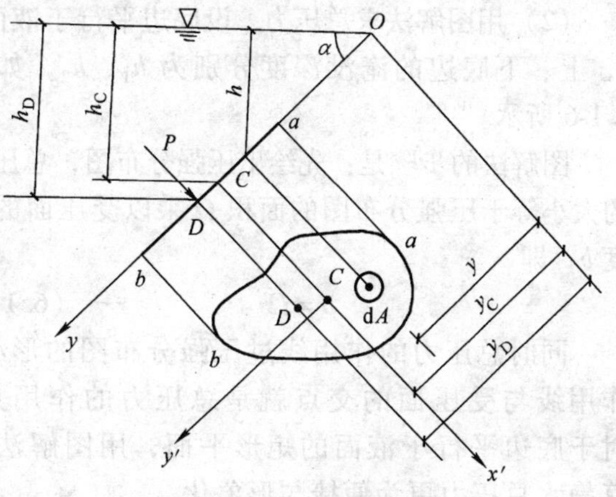

图 6.1-4　解析法求平面上总压力

对于常见的左右对称形状受压平面，压力的作用点在其中线上，其纵向位置由以下公式确定

$$y_D = y_C + \frac{I_C}{y_C A} \qquad (6.1\text{-}7)$$

式中，y_D 为压力中心沿 y 轴方向至液面交线的距离；y_C 为受压面形心沿 y 轴方向至液面交线的距离；I_C 为受压面对通过形心且平行于液面交线轴的截面二次轴矩。由于 $\frac{I_C}{y_C A}$ 总为正值，故 $y_D > y_C$。说明压力中心总是低于形心。

矩形和圆形的截面二次轴矩分别为

$$I_C = \frac{1}{12}bh^3 \text{ 和 } I_C = \frac{\pi}{64}d^4$$

式中，b 是受压矩形与液面平行方向的宽；h 是矩形的高；d 是受压圆形的直径。

2. 图解法

在计算作用于平面的液体总压力时，常会用到另一种方法——图解法。

（1）压强分布图　压强分布图是在受压面承压的一侧，根据压强的特性，以一定比例尺的矢量线段表示压强大小和方向的图形，是液体静压强分布规律的几何图示。对于通大气的开敞容器，液体的相对压强 $p=\rho gh$，沿水深直线分布，只要把上下两点的压强用线段绘出，中间以直线相连，就得到相对压强分布图，如图 6.1-5 所示。

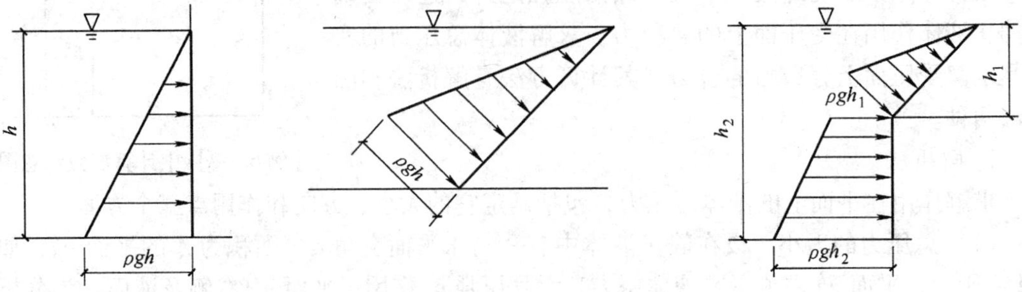

图 6.1-5　压强分布图

（2）用图解法求总压力　设底边平行于液面的矩形平面与水平面夹角为 α，平面宽度 b，上、下底边的淹没深度分别为 h_1、h_2，如图 6.1-6 所示。

图解法的步骤是：先绘出压强分布图，总压力的大小等于压强分布图的面积 Ω 乘以受压面的宽度 b，即

$$p=\Omega b \qquad (6.1\text{-}8)$$

同时总压力的作用线过压强分布图的形心，作用线与受压面的交点就是总压力的作用点。对于底边平行于液面的矩形平面，用图解法计算静水总压力更为便捷与形象化。

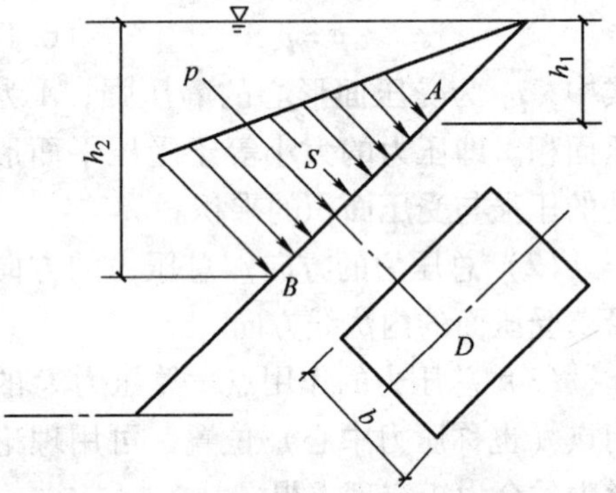

图 6.1-6　图解法求解平面总压力图

【例 6.1-3】　一铅直矩形的闸门，如【例 6.1-3】图所示，顶边水平，所在水深为 $h_1=1\text{m}$，闸门高 $h=2\text{m}$，宽 $b=1.5\text{m}$，水静压力 P 的大小和作用点 D 点距离水面的距离 y_D 为（　　）。

（A）58.84kN　　2.17m　　　　（B）58.84kN　　2m

（C）29.42kN　　2.17m　　　　（D）29.42kN　　2m

解：答案（A）。

首先用解析法来计算。

引用式 $P=\rho gh_cA$，其中，水的密度 $\rho=1000\text{kg/m}^3$，

$$h_c=h_1+h/2=(1+2/2)\text{m}=2\text{m}\quad A=bh=1.5\times 2\text{m}^3=3\text{m}^3,$$

代入，得：$P=9.8\times 1000\times 2\times 3\text{kN}=58.84\text{kN}$

压力中心用 $y_D=y_C+J_C/y_CA$。其中：$y_C=h_c=2\text{m}$，

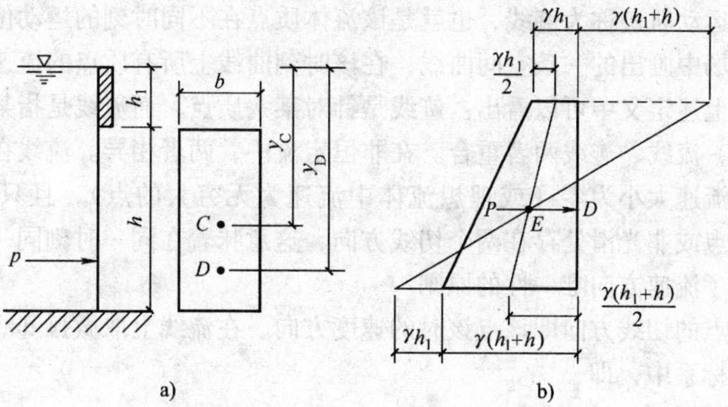

【例 6.1-3】中计算参数示意图

$$I_C = \frac{1}{12}bh^3 = \frac{1}{12} \times 1.5 \times 2^3 \text{m}^4 = 1\text{m}^4$$

代入式中得：$y_D = \left(2 + \frac{1}{2 \times 1.5 \times 2}\right)\text{m} = \left(2 + \frac{1}{6}\right)\text{m} = 2.17\text{m}$

再用图解法求解。

先绘制水静压分布图，引用公式 $P = \Omega b$。其中：

$$\Omega = \frac{1}{2}[\rho g h_1 + \rho g(h_1 + h)]h = \frac{1}{2}\rho g h(2h_1 + h) = \frac{1}{2} \times 2 \times (2 \times 1 + 2)\text{kN/m} = 39.23\text{kN/m}$$

$b = 1.5\text{m}$，带入式中得：

$$P = 39.23\text{kN/m} \times 1.5\text{m} = 58.84\text{kN}$$

采用图解法，压力中心通过水静压强分布图梯形的形心去掉可作图决定，也可将梯形划分为已知形心位置的三角形和矩形，利用总面积对某轴之矩等于各部分面积对同轴距之和求得。本题中，通过 E 点作垂直于受压面的向量 P，得交点 D，这便是压力中心。

6.2　流体动力学基础

复习要求：了解描述流体运动的两种方法；理解欧拉法研究流体运动的基本概念；掌握恒定总流的连续性方程、能量方程和动量方程及其应用。

本节研究流体机械运动的基本规律及其在工程中的初步应用。研究流体运动的方法有着眼于流体质点运动的拉格朗日法和着眼于流场（即充满运动流体质点的空间）的欧拉法。由于流体运动的复杂性，在流体力学中通常采用较为简单的欧拉法，即流场分析法。

6.2.1　流场的基本概念

1. 恒定流和非恒定流

根据流体运动参数是否随时间变化，可将流体流动分为恒定流和非恒定流。所谓恒定流就是流场空间每一点的运动参数都不随时间的变化而变化，否则称为非恒定流。

应当注意的是，恒定流中流体质点的迁移加速度可以不为零。

2. 流线和迹线

流体质点的运动轨迹称为迹线，也就是该流体质点在不同时刻的运动位置的连线；而流线是某时刻在流场中画出的一条空间曲线，在该时刻曲线上所有质点的流速矢量均与这条空间曲线相切。从上述定义中可以看出：迹线是针对某一质点，而流线是指某一时刻的。

在恒定流中，流线、迹线两者重合。在非恒定流中，两者相异。流线在一般情况下不能相交除非该点的流速大小为零（或理想流体中流速为无穷大的点），且只能是一条光滑曲线。否则，在交点或非光滑处存在两个切线方向，这意味着在同一时刻同一质点具有两个运动方向，这违背了流速方向唯一性的原则。

流线任意一点的切线方向即该点该时的速度方向。在流线上取微弧 $\mathrm{d}r$，按流线定义 $\mathrm{d}r \times u = 0$，在直角坐标系中，即

$$\frac{\mathrm{d}x}{u_x} = \frac{\mathrm{d}y}{u_y} = \frac{\mathrm{d}z}{u_z} \tag{6.2-1}$$

3. 流管、元流、总流和过流断面

在流场中通过任意不与流线重合的封闭曲线上各点作流线而构成的管状表面称为流管。流管内所有流线的总和称为流束。流束可大可小，如果封闭曲线取的无限小，所得流束称为微小流束，也称元流；如果封闭曲线取在流场周界上，所得流束称为总流，总流为无数元流的有限集合体。

与元流或总流的流线正交的截面为过流断面。过流断面的形状随流线的形状而定，可能是平面或曲面。

4. 流量与断面平均流速

单位时间内流过过流断面的流体量称为流量。工程中常用体积流量（简称流量）和质量流量。流量是一个具有普遍实际意义的重要物理量。通风就是输送一定流量的空气到被通风的地区。供热就是输送一定流量的热流体到需要热量的单位去。管道设计问题就是流体输送问题，也就是流量问题。

设过流断面上任一微元面积 $\mathrm{d}A$ 上的流速为 u，则体积流量

$$Q_v = \int_A \boldsymbol{u} \cdot \mathrm{d}\boldsymbol{A} \tag{6.2-2}$$

工程中常需要知道断面上的平均速度，则平均速度 v 为

$$v = \frac{Q_v}{A} = \frac{\int_A \boldsymbol{u} \cdot \mathrm{d}\boldsymbol{A}}{A} \tag{6.2-3}$$

工程中如不加说明，流量即指体积流量，$Q = Q_v$。则流量公式可简化为

$$Q = Av \tag{6.2-4}$$

5. 均匀流、非均匀流与渐变流

根据位于同一流线上各质点的流速矢量是否沿程变化，可将流体流动分为均匀流和非均匀流两种。若流场中同一流线上各质点的流速矢量沿程不变，这种流动称为均匀流，否则称为非均匀流。均匀流中各流线是彼此平行的直线，过流断面上的流速分布沿程不变，过流断面为平面。

在实际流动中，经常出现均匀流，如等截面的长直管道内的流动、断面形状不变且水深不变的长直渠道内的流动等。而对于非均匀流，为便于研究，常常按流线沿程变化的缓急程度，又将非均匀流分为渐变流和急变流。其中渐变流是流体力学的一个重要概念。渐变流是指各流线接近于平行直线的流动，其极限情况就是流线为平行直线的均匀流。

渐变流过流断面具有下面的两个重要性质：

（1）渐变流过流断面近似为平面。

（2）恒定渐变流过流断面上流体动压近似地按静压强分布，即同一过流断面 $z+\frac{p}{\rho g}$ 近似为常数。

6.2.2 恒定总流的连续性方程

恒定总流的连续性方程是质量守恒定律在流体力学中的数学表达式。在恒定流中，任取一元流。设进口过流断面1—1，面积为 dA_1，流速为 u_1；出口过流断面2—2，面积为 dA_2，流速为 u_2，如图6.2-1所示。

根据质量守恒定律，单位时间内流入断面1—1的流体质量必定等于从2—2流出的质量，即

$$\rho_1 u_1 dA_1 = \rho_2 u_2 dA_2 = 常数 \quad (6.2\text{-}5)$$

对不可压缩流体，有 $\rho_1=\rho_2$，则有

$$u_1 dA_1 = u_2 dA_2 = dQ \quad (6.2\text{-}6)$$

即为元流的连续性方程。

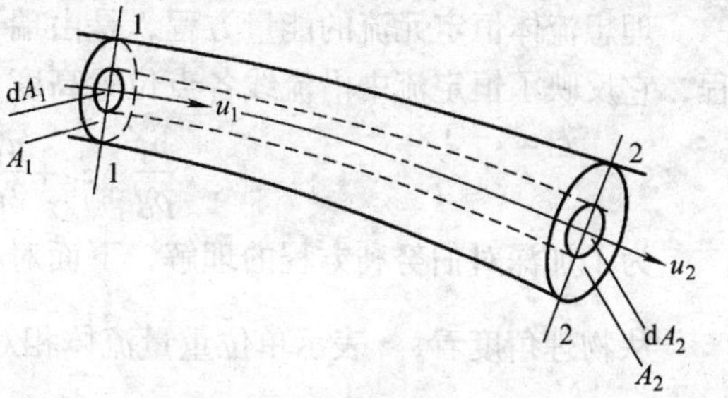

图6.2-1 元流连续性方程推导

总流是无数个元流的集合，将元流的连续性方程在总流过流断面上积分，即可得到恒定总流的连续性方程

$$Q=\int dQ=\int_{A_1} u_1 dA_1=\int_{A_2} u_2 dA_2 \quad (6.2\text{-}7)$$

引入断面平均流速的概念，则有

$$v_1 A_1 = v_2 A_2 = Q = 常数 \quad (6.2\text{-}8)$$

即为不可压缩流体总流的连续性方程。适用于理想流体和实际流体。

【例6.2-1】 一变直径如【例6.2-1】图所示，已知出口端管径为50mm，测得出口流速为 $v_2=5\text{m/s}$，进口端管径100mm。1—1和2—2断面的截面积分别为 A_1、A_2。则管段进口断面平均流速 v_1 和管中流量 Q 的大小为（ ）。

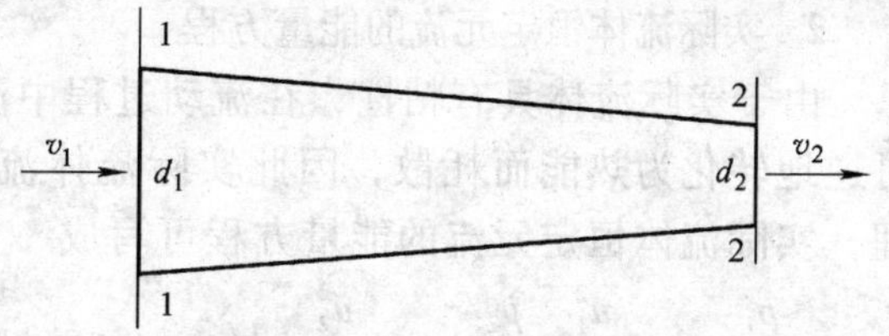

【例6.2-1】中流动参数示意图

（A）$v_1=1.0\text{m/s}$；$Q=9.82\text{L/s}$

（B）$v_1=1.25\text{m/s}$；$Q=9.82\text{L/s}$

（C）$v_1=1.25\text{m/s}$；$Q=39.3\text{L/s}$

（D）$v_1=1.0\text{m/s}$；$Q=39.3\text{L/s}$

答案：（B）。

解：

根据恒定总流连续性方程：

$$Q=v_2A_2=5\times\frac{\pi}{4}\times(50\times10^{-3})^2$$

$$=9.82\times10^{-3}\text{m}^3/\text{s}=9.82\text{L/s}$$

$$v_1=v_2\frac{A_2}{A_1}=v_2\left(\frac{d_2}{d_1}\right)^2=5\times\left(\frac{50}{100}\right)^2\text{m/s}=1.25\text{m/s}$$

故答案为 B。

6.2.3 恒定总流的能量方程

恒定总流的能量方程是能量守恒定律在流体力学中的应用，在理想元流能量分析基础之上得到实际元流能量方程式，进一步推广到总流，以得到在工程实际中对平均流速和压强计算极为重要的总流能量方程式。

1. 理想流体恒定元流的能量方程

理想流体恒定元流的能量方程，是由瑞士物理学家伯努利首先提出的，故亦称伯努利方程，它反映了恒定流中沿流线各点位置高度 z、压强 p 和流速 u 之间的变化规律。

$$\frac{p_1}{\rho g}+z_1+\frac{u_1^2}{2g}=\frac{p_2}{\rho g}+z_2+\frac{u_2^2}{2g} \tag{6.2-9}$$

为了加深对伯努利方程的理解，下面对其物理意义和几何意义进行讨论。

从物理角度看，z 表示单位重量流体相对于某基准面所具有的位能；$\frac{p}{\rho g}$表示单位重量流体所具有的压能；$\frac{u^2}{2g}$表示单位重量流体所具有的动能。因通常将位能与压能之和称为势能，势能与动能之和称为机械能，故上式的物理意义为单位重量恒定不可压缩理想流体的机械能沿流线不变，即机械能守恒。

从几何角度看，z 表示元流过流断面上某点相对于某基准面的位置高度，称为位置水头；$\frac{p}{\rho g}$称为压强水头；$\frac{u^2}{2g}$称为流速水头。因通常将位置水头与压强水头之和称为测压管水头，测压管水头与流速水头之和称为总水头，故上式的几何意义为恒定不可压缩理想流体的总水头沿流线不变。

2. 实际流体恒定元流的能量方程

由于实际流体具有粘性，在流动过程中流层间内摩擦力做功，将使一部分机械能不可逆地转化为热能而耗散，因此实际流体流动的机械能将沿程减小。根据能量守恒原理，实际流体恒定元流的能量方程可写成

$$\frac{p_1}{\rho g}+z_1+\frac{u_1^2}{2g}=\frac{p_2}{\rho g}+z_2+\frac{u_2^2}{2g}+h'_w \tag{6.2-10}$$

式中，h'_w称为水头损失，即上游断面的总水头与下游断面的总水头之差。因流体运动时粘滞摩擦力的存在，所以总水头是沿流程递减的。

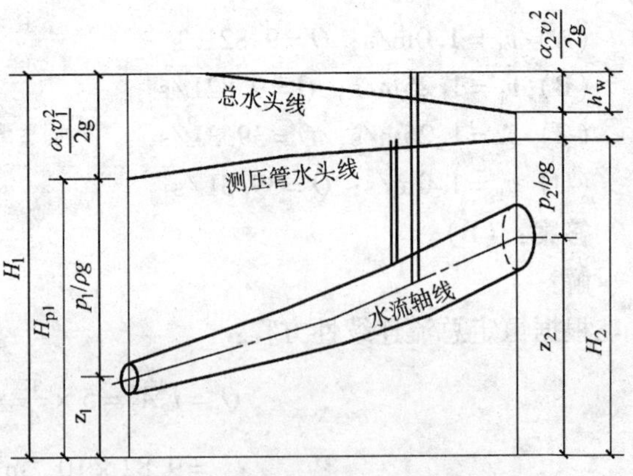

图 6.2-2 实际流体元流水头线

实际流体恒定元流的能量方程各项及总水头、测压管水头的沿程变化可用几何曲线表示，见图 6.2-2。元流各过

流断面的测压管水头的连线称为测压管水头线，而总水头的连线称为总水头线。这两条线清晰地表示了流体的位能、压能和动能及其组合沿程的变化过程，其变化的程度可分别用测压管坡度和水力坡度（即总水头坡度）量度。

测压管坡度为

$$J_p = -\frac{d\left(z+\frac{p}{\rho g}\right)}{ds} \tag{6.2-11}$$

水力坡度（即总水头坡度）

$$J = -\frac{d\left(z+\frac{p}{\rho g}+\frac{u^2}{2g}\right)}{ds} \tag{6.2-12}$$

实际流体的总水头线总是沿程下降的（$J>0$），而测压管水头线沿程则可升（$J_p<0$），可降（$J_p>0$），也可不变（$J_p=0$），主要取决于水头损失及动能与势能间相互转化的情况。

3. 恒定总流的能量方程

对恒定元流能量方程式中的势能项、动能项和能量损失积分，通过一系列推导可得出恒定总流能量方程，即恒定总流伯努利方程式。

$$\frac{p_1}{\rho g}+z_1+\frac{\alpha_1 v_1^2}{2g}=\frac{p_2}{\rho g}+z_2+\frac{\alpha_2 v_2^2}{2g}+h_w \tag{6.2-13}$$

式中，z_1、z_2 为选定的1—1、2—2渐变流断面上任一点相对于选定基准面的高程；p_1、p_2 为相应断面同一选定点的压强，同时用相对压强或同时用绝对压强；v_1、v_2 为相应断面的平均流速；α_1、α_2 为相应断面的动能修正系数；h_w 为1—1、2—2两断面间的平均单位水头损失。

水头损失 h_w 一般分为沿管长均匀发生的均匀流损失，称为沿程水头损失，和局部障碍（如各种管道弯头、接管、闸阀、水表等）引起的急变流损失，称为局部水头损失。

恒定总流的能量方程的应用条件：

（1）流体应为恒定流，客观上虽然并不存在绝对的恒定流，但多数流动的流速随时间变化缓慢，由此导致的惯性力较小，故方程仍然适用。

（2）流体应为不可压缩流体，它不仅适用于压缩性极小的液体流动，也适用于实际工程中所碰到的大多数气体流动，只有压缩变化较大，流速较高，才需要考虑气体的可压缩性。

（3）应适当选取控制断面的位置，满足均匀流或渐变流断面的条件，使断面上的测压管水头等于常数。管路系统进口处在急变流段，一般不能选作控制断面。但在某些问题上，断面流速不大，离心惯性力不显著，或者断面流速项在能量方程中所占比例很小，也允许将断面划在急变流处，近似地求流速或压强。

（4）作用于液体的质量力限于重力。表面力包括控制断面压力和固壁面压力，各表面切力一般可忽略。

（5）两控制断面之间没有能量的输入或输出。如果有能量的输出（例如中间有水轮机或汽轮机）或输入（例如中间有水泵或风机），则可以将输入的单位能量项 H_i 加在方程的左边，见式（6.2-14），或将输出的单位能量项 H_o 加在方程的右边，见式（6.2-15）。

$$\frac{p_1}{\rho g}+z_1+\frac{\alpha_1 v_1^2}{2g}+H_i=\frac{p_2}{\rho g}+z_2+\frac{\alpha_2 v_2^2}{2g}+h_w \tag{6.2-14}$$

$$\frac{p_1}{\rho g}+z_1+\frac{\alpha_1 v_1^2}{2g}=\frac{p_2}{\rho g}+z_2+\frac{\alpha_2 v_2^2}{2g}+h_w+H_o \qquad (6.2\text{-}15)$$

（6）两控制断面之间不应有分流或合流的情况，对存在分流或合流的情况，应考虑分流或合流局部阻力损失对单位能量损失的影响。

（7）方程的推导使用了均匀流过流断面上的压强分布规律，因此断面上的压强 p 和位置高度 Z 必须取同一点的值，但该点可以在断面上任取。例如在明渠流中，该点可取在液面，也可取在渠底等，但必须为同一点。

【例 6.2-2】 如【例 6.2-2】图所示，引水管道从水塔中引水。水塔的截面积很大，水位恒定。已知管道直径 $d=200\text{mm}$，水头 $H=4.5\text{m}$，引水流量 $Q=100\text{L/s}$。1—1 控制断面和 2—2 控制断面的动量修正系数 α_1、α_2 均取为 1.0。水流的总水头损失为（　　）。

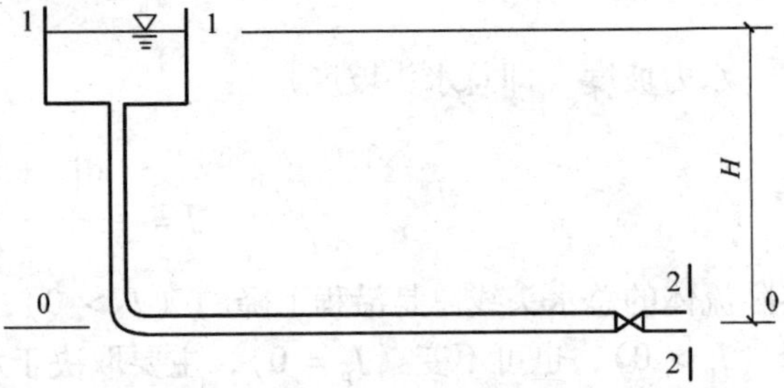

【例 6.2-2】中流动参数示意图

（A）4.5m　　（B）3.97m　　（C）5.03m　　（D）2.38m

答案：（B）。

解：水塔水面为 1—1 断面，引水管出口为 2—2 断面，基准面通过 2—2 断面的中心。恒定总流的能量方程为

$$\frac{p_1}{\rho g}+z_1+\frac{\alpha_1 v_1^2}{2g}=\frac{p_2}{\rho g}+z_2+\frac{\alpha_2 v_2^2}{2g}+h_w$$

则

$$h_w=\frac{p_1}{\rho g}+z_1+\frac{\alpha_1 v_1^2}{2g}-\frac{p_2}{\rho g}-z_2-\frac{\alpha_2 v_2^2}{2g}$$

将 $z_1-z_2=H$ 和 $p_1=p_2=0$ 代入上式，得

$$h_w=H+\frac{\alpha_1 v_1^2}{2g}-\frac{\alpha_2 v_2^2}{2g}$$

由于水塔的截面积很大，$v_1\approx 0$。由 $\alpha_2=1.0$，得到

$$h_w=H-\frac{\alpha_2 v_2^2}{2g}=H-\frac{Q^2}{2gA^2}$$

将 $A=\frac{1}{4}\pi d^2=\frac{1}{4}\pi\times 0.2^2\text{m}^2=0.031\text{m}^2$、$H=4.5\text{m}$ 与 $Q=100\text{L/s}=0.1\text{m}^3/\text{s}$ 代入上式，得到

$$h_w=\left(4.5-\frac{0.1^2}{2\times 9.8\times 0.031^2}\right)\text{m}=(4.5-0.53)\text{m}=3.97\text{m}$$

故答案为（B）选项。

6.2.4　恒定总流的动量方程

恒定总流的动量方程是动量守恒定律在流体力学中的应用，它反映了流体动量变化与作用力之间的关系。

根据理论力学，物体质量 m 和速度 v 的乘积称为物体的动量。作用于物体的所有外力

的合力$\sum F$和作用时间 dt 称为冲量。质点系的动量定理为

$$\sum \boldsymbol{F} dt = d(m\boldsymbol{v})$$

将上述定理运用于运动流体，可以推导出流体运动的动量方程。在恒定总流中，任取一元流，并将 1—1、2—2 两个过流断面取在渐变流中，以两断面之间的流段为控制体，两个断面面积分别为 dA_1、dA_2，断面流速分别为 v_1、v_2。控制体内的流体，原来处于 1—1 断面、2—2 断面之间，经过微小时段 dt，沿流动方向移动到 1′—1′断面和 2′—2′断面之间的位置，见图 6.2-3。

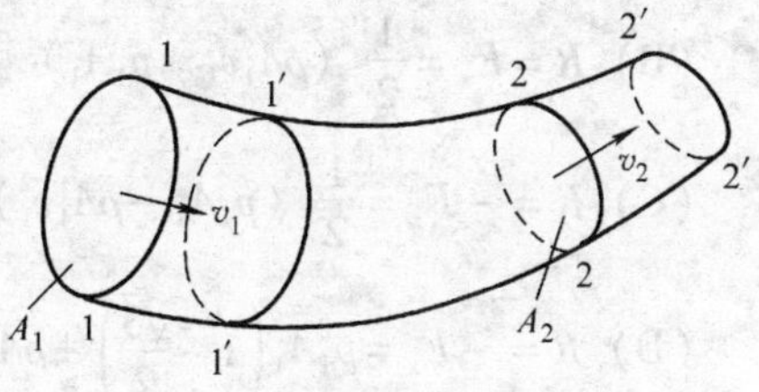

图 6.2-3 总流的动量定理

由于流动是恒定流，元流的形状以及各空间点处的流速不随时间而变，且为不可压缩流体，密度不变。所以经过 dt 时间后，虽然流体质点不同，但该位置处的流体质量和流速均保持不变。可认为，在 dt 时段前处于该位置的流体和 dt 时段后处于该位置的流体，所具有的动量相等。故流体经 dt 时段的动量变化，实际上是 2—2 断面至 2′—2′断面之间的流体所具有的动量与 1—1 断面至 1′—1′断面之间流体所具有的动量之差。

通过推导可得：

$$\sum \boldsymbol{F} = \rho_2 Q_2 \boldsymbol{v}_2 - \rho_1 Q_1 \boldsymbol{v}_1 \tag{6.2-16}$$

这个方程是以断面各点的流速均等于平均流速这个模型来写的。实际流速的不均匀分布使上式存在着计算误差，为此，以动量修正系数 α_0 来修正。α_0 定义为实际动量和按照平均流速计算的动量的比值，它取决于断面流速分布的不均匀性。考虑了流速分布的不均匀性，上式可写为

$$\sum \boldsymbol{F} = \alpha_{02}\rho_2 Q_2 \boldsymbol{v}_2 - \alpha_{01}\rho_1 Q_1 \boldsymbol{v}_1 \tag{6.2-17}$$

这就是恒定流动量方程。

恒定流动量方程的成立条件是流动恒定，它对不可压缩流体和可压缩流体均适用。对于不可压缩流体，由于 $\rho_1 = \rho_2 = \rho$ 和连续性方程 $Q_1 = Q_2 = Q$，其恒定流动量方程为

$$\sum \boldsymbol{F} = \alpha_{02}\rho Q \boldsymbol{v}_2 - \alpha_{01}\rho Q \boldsymbol{v}_1$$

动量方程为矢量方程，应用时一般是利用它在某坐标系上的投影式进行计算。在直角坐标系中的分量式为

$$\left.\begin{aligned} \sum F_x &= \alpha_{02}\rho Q v_{2x} - \alpha_{01}\rho Q v_{1x} \\ \sum F_y &= \alpha_{02}\rho Q v_{2y} - \alpha_{01}\rho Q v_{1y} \\ \sum F_z &= \alpha_{02}\rho Q v_{2z} - \alpha_{01}\rho Q v_{1z} \end{aligned}\right\}$$

【例 6.2-3】 密度为 ρ 的不可压缩定常流体在【例 6.2-3】图所示的水平安装的收缩型弯管中流动，流体出口速度方向与进口速度方向之间的夹角 $\alpha = 30°$。已知进口的面积、速度和压强分别为 A_1、v_1 和 p_1，出口的面积和压强分别为 A_2 和 p_2。流体对弯管在水平方向沿 x 轴的作用力为（ ）。其中 $A_1 = 2A_2$，$p_2 = 2p_1$，$v_1 = 1.0\text{m/s}$。F 表

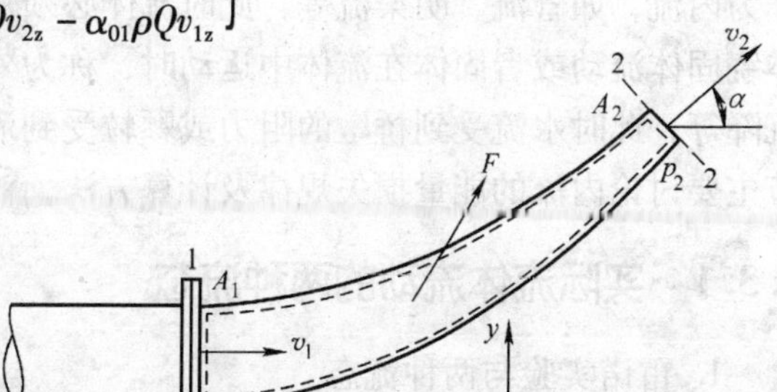

【例 6.2-3】流动参数示意图

示管壁对控制体的作用力，其 x 轴方向分量为 F_x。

（A）$R=F_x=p_1A_1\left(\frac{\sqrt{3}}{2}-1\right)+\rho A_1v_1^2\ (1-\sqrt{3})$

（B）$R=F_x=\frac{1}{2}\ (\rho A_1v_1^2-p_1A_1)$

（C）$R=-F_x=\frac{1}{2}\ (p_1A_1-\rho A_1v_1^2)$

（D）$R=-F_x=p_1A_1\left(1-\frac{\sqrt{3}}{2}\right)+\rho A_1v_1^2\ (\sqrt{3}-1)$

答案：（D）。

解：

取进出口截面之间的管段空间为控制体，由于水平安装，重力在水平方向无分量。设出口处速度为 v_2。由不可压缩流体连续性方程可得

$$A_1v_1=A_2v_2$$

则

$$v_2=\frac{A_1v_1}{A_2}=2v_1=2.0\text{m/s}$$

由于此处为一维定常流，x 方向的动量方程如下：

$$p_1A_1+F_x-p_2A_2\cos\alpha=\rho A_1v_1\ (v_2\cos\alpha-v_1)$$

则

$$\begin{aligned}F_x&=p_2A_2\cos\alpha-p_1A_1+\rho A_1v_1^2\ (A_1\cos\alpha/A_2-1)\\&=p_2A_2\cos30°-p_1A_1+\rho A_1v_1^2\ (A_1\cos30°/A_2-1)\end{aligned}$$

又流体对管壁的作用力与管壁对流体的作用力大小相等方向相反，因此流体对管壁的作用力为

$$R_x=-F_x=p_1A_1-\rho A_1v_1^2(A_1\cos30°/A_2-1)-p_2A_2\cos30°$$

将 $A_1=2A_2$，$p_2=2p_1$ 代入，所以答案为（D）。

6.3 流动阻力和能量损失

复习要求：了解实际流体的两种流态及其判别；理解层流、紊流运动的特征（圆管中层流运动）；了解边界层基本概念；掌握沿程水头损失和局部水头损失的计算；了解减少阻力的措施。

实际流体具有粘性，流体在流动过程中将产生流动阻力。当流体在固壁约束下流动时，称为内流，如管流、明渠流等，此时流体必须克服阻力做功，由此将产生机械能损失；当流体绕固体流动或者固体在流体中运动时，称为外流，如水流经过桥墩或颗粒在流体中上升或沉降等，此时水流受到桥墩的阻力或颗粒受到流体的阻力都是粘性阻力，称为绕流阻力。本节主要讨论内流的能量损失规律及计算方法，对绕流阻力仅作简单介绍。

6.3.1 实际流体流动的两种流态

1. 雷诺实验与两种流态

1883 年英国物理学家雷诺在如图 6.3-1 的圆管流态试验装置上进行实验，发现流体流动存在层流与紊流两种型态。

实验时，水箱 A 内水位保持不变，阀门 C 用于调节流量，容器 D 内盛有容重与水相近的颜色水，经细管 E 流入玻璃管 B，阀门 F 用于控制颜色水流量。

当管 B 内流速较小时，管内颜色水成一股细直的流束，这表明各个液层间毫不相混。这种分层有规则的流动状态称为层流。如图6.3-1a所示。当阀门 C 逐渐开大流速增加到某一临界流速 v_k' 时，颜色水出现摆动，如图6.3-1b所示。继续增大流速，则颜色水迅速与周围清水相混，如图6.3-1c所示。这表明液体质点的运动轨迹是极不规则的，各部分流体互相剧烈掺混，这种流动状态称为紊流。

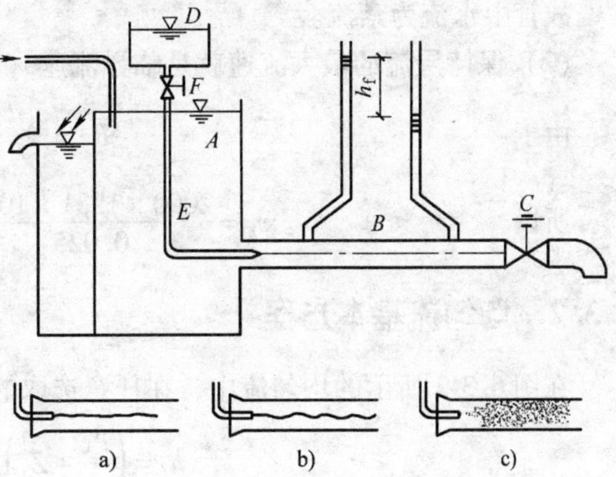

图6.3-1 流态实验装置

若实验时的流速由大变小，则上述观察到的流动现象以相反程序重演，但由紊流转变为层流的临界流速 v_k 小于由层流转变为紊流的临界流速 v_k' 称为 v_k' 上临界流速，v_k 为下临界流速。

对于特定的流动装置上临界流速 v_k' 是不固定的，随着流动的起始条件和实验条件的扰动程度不同，v_k' 值可以有很大的差异；但是下临界流速 v_k 却是不变的。在实际工程中，扰动普遍存在，上临界流速没有实际意义。以后所指的临界流速即是下临界流速。

实验进一步表明：等径直管上下游两断面间的水头损失 h_f，层流时与断面平均流速的一次方成正比，即 $h_f \propto v^{1.0}$；紊流时与流速的1.75~2.0次方成正比，即 $h_f \propto v^{1.75 \sim 2.0}$。

2. 层流与紊流的判别标准与临界雷诺数

雷诺等人进一步的实验表明：流动状态不仅和流速有关，还和作为定型尺寸的管径、流体的动力粘度和密度有关。因此采用以上四个参数组合而成的无因次数—雷诺数 Re 作为判别标准。

$$Re = vd\rho/\mu = vd/\nu \tag{6.3-1}$$

式中，v、d、ρ、μ、ν 分别为流速、管径、密度、流体的动力粘度和运动粘度。

显然，Re 越大流动就越容易成紊流；Re 越小，越不容易成为紊流。对应于临界流速 v_k 的雷诺数称临界雷诺数，用 Re_k 表示。实验表明圆管的临界雷诺数为

$$Re_k = v_k d/\nu = 2000 \tag{6.3-2}$$

对于非圆管中的流动，则要把非圆管折合到圆管来计算，此时特征长度 d 可用水力半径：

$$R = \frac{A}{\chi} \tag{6.3-3}$$

代替，式中 A 为过流断面面积；χ 为湿周，即过流断面上流体和固体壁面接触的周界。

【例6.3-1】 有一管径 $d=25\text{mm}$ 的室内上水管，如管中流速 $v=1.0\text{m/s}$，水温 $t=10℃$。则管中水的流态为（ ），管内保持层流状态的最大流速为（ ）。

(A) 层流 1.1m/s　　(B) 层流 1.5m/s

(C) 紊流 0.05m/s　　(D) 紊流 0.105m/s

答案：(D)。

解：10℃时水的运动粘度 $\nu = 1.31 \times 10^{-6}\text{m}^2/\text{s}$

（1）管内雷诺数为

$$Re=\frac{vd}{\nu}=\frac{1.0\times0.025}{1.31\times10^{-6}}=19100>2000$$

故管中水流为紊流。

（2）保持层流的最大流速就是临界流速 v_{k}。

由于
$$Re=\frac{v_{\mathrm{k}}d}{\nu}=2000$$

所以
$$v_{\mathrm{k}}=\frac{2000\times1.31\times10^{-6}}{0.025}\mathrm{m/s}=0.105\mathrm{m/s}$$

6.3.2　均匀流基本方程

在图 6.3-2 所示的均匀流中，在任意选取的两个断面 1—1 和 2—2 列伯努利方程，得：

$$h_{\mathrm{f}}=\left(\frac{p_1}{\rho g}+Z_1\right)-\left(\frac{p_2}{\rho g}+Z_2\right) \tag{6.3-4}$$

考虑所取流段在流向上的受力平衡条件。设两断面间的距离为 l，过流断面面积 A，在流向上，该流段所受的作用力有：

重力分量　$\rho gAl\cos\alpha$

端面压力　p_1A，p_2A

管壁切力　$\tau_0 l2\pi r_0$

式中　τ_0——管壁切应力；

　　r_0——圆管半径。

在均匀流中，流体作等速流动，各外力的合力等于零，考虑到各力的作用方向，得：

$$p_1A-p_2A+\rho gAl\cos\alpha-\tau_0 l2\pi r=0$$

将 $l\cos\alpha=z_1-z_2$ 代入整理得

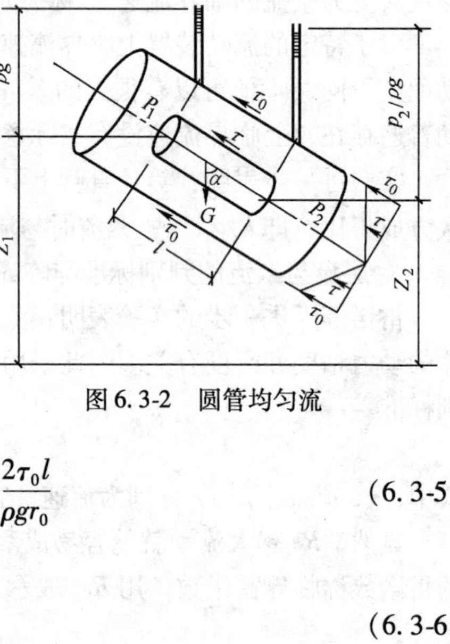

图 6.3-2　圆管均匀流

$$\left(\frac{p_1}{\rho g}+z_1\right)-\left(\frac{p_2}{\rho g}+z_2\right)=\frac{2\tau_0 l}{\rho g r_0} \tag{6.3-5}$$

比较式（6.3-4）和式（6.3-5），得：

$$h_{\mathrm{f}}=\frac{2\tau_0 l}{\rho g r_0} \tag{6.3-6}$$

或
$$\tau_0=\rho g\frac{r_0}{2}\frac{h_{\mathrm{f}}}{l}=\rho g\frac{r_0}{2}J \tag{6.3-7}$$

式中，$J=\dfrac{h_{\mathrm{f}}}{l}$为单位长度的沿程损失，称为水力坡度。

式（6.3-6）或式（6.3-7）就是均匀流基本方程。它反映沿程水头损失和沿程摩擦阻力（管壁切应力）之间的关系。

如取半径为 r 的同轴圆柱形流体来讨论，按类似的步骤可求得圆柱体表面的切应力 τ 与沿程水头损失 J 之间的关系：

$$\tau=\rho g\frac{r}{2}J \tag{6.3-8}$$

比较式（6.3-7）和式（6.3-8），得

$$\tau/\tau_0 = r/r_0 \tag{6.3-9}$$

这表明在圆管均匀流中，切应力与半径成正比，在过流断面上，切应力是呈线性分布的，轴线上为零，在管壁上达最大值。

6.3.3 圆管中的层流运动

1. 断面流速分布

根据均匀流动方程式和牛顿内摩擦定律可得：

$$-\mu\frac{\mathrm{d}u}{\mathrm{d}r} = \rho g\frac{r}{2}J$$

由于速度 u 随 r 的增大而减小，所以等式左边加负号，以保证等式两边为正值。

整理，得

$$\mathrm{d}u = -\frac{\rho gJ}{2\mu}r\mathrm{d}r$$

在均匀流中，J 值不随 r 而变。积分上式，并代入边界条件：$r=r_0$ 时，$u=0$，得

$$u = \frac{\rho gJ}{4\mu}(r_0^2 - r^2) \tag{6.3-10}$$

可见，断面流速分布是以管中心线为轴的旋转抛物面，见图6.3-3。

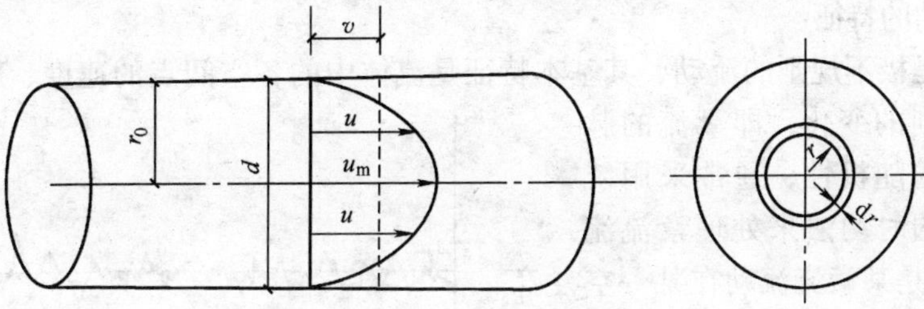

图6.3-3 圆管中层流的流速分布

2. 断面最大流速

$r=0$ 时，即在管轴上，达最大流速：

$$u_{\max} = \frac{\rho gJ}{4\mu}r_0^2 = \frac{\rho gJ}{16\mu}d^2 \tag{6.3-11}$$

3. 断面平均流速

将式（6.3-10）代入平均流速定义式，得到：

$$v = \frac{Q}{A} = \frac{\int_A u\mathrm{d}A}{A} = \frac{\int_0^{r_0} u \times 2\pi r\mathrm{d}r}{A} = \frac{\rho gJ}{8\mu}r_0^2 = \frac{\rho gJ}{32\mu}d^2 \tag{6.3-12}$$

比较式（6.3-11）和式（6.3-12），得：

$$v = \frac{1}{2}u_{\max} \tag{6.3-13}$$

即平均流速等于最大流速的一半。

4. 沿程阻力系数

根据式（6.3-14）层流的沿程损失计算公式

$$J=\frac{h_f}{l}=\frac{32\mu v}{\rho g d^2}$$

或

$$h_f=\frac{32\mu v l}{\rho g d^2} \qquad (6.3\text{-}14)$$

式(6.3-14)从理论上证明了层流沿程损失和平均流速的一次方成正比，这与雷诺实验结果一致。

将上式改写成计算沿程损失的一般形式，则

$$h_f=\lambda\frac{l}{d}\cdot\frac{v^2}{2g}=\frac{32\mu v l}{\rho g d^2}=\frac{64}{Re}\cdot\frac{l}{d}\cdot\frac{v^2}{2g} \qquad (6.3\text{-}15)$$

上式称为达西公式，为均匀流沿程水头损失的普遍计算式，对层流、紊流均适用。由此可见，圆管层流的沿程损失系数的计算式为

$$\lambda=\frac{64}{Re} \qquad (6.3\text{-}16)$$

它表明圆管层流的沿程阻力系数 λ 仅和雷诺数 Re 成反比，而和管壁粗糙度无关。

6.3.4 圆管中的紊流运动

1. 紊流运动的特征

紊流运动是极不规则的流动，其基本特征是流体中的各空间点的速度、压强等物理量随时间作不规则的变化，即紊流的脉动。由于脉动的随机性，通常采用统计平均方法中的时均法来处理紊流流动。图6.3-4就是某紊流流动在某一空间固定点上测得的流动方向上的速度随时间变化的曲线。紊流的脉动不仅在流动方向上存在，垂直于运动方向也有横向脉动。

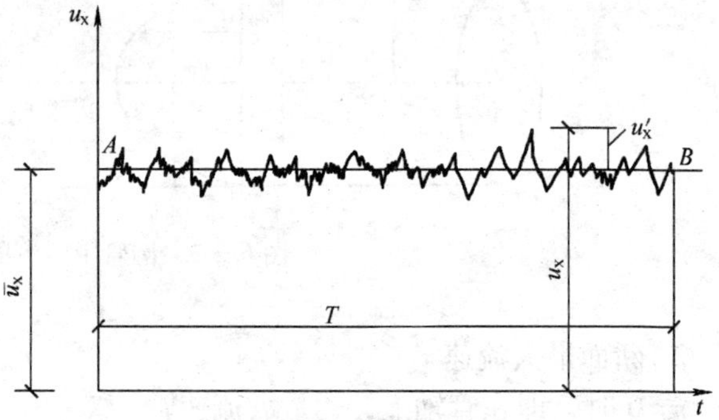

图6.3-4 紊流的脉动

实验结果看，其瞬时流速虽随时间不断变化，但却总是围绕某一平均值在不断脉动。因此，可将紊流看作两个流动的叠加，即时间平均流动——时均流和脉动流的叠加。因此，某点的瞬时流速 u 应等于相应的时间平均流速 $\bar{u}$ 和脉动流速 u' 之和，即

$$u=\bar{u}+u' \qquad (6.3\text{-}17)$$

式中，$\bar{u}=\frac{1}{T}\int_0^T u\mathrm{d}t$。

紊流的瞬时流动总是非恒定的，而平均运动可能是非恒定的，也可能是恒定的。如果紊流流动中各物理量的时均值不随时间而变，仅仅是空间点的函数，即称时均流动是恒定流动。

2. 紊流阻力

在紊流中，一方面因各流层的时均流速不同，有相对运动，因此各流层间存在着粘

性切应力 τ_1。另一方面还存在着由紊流脉动产生的惯性切应力 τ_2，因此紊流应力为两者之和，即

$$\tau = \tau_1 + \tau_2 \tag{6.3-18}$$

式中，粘性切应力 τ_1 可由牛顿摩擦定律计算，即 $\tau_1 = \mu \dfrac{du}{dy}$；经分析，惯性切应力是 $\tau_2 = -\rho \overline{u'_x u'_y}$，普朗特设想流体质点的紊流运动与气体分子运动类似，提出半经验的混合长度理论，推导出

$$\tau_2 = \rho l^2 \left(\frac{du}{dy}\right)^2 \tag{6.3-19}$$

式中，l 称为混合长度，没有直接的物理意义。

两部分切应力的大小随流动情况而有所不同。Re 较小时，即层流时，惯性切应力的影响较弱，粘性切应力占主导地位。随着 Re 的逐渐增加，脉动加剧，在紊流充分发展的流域内，惯性切应力远远大于粘性切应力，即紊流切应力主要是惯性切应力了。

3. 紊流流速分布

实验证明，紊流状态时并非整个过流断面都是紊流，在紧靠壁面处，粘滞力仍然会占绝对优势，致使贴附于壁的一极薄层仍然会保持层流特征，它具有最大的速度梯度，该极薄层称紊流边界层的层流底层（亦称粘性底层），在层流底层以外为紊流区，包括紊流充分发展的紊流核心区和紊流处于发展状态的过渡层，如图 6.3-5 所示。

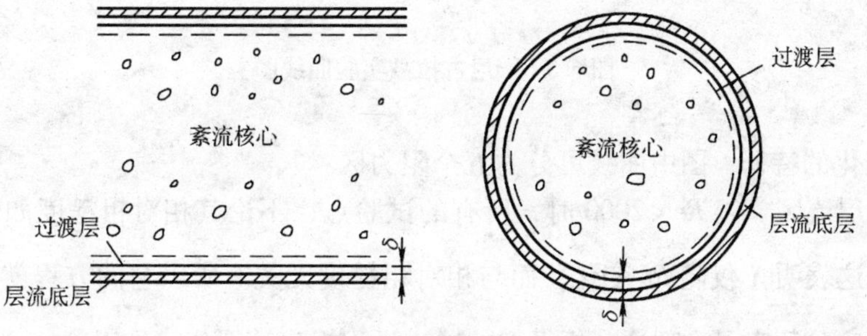

图 6.3-5 层流底层与紊流核心

在这个流层中，时均流速呈线性分布的。对于紊流核心区，运用式（6.3-19），可以从理论上证明断面上流速分布是对数型的，即

$$u = \frac{v_x}{\beta} \ln y + C \tag{6.3-20}$$

式中，$v_{\kappa} = \sqrt{\dfrac{\tau_0}{\rho}}$为剪切速度；$\beta$ 为卡门通用常数，由实验确定；y 为离圆管壁的距离；C 为积分常数。

4. 沿程阻力系数与尼古拉兹实验

紊流的沿程水头损失计算公式仍为达西公式（6.3-15）。沿程损失的计算，关键在于如何确定沿程阻力系数 λ。

层流的阻力是粘性阻力，理论分析表明，层流沿程阻力系数 λ 只与 Re 有关，而与管壁粗

糙度无关。而紊流阻力由粘性阻力和惯性阻力两部分组成。壁面的粗糙度在一定条件下成为产生惯性阻力的主要外因。所以，紊流中，沿程阻力系数 λ，主要取决于 Re 和壁面粗糙度这两个因素。

德国科学家尼古拉兹在实验室对人工粗糙管（在管壁上人为均匀地粘上一定粒径的砂粒的管道）进行了大量的实验，得到如图 6.3-6 的结果，称为尼古拉兹实验曲线图。

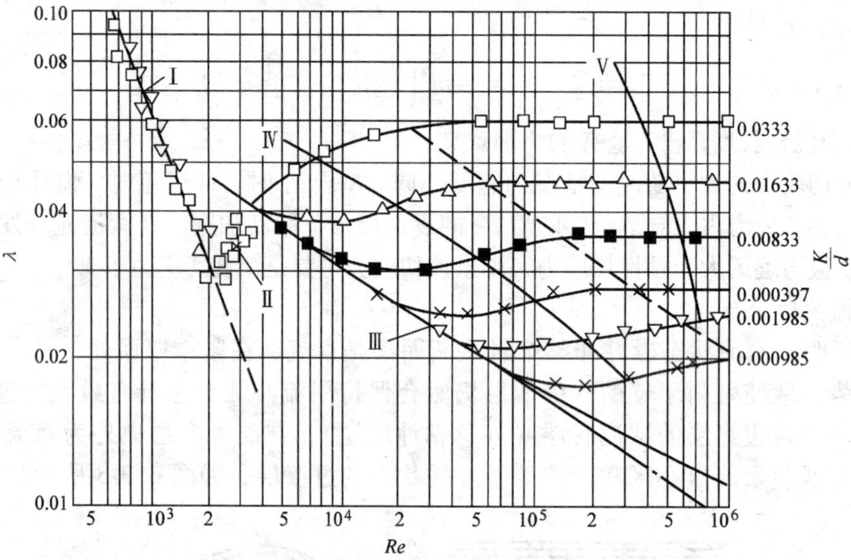

图 6.3-6　尼古拉兹实验曲线图

根据 λ 变化的特征，图中曲线可分为五个阻力区：

第Ⅰ区为层流区。当 $Re<2000$ 时，所有的试验点，不论其相对粗糙度如何，都集中在一根直线上。这表明 λ 仅随 Re 变化，而与相对粗糙度无关。所以它的方程就是 $\lambda=\frac{64}{Re}$。因此，尼古拉兹实验证实了由理论分析得到的层流沿程损失计算公式是正确的。

第Ⅱ区为临界区。在 $Re=2000\sim4000$ 范围内，是由层流向紊流的转变过程。λ 随 Re 的增大而增大，而与相对粗糙度无关。

第Ⅲ区为紊流光滑区。在 $Re>4000$ 后，不同相对粗糙的试验点，起初都集中在曲线Ⅲ上。随着 Re 的加大，相对粗糙度较大的管道，其试验点在较低的 Re 时就偏离曲线Ⅲ。而相对粗糙度较小的管道，其试验点要在较大的 Re 时才偏离光滑区。在曲线Ⅲ范围内，λ 只与 Re 有关而与相对粗糙度 K/d（K 为绝对粗糙度，d 为管径）无关。

第Ⅳ区为紊流过渡区。在这个区域内，试验点已偏离光滑区曲线。不同相对粗糙度的试验点各自分散成一条条波状的曲线。λ 既与 Re 有关，又与 K/d 有关。

第Ⅴ区为紊流粗糙区。在这个区域里，不同相对粗糙度的试验点，分别落在一些与横坐标平行的直线上。λ 只与 K/d 有关，而与 Re 无关。当 λ 与 Re 无关时，沿程损失就与流速的平方成正比。因此第Ⅴ区又称为阻力平方区。

综上所述，沿程损失系数 λ 的变化可归纳如下：

Ⅰ. 层流区　　$\lambda=f_1(Re)$

Ⅱ. 临界过渡区 $\lambda = f_2(Re)$

Ⅲ. 紊流光滑区 $\lambda = f_3(Re)$

Ⅳ. 紊流过渡区 $\lambda = f(Re, K/d)$

Ⅴ. 紊流粗糙区(阻力平方区) $\lambda = f(K/d)$

5. 工业管道阻力系数

由于尼古拉兹实验是在人工均匀粗糙管上进行的，而工业管道的实际粗糙与均匀粗糙有很大不同，因此，不能将尼古拉兹实验结果直接用于工业管道。所以，计算工业管道时，通常运用经验公式。

柯列勃洛克公式：

$$\frac{1}{\sqrt{\lambda}} = -2\lg\left(\frac{K}{3.7d} + \frac{2.51}{Re\sqrt{\lambda}}\right) \tag{6.3-21}$$

式中，K 为工业管道的当量粗糙高度，可由表 6.3-1 查得。

表 6.3-1 工业管道当量粗糙高度

管道材料	K/mm	管道材料	K/mm
钢板制风管	0.15（引自全国通用通风管道计算表）	竹风道	0.8～1.2
塑料板制风管	0.01（引自全国通用通风管道计算表）	铅管、铜管、玻璃管	0.01 光滑（以下引自莫迪当量粗糙图）
矿渣石膏板风管	1.0（以下引自采暖通风设计手册）	镀锌钢管	0.15
表面光滑砖风道	4.0	钢管	0.046
矿渣混凝土板风道	1.5	涂沥青铸铁管	0.12
铁丝网抹灰风道	10～15	铸铁管	0.25
胶合板风道	1.0	混凝土管	0.3～3.0
地面沿墙砌造风道	3～6	木条拼合圆管	0.18～0.9
墙内砌砖风道	5～10		

柯氏公式虽然是一个经验公式，但它是在合并尼古拉兹光滑区公式和粗糙区公式的基础上获得的，是两个半经验公式的结合，因此可以认为柯氏公式是普朗特理论和尼古拉兹试验结合后进一步发展到工程应用阶段的产物。它不仅可适用于紊流过渡区，而且可以适用于整个紊流的三个阻力区，因此又可称它为紊流的综合公式。

此外，还有一些人在柯氏公式的基础上提出了一些简化公式，如：

（1）莫迪公式

$$\lambda = 0.0055\left[1 + \left(20000\frac{K}{d} + \frac{10^6}{Re}\right)^{\frac{1}{3}}\right] \tag{6.3-22}$$

这是柯氏公式的近似公式。莫迪指出，此公式在 $Re = 4000 \sim 10^7$、$K/d \leqslant 0.01$、$\lambda < 0.05$ 时和柯氏公式比较，其误差不超过5%。

（2）阿里特苏里公式

$$\lambda = 0.11\left(\frac{K}{d} + \frac{68}{Re}\right)^{0.25} \tag{6.3-23}$$

这也是柯氏公式的近似公式。它的形式简单，计算方便，是适用于紊流三个区的综合公式。

【例 6.3-2】 已知城市给水管某处的水压 $p = 196.2\text{kPa}$，从该处引出一根水平输水管，

直径 $d=250\text{mm}$，当量粗糙高度 $K=0.4\text{mm}$。若要保证通过流量 $Q=50\text{L/s}$，问能输送到（　　）的距离。（水的运动黏度 $\nu=0.0131\text{cm}^2/\text{s}$）

（A）1500m　　（B）2050m　　（C）3100m　　（D）4100m

答案：（D）。

解：由干、支管相接处至支管出口建立伯努利方程，有：

$$\frac{p}{\rho g}=\lambda\frac{l}{d}\frac{v^2}{2g}$$

式中

$$v=\frac{Q}{\frac{\pi}{4}d^2}=\frac{4\times50\times10^{-3}}{\pi\times0.25^2}\text{m/s}=1.02\text{m/s}$$

$$Re=\frac{vd}{\nu}=\frac{1.02\times0.25}{0.0131\times10^{-4}}=1.95\times10^5$$

$$\lambda=0.11\left(\frac{K}{d}+\frac{68}{Re}\right)^{0.25}=0.11\left(\frac{0.4}{250}+\frac{68}{1.95\times10^5}\right)^{0.25}=0.023$$

故

$$l=\frac{2pd}{\rho\lambda v^2}=\frac{2\times196.2\times10^3\times0.25}{1000\times0.023\times1.02^2}\text{m}=4100\text{m}$$

即能输送4100m远，故答案为（D）。

6.3.5 局部水头损失

各种工业管道都要安装一些阀门、弯头、三通等配件用以控制和调节管内的流动。流体经过这类配件时，由于边壁或流量的改变，均匀流在这一局部地区遭到破坏，引起了流速的大小、方向或分布的变化由此产生的能量损失，称为局部损失。图6.3-7是几种典型的局部障碍。

局部阻力的计算公式为

$$h_m=\zeta\frac{v^2}{2g} \tag{6.3-24}$$

ζ 为局部阻力系数，其值可查阅相关水力计算手册。

6.3.6 局部阻碍之间的相互干扰和减阻措施

若局部阻碍之间相距较近，这两个局部阻碍就存在着相互干扰，其阻力系数不一定为两个单独的阻力系数之和，研究表明，变化的幅度为两个单独阻力系数之和的0.5～3倍，一般两个局部阻碍相距3倍管径以上时，总阻力系数将低于两个单独阻力系数之和。当然，两个不同局部阻碍的相对位置对总阻力系数也有影响，例如是先扩后弯，还是先弯后扩，它们的总阻力系数也是不同的。

减小阻力的措施：在物理方面，改善边壁的粗糙度，用柔性边壁代替刚性边壁；用渐变管代替突变管；尽量采用流线型、圆角形等平顺的管道进口；对弯管，尽量减小转角，增大 K/d 以及两个局部阻碍之间的合理衔接等。在化学方面，在流体内投加极少量的添加剂，使其影响流体运动的内部结构来实现减阻，如用高分子聚合物减阻等。

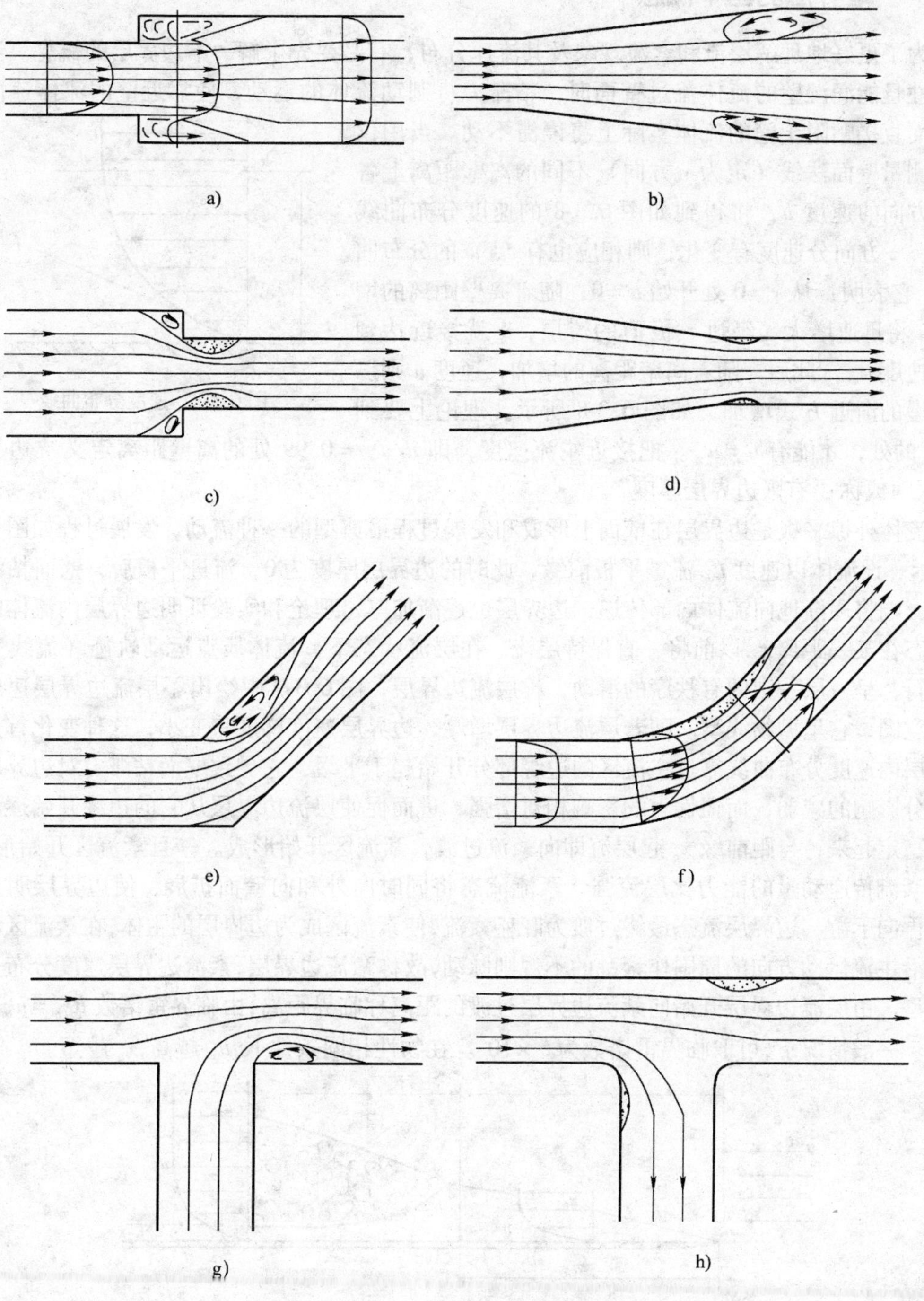

图 6.3-7 几种典型的局部障碍

a）突扩管 b）渐扩管 c）突缩管 d）渐缩管 e）折弯管

f）圆弯管 g）锐角合流三通 h）圆角分流三通

6.3.7 边界层的基本概念

为了更好地理解层流和紊流现象及其流速分布，有必要先了解一下边界层的概念。当具有粘性且能润湿壁的流体流过壁面时，粘滞力将制动流体的运动，使靠近壁的流体速度降低。而直接贴附于壁的流体实际上将停滞不动。当用仪器来测量壁面法线（定为y方向）不同的离壁距离上各点x方向的速度u，将得到如图6.3-8的速度分布曲线（若y、z方向分速度有变化，则相应也有v、w的分布曲线），它表明：从$y=0$处开始$u=0$，随着离壁距离的增加，u将迅速增大，经过一极薄的流层，u就接近达到主流速度u_∞，此后，随着离壁距离的增加，速度u则以极缓慢的渐近方式增加，如图6.3-8所示。理论上要到$\delta=\infty$的处，才能有$u=u_\infty$。把接近主流速度，即$u/u_\infty=0.99$处的离壁距离定义“边界层厚度”，或称“有限边界层厚度”。

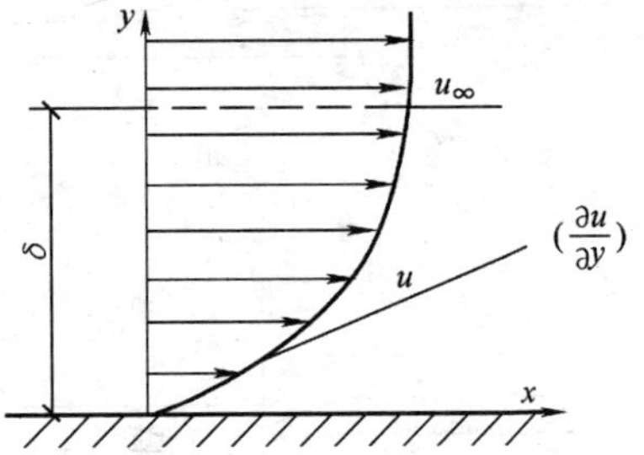

图6.3-8 速度分布曲线

流体外掠平板是边界层在壁面上形成和发展过程最典型的一种流动，发展过程如图6.3-9所示。设流体以速度u_∞流进平板前缘，此时的边界层厚度为0，流进平板后，壁面粘滞应力的影响将逐渐地向流体内部传递，边界层也逐渐加厚，理论和实验证明边界层内流体的流动状态在某一距离x_c以前将一直保持层流。在层流状态下，流体质点运动轨迹（流线）相互平行，呈一层一层的有秩序的滑动，称层流边界层，图6.3-9中绘出了层流边界层速度分布示意图，它呈抛物线型。随着层流边界层增厚，边界层速度梯度将变小，这种变化首先是边界层内速度分布曲线靠近主流区的边缘部分开始趋于平缓，它导致壁面粘滞力对边界层边缘部分影响的减弱，而惯性力的影响相对增强，进而促使层流边界层从它的边缘开始逐渐变得不稳定起来，自距前缘x_c起层流即向紊流过渡，紊流区开始形成。一旦紊流区开始形成，由于紊流传递动量的能力比层流强，紊流流态将同时向外和向壁面扩展，使边界层明显增厚。再向下游，边界层流态最终过渡为旺盛紊流，使紊流区成为边界层的主体，在紊流区流体质点沿主流运动方向的周围作紊乱的不规则脉动，故称紊流边界层，紊流边界层速度分布呈幂函数型。由层流边界层开始向紊流边界层过渡的距离称临界距离，由临界雷诺数$Re_c=u_\infty x_c/v$确定。一般情况下，可取临界雷诺数为5×10^5。在物性相同条件下，u_∞越高，x_c越短。

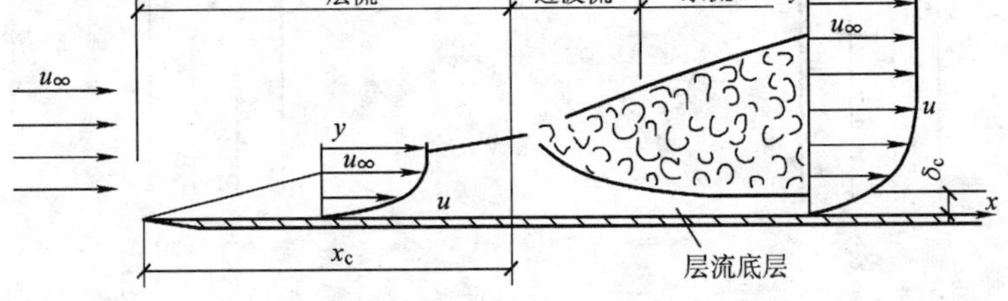

图6.3-9 外掠平板流动边界层

必须着重指出，即使是紊流边界层，在它的紧靠壁面处，粘滞力仍然会占绝对优势，致使贴附于壁的一极薄层仍然会保持层流特征，它具有最大的速度梯度，该极薄层称紊流边界层的层流底层（亦称粘性底层）。实测与理论分析也证明，层流底层与紊流核心区也不是截然划分的，其间还存在一缓冲区（或称过渡区）。

综合上述分析，可概括出流动边界层的几个重要特性：

（1）边界层极薄，其厚度 δ 与壁的定型尺寸 l 相比是极小的。

（2）在边界层内存在较大的速度梯度。

（3）边界层流态分层流与紊流，紊流边界层紧靠壁处仍将是层流，称层流底层。

（4）流场可划分为主流区（由理想流体运动微分方程——欧拉方程描述）和边界层区（用粘性流体运动微分方程描述）。只有在边界层内才显示流体粘性的影响。

1. 边界层分离

平板边界层不会出现边界层与壁面脱离的分离现象。但当粘性流体绕非平行平板或弯曲壁面流动时，如图 6.3-10 所示。流体的压强大约在管的前半部递降，即 $\dfrac{dp}{dx}<0$，而后又趋回升，即 $\dfrac{dp}{dx}>0$。在远离壁面的区域内，流体需靠本身的动能来克服压强的增长才能向前流动，而靠近壁面的流体由于粘滞力的影响速度比较低，相应的动能也较小，当它迎着压强的增加持续地向前流动时，流体在壁面上的速度梯度将逐渐变小，其结果是从壁面的某一位置开始速度梯度达到 0，即 $\left(\dfrac{\partial u}{\partial y}\right)_w=0$，壁面流体停止向前流动，并随即向相反的方向流动，如图 6.3-10 中的 O 点。该点称为绕流脱体的起点（或称分离点），自此边界层中出现逆向流动，形成涡旋、涡流束，从而使正常边界层流动被破坏。这就是边界层分离现象。

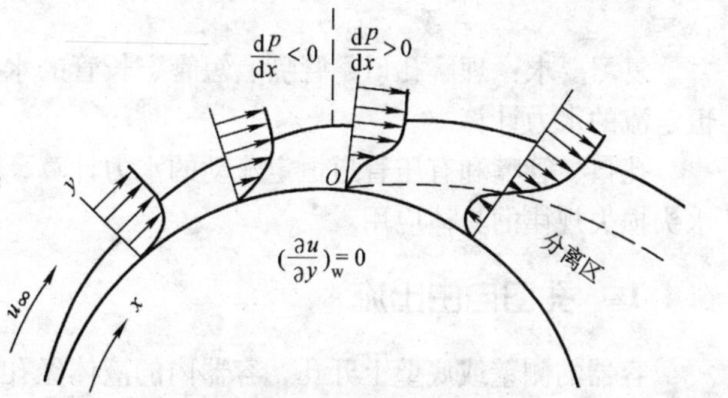

图 6.3-10 外掠圆管边界层

2. 绕流阻力

绕流阻力包括两部分：摩擦阻力和形状阻力。摩擦阻力主要发生在紧靠物体表面的边界层内。形状阻力是指边界层发生分离，产生旋涡所造成的阻力。这种阻力与物体形状有关，故称为形状阻力。对于非流线型的钝形物体，摩擦阻力一般占绕流阻力的比例不足5%。工程中的绕流物体多为钝形物体，因此绕流阻力主要取决于形状阻力。

绕流阻力的计算式如下：

$$D=C_dA\frac{\rho u_0^2}{2} \tag{6.3-25}$$

式中 D——物体所受的绕流阻力；

C_d——无因次的阻力系数，可由实验方法获得；

A——物体的投影面积。如主要受形状阻力时，采用垂直于来流速度方向的投影面积；

u_0——未受干扰时的来流速度；

ρ——流体的密度。

【例 6.3-3】 已知圆柱形工业烟囱的高度 $h=40\text{m}$，直径 $d=1.5\text{m}$，水平风速 $u=10\text{m/s}$，空气的密度 $\rho=1.2\text{kg/m}^3$，运动粘度 $\nu=1.5\times10^{-5}\text{m}^2/\text{s}$，则烟囱所受到的推力 D 为（　　）。（当 Re 为 10^6 时，$C_d=0.31$）

（A）558 N　　（B）1000 N　　（C）1116 N　　（D）2232 N

答案：（C）。

解：

$$Re=\frac{ud}{\nu}=\frac{10\times1.5}{1.5\times10^{-5}}=10^6$$

所以 $C_d=0.31$，代入式（6.3-25），得

$$D=C_dA\frac{\rho u_0^2}{2}=C_dhd\frac{\rho u_0^2}{2}=0.31\times40\times1.5\times\frac{1.2\times10^2}{2}\text{N}=1116\text{N}$$

6.4 孔口、管嘴、管道流动

复习要求：理解孔口、管嘴、短管、长管的水力计算特点；掌握孔口、管嘴及有压管道恒定流的水力计算。

孔口、管嘴和有压管道恒定流动的水力计算，是连续性方程、能量方程以及流动阻力和水头损失规律的具体应用。

6.4.1 孔口自由出流

容器的侧壁或底壁上开孔，容器内的液体经孔口出流到大气中的水力现象称为孔口自由出流。

以薄壁小孔口恒定自由出流问题为例研究孔口自由出流。具有锐缘的孔口出流时，壁厚对出流没有影响，这样的孔口称为薄壁孔口，如图 6.4-1 所示。当 $d/H\leqslant0.1$ 时，便可忽略孔中心与上下边缘高差的影响，认为孔口断面上各点的作用水头相等，出流流速相等，这样的孔口是小孔口；当 $d/H>0.1$ 时，称为大孔口。

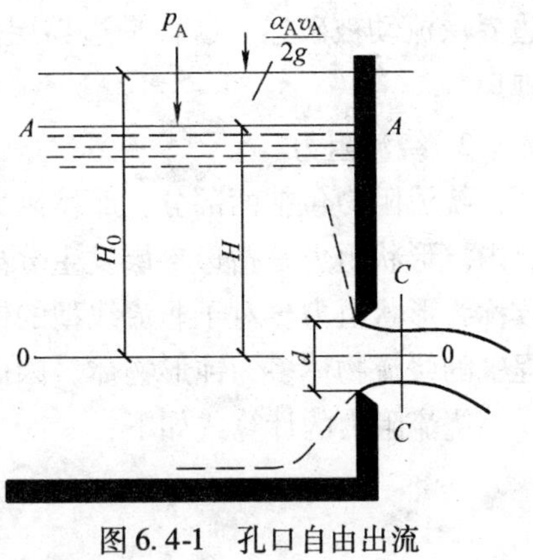

图 6.4-1　孔口自由出流

图 6.4-1 所示的薄壁小孔口自由出流，容器内的液体不断被补充，保持水头 H 不变，所以是恒定出流。由于水流运动的惯性，容器中流体经孔口流出后将形成流束直径为最小的收缩断面，收缩断面的位置，对于圆形小孔来说，位于离孔口平面的 $d/2$ 的 $C—C$ 断面处。

孔口断面面积为 A，收缩断面面积为 A_C，定义收缩系数 ε 为

$$\varepsilon=\frac{A_C}{A}\tag{6.4-1}$$

A_C 选取通过孔口中心的水平面为基准面，取如图 6.4-1 所示的 $A—A$ 断面和 $C—C$ 断面列伯努利方程：

$$H+\frac{p_A}{\rho g}+\frac{\alpha_A v_A^2}{2g}=0+\frac{p_C}{\rho g}+\frac{\alpha_C v_C^2}{2g}+\zeta_0\frac{v_C^2}{2g}$$

又 $p_A \approx p_C$，上式化简为

$$H+\frac{\alpha_A v_A^2}{2g}=(\alpha_C+\zeta_0)\frac{v_C^2}{2g}$$

令 $H_0=H+\frac{\alpha_A v_A^2}{2g}$，代入上式整理得到收缩断面流速

$$N_C=\frac{1}{\sqrt{\alpha_C+\zeta_0}}\sqrt{2gH_0}=\varphi\sqrt{2gH_0} \quad (6.4\text{-}2)$$

式中，H_0 为自由出流的作用水头，是克服水头损失和转化为 $C—C$ 断面流速水头的能量；ζ_0 为孔口的局部阻力系数；φ 为孔口的流速系数，

$$\varphi=\frac{1}{\sqrt{\alpha_C+\zeta_0}}\approx\frac{1}{\sqrt{1+\zeta_0}} \quad (6.4\text{-}3)$$

经过孔口的流量为

$$Q=v_CA_C=\varphi\varepsilon A\sqrt{2gH_0}=\mu A\sqrt{2gH_0} \quad (6.4\text{-}4)$$

式中，μ 为孔口流量系数，$\mu=\varepsilon\varphi$。

对于薄壁小孔口完全收缩的情况，由实验得知：$\varepsilon=0.63\sim0.64$，$\varphi=0.97\sim0.98$，$\mu=0.60\sim0.62$。

6.4.2 孔口淹没出流

液体经过孔口直接流入另一个充满液体的空间的水力现象称为孔口淹没出流，如图6.4-2所示。类似于自由出流，孔口淹没出流由于惯性作用，水流经孔口时流束也形成收缩断面 $C—C$，然后再扩大。

选取通过孔口形心的水平面为基准面，取上下游过流断面1—1和2—2，列伯努利方程

$$H_1+\frac{p_1}{\rho g}+\frac{\alpha_1 v_1^2}{2g}=H_2+\frac{p_2}{\rho g}+\frac{\alpha_2 v_2^2}{2g}+\zeta_1\frac{v_C^2}{2g}+\zeta_2\frac{v_C^2}{2g}$$

又 $p_1\approx p_2$，且忽略不计上下游液面的速度水头，则作用水头 $H_0=H_1-H_2$，代入上式整理得收缩断面流速

$$v_C=\frac{1}{\sqrt{\zeta_1+\zeta_2}}\sqrt{2gH_0}=\varphi\sqrt{2gH_0} \quad (6.4\text{-}5)$$

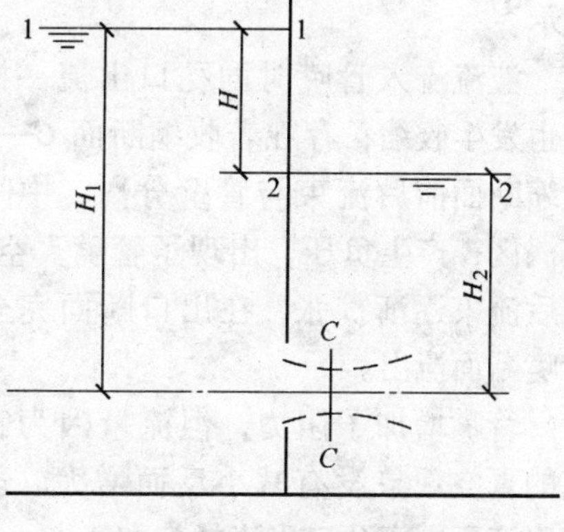

图6.4-2 孔口淹没出流

式中，ζ_1 为孔口的局部阻力系数，ζ_2 为液体在收缩断面之后突然扩大的局部阻力系数，因为2—2断面比 $C—C$ 断面大得多，所以 $\zeta_2=\left(1-\frac{A_C}{A_2}\right)^2\approx1$

于是，淹没出流的流速系数

$$\varphi=\frac{1}{\sqrt{\zeta_1+\zeta_2}}=\frac{1}{\sqrt{1+\zeta_1}} \quad (6.4\text{-}6)$$

对比式（6.4-3）与式（6.4-6）可知，在孔口形状和尺寸相同的情况下，自由出流和淹没出流的 φ 值相等，但其含义不同。自由出流时 $\alpha_C \approx 1$，淹没出流时 $\zeta_2 \approx 1$。

引入淹没出流流量系数 $\mu = \varepsilon\varphi$ 后，经过孔口的流量为

$$Q = v_C A_C = \varphi\varepsilon A\sqrt{2gH_0} = \mu A\sqrt{2gH_0} \tag{6.4-7}$$

从式（6.4-7）可以看出，当上下游高差一定时，即 H_0 一定时，淹没出流流量与孔口在液面下的位置高低无关。

【例 6.4-1】 如【例 6.4-1】图所示，闸板上的两孔 1、2 完全相同，则下面关于两个孔的流量 Q_1 和 Q_2，结论正确的是(   )。

(A) $Q_1 = Q_2$　　(B) $Q_1 > Q_2$

(C) $Q_1 < Q_2$　　(D) 条件不足，无法确定

答案：(A)。

解：

因为孔口 1 和 2 完全相同，即孔口形状和尺寸相同，所以孔口的断面面积 A 与流量系数 μ 均相等。而作用水头 $H_0 = H_1 - H_2$ 为上下游液面的高差，与孔口在液面下的位置无关。因此，由孔口淹没出流的流量公式为 $Q = \mu A\sqrt{2gH_0}$ 得，$Q_1 = Q_2$，所以选择（A）。

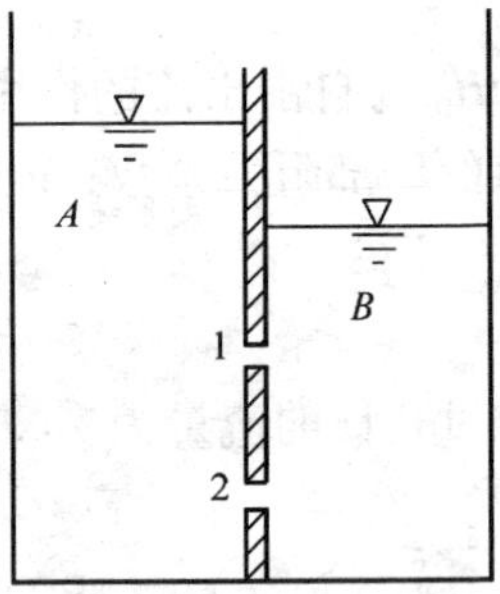

【例 6.4-1】 孔口 1 和 2 的淹没出流

6.4.3 管嘴出流

当孔口壁厚 δ 等于 3 ~ 4d 时，或者在孔口处外接一段长 l 等于 3 ~ 4d 的短管时，此时的出流称为管嘴出流。以最常见的圆柱形外管嘴恒定出流为例讨论管嘴出流，如图 6.4-3 所示。

液流流入管嘴时同孔口出流一样，流束也发生收缩，存在着收缩断面 C—C。在收缩断面前后流束与管壁分离，中间形成旋涡区，产生负压，出现了管嘴真空现象。其后流束逐渐扩张，在出口断面完全充满管嘴断面流出。

管嘴增加了阻力，但流量因为管嘴出流的真空现象没有减小反而增大。这是管嘴出流不同于孔口出流的基本特点。

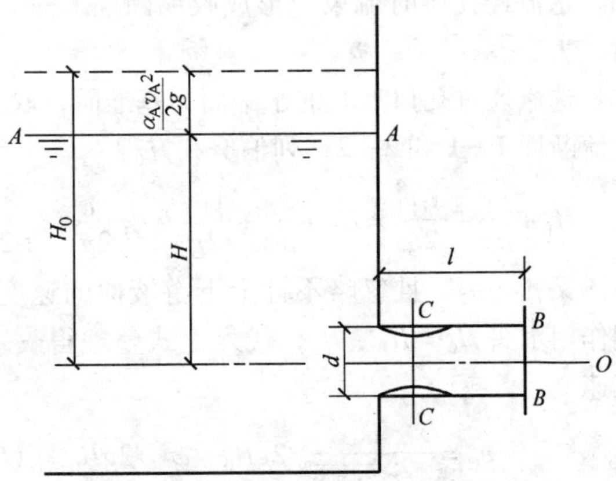

图 6.4-3 管嘴出流

选取通过管嘴中心的水平面为基准面，取如图 6.4-3 所示的 A—A 断面和 B—B 断面列伯努利方程

$$H + \frac{p_A}{\rho g} + \frac{\alpha_A v_A^2}{2g} = 0 + \frac{p_B}{\rho g} + \frac{\alpha_B v_B^2}{2g} + \zeta\frac{v_B^2}{2g} \tag{6.4-8}$$

又 $p_A \approx p_B$，上式化简为

$$H + \frac{\alpha_A v_A^2}{2g} = (\alpha_B + \zeta)\frac{v_B^2}{2g}$$

令 $H_0 = H + \frac{\alpha_A v_A^2}{2g}$，代入上式整理得到管嘴出口流速

$$v_B = \frac{1}{\sqrt{\alpha_B + \zeta}}\sqrt{2gH_0} = \varphi\ \sqrt{2gH_0} \tag{6.4-9}$$

管嘴出口流量为

$$Q = v_B A = \varphi A\ \sqrt{2gH_0} = \mu A\ \sqrt{2gH_0} \tag{6.4-10}$$

因为 v_A 对比 v_B 可以忽略不计，所以 $H_0 = H$。流量则可表示为

$$Q = \mu A\ \sqrt{2gH} \tag{6.4-11}$$

由于出口断面 $B—B$ 流束完全充满（不同于孔口），$\varepsilon = 1$，所以 $\varphi = \mu = \frac{1}{\sqrt{\alpha_B + \zeta}}$，取 $\alpha_B = 1$，则 $\varphi = \mu = \frac{1}{\sqrt{1+\zeta}}$。

管嘴的阻力损失主要是进口损失，沿程阻力损失很小，可忽略。因此管嘴的阻力系数取管道锐缘进口的局部阻力系数，$\zeta = 0.5$。于是管嘴的流速系数和流量系数都等于

$$\varphi = \mu = \frac{1}{\sqrt{1+0.5}} = 0.82$$

由上述可见，在开口直径、作用水头相同的前提下，管嘴出流的流速小于孔口出流，而管嘴出流的流量大于孔口出流。

管嘴出流在 $C—C$ 断面上会产生一定的真空度，对收缩断面 $C—C$ 和出口断面 $B—B$ 列伯努利方程，并代入上述系数，可推出真空度为

$$\frac{p_v}{\rho g} = 0.75H_0 \tag{6.4-12}$$

可见作用水头 H_0 越大，则收缩断面上的真空度越大。实际上，当收缩断面上的真空值达到7～8m水头压力时，在常温下，收缩断面的水发生汽化，不断产生的气泡破坏了连续流动。空气在压差作用下，被从出口断面吸入真空区，破坏了真空。气泡和空气使管嘴内液流脱离管内壁，不再充满断面，成为孔口出流。为了保证正常的管嘴出流，应限制收缩断面的真空度在7m水头压力以下。这样决定了管嘴作用水头的极限值 $[H_0] = 7/0.75\text{m} = 9.3\text{m}$。

其次对管嘴的长度也有一定限制。过长则阻力过大使得流量减小，过短则流股收缩后不能及时扩大到整个断面而成非满流流出，如同孔口。因此管嘴长度一般取 $l = (3\sim4)\ d$。

【例6.4-2】 正常工作条件下的薄壁小孔口与圆柱形外管嘴，直径 d 相等，作用水头 H 相等，则孔口的流量 Q_1 与管嘴的流量 Q_2 的关系是（　　）。

（A）$Q_1 = Q_2$　（B）$Q_1 > Q_2$　（C）$Q_1 < Q_2$　（D）条件不足，无法确定

答案：（C）。

解：

薄壁小孔口的流量 $Q_1 = \mu_1 A\ \sqrt{2gH}$，$\mu_1 = 0.60\sim0.62$。圆柱形外管嘴的流量 $Q_2 = \mu_2 A\ \sqrt{2gH}$，$\mu_2 = 0.82$。直径 d 相等，即断面面积 A 相等，又作用水头 H 相等，$\mu_1 < \mu_2$，所以 $Q_1 < Q_2$，所以选择（C）。

6.4.4 有压管道恒定流

流体沿整个管道满管流动并且不与大气相连通的现象，称为有压管流。若管道没有被液体所充满而存在自由液面、且液面上为大气压强时为无压管流。本节主要讨论有压管流。

按照局部损失的大小，有压管道分为短管和长管。以沿程损失为主、局部损失和流速水头可忽略的管道称长管；不可忽略时称短管。按中等 λ 值估计（如 $\lambda = 0.03$），管道长度 $l > 1000d$ 时才能视作长管。若局部损失和流速水头之和大于总水头损失的5%，一般应作为短管计算。

管道恒定流的水力计算类型通常有确定管道的通过能力、确定相应的水头或断面压强、确定管径等。

1. 简单管路

所谓简单管路，就是具有相同管径 d 和相同流量 Q 的管段。简单管路是组成各种复杂管路的基本单元。

简单短管的水力计算一般可直接列能量方程和连续性方程来求解。

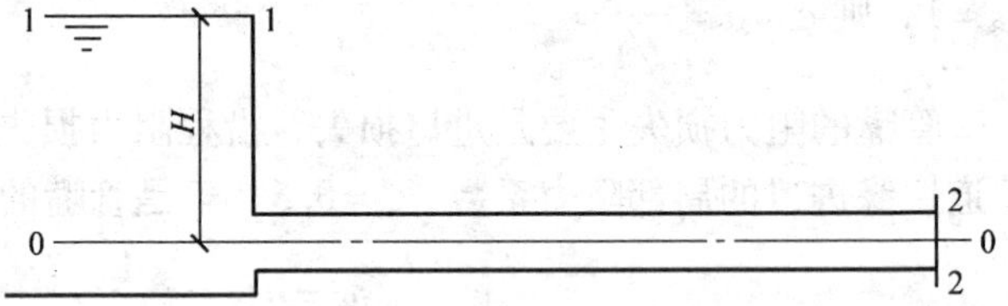

图 6.4-4 简单短管

如图 6.4-4 所示短管流动，自由出流，水箱水位恒定，忽略自由液面流速。以出口处管轴所在水平面为基准面，对 1—1、2—2 两断面列伯努利方程：

$$H = \lambda \frac{l}{d}\frac{v^2}{2g} + \sum\zeta \frac{v^2}{2g} + \frac{v^2}{2g} = \left(\lambda \frac{l}{d} + \sum\zeta + 1\right)\frac{v^2}{2g}$$

因为出口局部阻力系数 $\zeta_0 = 1$，若将 1 作为 ζ_0 包括到 $\sum\zeta$ 中去，则上式

$$H = \left(\lambda \frac{l}{d} + \sum\zeta\right)\frac{v^2}{2g}$$

代入 $v = \dfrac{4Q}{\pi d^2}$ 将上式整理得

$$H = \frac{\delta\left(\lambda \dfrac{l}{d} + \sum\zeta\right)}{\pi^2 d^4 g}Q^2 \tag{6.4-13}$$

由上式可以定义一个综合地反映管路流动阻力情况的系数，即管道阻抗 S_H

$$S_H = \frac{8\left(\lambda \dfrac{l}{d} + \sum\zeta\right)}{\pi^2 d^4 g} \tag{6.4-14}$$

则有

$$H = S_H Q^2 \tag{6.4-15}$$

对于图 6.4-5 所示的风机带动的气体管路，式（6.4-15）也适用，此时常表示成压强形式

$$p = \rho g H = \rho g S_H Q^2$$

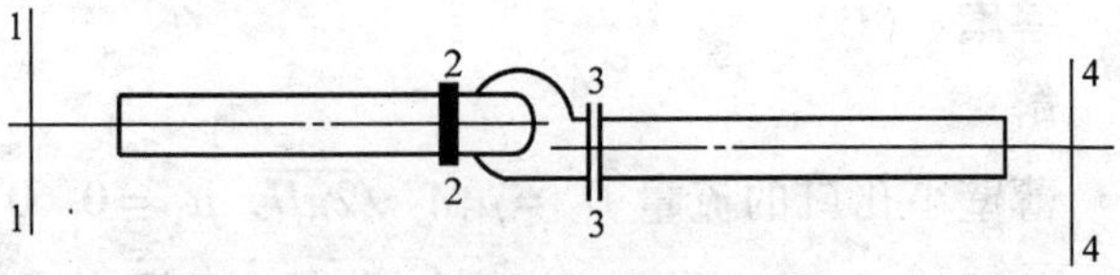

图 6.4-5 气体简单短管

根据上式可以定义气体管道阻

抗 S_P

$$S_P=\gamma S_H=\frac{8\left(\lambda\frac{l}{d}+\sum\zeta\right)\rho}{\pi^2 d^4} \tag{6.4-16}$$

则有

$$p=S_P Q^2 \tag{6.4-17}$$

式（6.4-15）常用于液体管路计算，式（6.4-17）多用于不可压缩气体管路计算。

阻抗这一概念对分析管道流动较为方便。式（6.4-14）和式（6.4-16）即为阻抗的两种表达形式。无论 S_H、S_P，对于不可压缩流体，在 d、l 给定时，S 只随 λ 和 $\sum\zeta$ 变化。我们已经知道，λ 的值与流动状态有关，当流动处于阻力平方区时，λ 仅与 k/d 有关，所以在管路的管材已确定的情况下，λ 为常数；$\sum\zeta$ 项中只有可调节阀门的 ζ 可以改变，其他局部阻力系数是不变的。所以结合式（6.4-14）和式（6.4-16）不难得出，S_H、S_P 对于给定的管路是定值，它们综合反映了管路上的沿程阻力和局部阻力情况。

下面再通过两个简单短管恒定出流的例子介绍在一些专业更常用的流量系数法。

如图6.4-6a所示短管流动，自由出流，水箱水位恒定，忽略1—1断面上的行近流速。以出口处管轴所在水平面为基准面，对1—1、2—2两断面列伯努利方程：

$$H=h_l+\frac{v^2}{2g} \tag{6.4-18}$$

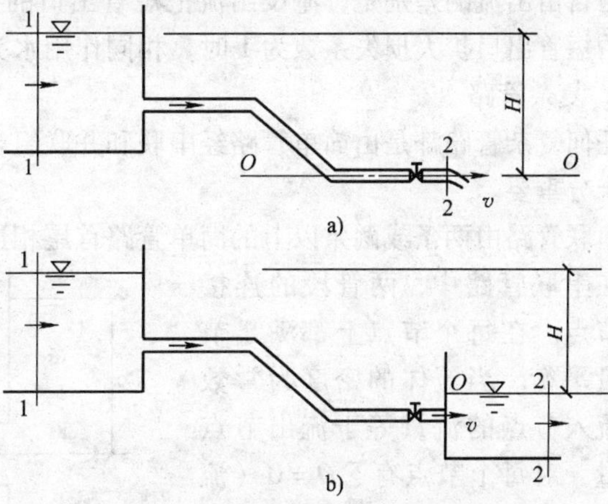

图6.4-6 短管出流

a）自由出流 b）淹没出流

式（6.4-18）中的水头损失 h_l 应当等于所有的沿程损失和局部损失之和。设第 i 段管道的长度为 l_i，沿程损失系数为 λ_i。发生局部阻力的各部位编成序号 j，局部损失系数用 ζ_j 表示，则有

$$h_l=\sum h_f+\sum h_m=\sum_i\lambda_i\frac{l_i}{d}\frac{v^2}{2g}+\sum_j\zeta_j\frac{v^2}{2g}=\zeta_c\frac{v^2}{2g} \tag{6.4-19}$$

式中总损失系数 ζ_c 为

$$\zeta_c=\frac{1}{d}\sum_i\lambda_i l_i+\sum_j\zeta_j \tag{6.4-20}$$

将式（6.4-19）代入式（6.4-18）并整理，得到短管的出口流速

$$v=\frac{1}{\sqrt{1+\zeta_c}}\sqrt{2gH}=\varphi_c\sqrt{2gH} \tag{6.4-21}$$

式中，φ_c 为短管自由出流的流速系数，$\varphi_c=1/\sqrt{1+\zeta_c}$。

设出口断面面积为 A，则有

$$Q=vA=\frac{A}{\sqrt{1+\zeta_c}}\sqrt{2gH}=\mu_c A\sqrt{2gH} \tag{6.4-22}$$

式中，μ_c 为短管自由出流的流量系数，$\mu_c=\varphi_c=1/\sqrt{1+\zeta_c}$。

如图 6.4-6b 所示短管流动，淹没出流，水箱水位恒定。以下游自由液面为基准面，对 1—1、2—2 两断面列伯努利方程

$$H_0=\zeta_c\frac{v^2}{2g} \tag{6.4-23}$$

式中，作用水头 $H_0=H_1-H_2$，ζ_c 为总损失系数，短管出口断面的流速为

$$v=\frac{1}{\sqrt{\zeta_c}}\sqrt{2gH_0}=\varphi_c\sqrt{2gH_0} \tag{6.4-24}$$

式中，φ_c 为短管淹没出流的流速系数，$\varphi_c=1/\sqrt{\zeta_c}$。

$$Q=vA=\frac{A}{\sqrt{\zeta_c}}\sqrt{2gH_0}=\mu_c A\sqrt{2gH_0} \tag{6.4-25}$$

式中，μ_c 为短管淹没出流的流量系数，$\mu_c=\varphi_c=1/\sqrt{\zeta_c}$。

与自由出流的差别是，淹没出流把短管出口的突扩损失也包括在 ζ_c 中。不过，当淹没出流的短管出口扩大损失系数为 1 时，相同作用水头的自由出流和淹没出流的流量相等。

2. 复杂管路

任何复杂管路都是由简单管路经串联和并联组合而成。因此研究串联、并联管路的流动规律十分重要。

串联管路由两条或两条以上的简单管路首尾相连而成，如图 6.4-7 所示。

在串联管路中，两管段的连接点为节点。在每个节点上都满足节点质量平衡。当流体的密度为常数时，流入节点的流量等于流出节点的流量。对每个节点有 $\sum Q=0$（流入取正，流出取负）。因此对串联管路（无中途分流或合流）则有

$$Q_1=Q_2=\cdots=Q_n=Q \tag{6.4-26}$$

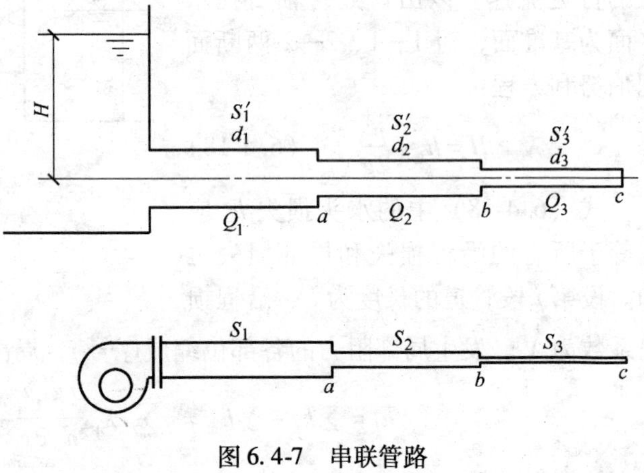

图 6.4-7 串联管路

串联管道的阻力损失等于各管道阻力损失之和

$$H=h_{l1}+h_{l2}+\cdots+h_{ln}=S_1Q_1^2+S_2Q_2^2+\cdots+S_nQ_n^2 \tag{6.4-27}$$

因为各段流量相等，于是有

$$S=S_1+S_2+\cdots+S_n \tag{6.4-28}$$

由上述分析可见，串联管路的计算原则是：无中途分流或合流，则流量相等，阻力叠加，总管路的阻抗等于各管段的阻抗叠加。

并联管路是由两条或两条以上简单管路首首相连、尾尾相连而构成的，如图 6.4-8 所示。

同串联管路一样节点满足质量平衡，当流体密度为常数时，对每个节点有 $\sum Q=0$，则图中 a 点上流量为

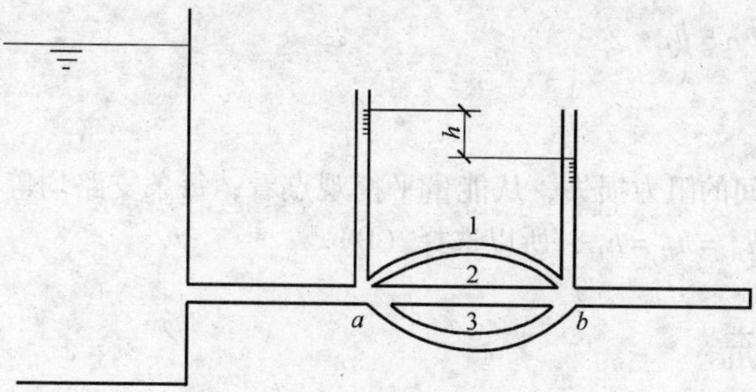

图6.4-8 并联管路

$$Q = Q_1 + Q_2 + Q_3 \tag{6.4-29}$$

并联节点 a、b 间的阻力损失，从能量平衡观点看，每条支路均等于 a、b 两节点之间的水头差，即

$$h_{l1} = h_{l2} = h_{l3} = h_{la\text{-}b} \tag{6.4-30}$$

设 S 为并联管路的总阻抗，Q 为总流量，则有

$$S_1 Q_1^2 = S_2 Q_2^2 = S_3 Q_3^2 = SQ^2 \tag{6.4-31}$$

又有

$$Q = \frac{\sqrt{h_{la\text{-}b}}}{\sqrt{S}},\ Q_1 = \frac{\sqrt{h_{l1}}}{\sqrt{S}},\ Q_2 = \frac{\sqrt{h_{l2}}}{\sqrt{S}},\ Q_3 = \frac{\sqrt{h_{l3}}}{\sqrt{S}} \tag{6.4-32}$$

将式（6.4-30）和式（6.4-32）代入式（6.4-29）得到

$$\frac{1}{\sqrt{S}} = \frac{1}{\sqrt{S_1}} + \frac{1}{\sqrt{S_2}} + \frac{1}{\sqrt{S_3}} \tag{6.4-33}$$

由上述可见，并联管路的计算原则是：并联节点上的总流量为各支管中流量之和；并联各支管上的阻力损失相等。总的阻抗平方根倒数等于各支管阻抗平方根倒数之和。

由式（6.4-32）进一步得到

$$\frac{Q_1}{Q_2} = \sqrt{\frac{S_2}{S_1}},\ \frac{Q_2}{Q_3} = \sqrt{\frac{S_3}{S_2}},\ \frac{Q_3}{Q_1} = \sqrt{\frac{S_1}{S_3}} \tag{6.4-34}$$

将式（6.4-34）写成连比形式

$$Q_1 : Q_2 : Q_3 = \frac{1}{\sqrt{S_1}} : \frac{1}{\sqrt{S_2}} : \frac{1}{\sqrt{S_3}} \tag{6.4-35}$$

式（6.4-34）和式（6.4-35）反映了并联管道流量分配的规律。一旦确定了并联管路的各支管的几何尺寸、局部构件，就可按照节点间各分支管段的阻力损失相等，来分配各支管上的流量。阻抗大的支管流量小，阻抗小的支管流量大。因此在并联管路的设计计算中，必须进行“阻力平衡”，它的实质就是应用并联管路中的流量分配规律，在满足用户需要的流量下，设计合适的管道尺寸和局部构件，使各支管上的阻力损失相等。

【例6.4-3】 如【例6.4-3】图所示有并联管路1、2、3，则 A、B 之间的水头损失为(　　)。

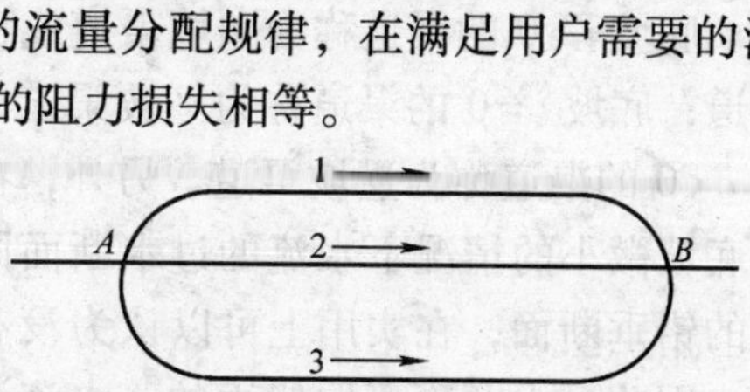

【例6.4-3】图 并联管路1、2、3

(A) $h_{lAB} = h_{l1} + h_{l2} + h_{l3}$

(B) $h_{lAB} = h_{l1} + h_{l2}$

(C) $h_{lAB} = h_{l2} + h_{l3}$

（D）$h_{lAB}=h_{l1}=h_{l2}=h_{l3}$

答案：（D）。

解：

并联节点 A、B 间的阻力损失，从能量平衡观点看，每条支路均等于 A、B 两节点之间的水头差，即 $h_{lAB}=h_{l1}=h_{l2}=h_{l3}$，所以选择（D）。

6.5 明渠恒定流

复习要求：了解明渠的分类；理解明渠均匀流的产生条件及水力特征；理解明渠水力最优断面及允许流速概念；了解明渠恒定非均匀流的流动状态；掌握明渠均匀流水力计算。

明渠是一种具有自由表面水流的渠道，与有压管流不同的是水表面各点压强一般等于大气压，所以又称为无压流。根据它的形成不同可分为天然明渠和人工明渠。前者如天然河道；后者如人工输水渠道，运河等。

明渠水流根据其运动要素（如流速、加速度、动水压强等）是否随时间变化，分为恒定流动与非恒定流动。根据其运动要素是否随流程变化，分为均匀流动与非均匀流动。在明渠非均匀流动中，根据水流过水断面的面积和流速在沿程变化的程度，还分为渐变流动和急变流动。

6.5.1 明渠流的基本概念

明渠水流在渠道中流动，受到渠道断面和底坡的影响。

（1）渠道断面（图 6.5-1）。天然河道多为不规则断面，人工渠道多为规则断面，其中最常见的是梯形断面，矩形断面，圆形断面和抛物线形断面。

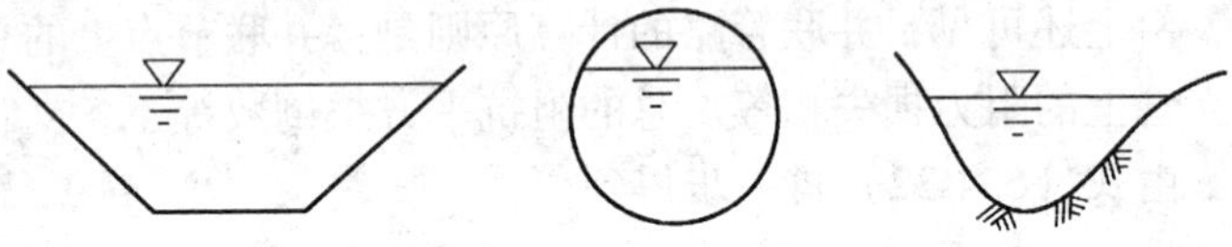

图 6.5-1　渠道断面

（2）底坡（图 6.5-2）。明渠渠底与纵剖面的交线称为渠底线。渠底线沿流程方向单位长度的下降值称为渠道的底坡，以符号 i 表示

$$i=\frac{z_1-z_2}{L}=\sin\theta \tag{6.5-1}$$

由于 θ 很小，所以 $\sin\theta\approx\tan\theta$ 以水平距离 L' 取代渠底线长度 L，则

$$i=\frac{z_1-z_2}{L'}=\tan\theta \tag{6.5-2}$$

底坡 $i>0$ 的渠道称为顺坡渠道或正坡渠道；底坡 $i=0$ 的渠道称为平坡渠道；底坡 $i<0$ 的渠道称为逆坡渠道。另外，在渠道底坡微小的情况下水流的过水断面同水流的铅垂断面，在实用上可以认为没有差异，因此过水断面可取铅垂的，水流深度可沿垂线来量取。

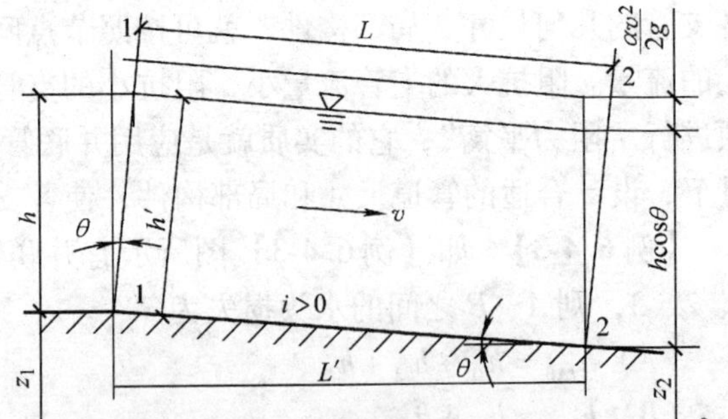

图 6.5-2　渠道底坡

（3）棱柱渠道与非棱柱渠道 断面形状尺寸沿程不变的长直渠道是棱柱渠道；反之，断面形状尺寸沿程改变的渠道是非棱柱渠道。

（4）最大允许流速与最小允许流速 渠道中流速过大，超过衬砌材料的承受限度会造成渠道的冲刷破坏，所以针对不同的衬砌材料规定了不同的最大允许流速；含有泥沙等固体颗粒的渠道中，如果流速过小会造成淤积，所以针对不同的水质规定了不同的最小允许流速。

6.5.2 过水断面的几何要素

以下针对常见的梯形断面和圆形断面展开。

梯形断面的断面几何要素如图6.5-3所示，b 为渠底宽；h 为水深，均匀流水深沿程不变称为正常水深 h_0；$m=\cot\alpha$ 是边坡系数，矩形断面可以看成是边坡系数为零的梯形断面。梯形断面各几何要素之间的关系为

水面宽：
$$B=b+2mh \tag{6.5-3}$$

过水断面积：
$$A=(b+mh)h \tag{6.5-4}$$

湿周：
$$\chi=b+2h\sqrt{1+m^2} \tag{6.5-5}$$

水力半径：
$$R=\frac{A}{\chi} \tag{6.5-6}$$

圆断面几何要素如图6.5-4所示，h 为水深，充满度 $\alpha=h/d$，θ 为充满角，圆形断面各几何要素之间的关系为

充满度：
$$\alpha=\sin^2\frac{\theta}{4} \tag{6.5-7}$$

过水断面积：
$$A=\frac{d^2}{8}(\theta-\sin\theta) \tag{6.5-8}$$

湿周：
$$\chi=\frac{d}{2}\theta \tag{6.5-9}$$

水力半径：
$$R=\frac{d}{4}\left(1-\frac{\sin\theta}{\theta}\right) \tag{6.5-10}$$

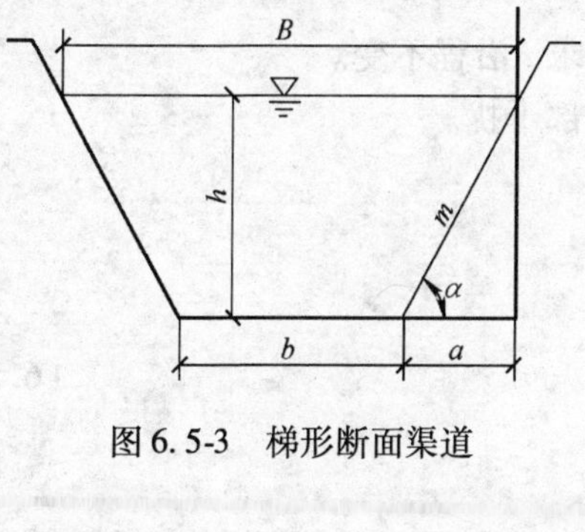

图6.5-3 梯形断面渠道

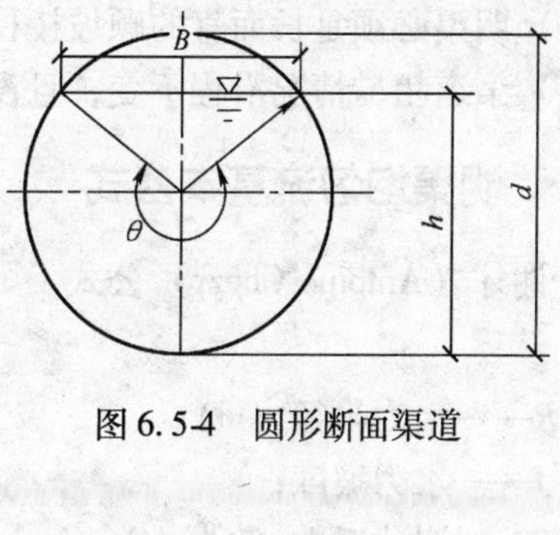

图6.5-4 圆形断面渠道

6.5.3 明渠均匀流的水力特征和形成条件

1. 水力特征

均匀流动是指运动要素沿程不变的流动，而明渠均匀流特指明渠中的水深，断面平均流

速，流速分布等均保持沿程不变的流动，其流线为一组与渠底平行无弯曲的直线。

在明渠均匀流动中，稳定后沿程不变的水深称为正常水深。明渠均匀流动中水面线与渠底线平行；又由于流速水头沿程不变，总水头线与水面线平行。就是说，明渠均匀流的总水头线坡度，测压管水头线坡度和渠底坡度彼此相等，即

$$J = J_{\mathrm{p}} = i \tag{6.5-11}$$

式中 J——总水头线坡度或水力坡度，根据定义为

$$J = \forall\left(z + \frac{p}{\rho g} + \frac{\alpha v^2}{2g}\right)\Big/ l = h_{\mathrm{w}}/l; \tag{6.5-12}$$

$\forall$——两点间的相对变化值；

z——渐变流断面上任一点相对于选定基准面的高程；

p——相应断面同一选定点的压强，同时用相对压强或同时用绝对压强；

ρ——水的密度；

g——重力加速度；

v——相应断面的平均流速；

α——相应断面的动能修正系数；

l——渠底线长度；

h_w——两断面间的总水头损失；

J_{p}——测压管水头线坡度，为

$$J_{\mathrm{p}} = \forall\left(z + \frac{p}{\rho g}\right)\Big/ l \approx \forall\left(z + \frac{p}{\rho g}\right)\Big/ l_x; \tag{6.5-13}$$

i——渠底坡度，根据定义 θ 角较小时为

$$i = \forall z/l = \sin\theta \approx \tan\theta \approx \forall z/l_x; \tag{6.5-14}$$

l_x——渠底线长度 l 对应的水平距离。

2. 形成条件

形成上述水力特征是需要一定条件的，这些条件包括：

（1）明渠中水流必须是恒定流动。

（2）流量保持不变，沿程没有水流分出或汇入。

（3）明渠必须是长而直的顺坡棱柱形渠道，既要求 i 沿程不变。

（4）渠道粗糙情况沿程不变，且没有建筑物的局部干扰。

6.5.4 明渠均匀流基本公式

1. 谢才（Antoine Chezy）公式

$$v = C\sqrt{RJ} \tag{6.5-15}$$

式中 R——水力半径（m）；

J——水力坡度；

C——谢才系数（$\mathrm{m^{0.5}/s}$）。

在明渠均匀流中，由于水力坡度 J 与渠底坡度 i 相等，故谢才公式亦可写成

$$v = C\sqrt{Ri} \tag{6.5-16}$$

由此得流量公式，

$$Q = Av = AC\sqrt{Ri} = K\sqrt{i} = K\sqrt{J} \tag{6.5-17}$$

式中 K——比例系数。

2. 曼宁公式

曼宁公式
$$C = \frac{1}{n}R^{\frac{1}{6}} \tag{6.5-18}$$

式中 n——粗糙系数。

谢才系数 C 是反映断面形状尺寸和粗糙度的综合系数。式中表明 C 与水力半径 R 和粗糙系数 n 有关，而 n 值影响远比 R 值大。因此正确选择渠道壁面的粗糙度 n 对于渠道水力计算成果和工程造价影响颇大。

根据 $Q = Av = AC\sqrt{Ri} = K\sqrt{i} = K\sqrt{J} = f(m, b, h, n, i)$，已知 Q、m、b、h、n、i 其中的五个可以求出剩余一个，这就是明渠均匀流计算的任务。

【例 6.5-1】 在宽 5m，底坡为 1/800 矩形混凝土渠道中（【例 6.5-1】图），则流量为 $11m^3/s$ 时的水深为（ ）。用曼宁公式进行计算，假设粗糙系数 $n = 0.014$。

（A）2.2m （B）1.060m （C）1.59m （D）2.8m

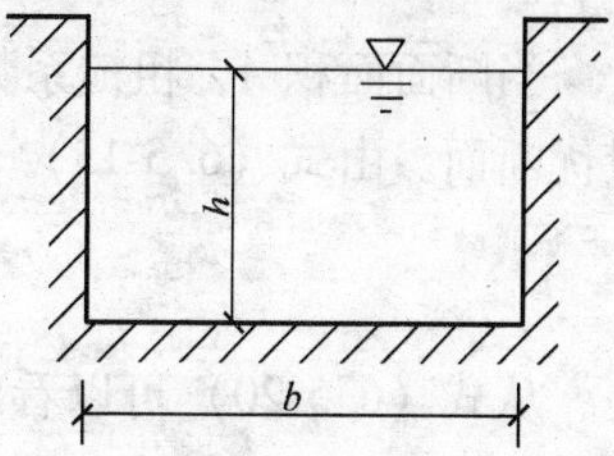

【例 6.5-1】图

答案：（B）。

解：

用曼宁公式计算：

设矩形渠道单位宽度上的流量为 q，则 $q = 11/5 = 2.2m^3/s$。故若用曼宁公式，则由

$$q = Av = AC\sqrt{Ri} \quad 且 A = h，C = \frac{1}{n}R^{\frac{1}{6}}，J = i，R = \frac{h}{1 + 2h/b} \quad 得$$

$$q = h\frac{1}{n}\left(\frac{h}{1 + 2h/b}\right)^{\frac{2}{3}}J^{\frac{1}{2}} \quad 推出 \quad h^{\frac{5}{3}} = \frac{qn}{J^{\frac{1}{2}}}\left(1 + \frac{2h}{b}\right)^{\frac{2}{3}}$$

所以
$$h = \left(\frac{qn}{J^{\frac{1}{2}}}\right)^{\frac{3}{5}}\left(1 + \frac{2h}{b}\right)^{\frac{2}{5}} \tag{6.5-19}$$

先假定矩形渠道的水深为 h^*，且宽度远大于水深，则在式（6.5-19）中 $2h/b$ 与 1 相比可忽略掉，

$$h^* = \left(\frac{qn}{J^{\frac{1}{2}}}\right)^{\frac{3}{5}} = \left(\frac{2.2 \times 0.014}{\sqrt{1/800}}\right)^{\frac{3}{5}} m = 0.921m$$

渠宽 5m 时，先将 $h^* = 0.921m$ 作为第 1 次近似代入（6.5-19）式的右边，则得

$$h_2 = h^*\left(1 + \frac{2h}{b}\right)^{\frac{2}{5}} = 0.921 \times \left(1 + \frac{2 \times 0.921}{5}\right)^{\frac{2}{5}} m = 1.044m$$

若将 $h_2 = 1.044m$ 作为第 2 次近似值，以下用同样的步骤反复计算．第 4 次近似就足够了，$h = 1.060m$，答案为（B）。

【例 6.5-2】 求梯形土质渠道中的流速。已知 $b = 6m$，$h = 2m$，边坡系数为 2，$J = 3.0 \times 10^{-4}$，$n = 0.024$，则流速为（ ）。（参见图 6.5-3）

（A）1.876 （B）0.876 （C）1.356 （D）2.312

答案：（B）。

解：

因为 $m=2$，所以 $A=bh+2h^2$，$\chi=b+2\sqrt{5}h$，

$$R=\frac{h\left(1+2\dfrac{h}{b}\right)}{1+2\sqrt{5}\dfrac{h}{b}}=\frac{2\left(1+2\times\dfrac{2}{6}\right)}{1+2\sqrt{5}\dfrac{2}{6}}\text{m}=1.338\text{m}$$

故由曼宁公式得：

$$v=\frac{1}{n}R^{\frac{2}{3}}J^{\frac{1}{2}}=\frac{1}{0.024}\times(1.338)^{\frac{2}{3}}\times(3.0\times10^{-4})^{\frac{1}{2}}\text{m/s}=0.876\text{m/s}$$，答案为（B）。

6.5.5 明渠均匀流的水力最优断面

当断面面积 A，粗糙系数 n 及渠底坡度 i 一定时，使流量 Q 达到最大值的断面称为水力最优断面。由式（6.5-15）～（6.5-18），可以推出明渠断面流量公式：

$$Q=A\frac{1}{n}R^{\frac{2}{3}}J^{\frac{1}{2}} \tag{6.5-20}$$

从式（6.5-20）可以看出，当 R 达到最大，或湿周 χ 最小时流量达到最大。显然，面积一定时半圆的湿周最小，所以半圆渠道是最优的，但由于半圆渠道修建困难，实际渠道更多的还是梯形和矩形断面。水力最优断面的问题也可以从另外的角度去理解：由式（6.5-20）可知，当 Q、J、n 一定时，使过水断面积最小的断面即是水力最优断面。

【例 6.5-3】 如图 6.5-3 所示的梯形断面的边坡一定，则梯形渠道的水力最优断面为（　　）。

(A) $\dfrac{b}{h}=2(\sqrt{1+m}-m)$　　(B) $\dfrac{b}{h}=3(\sqrt{1+m^2}-m)$

(C) $\dfrac{b}{h}=2(\sqrt{1+m^2}-m)$　　(D) $\dfrac{b}{h}=2(\sqrt{1+m^2}-m^2)$

答案：（C）。

解：

用图 6.5-3 中的符号，$A=h(b+mh)$　$\chi=b+2h\sqrt{1+m^2}$

根据水力最优断面定义，取

$$\frac{d\chi}{dh}=\frac{db}{dh}+2\sqrt{1+m^2}=0,\quad \frac{dA}{dh}=(b+mh)+h\left(\frac{db}{dh}+m\right)=0,$$

联解以上两式，得 $\dfrac{b}{h}=2(\sqrt{1+m^2}-m)$，故答案为（C）。

6.5.6 明渠非均匀流

1. 产生条件

明渠均匀流是等速流，也是等深流。它一般只能发生在断面形状、尺寸、底坡和粗糙度均沿程不变的长直渠道中，而且要求渠道上没有修建任何水工建筑物对水流产生干扰。对于铁道、道路和给排水工程，常常需要在河渠上架桥，设涵、筑坝和建闸等，分别见图 6.5-5

~图6.5-7。这些水工建筑物，对河渠水流的产生干扰，造成了流速、水深的沿程变化，从而产生了非均匀流动。

除了上述人类活动因素的影响外，河渠由于受大自然的作用，过水断面的大小及河床底坡也经常变化这也是明渠水流产生非均匀流动的原因之一。

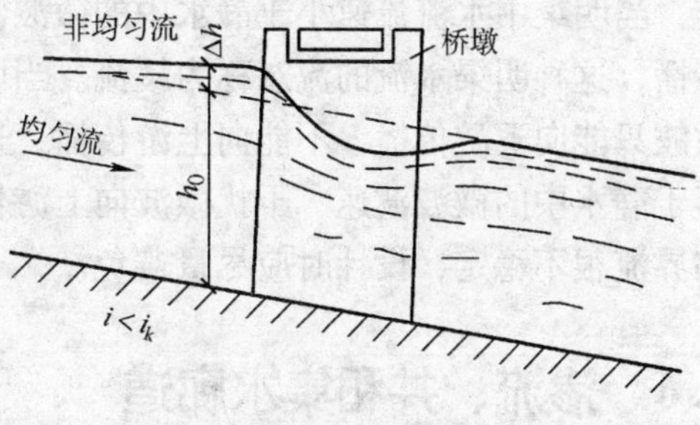

图6.5-5 河渠上架桥产生非均匀流动示意图

2. 特征

明渠均匀流的水流特征是流速、水深沿程不变，且水面线为平行于底坡的直线。故其水力坡度 J，水面坡度 J_p 及渠道底坡 i 彼此相等。而在明渠非均匀流中，水流重力在流动方向上的分力（推力）与阻力不平衡，流速和水深沿程都发生变化，水面线一般为曲线（称为水面曲线）。这时其水力坡度 J，水面坡度 J_p 及渠道底坡 i 互不相等。

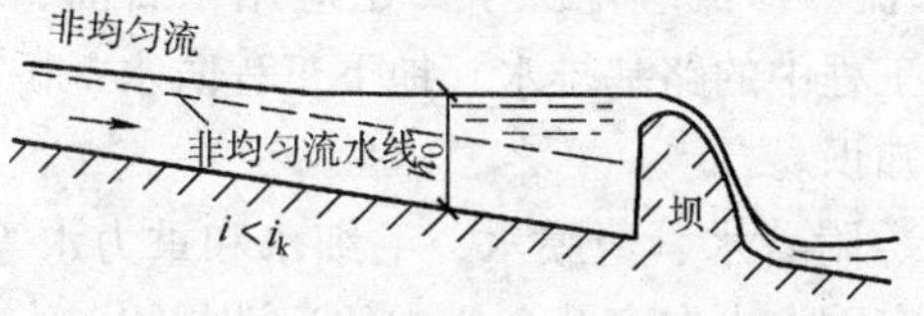

图6.5-6 筑坝产生非均匀流动示意图

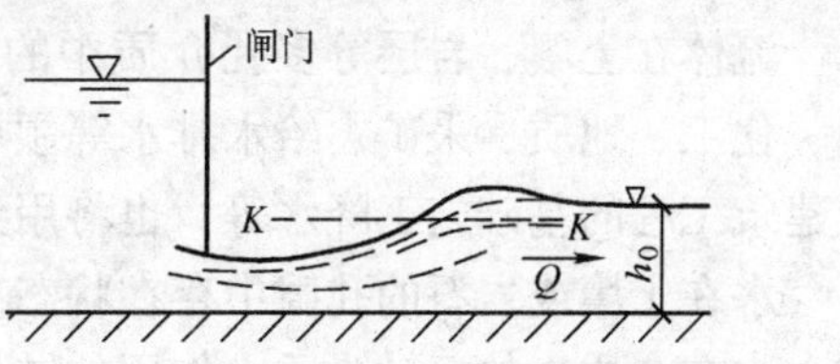

图6.5-7 设闸产生非均匀流动示意图

3. 明渠恒定非均匀流的流态及判别

根据发生条件的不同，在明渠水流中由于障碍物对水流的影响，可以产生两种截然不同的流动状态：一种常见于底坡平缓的平原河渠中，水流缓慢，遇到渠底有障碍物阻水时，在障碍物处水面形成跌落，则在障碍物前水面发生壅高，且逆流向上游传播，这种流态称为缓流。另一种多见于山区底坡较陡、水流湍急的溪涧中，遇到障碍物阻水，则水面隆起、越过，上游水面不发生壅高，障碍物的干扰对上游来流无任何影响，这种流态称为急流。状态处于急缓流交界处的流动为临界流，如图6.5-8所示。

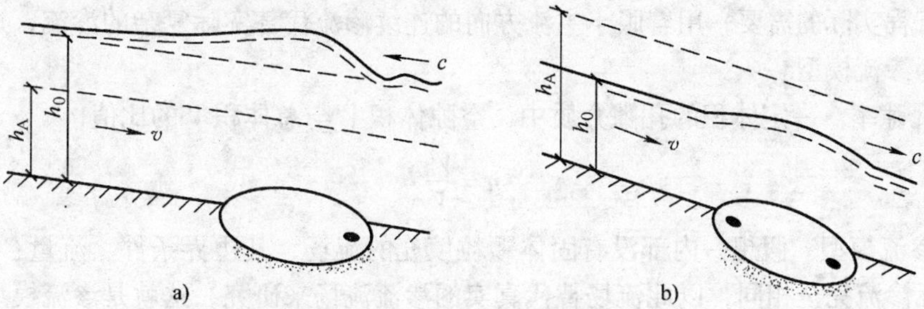

图6.5-8 明渠恒定非均匀流的流态

a）缓流 b）急流

明渠水流的这两种流态，反映了障碍物干扰对水流会产生不同的影响，当河渠边界条件发生变化时，在这两种流动中会出现明显不同的水面变化。障碍物的干扰会产生扰动微波，扰动微波绝对波速为其静水中的波速与水流速度的代数和，在逆流时波速取负，顺流时波速取正。

当明渠中水流流速小于静水中的微波波速，表明干扰微波既能向下游传播，又能向上游传播，这种明渠水流的流态称为缓流。当明渠中水流流速大于静水中的微波波速，表明干扰微波只能向下游传播，不能向上游传播，这种明渠水流的流态称为急流。当明渠中水流流速等于静水中的微波波速，干扰微波向上游传播速度为零，这种明渠水流的流态称为临界流。临界流很不稳定，设计时应尽量避免。

6.6 渗流、井和集水廊道

复习要求：理解渗流模型和达西渗流定律；掌握集水廊道和单井产水量计算。

6.6.1 概述

流体在土壤、岩层等多孔介质中的流动称为渗流。渗流理论除了广泛应用于石油、水利、化工、地质、采矿、给水排水等领域外，土木工程中的路基排水、地下工程防水、桥梁及建筑工程的基础施工降水等，也将用到有关渗流知识。

水在土壤或岩石的孔隙中存在状态有：气态水、附着水、薄膜水、毛细水和重力水等。重力水在介质中的运动为重力作用的结果。本节研究重力水在多孔介质中的运动规律。

地下水的运动规律除与水的物理性质有关外，土壤的特性对水的渗透性质有很大的影响。土壤的性质主要取决于土壤的颗粒组成。对于均质各向同性土壤，渗透性质既与渗流空间的位置无关，也与渗流方向无关，本节主要讨论重力水在这种土壤中的恒定流动规律。

6.6.2 渗流基本定律

1. 渗流模型

自然土壤的颗粒，形状和大小相差悬殊，颗粒间的孔隙形状、大小和分布很不规则，具有随机性质。因此要精细确定水在土壤孔隙中的流动状况是非常困难的，一般也无此必要。工程中所关注的是渗流的宏观平均效果，而不是孔隙内的流动细节。为此，在流体力学中，通常根据工程实际的需要，用着眼于主流方向的连续渗流代替实际复杂的渗流，这种虚拟的渗流，称为渗流模型。

（1）孔隙率　一定体积的孔隙介质中，空隙体积 V' 与总体积 V 的比值

$$n=\frac{V'}{V} \tag{6.6-1}$$

（2）渗流模型　假想一内部没有固体颗粒填充的流场，其边界条件、流量、压强分布、阻力与实际渗流完全相同，以此流场替代真实的渗流流场来研究，这就是渗流模型。

根据渗流模型，过流断面的渗流流速定义为

$$u=\frac{\Delta Q}{\Delta A}=\frac{\Delta Qn}{\Delta A'}=u'n \tag{6.6-2}$$

式中，ΔQ 为通过微小过流断面的流量；ΔA 为微小断面的面积；$\Delta A'$ 是 ΔA 断面内间隙的实际面积，u' 是间隙中的实际流速，由于孔隙率 $n<1$，所以 u' 总是大于 u 的。由于渗流速度

非常小，可以忽略渗流的速度水头，或者说渗流的总水头和测压管水头相等

$$H = H_p = z + \frac{p}{\rho g} \tag{6.6-3}$$

2. 达西渗流定律

渗流区为匀质柱形，过流断面面积为 A，两过流断面间距离为 l，其间水头损失为 h_w，流过过流断面的流量为 Q，则有

$$Q = kAJ \tag{6.6-4}$$

或 $v = kJ$，均匀流时 $u = kJ$，上式即为达西定律。

式中，$J = \frac{h_w}{l} = \frac{H_1 - H_2}{l}$为水力坡度；$v$ 为断面平均流速；u 为断面上的点流速；k 为渗透系数，单位为 m/d（米/天）渗流系数是孔隙介质的一个重要水力特性指标，显然，其他条件一致时，渗透系数大，则断面过流量大。

达西定律表明，均匀渗流的水头损失与流速的一次方成正比，所以也称为渗流线性定律。对于非均匀渗流或非恒定渗流，达西定律也近似适用，可表示为 $u = kJ = -k\frac{\mathrm{d}H}{\mathrm{d}S}$。

实践表明，达西渗流定律适用于雷诺数 $Re = 1 \sim 10$ 的渗流。

3. 渗流系数

渗流系数 k 是达西定律中的重要参数。k 值的确定正确与否直接关系到渗流计算结果的精确性。k 值的大小一般与土壤本身的粒径大小、形状、分布情况以及水的温度等有关，因此要准确地确定其数值是比较困难的。常用的确定方法有：

（1）经验公式法　根据土壤粒径大小、形状、结构、孔隙率和水温等参数所组成的经验公式估算 k 值。这类公式很多，一般可用作粗略估计。

（2）实验室方法　在实验室利用渗流实验装置，并通过 $v = kJ$ 计算 k。此法简单，但往往因实验土样受到扰动而导致与实际土壤的 k 值有一定差别。

（3）现场方法　在现场利用钻井或原有井做抽水试验或灌水试验，根据井的产水量公式计算 k。

4. 裘皮幼公式

达西渗流定律 v 与 J 成线性关系，描述的是均匀渗流运动规律。工程上常见的地下水运动属于无压渐变渗流，裘皮幼公式可用于求解具有渐变渗流性质的集水井产水量计算问题，假定任一过水渐变渗流断面上各点的水力坡度 $J = -\frac{\mathrm{d}H}{\mathrm{d}S} = \mathrm{const}$，从而得出同一过水渐变渗流断面上各点流速 u 相等，当然也等于断面平均流速，即

$$v = u = kJ \tag{6.6-5}$$

上式称为裘皮幼公式，它是将达西定律推广到渐变流的渗流公式。

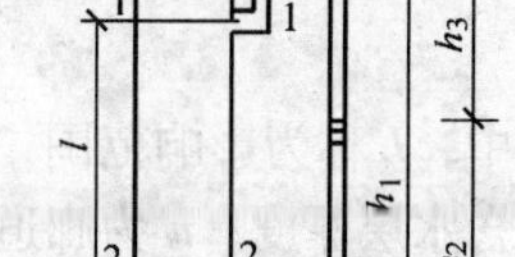

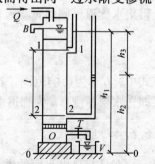

【例 6.6-1】 渗流实验装置

【例 6.6-1】 用测定达西定律的实验装置（见【例 6.6-1】图）测定土壤的渗透系数，已知圆筒直径 30cm，水头差 80cm，6h 渗透水量 85L，两侧压孔距离为 40cm，则土壤的渗透系数为（　　）。

（A）2.79×10^{-5}m/s　　（B）9.18×10^{-5}m/s

（C）9.18×10^{-4}m/s　　（D）2.79×10^{-4}m/s

答案：（A）。

解：

先计算渗流流量

$$Q=\frac{V}{t}=\frac{85\times10^{-3}}{6\times3600}\text{m}^3/\text{s}=3.94\times10^{-6}\text{m}^3/\text{s}$$

根据达西定律：

$$Q=kAJ$$

$$k=\frac{Q}{AJ}=\frac{4Q}{\pi d^2}\frac{l}{\Delta H}=\frac{4\times3.94\times10^{-6}\times0.4}{3.14\times0.3^2\times0.8}\text{m/s}=2.79\times10^{-5}\text{m/s}$$

故选（A）。

6.6.3　集水廊道

集水廊道是建于地下用来汲水或降低地下水位的水平廊道，由于长度很长，可以忽略两端的影响，而看成是沿轴线方向各断面流动无变化的二维（或称平面）渗流流动。设有一矩形断面的集水廊道，如图 6.6-1 所示，廊道底位于水平不透水层上。将裘皮幼公式代入连续性方程得

$$Q=Av=-bzk\frac{\mathrm{d}z}{\mathrm{d}s} \tag{6.6-6}$$

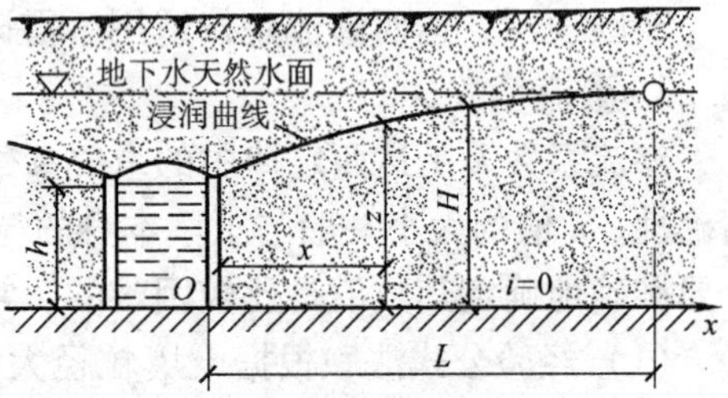

图 6.6-1　集水廊道横断面

设 $q=\frac{Q}{b}$ 为集水廊道单位长度上自一侧渗入的单宽流量（b 为集水廊道宽度），并考虑到在 xOz 坐标系中，流向 s 与 x 坐标相反，则上式可以写成

$$q=kz\frac{\mathrm{d}z}{\mathrm{d}x} \tag{6.6-7}$$

x 为计算点到廊道侧边的距离。将上式分离变量并积分

$$q\int_0^L \mathrm{d}x=k\int_h^H z\mathrm{d}z \tag{6.6-8}$$

得集水廊道单侧单宽渗流量为

$$q=\frac{k(H^2-h^2)}{2L} \tag{6.6-9}$$

式中，L 称为影响范围，在 $x\geqslant L$ 的地区天然地下水不受廊道的影响；H 为天然地下水位，即含水层厚度；h 为廊道中水深。

6.6.4　单井

在具有自由水面的潜水含水层中所开的井称为普通井，井底直达不透水层者称为完全井，图 6.6-2 是普通完全井的示意图。

在未抽水前，井中水面与含水层水面平齐，抽水时井内及其四周的水面下降。若周围是各向同性的匀质土壤，抽水量恒定，则形成的水面为以井轴线为轴的轴对称漏斗形曲面，称为浸润曲面。

若流量为 Q，土壤渗透系数为 k，井中水深为 h_0，井半径为 r_0，则随半径 r 的变化，浸润面的位置高度 z 符合下面的方程

$$z^2 - h_0^2 = \frac{0.73Q}{k}\ln\frac{r}{r_0} \tag{6.6-10}$$

此方程称为浸润曲线方程，用于确定沿径向方向的水深分布。当 $r=R$ 时，$h=H$，代入（6.6-10），可得井的渗流量

$$Q = 1.36k\frac{H^2 - h_0^2}{\lg\dfrac{R}{r_0}} \tag{6.6-11}$$

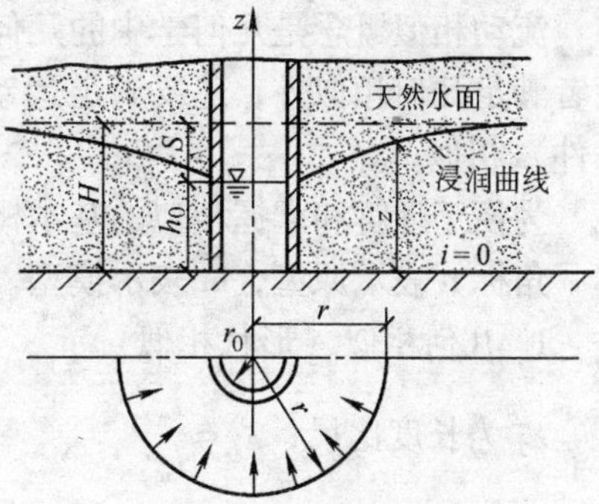

图 6.6-2 普通完全井

式中，R 称为井的影响半径，可由抽水试验确定，近似计算时可用经验公式

$$R = 3000S\sqrt{k} \tag{6.6-12}$$

估算，式中 $S = H - h_0$ 为井中水位降深，以 m 计。

【例 6.6-2】 普通完全井，井中水深为 h_0，井半径为 r_0，井的出流量为 Q，下列说法错误的是（　　）。

（A）由于是完全井，井底没有流量流入井内，所有流量来自井的圆周方向。

（B）如设渗流为渐变渗流，断面各点的流速 v 相等，等于平均流速 u。

（C）如设渗流为渐变渗流，井壁处的渗流平均速度 $v = u = \dfrac{Q}{A} = \dfrac{Q}{2\pi r_0 h_0}$。

（D）如设渗流为渐变渗流，井壁处的渗流平均速度 $v = u = \dfrac{Q}{A} = \dfrac{Q}{\pi r_0^2 h_0}$。

答案：（D）。

解：

由于是完全井，井底没有流量流入井内，所有流量来自井的圆周方向，如设渗流为渐变渗流，断面各点的流速 v 相等，等于平均流速，如设渗流为渐变渗流，井壁处的渗流平均速度 $v = u = \dfrac{Q}{A} = \dfrac{Q}{2\pi r_0 h_0}$。由 A、B 可以推出 C，而 D 与 C 不同，答案为（D）。

6.7 相似原理和量纲分析

复习要求：理解相似原理和量纲分析的有关基本概念。

实际工程中的许多流体力学问题，由于其复杂性，若仅用理论方法分析求解，一般很难得到完整的结果。实验分析方法是研究流体力学的重要方法之一。由于工程中实物原型的尺寸一般较大（尤其是土建工程中的建筑物），直接进行实验会耗费大量的人力和物力，因此人们往往采用模型进行实验研究。

要进行模型实验，就会遇到诸如：如何更有效地设计和组织实验，如何正确处理实验数据，以及如何将模型实验结果推广到原型等一系列问题。本节阐述的相似原理和量纲分析知识就是为这些问题的解决提供理论依据。

6.7.1 流动相似的基本概念

流动相似概念是几何学中的几何相似概念的推广。要使模型和原型的流动相似，除要求两者满足几何相似外，还要满足运动相似、动力相似以及定解条件（包括边界条件和初始条件）相似。

为便于理解和掌握相似的基本概念，定义原型与模型对应物理量的比例，称为比尺。其中，角标 n 表示原型，m 表示摸型。

1. 几何相似（形状相似）

λ_l 为长度比尺，$\lambda_l=\dfrac{l_n}{l_m}$

λ_A 为面积比尺，$\lambda_A=\lambda_l^2$

λ_V 为体积比尺，$\lambda_V=\lambda_l^3$

2. 运动相似（流速场相似）

指两流动的相应流线相似，相应点的流速方向相同，大小成比例，即

λ_v 为速度比尺 $\lambda_v=\dfrac{u_n}{u_m}$

时间比尺 λ_t 与速度比尺 λ_v，长度比尺 λ_l 之间的关系为

$$\lambda_t=\frac{\lambda_l}{\lambda_v}$$

3. 动力相似

要求同名力作用成比例，用 T、P、G、I、S 分别表示粘性力、压力、重力、惯性力、表面张力，则有

$$\frac{F_{Tn}}{F_{Tm}}=\frac{F_{Pn}}{F_{Pm}}=\frac{F_{Gn}}{F_{Gm}}=\frac{F_{In}}{F_{Im}}=\frac{F_{Sn}}{F_{Sm}} \tag{6.7-1}$$

6.7.2 相似准则

几何相似、运动相似、动力相似之间有一定的联系，这种联系叫做相似准则。其实流动相似的本质就是原型和模型能被同一物理方程所描述。

为了便于相似准则的推导，现将常见作用力的比尺用基本比尺表示：

重力比尺：
$$\lambda_{F_G}=\lambda_\rho\lambda_l^3\lambda_g \tag{6.7-2}$$

压力比尺：
$$\lambda_{F_P}=\lambda_p\lambda_l^2 \tag{6.7-3}$$

粘性力比尺：
$$\lambda_{F_T}=\lambda_\mu\lambda_l\lambda_v \tag{6.7-4}$$

惯性力比尺：
$$\lambda_{F_I}=\lambda_\rho\lambda_l^3\lambda_a=\lambda_\rho\lambda_l^2\lambda_v^2 \tag{6.7-5}$$

1. 重力相似、弗劳德准则

若保证原、模型任意对应的重力相似，则由动力相似要求有

$\lambda_{F_G}=\lambda_{F_I}$，代入上面表达式化简得

$$\frac{\lambda_v}{\sqrt{\lambda_g\lambda_l}}=1$$

上式也可以写成$\left(\frac{v}{\sqrt{gl}}\right)_n=\left(\frac{v}{\sqrt{gl}}\right)_m$或$(Fr)_n=(Fr)_m$，式中$Fr=\frac{v}{\sqrt{gl}}$，称为弗劳德数，即原型与模型的弗劳德数相等，这就是弗劳德准则。

2. 粘性力相似——雷诺准则

若要保证原、模型任意对应的粘性力相似，则由动力相似要求有

$\lambda_{F_T}=\lambda_{F_I}$，代入上面表达式化简得

$$\frac{\lambda_v\lambda_l}{\lambda_\nu}=1$$

上式也可以写成$\left(\frac{vl}{\nu}\right)_n=\left(\frac{vl}{\nu}\right)_m$或$(Re)_n=(Re)_m$

式中，$Re=\frac{vl}{\nu}$，称为雷诺数，即原型与模型的雷诺数相等，这就是雷诺准则。

3. 压力相似——欧拉准则

若要保证原、模型任意对应的压力相似，则由动力相似要求有

$\lambda_{F_P}=\lambda_{F_I}$，代入上面表达式化简得

$$\frac{\lambda_p}{\lambda_\rho\lambda_v^2}=1$$

上式也可以写成$\left(\frac{p}{\rho v^2}\right)_n=\left(\frac{p}{\rho v^2}\right)_m$或$(Eu)_n=(Eu)_m$，式中$Eu=\frac{p}{\rho v^2}$，称为欧拉数，即原型与模型的欧拉数相等，这就是欧拉准则。

4. 表面张力相似——韦伯准则

若要保证原、模型任意对应的表面张力相似，则由表面张力相似要求有$\lambda_{F_S}=\lambda_{F_I}$，其中$\lambda_{F_S}=\lambda_\sigma\lambda_l$，$\lambda_\sigma$为表面张力比尺，$\sigma$为液体的表面张力系数，

$$\lambda_{F_I}=\lambda_\rho\lambda_l^2\lambda_v^2$$

$$\frac{\lambda_\rho\lambda_l\lambda_v^2}{\lambda_\sigma}=1$$

上式也可以写成$\left(\frac{\rho lv^2}{\sigma}\right)_n=\left(\frac{\rho lv^2}{\sigma}\right)_m$或$(We)_n=(We)_m$

式中，$We=\frac{\rho lv^2}{\sigma}$，称为韦伯数，即原型与模型的韦伯数相等，这就是韦伯数准则。

在以上准则中，雷诺准则、弗劳德准则和欧拉准则运用较为广泛。在研究气流速度很大，接近或超过声速时，则要考虑满足马赫准则。

5. 应用

通常按实验场地和模型制作条件先定出长度比尺λ_l，确定模型流动的几何边界，然后选择模型流动的介质和相似准则，并按选定的相似准则确定流速比尺λ_v和计算模型

流量。

【例 6.7-1】　为了探求用输油管道上一段弯管的压降以计算油的流量，进行了水模拟实验。选取内径 $d_m=20\text{mm}$ 的水管。已知输油管内径 $d_n=100\text{mm}$，油的流量 $Q_n=2\times10^{-2}\text{m}^3/\text{s}$，运动粘度 $\nu_n=0.625\times10^{-6}\text{m}^2/\text{s}$，密度 $\rho_n=720\text{kg/m}^3$，水的运动粘度 $\nu_m=1\times10^{-6}\text{m}^2/\text{s}$，密度 $\rho_m=998\text{kg/m}^3$。为了保证流动相似，则水的流量为（　　）。

(A) $1.25\times10^{-2}\text{m}^3/\text{s}$　　(B) $8\times10^{-4}\text{m}^3/\text{s}$

(C) $6.4\times10^{-3}\text{m}^3/\text{s}$　　(D) $1.44\times10^{-2}\text{m}^3/\text{s}$

答案：(C)。

解：

这是粘性有压管流，要使流动相似，雷诺数必须相等。

长度比尺　$$\lambda_l=\frac{d_n}{d_m}=\frac{100}{20}=5$$

运动粘度　$$\lambda_\nu=\frac{\nu_n}{\nu_m}=\frac{0.625\times10^{-6}}{1\times10^{-6}}=0.625$$

由雷诺准则确定流速比尺　$$\lambda_v=\frac{\lambda_\upsilon}{\lambda_l}=\frac{0.625}{5}=0.125$$

模型管内流量　$$Q_m=\frac{Q_n}{\lambda_l^2\lambda_v}=\frac{0.02}{5^2\times0.125}\text{m}^3/\text{s}=6.4\times10^{-3}\text{m}^3/\text{s}$$

答案：(C)。

6.7.3　量纲与量纲和谐原理

量纲是物理量的单位种类。同一物理量，可以用不同的单位来度量，但只有唯一的量纲，如长度可以用米、厘米、英尺、英寸等不同单位度量，但作为物理量的种类，它属于长度量纲 L。其他物理量如时间、速度、密度、力等也各属于一种量纲。具有独立性的量纲称为基本量纲。在流体力学中，常用长度量纲 L、时间量纲 T、质量量纲 M 作为基本量纲，其他物理量的量纲都可由 3 个基本量纲来表示，如流速 $\dim v=\text{LT}^{-1}$、力 $\dim F=\text{MLT}^{-2}$。力学上任何有物理意义的方程式或关系式，各项的量纲必须相同，如流体静力学基本方程 $z+\frac{p}{\rho g}=C$，各项量纲均为 L，物理方程的这种性质称为量纲和谐原理。一个量纲齐次性方程，可以化为无量纲方程，只要用方程中任一项除以其他各项即可，化为无量纲方程后，方程的函数关系并不改变。流体力学中常用的量纲见表 6.7-1。

表 6.7-1　流体力学中常用的量纲

物理量			量纲 LTM 制	SI 单位
几何学的量	长度	L	L	m
	面积	A	L^2	m^2
	体积	V	L^3	m^3
	水头	H	L	m
	面积矩	I	L^4	m^4

（续）

物理量			量纲 LTM 制	SI 单位
运动学的量	时间	t	T	s
	流速	v	LT^{-1}	m/s
	加速度	a	LT^{-2}	m/s^2
	重力加速度	g	LT^{-2}	m/s^2
	角速度	ω	T^{-1}	rad/s
	流量	Q	L^3T^{-1}	m^3/s
	单宽流量	q	L^2T^{-1}	m^2/s
	环量	Γ	L^2T^{-1}	m^2/s
	流函数	ψ	L^2T^{-1}	m^2/s
	速度势	φ	L^2T^{-1}	m^2/s
	运动粘度	ν	L^2T^{-1}	m^2/s
动力学的量	质量	m	M	kg
	力	F	MLT^{-2}	N
	密度	ρ	ML^{-3}	kg/m^3
	动力粘度	μ	$ML^{-1}T^{-1}$	Pa·s
	压强	p	$ML^{-3}T^{-2}$	Pa
	切应力	τ	$ML^{-3}T^{-2}$	Pa
	弹性模量	E	$ML^{-3}T^{-2}$	Pa
	表面张力	σ	ML^{-2}	N/m
	动量	p	MLT^{-1}	kg·m/s
	功、能	W, E	ML^2T^{-2}	J
	功率	P	ML^2T^{-3}	W

【例 6.7-2】 用空气为介质研究水的流动阻力，水和空气的运动粘滞系数分别为 $1\times10^{-6}m^2/s$ 和 $1.57\times10^{-5}m^2/s$，水流速度为 2m/s，管直径相同，要求阻力相等，则空气流速为（ ）。

（A）0.13m/s （B）31.4m/s （C）2m/s （D）2000m/s

答案：（B）。

解： 这是粘滞力为主的流动，应满足雷诺准则，

$$\frac{v_n d_n}{\nu_n}=\frac{v_m d_m}{\nu_m}$$

空气流速
$$v_m=\frac{\nu_m d_n}{\nu_n d_m}v_n=\frac{1.57\times10^{-5}\times2}{1\times10^{-6}}m/s=31.4m/s$$

答案：（B）

【例 6.7-3】 动力粘性系数 μ 的单位是 Pa·s，用 M、T、L 表示 μ 的量纲（ ）。

（A）$ML^{-1}T^{-1}$ （B）L^3T^{-1} （C）L^2T^{-1} （D）$ML^{-3}T^{-1}$

答案：（A）。

解： 先用单位分析

$$Pa\cdot s=\frac{N}{m^2}s=\frac{kg\cdot m}{m^2s^2}s=\frac{kg}{m\cdot s}$$

所以 $\dim\mu=\frac{M}{LT}=M^1L^1T^{-1}=ML^{-1}T^{-1}$

答案为（A）。